天使の爪（上）

新装版

大沢在昌

角川文庫
22371

1

灰色の世界が広がっていた。

　ひどく懐しい。これとよく似た光景を、いく度も見たような気がする。いや、それは見るというより、いつもそこに存在していた。その世界に包みこまれ、でていくことも考えず、ただ抱かれていた。

　灰色の世界は、生まれる前からそこにあった。そして永遠にありつづける。

　冬の大地。白ではなく、なぜか明るい灰色の世界だ。

　そう、彼はそこで出会った。

　――ВОЛК《ヴォールク》！

　遠くで叫ぶ声がする。そうだ。まぎれもなく、あの日出会ったのは、ヴォールクだった。一年の大半が雪に閉ざされる故郷で、ほんの短い夏、灰色が茶と緑の世界に変化する。その短い夏のあいださえ、すぐにまた戻ってくる冬への備えをしなければならなかった。

冬、暖炉のぬくもりでまっ白に曇ったガラスをぬぐうと、灰色の世界があった。野も森も、すべては灰色に閉ざされ、大地の果てまで溶けこんでいた。

だが夏がやってくると、世界は一変する。灰色の霧に呑《の》みこまれていた彼方《かなた》には、森が広がり、泉が湧き、虫たちの唸《うな》り、鳥たちのさえずり、獣たちの叫びで満ちていた。

ワーニャ。

深い水の底からゆっくりと泡が浮きあがってくるように、その名を彼は思いだした。心臓の鼓動が速まるのを感じる。体のどこかが熱い。はっきりと、どことはわからないが体のどこかが燃えている。

ワーニャ。俺たちはあの日出会い、そして永遠の別れを経験した。

――森の奥にいっては駄目よ
母の言葉。ワーニャは八歳だった。愛らしい青い瞳《ひとみ》を母からうけつぎ、金色の髪は、彼が三歳のときに死んだ父の、暖炉の上におかれた軍服姿の写真と同じだった。

ワーニャは八歳。彼はあと一週間で十歳になる夏。

冬に備えて、暖炉にくべる小枝を集めに二人は森に入ったのだった。白い曇りをぬぐうたびに、灰色の渦にかき消されていた、ガラス窓の向こうの森。いつだってそこにあるのに、目に見え、足を踏み入れられるのは、一年のうちの、ほんの数ヵ月しかない。

だからこそ彼は森に惹《ひ》かれ、許される限り森に通った。森を恐れたことはない。

ワーニャはちがった。彼の手を握りしめるワーニャの手は、あの日、汗ばんでいた。

恐かったのだ。森の奥で待ちうける運命を、ワーニャは予感していたのかもしれない。

——手を離さないで、お兄ちゃん

ワーニャが囁《ささや》いた。

——大丈夫さ、ほら枝を拾って

彼はワーニャの手をひき、森の奥へと進んだ。暖炉で火をおこすとき、恰好《かっこう》の種火になる枯れた小枝が、森の奥にはいっぱい落ちていた。

晴れた日だった。ただそれだけで嬉《うれ》しくて、彼はときおり枝を拾い集める手を休め、目を閉じた。太陽は、額でも鼻でも、頬でも、その存在を感じとれるほどだった。

幸福だった。冬を嫌だと思ったことはなかったが、夏が好きだった。冬は、嫌いになるにはあまりにも長く、短い彼の人生の大半を占めていた。冬を嫌いになったら、この土地で生きていくことはできない。長い冬と折り合いをつけること、それこそがロシア人の魂を作りだしてきた。

太陽のぬくもりを額で、閉じた瞼《まぶた》で感じ、そして目を開いたとき、ワーニャが消えた。

森のどこかにいるのだろう。そう、シラカバの木立ちをふりかえり、思った。

小さな悲鳴。喘《あえ》ぎ声に近いような、その声を耳にしたのは直後だった。

——ワーニャ、ワーニャ！

彼は叫んだ。返事はなかった。代わりに何かが落ち葉と枯れ枝を踏みしめて駆けていく音が聞こえた。妹よりも重く、そして素早い何かが。

雲が太陽にかかり、緑と茶の世界を一瞬ぼやけさせた。ひんやりとした風が木々の葉を揺らし、森の中をまるで目に見えない巨大な何かが通りすぎていくような葉ずれの音がたった。

——ワーニャ!

不安がこみあげた。抱えていた小枝の束を地面におろし、森の中を、入ってきた方角を彼はふりかえった。

二、三歩歩いた。妹の姿はどこにもなかった。突然、妹は消えていた。

不意に恐怖がこみあげた。大急ぎでこの場を逃げだしたい気持にかられ、実際彼はそうしかけた。

だが九歳と十一ヵ月の子供の心に残るわずかな理性と判断力がそれを押しとどめた。今、自分が森から逃げだしたら、ワーニャは決して自力では森からは帰ってこられない。

——ワーニャ、どこにいるんだ

自分の声が震えているのを感じた。背中を押す恐怖と戦いながら、彼は一歩一歩、森の中をたどった。

陽が翳《かげ》ったとたん、森はさっきまでの親しみを消していた。鳥のさえずりも、ぶーんという虫の羽音も、どこかそらぞらしく、彼に語りかけてくるものではなくなっている。

立ち止まり、息を殺した。お兄ちゃん、というワーニャの声を聞きもらすまいと、耳をすませた。

だが妹の声は聞こえなかった。気配すらない。さらに数歩進み、シラカバの木立ちの中に入りこんだとき、彼は地面に散らばった小枝を見つけた。それはまぎれもなく、ワーニャが拾い集めていた、細く短い小枝だった。

ワーニャに何かが起こったのだ。まるで風にさらわれたようにワーニャは姿を消し、そして集めていた小枝だけがここに残っている。

――ワーニャ！

恐怖は少し薄れ、しかし不可解な気持が強まるのを感じながら、彼は叫び声をあげた。臆病《おくびょう》な妹が、慣れないこの森で、自ら隠れんぼをしかける筈《はず》もない。

そのとき、小さな枝を踏みしめる音が、さらに前方の木立ちの陰から聞こえた。彼は駆けだした。

そこは樹木の濃い一角だった。森を抜ける小道も、その一角を迂回《うかい》するようにまがりくねっている。だが彼は小道を通らず、まっすぐに木立ちの中に入りこんだ。

低くはりだした枝をくぐり、こぶのように地面からつきでた根に足をとられながら木立ちの中を進む。

動悸《どうき》が速くなっていた。早く、早く見つけなければ。今見失ったら、ワーニャがどこか、本当に手の届かない遠くへいってしまう、そんな気がしていた。

しかしいけどもいけども、ワーニャの姿はなかった。動悸も、彼の足も、ますます速まった。くいしばった歯の奥、喉《のど》の内側から、泣き声が洩《も》れそうになる。

木立ちを抜けでた瞬間、太陽をおおい隠していた雲が通りすぎた。森に色が戻ってきて、ぬくもりが彼の体を包む。

小道がつづいていた。森を抜ける道。それをまっすぐにいけば、野原が広がり、さらにその先には、母と祖父母が待つ我が家がある。彼は矢も盾もたまらない気持にかられた。背骨のあたりがむずがゆくなるような、尿意を急にもよおしたような気分。帰りたい！

小道の先を何かが動くのを見たのは、その瞬間だった。茶色く大きなもの。

彼は導かれるように小道へと走った。だが再び妹への思いに背を引かれ、足どりが遅くなった。

妹がこの道を先に帰ったことはありえない。必ず森のどこかにいる。

さらにゆっくりと歩き、ついには足が止まった。彼は立ち止まり、走り抜けた木立ちの方角をふりかえった。

そして、見たのだった。一匹の大きなヴォールクが同じように木立ちの中で立ち止まり、彼を見つめていた。

尖《とが》った鼻と、わずかに開いた口からつきだされた舌、瞬《まばた》きもせず、じっと彼に見いる黒い目。狼を、こんなにも間近で、しかもひとりぼっちで見るのは初めてだった。

恐怖はなかった。ただ身も心も痺《しび》れていた。

――狼は人を襲わない。もし襲うとすれば、悪い病気にかかった奴か、群れにはぐれ、

よほどエサにあぶれた狼だけだ

祖父の言葉がよみがえった。

実際、狼には、彼を襲う気はないように見えた。ただ、なぜそこに彼がいるのかを訝《いぶか》るような視線を向けてきただけだ。

それはどれくらいのあいだだったろう。ほんの数秒かもしれないが、そのときの彼には、ひどく長い時間にも感じられた。

はぐれ狼にしては、その獣は大きく、そして威厳があった。

もう、よいだろうとでもいうように、不意に彼から顔をそむけ、美しい跳躍を見せると根のかたまりをとびこえた。

その姿はあっという間に、森の奥に消えた。しばらくのあいだ、彼はその場を動けずにいた。

だがゆっくりと、理性と恐怖がよみがえってきた。理性は、妹が消える直前にたてた小さな悲鳴と、素早く重い足音を結びつけている。

彼は走った。走りだしたとたんに、おさえこんでいた恐怖がとき放たれた。叫び、泣き、そして背後をふりかえりながら、全速力で小道を走っていった。

――ヴォールク《狼だ》！

そうだ。自分は、ヴォールクと叫んでいた。野原を駆け抜け、両手をふり回し、恐ろしくてうしろを何度もふりかえりながら、まっすぐ家まで帰った。扉を開け、編みもの

をしていた祖母が目を丸くして彼を見つめても、しばらくは息が切れて、言葉を口にできなかった。

――狼が、狼が……ワーニャを……

祖母は短い叫び声をあげ、祖父を呼んだ。祖父は村人を集め、さっそく捜索隊が組織された。銃や鋤《すき》などを手に結集した捜索隊を、彼は母のスカートを握りしめ、その陰に身を半ば隠しながら見ていた。母の陰にさえいれば、妹と同じ運命はふりかかってこない。

捜索隊は、森に入り、ワーニャを捜した。日が暮れるまで捜索はつづけられたが、ワーニャの姿は見つからなかった。

――明日も捜索をする

日没とともに戻ってきた村の大人たちは、祖父にそう約束した。

誰かがいった。そういえばきのうの夜、やけに薄気味悪い、遠吠《ぼ》えがしていたよ。

祖父は無言で首をふった。

何年も、狼に人が襲われるなんてことはなかったのに、祖母が震え声でつぶやいた。

翌日も、その翌日も、捜索隊は森に入り、ワーニャを捜した。だがワーニャは見つからなかった。

四日後、半分に人の減った捜索隊が、森の奥で下草にひっかかっていた赤い布きれをもち帰った。あの日、ワーニャが着ていたワンピースと同じ生地だった。

それを見て、母は泣き崩れた。だがそれだけだった。血も、骨も、ワーニャが狼に食い殺されたと証言するものは、他に何も見つからずじまいだった。

ワーニャは、森のどこかにいるのではないか、彼はそう思わずにはいられなかった。だが確かめるために森に入ろうとは、もう思わなかった。夏は、かつてほど彼にとって好ましい季節ではなくなった。

二年後、祖父の死をきっかけに、一家は村をでて、ノボシビルスクに移住することになった。祖母の縁者を頼ったのだった。

彼は生まれて初めて、シベリアを横断する鉄道に乗った。故郷の村から一度、トラックで町にでて、そこで鉄道に乗りかえた。鉄道は、あの森の先を、西へと向かっていた。

列車の窓に顔を押しつけ、彼は過ぎていく景色を見つめていた。

やがて妹の森が見えてきた。あの森のどこかに今でも妹はいるのではないか。短い夏の終わりで、まだかろうじて色を保っている森を、彼はじっと、瞬きもせず、見つめた。

そして、森の外れ、線路を見おろす小高い丘に、彼らを見つけた。

大陸を横断する鉄道を、その金属の巨大なかたまりを、恐れるようすもなく、丘の上から見おろしている、狼の小さな群れがいた。

――ヴォールク！

彼は叫んだ。母と祖母がはっとしたように、窓を見た。

先頭にいるのは、あの日見た、茶色の狼にちがいなかった。そしてその狼にしたがう

ように、三頭の少し小さな狼がいる。一頭は、白銀色の美しい毛なみをした、小柄な狼だった。彼の目は、前方から正面へ、そして列車の進行にしたがって、後方へと釘《くぎ》づけになった。

狼の群れはやがて点になり、木々の陰に隠されて、見えなくなった。

ようやくそのとき、彼は悟った。ワーニャとは、もう二度と会えない。なぜなら、妹はあの森にいる。白銀色のしなやかなあの狼こそがそうなのだ。

――ヴォールク！

叫び声がする。

しかし今度は、彼自身の叫びではなかった。誰かが呼んでいるのだ。

誰を。

ヴォールク、「狼」と名乗る誰かだ。そしてそれは、彼自身ではなかっただろうか。

ヴォールクは俺だ。

ときが一瞬にして過ぎる。ノボシビルスクからエカテリンブルグ、そしてモスクワ。

いつからか、彼は自分を、「狼」と呼ぶようになっていた。

祖母も母もこの世にはいない。「狼」となった彼は、しなやかに生きてきた。

――ヴォールク！

彼は目を開いた。目の前に、黒い髪をした、眉《まゆ》の太い大男の顔があった。見覚えがある。そうだ、いく度もともに戦い、死線をくぐり抜けた兄弟だ。名は確か……。

「ミドヴィエーチ（熊）！」

　彼の口が動いた。舌はもつれ、まるで初めて聞く他人の声のようだった。

　ミドヴィエーチは微笑んだ。グルジア人の盟友、熱き友、これまで何人を殺してきたことだろう。彼ひとりで、内務省の兵隊を十人は殺《や》っている。

「お帰り、兄弟」

　ミドヴィエーチがいった。

2

　省庁再編に伴い、厚生省麻薬取締官事務所は、厚生労働省麻薬取締部に名称が変更された。関東信越地区の場合、その正式名称は「関東信越厚生局麻薬取締部」となる。

　名称がかわったからといって、業務までもがかわるわけではない。所属する捜査員の身分も麻薬取締官であるし、「麻薬警察」と刻印された黒革の手帳をもち、拳銃《けんじゅう》もひとり二挺《ちょう》が支給される。

　一名につき二挺の拳銃が支給される司法警察職員は、日本では麻薬取締官だけだ。

　二挺が支給される理由は、潜入捜査の際に、大型でかさばる拳銃を携帯していては身分が発覚する危険が高くなるため、小型の護身用拳銃の所持が許されているからだ。

　現在、麻薬取締官に支給されている拳銃は、三十八口径六発装弾のスナブノーズ・リ

ボルバー、コルト・デテクティブスペシャルと、三八〇ACP弾九発装弾のオートマチック、ベレッタM85の二種類である。

麻薬取締官になるための資格は、法科系大学を卒業している場合は麻薬取締官事務所での一年間の実務経験を有すること、薬科系の大学卒で半年間、他の大学卒の場合二年間の実務経験を積むことが要求される。その上で刑法、鑑識、薬物などの研修を終了しなければならない。

麻薬取締官の階級は、警察官のようには細かく分かれておらず、取締官、情報官、主任情報官の三種類しかない。だが取締官となった段階で、警察官の階級としては、警部補相当という、準キャリアの身分を与えられる。

それは、麻薬取締官が、全国十二の事務所をすべてあわせても、わずか百七十五名しかおらず、その百七十五名全員が、麻薬と麻薬犯罪への精通を求められ、さらに警察官には許可されない囮《おとり》捜査が可能である点を含め、特別な公務員であることの証明に他ならない。

警察官とちがい、捜査のために、長髪、脱色、ピアスなどを施した取締官もいる。警察官は、私服刑事であることを見抜かれても捜査を続行できるが、少数で潜入、情報収集にあたる麻薬取締官は、身分の発覚が、捜査続行の不可能、あるいは生命の危険を招きかねないからだ。

さらに麻薬取締部は、諸外国の麻薬取締機関とも緊密な連絡を保ち、情報交換をおこ

なっている。

麻薬取締官事務所の発足は、昭和二十五年にさかのぼる。当時、ヘロインの乱用に危機感を抱いた日本政府と連合軍の占領本部は、専門の取締機関を設置することを決め、これを厚生省内に設けた。以来の伝統もあって、アメリカ連邦捜査局（FBI）、同じく連邦麻薬取締局（DEA）とは、情報の交換、合同捜査をおこなうことが多い。

麻薬取締官の通称は、「麻薬Gメン」、あるいは麻取と単に略されることもある。

東京都目黒区中目黒に所在する、関東信越厚生局麻薬取締部は、庭も備えた三階建ての横長の建物で、内部に分析のための各種装置を設備した鑑定室もあるが、被疑者を勾《こう》留《りゅう》する施設はなく、逮捕した被疑者は、最寄りの目黒警察署に勾留を委託している。

この取締部に所属する取締官は、総勢で四十五名、うち女性の取締官は、わずか二名しかいない。

女性取締官の一名は、ある特殊な理由によっての任命である。かつて警視庁保安二課に所属する巡査であった彼女は、保護を求めてきた情報提供者――「クライン」と呼ばれる麻薬密売組織の首領の愛人だった――とともに狙撃《そげき》され、からくも一命をとりとめた。

が、その際、治療を施したアメリカ人外科医によって、前例のない移植手術をうけていた。

脳移植である。

河野明日香《こうのあすか》巡査の脳が、脳死をひきおこした情報提供者、神崎《かんざき》はつみの肉体に移植されたのだ。

これによって河野明日香の精神は生きながらえたが、肉体は消滅した。公式には、河野巡査は殉職し、二階級特進によって警部補となった。

一方、神崎はつみは、精神こそ消滅したものの、その肉体は存在し、戸籍もまた抹消されず残った。

神崎はつみに身寄りはおらず、移植手術の事実は、ごく一部の関係者にのみ伝えられた。

脳移植手術を決断したのは、むろん本人ではなく、まして医師でもなかった。当時の警視庁保安二課長である芦田《あしだ》警視、現生活安全部長、警視長の判断によるものだ。芦田は、神崎はつみの生存を「クライン」に印象づけ、そのことによって「クライン」の刺客をおびきだし、さらに警視庁内部に存在すると思われた「クライン」への内通者をあぶりだそうとしたのだ。

その計画は成功した。「クライン」は壊滅し、首領であった君国《きみくに》は、警視庁保安二課に所属していた古芳和正《ふるよしかずまさ》巡査部長によって射殺された。直後、警視庁警視正が自殺する、という事件が起こり、対外的には過激派による暗殺、として処理された。

残された問題は、精神・河野明日香巡査、肉体・神崎はつみという女性の処遇であった。殉職し、遺体が茶毘《だび》にふされた以上、河野巡査の復職はかなわない。ましてやその

外見はまったく別人となっている。

　本人はしかし、司法警察職員としての職務復帰を強く希望した。脳移植手術は、本人の意思によるものではない。とはいえ、警視庁保安二課に彼女を戻せば、当然混乱も起きるし、手術の秘密も保たれなくなる。

　苦慮した芦田警視は、かつて警察官として同僚だった、当時の関東信越地区麻薬取締官事務所所長の永野《ながの》に相談をもちかけた。

　麻薬取締官事務所は警察のような巨大な組織ではなく、こまわりのきく人事が可能だ。また女性取締官の数が少なく、経験者の募集をおこなおうと考えていた矢先だった。

　こうして河野明日香、戸籍上は神崎はつみ、のちに改名して神崎アスカは、麻薬取締官として第二の人生を歩むことになった。

　彼女の精神がかつて警視庁保安二課の女性刑事であったことを知る者は、所長の永野をおいていない。

　神崎アスカ取締官の主任務は、警視庁、在日アメリカ大使館のＦＢＩ及びＤＥＡ日本駐在捜査官との連絡調整だった。そのために、一年間渡米し、海外研修をうけた。

　語学能力は向上した。だが、本人が不満を感じていることは、永野所長も気づいていた。

　神崎アスカは、捜査の現場にでたいのだ。薬物依存者の話を聞き、売人と渡りあい、薬物の密売組織を追いつめたいのだ。

だがそれは難しい、と永野は感じていた。

かつての河野明日香巡査は、柔術の達人で、素手でナイフをもったチンピラを叩《たた》き伏せるほどの腕があった。神崎アスカ取締官は、河野巡査に比べれば、はるかに華奢《きゃしゃ》な体つきで、麻薬取締官の逮捕術である少林寺拳法《しょうりんじけんぽう》の特訓もうけているが、とうてい河野巡査に及ぶ力量はない。

麻薬取締官は、少数精鋭のチームを組む。一チームはわずか七名。そのたった七名で、凶器をもっているかもしれない、被疑者の逮捕や家宅捜索に赴く。その中にひとり、華奢な女性が含まれていたらどうなるか。逆上した被疑者が襲いかからないとも限らない。

永野は警察官からの転職組だった。永野の他にも、警察官から麻薬取締官になった者は、数名いる。だがそれはいずれも、屈強な肉体をもつ者ばかりだ。

神崎アスカは、とうてい現場捜査に向かえるだけの肉体の持主ではない。さらに神崎アスカが現場には向かない理由があった。

美しすぎるのだ。美貌《びぼう》というだけで、相手は強い印象を抱かざるをえない。潜入捜査には不向きだ。

もっとも、美貌すぎて、麻薬取締官ではない、と相手が油断する可能性はなくもない。その場合は、神崎アスカの容姿は、武器となるだろう。

そして、神崎アスカを現場に送ることに永野がためらいを覚える、三つ目の理由が、本人の健康問題だった。

前例のない脳移植という手術をうけている、神崎アスヵの精神と肉体は、いったいどこまで健康といえるのか。その余命が、健常な人間とかわらぬものと考えてよいのかどうか、永野には判断できないのだ。

それはもしかすると、この世の誰にも判断できない問題なのかもしれない。

医師がアスヵの脳を検査して、血管や組織の異状を発見することは、可能だろう。だが、アスヵの人格の変化、神崎はつみの肉体との共存によってひきおこされるかもしれない、さまざまな変異といったものを予見するのは不可能だ。

芦田警視長によって、神崎アスヵにひき合わされるまで、永野は、いささか無気味な先入観を、彼女に対し抱いていた。

三十年間の麻薬取締官人生で、永野は、いろいろな薬物依存者を目にしてきた。ヘロインで完全な廃人となってしまった者もいれば、ハシシとＬＳＤを併用しひどく狂暴になったベトナム帰りのアメリカ海兵隊員と渡りあったこともある。覚醒《かくせい》剤で幻覚・妄想状態におちいった人間を相手にした経験は、それこそ数限りない。

そんな永野であっても、そっくり別人の脳を移しかえられた人間というのは、想像もつかない存在だった。

人の心はたぶん脳にある。それはわかっている。だから脳が、その人間の人格の筈《はず》だ。にもかかわらず、脳移植者にはふたつの人格があるのではないか。あるいは、これまでに見た、どんな人間よりも、破壊された部分を心のどこかにもつのではないか。

そんな懸念をもたずにはいられなかったのだ。

しかし本人と会ったとき、そうした懸念は消えた。

驚かされたのはまず、その容貌だった。化粧品を必要としないのではないかと思えるほどの色の白さ。切れ長の大きな瞳《ひとみ》には、どこか翳《かげ》があって、見ているとむしろこちらがとまどいを覚える。そしてほっそりとした、ひどく脆《もろ》そうに見える肉体。

次に驚かされたのは、その中身だ。ひき合わされる前に、芦田は電話でいった。

「本人を見て、外見で判断しないでくれ。上べは弱々しい印象の女性だが、中にいるのは、ひどく強情で、絶対に退《ひ》くことをしない叩きあげの刑事だ」

まさにその通りだった。外見にそぐわない、体育会的な受け応《こた》え。はきはきとした喋《しゃべ》り方、身のこなし。だがそれすらもが、どこか無理をしているように見えてしまう、うらみがある。

能力に疑問を抱きながらも、採用に永野が同意したのは、芦田の強い口添えがあったからだ。その後の実務、研修を、神崎アスカは難なくこなした。

それらに関しては、何ら問題は生じなかった。神崎アスカの頭脳は、ベテラン警察官のそれであり、状況においての判断力、知識、ともに優秀で信頼に足るという結論が下された。

通常の研修が終わり、正式に麻薬取締官としての身分を得たアスカに、永野は海外研修を命じた。それは、アスカの最大の希望である「現場復帰」を遠ざけるものであった。

「忘れないでくれ。あいつの心は、昔とかわっていない。タフな女刑事だ。あいつはすぐにでも現場へでたがるだろう。それをどう判断するかは、あんたしだいだ」

ことあるごとに連絡をしてきて、アスカのようすを訊《たず》ねる芦田は、永野にそう告げた。

麻薬取締官となる辞令とともに、アメリカ留学を命じられた神崎アスカは一瞬、不満げに頬をふくらませた。が、逆らう言葉は口にせず、

「神崎取締官、了解しました」

とのみ、答えた。

研修は、語学が半年間、捜査が半年間、という内容だった。むしろそこでの生活は、神崎アスカにとって、のびのびとしたものであったらしい。戻ってきたとき、わずかにふっくらとし、日焼けした神崎アスカは、アメリカで得た知識と経験を、日本での捜査に役立てようと、勢いこんでいるように見えた。

永野は再び、アスカを現場から遠ざける指示を下した。

このときもアスカは、不満を口にすることはなかった。愁いを感じさせる視線を足もとに向け、了解しました、と答えただけだ。

「神崎が帰ってきた」

その後、永野は芦田と電話で話した。

「どうだった？」

「アメリカでは、うまくやったようだ。いく前より元気になったように見えた」

「そうか。で、現場にだすのか？」

「いや。警視庁《そっち》と、アメリカ大使館との、連絡係にした。文句をいってきてないか」

「こっちに？　いや、何もきていない。アメリカから絵葉書をもらっただけだ」

　芦田は答えた。

「そうか。だとすると少しはかわったのかな」

「かわった？　どんな風に彼女がかわったというんだ」

「丸くなったというか、おとなしくなったのじゃないか。少なくとも、お前から教えられた、警視庁時代の河野明日香巡査の性格からは変化したように思う」

　芦田はすぐには答えなかった。

「もともとの河野明日香が男勝りの女傑でも、外見がああなれば、中身もかわらざるをえない、ということじゃないのかな」

　永野はつづけた。

「わかってほしい。私は、彼女の人生に対し、責任を感じざるをえない立場だ。彼女のうけた手術、そしてその後に与えた特殊な任務、双方とも、彼女の人生には決定的な影響を与えた。そしてどちらもが、誰も経験したことのない過酷な環境に彼女をおき、今もそれはつづいている。彼女が生きる限り、たぶんつづく。つまり私の責任も、その間は消えてなくならない。だから、常に、といっていいくらい、私は彼女のことを考えている。かわっていない。彼女は決して、かわってはいない筈だ」

「心[illegible]たからな、お前は」

[illegible]はいって笑った。スタートは同じ警察学校でも、警視庁と麻薬取締官事務所という長年過した職場のちがいからか、永野は、自分の方が芦田より楽天的だという思いがある。

「そうじゃない。私は、彼女が何か問題を起こす、といいたいわけじゃない」

芦田はいった。

「私がそちらの立場だったら、どうしたか。やはり、現場ではない任務につけたかもしれない。しかし一方で、彼女を現場に戻してやりたい、とも思うんだ」

芦田の苦悩は、まるで父親のようだ、と永野は思った。子供の安全を願いながらも、しかしその好きにさせてやりたい、と思う父親。

「度胸はあるのだろう。それはわかる。実務の指導教官からも、そういう報告はあがってきている。ただし、あの見てくれだからな。誰だって、美人には少し甘くなるさ」

永野はいった。芦田は無言だった。

「いずれようすを見て、現場にはだす。そうだな。まわりの人間が、神崎に慣れた頃がいいだろう」

「私には何もいえん。ただこれだけは頼む。もし彼女に、何か変化があったら、知らせてくれ。それでどうこう、あんたにいうつもりはない。ただ知っておきたいだけなんだ」

「わかった。心配するな。そっちのような大世帯とちがって、こっちは目の届く場所に

全員がいる。だから何かあったら必ず知らせるよ」

永野はうけあった。心配性ではあっても、芦田は小心者でも愚か者でもない。それは、永野にもよくわかっている。

もしかすると、芦田の気持は、父親ではなく、別の立場の男のものなのかもしれない。

電話を切り、ふと永野は思った。想像すべきではないのだろうが、あれだけの容姿に、芦田が惹《ひ》かれたという可能性もあるのではないか。

だが芦田の話では、神崎アスカは、河野明日香の時代に、結婚を約束した同僚刑事がいたということだ。

その男との関係はどうなっているのか。

考えをそちらに向けかけ、永野は首をふった。麻取は学校ではないのだ。部下の精神面を把握するのも大切だが、より重要なのは、その任務の成果だ。

神崎アスカは、今は自分の部下だ。関東に四十五名いる取締官の、四十五分の一に過ぎない。彼女に能力があるのなら、必ず、それを発揮する機会はめぐってくるだろう。

3

耳[illegible]し、首を固定されているせいで、まるで潜水中のような気分だった。円筒を縦に割っ[illegible]狭い空間に横たわり、まっすぐに上を向いている。額から三十センチと離れ

脈は
ある、 は自分の顔を写しだすテレビカメラがとりつけら

閉所恐怖症の人間 うでなくとも、心臓にペースメーカーをつけている人間と、肉体に磁性金属が埋 ができない。

やがて、コットン、コットン、という鼓動を刻むような音が聞こえてきた。慣れてくればこの音は牧歌的で、眠けを誘うような響きがある。

しかしそれが長くはつづかないこともわかっている。ビーッというブザー音とともにまどろみは破られ、ブザーと鼓動音が重なった、どこか神経を逆なでする音響がつづく。

そしてまた鼓動音。

再びブザーが重なる。

これが約二十分つづく。その間、録音スタジオのような、ぶあついガラスと密閉扉で仕切られた反対側の部屋では、コンピュータのモニターに、自分の脳の輪切り映像が表示されていく。

ＭＲＩは、強力な磁力線を使って、造影剤を使わずに、人間の体内を撮影する機能をもつ。

アスカは二ヵ月に一度、この空間で検査をうけていた。狭さにも息苦しさにも慣れた。自分の脳のスライスを位置に応じて並べる写真を見ても、もう平気だ。初めて見たと

きには、骨や内臓のレントゲン写真を見せられたときとはちがう、軽い衝撃があった。

頭の内側には何がある？　脳がある。それは、胸の内側に、心臓や肺があるのと、何ひとつかわらない、事実だ。

なのに、脳の写真を見せられたアスカは、それが自分のものだとは、信じられなかった。いや、信じたくなかった。

今のこの体は、もともとの自分の肉体ではない。神崎はつみという、アスカとはまったくちがう生き方をしてきた女のものだ。だがそうであっても、これがあなたの心臓だ、といわれれば、アスカは頷《うなず》くことができる。この心臓が、体のすみずみにまで、血液を送りだしている、と納得できる。

これがあなたの肺だ、といわれたら、そうかこの肺で自分は呼吸しているのだと見つめることができる。

だが、これがあなたの脳だ、といわれたとき、アスカは首をふりたくなった。

おかしい。それはわかっている。今のこの体すべての中で、もともとの自分自身は、この脳しかない。なのに、まるでキュウリのスライスのように、細く、太く、そして細くなった、脳の断面写真を、自分のものだと信じられないのだ。

なぜだか、今はわかっている。

そこに心が写っていないからだ。

心臓は、肺は、写真を見て機能を思いうかべることが

決して難しくない。

だが脳はちがう。

黒く写った脳脊髄液《のうせきずいえき》。白く写った脳脊髄。

脳脊髄液は、脳を頭蓋骨《とうがいこつ》の中に浮かべると同時に、脳室という脳の内側の空間をも満たして、中と外の両方で脳を守る緩衝材の役割を果たしている。

大脳、中脳、小脳、視床《ししょう》、松果体《しょうかたい》、視床下部——、スライスには血管やうねうねとした襞《ひだ》のような脳の組織が写しこまれている。しかしこのどこに、自分がいるのか、アスカにはわからない。

医学的には、大脳皮質の連合野《れんごうや》という場所に「心」がある、ということらしい。

すでに顔見知りとなった、ドクター、Ｇ大病院脳外科の安野《あんの》先生は、

「ここだよ」

と、ＭＲＩの写真を指したことがある。

もちろんアスカにしても、そこに、ミニチュアのような自分の姿がある、とは思っていない。ミニチュアが写っていたら、そのミニチュアの頭の内側をまた調べなければならないわけで、ミニチュアの中のミニチュア、さらにその中のミニチュアといった具合にロシア人形のマトリョーシカのようになってしまい、結論はどこにもない。

ここに自分の心がある。即ち、自分がいる。管と襞のかたまりとしかいいようのない、つまりは、体の他の部分とそれほどちがいを感じない、ただの臓器の中に、自分がいる。

そしてその姿が、サラダの中のキュウリのようにスライスされ、モニターに表示されているのだ。

それは無気味であり、どこか生理的な嫌悪感をもよおさせる映像だ。

ちがう、と感じながらも、実際、この脳をとりだし、すみからすみまで探したとして、写っているもの以外の〝何か〟がそこにかくれている、とまでは、アスカも思わない。

何よりも、これが、この臓器が、この体に移されたからこそ、今、自分がいる。河野明日香の記憶をもち、河野明日香の考え方をし、河野明日香の行動をしようとする、まったく外見の異なる女。

身長は七センチ低くなり、体重は最大のときで十六キロちがった。

百七十二センチ、六十四キロの体が、百六十五センチ、四十八キロしかなくなったのだ。さらに筋肉は、ほとんどないに等しく、投げ、突き、蹴《け》ろうとするアスカの指令にまるでしたがおうとしなかった。

歯がゆく、腹立たしく、そして危険ですらあった。

それはそうだ。銃を、ナイフを、つきつけようとする相手を、コンマ何秒のスピードで腕をはね、足ばらいをかけ、地面に倒すことのできた記憶が、自分にはある。同じ状況で、同じ動きをしようとしたとき、まず速度がちがう。

心の指令に対し、いや以前なら、心が指令する前に、反射的に動いていた体が動かない。そしてようやく動きだしても、嫌になるほどその速度は遅く、しかもパワーがない。

はねあげた筈《はず》の腕は、ほんの数センチしか動かず、はらった筈の足に、自分の足がはね返される。

それは結局、〝しない方がよかった〟結果を生む。

ナイフを外し、相手を叩《たた》き伏せたつもりが、気づくとナイフはつき刺さり、横たわっているのは自分の方、といった具合だ。

アスカは明日香であったとき、自分の能力は鍛練のたまものだと思っていた。祖父に仕込まれた柔術、高校から始めた空手、生来の体格を、さらに鍛練が強くした。

しかし今になって気づいた。格闘技にも、やはり才能があるのだ。いかに鍛えようと——むろん神崎アスカとなってからの数年で、河野明日香であった二十六年を超えることができよう筈もないが——元の強さをとり戻すのは不可能だ。

河野明日香の体にあった才能は、河野明日香の脳には存在しない。してもそれはごくわずかで、神崎はつみであった肉体を同様に操るのは無理だった。

ならばちがう生き方をしていく他ないのか。犯罪捜査の現場を離れ、ふつうの事務や販売の仕事について、犯罪者と渡り合う生活に別れを告げる。

神崎アスカの肉体は、それに向いているかもしれない。

今はもう、自分の容姿が男たちの心を惹きつけるものであることに慣れてきた。

街を歩けば、男たちの目が注がれる。電車に乗っていても、車輌《しゃりょう》の中の多くの人々の視線が自分に集中している。

盛り場をひとり歩いていて、スーツを着て妙になれなれしい喋《しゃべ》り方をする男たちに声をかけられることが多くなった。彼らはスカウトマンで、アスカに酒場のホステスにならないかと誘ってくるのだ。

——君には天性のものがあるって。黙っていても男の人を惹きつける色気がある

そういったスカウトマンを、危うくぶちのめしそうになった。

それは、河野明日香が最も嫌う種類の女たちを喜ばす言葉だった。男に頼り、男を利用して、生きていく女。

河野明日香は、男を頼ろうと思ったことはない。まして利用するなど、考えられない。男であろうが女であろうが、利用するなんて生き方は最低だと思ってきた。第一、自分のために、男が何かの犠牲を払う、などということが想像できなかった。

男はときどき、そういう馬鹿な真似をする。同性の目から見れば、嘘であることは明らかなのに、女の甘えや媚《こ》びにだまされ、金や権力をひとりの人間のためにつかう。

そういう男の愚かさにもう、腹を立てることはなくなっていた。自分とは無縁なものであるし、どのみち河野明日香に対し、そんな申し出をする男はひとりもいなかった。

我慢がならなかったのは、男の愚かさにつけこむ女たちだ。

鼻にかかった声をだし、身をくねらせ、体の線を強調する洋服を着て。

男の前では、男の保護がなければ生きていけないようなことをいい、男がいなくなると、その愚かさを嗤《わら》い、利用しているだけだといい放つ。

初めて神崎はつみに会ったときも、そうした女に感じる嫌悪感を、アスカは抱いた。細くて高い踵《かかと》のパンプス、大量の化粧品、露出の多い衣服、すべてが男の目を意識し、男を喜ばせ、そして男から〝果実〟をひきだすための道具だった。いや、神崎はつみのためにつけ加えるなら、はつみ自身が、道具となるべく育てられた女だった。

二人は出会って、短い会話を交わし、理解しあうことはなかった。はつみはもう、この世にいない。その肉体は残ったが、心は滅んだ。頭に撃ちこまれた銃弾が、心を消し去った。

はつみの肉体を得て、少しずつアスカは、かつて自分の嫌った女たちの心を、理解できるようになった。

それはまず、弱さからだった。河野明日香と神崎はつみのあいだにある、決定的なちがいとは、容姿の差ではなく、戦闘能力の差だったのだ。

弱い女――自分がそうであることを、アスカは否応《いやおう》なく気づかされた。何よりも衝撃的で、悲しい事実として、のしかかってきた。

失ったものは、体力であり、戦う力だった。代わりに、得たものが、これまで自分には無縁で無価値だと蔑《さげす》んできた、男を惹《ひ》きつける容姿。

戦闘能力が低ければ、人は別のもので補っていく他ない。

アスカは、子供の頃遊んだテレビゲームの主人公を思い浮かべた。ロールプレイングゲームと呼ばれるものだ。剣と魔法の世界に生きる主人公の一団は、

戦闘力と体力のある、「戦士」や「勇者」の他に、さまざまな魔法を駆使する「僧侶《そうりょ》」や「魔法使い」といったメンバーたちで構成される。「魔法使い」は、直接の攻撃力は高くないものの、火炎を放ったり、凍りつかせたりして敵を倒し、傷ついた仲間を回復させる呪文《じゅもん》を唱えたりもする。

たとえるなら、河野明日香は、「戦士」や「勇者」だった。しかし神崎アスカとなっては、それは不可能だ。自分にはそれだけの攻撃力も体力も与えられていない。自分の肉体で、主人公たちの仲間入りをめざすなら、「僧侶」や「魔法使い」の道を選ぶ他ないのではないか。

しかし、容姿を「魔法」として使うことには、まだ抵抗がある。

「魔法使い」を軽蔑《けいべつ》してきた自分が、「魔法使い」になるのは嫌だ。女であること、女の肉体的な魅力を、武器になどしたくない。

アスカの悩みは、アスカだけのものだ。正反対の肉体に宿ってしまった人格の悩みなど、他人に打ち明けたところで、どうにもならない。

第一、悩みの生じる原因について知っているのは、ごくわずかな人間しかいないのだ。

かつての上司、芦田、現在の上司、永野、このあとアスカを診察することになっている脳外科医の安野、安野を紹介してくれた、最初の手術の立会人でリハビリの責任者であった小田《おだ》医師、そして、「仁王《におう》」。

仁王のことを思うと、心が乱れるのを感じる。仁王こと、古芳和正巡査部長は、かつ

て河野明日香のパートナーだった。任務においても、私生活においても。

河野明日香に、警察官として最後の任務が与えられた日、古芳は婚約指輪を手渡した。

今のアスカの指には大きすぎる指輪。

嬉《うれ》しかった。

古芳は、明日香が初めて、守られたいと思った男だった。明日香より大きく、強く、あたたかな男。

今、ふたりの関係は、うまくいっているとは決していえない。

理由は、自分にある。

明日香の脳は、はつみの肉体と折り合いをつけた。だから自分は生きていられる。しかし、明日香の心とはつみの体は、まだ折り合いをつけていない。

それが、古芳とうまくいかなくなっている理由だ。

アスカの心には、矛盾がある。古芳に愛されたい。しかしそれは、心をであって、体をではないのだ。

河野明日香であったとき、もちろんそんな矛盾はなかった。心と体は一致していて、セックスは初めてではなかったものの、ぎこちなく恥ずかしく、しかし古芳とするそれは、心と体の高まりをこれまでになく感じさせてくれるものだった。

神崎アスカの体はちがう。神崎アスカの体は、神崎はつみのものであった時代、彼女を〝持ちもの〟としていた、君国という男によって、最高のセックスの道具となるよう

作られていた。それは九年間もの長きにわたっていた。君国は、神崎はつみが十六歳のときに、彼女を手に入れたのだ。

その体を、古芳が愛する。神崎アスカとなってから、初めてのセックス。

そのときのことをアスカは忘れることができない。自分の裸身に、古芳は息を呑《の》んだ。明らかに、河野明日香の肉体にはなかった魅力を、古芳は感じたのだ。

そして行為の結果もまるでちがっていた。

感じるのは〝脳〟の筈なのに、体のすみずみから押し寄せる歓《よろこ》びに、アスカは翻弄《ほんろう》された。

セックスの快感が、これほど大きく、強く、激しく身も心も溶かすものだとは、アスカは知らなかった。まさしくそれは、別人のセックスだった。

驚いたのは、むろんアスカひとりではない。古芳もまた、そんなセックスを経験するのは、初めてのようだった。

もしそこでアスカがためらわなければ、その体験は、二人の関係をより確かで強固なものにする、よい材料となったろう。大きな快感を共有し、溶けあっていくことに、これまで以上の強い絆《きずな》を感じられただろう。

だが、アスカはそれができなかった。アスカの心は、アスカの体に嫉妬《しっと》したのだ。この体に古芳が歓びを感じるのが許せなかったのだ。

それが自分のわがままだということはわかっている。古芳は、まちがいなく自分の心

を愛してくれている。だからこそ、この体を愛されるのは嫌なのだ。

終わりのない悩み。古芳を愛し、愛されていく限り、この悩みに終わりはない。

アスカは思う。今のこの体で知りあい、愛しあった男に対してなら、そんな嫉妬は感じないだろう。その男にとってみれば、この姿が、アスカのすべてなのだ。

河野明日香を愛していたからこそ、古芳が今の自分の体を愛するのが許せない。

わかっている。古芳の愛をうけいれるべきなのだ。なのに、自分はそれができずにいる。アスカの中には、強い自己嫌悪がある。

それは、体ではなく、心の、拒否反応ともいうべきものだ。

肉体的な拒否反応は、医師たちが恐れていたほど激しくは生じなかった。

手術後、いく度かおこった痙攣《けいれん》の発作も、この一年はおきていない。発作を止める薬をもち歩き、発作の前兆となる症状、鼻の奥に感じる嫌な、ツンとした匂いを嗅《か》いだときにすぐ飲むようにしていることも、効果をあげている。

皮肉な話だった。アスカは、おそらく人類最初の、〝脳移植者〟だ。手術は成功し、肉体的な予後も順調にいっている。拒否反応はおさまりつつあって、ＭＲＩによる検査でも、血管や脳組織の異状は、ほとんど指摘されなくなった。本来、同一の存在ではなかった脳と肉体は、医師も驚くほどの〝融合〟をみせている。

にもかかわらず、まったく別の拒否反応が、アスカの中でおきているのだ。

これはおそらく、脳外科医ではなく、精神科医の領域だろう。

あるいは精神科医ならば、アスカのこの悩みを軽減する、よいアドバイスを、または薬を、与えてくれるかもしれない。

それとも、やがて心が鍛えられ、拒否反応も薄れていくのか。

アスカはかつて、肉体に対するある種の信仰をもっていた。それは格闘家がおちいりやすい信仰で、「肉体は鍛えれば鍛えるほど、強くなる」という単純なものだった。

しかし今のこの肉体となって、その信仰には限界があったことを知った。鍛えて強くなるためには、適した年齢と生まれもった才能が必要なのだ。

ならば心はどうなのだ。

肉体の限界に直面して、アスカは考えるようになった。肉体とちがって、心に「老い」はない。「老い」がないのなら、鍛えつづけることも可能なのではないか。

わからなかった。やはり才能という、個人差があるかもしれないし、鍛えるといっても、体とちがって心のエクササイズがどのようなものなのか、想像がつかない。

ただ、自分にはもしかしたらできるかもしれない、という思いがある。

とりあえず自分は脳移植を生きのびた。心の拒否反応に苦しんではいるが、生きていくことへ絶望はしていない。

この世でたったひとり、常人には信じられないような過酷な経験をしのいできた。最も苦しかったとき、かたわらにいた人間は、かつて自分が信頼し愛した男だったが、その男を信じられず、打ち明けることもできなかった。

あのときのアスカは、肉体的には今よりはるかに弱かったと思う。頼れるのは自分のみで、しかも心だけで闘い抜いた。

それに比べれば、今の自分は、肉体的にもかなり強くなっている。心肺機能もあがり、戦闘能力も、あのときのアスカよりは高くなった。河野明日香と比べさえしなければ、失望する必要はない。

比べずに生きていくこと。比べずに闘っていくこと。これこそが、心のエクササイズなのかもしれない。

古芳との関係もまた、どうなるにせよ、逃げるべきではない。もう一度話し合い、見つめ直す方法もある。

狭いＭＲＩの中で、アスカは大きく深呼吸した。

わずか二十分のあいだに、めまぐるしく動いたこの心の変化が、映像に写っていたらおもしろいのに。いや、それはむしろ恐いことなのか。

最後のブザーが鳴り、まるで拳銃《けんじゅう》からカートリッジを抜くように、アスカの体を固定したテーブルが、ＭＲＩの本体からひきだされた。

「終了です。お疲れさまでした」

耳栓を外してくれながら、技師がいった。

アスカは頷《うなず》いた。心のエクササイズが何のために必要なのか。それを安野先生はわかってくれるだろうか。

医師という立場からか、安野先生は、アスカが、拳法や逮捕術、あるいは頭部に衝撃をうける可能性のあるあらゆる過激な運動をおこなうことに対して批判的だ。MRIによる検査で、異状が見つからないとしても、アスカに自重を求めてくる。

おそらくは、麻薬取締官という、今の仕事に対しても、本音ではつづけるべきではないと思っているだろう。実際のアスカの任務が、まるで「お使い」のような、退屈でうんざりするものだとは知らないのだ。

我慢もまたエクササイズなら、アスカは、現場へでられぬことへのいらだちをおさえこもうと思う。

しかしいつまでもこのままではいたくない。

人は、ただ生きるために生きているのではない筈《はず》だ。

自分が脳移植という前代未聞の手術をへてこの世によみがえったのは、「クライン」を壊滅させるためだった。「クライン」は、新種の覚醒《かくせい》剤である「アフター・バーナー」を青少年に蔓延《まんえん》させた元凶だ。「クライン」は消えた。カリスマ的な首領であった君国は死んだ。

しかしそれで、アスカの生きる目的がすべてなくなったわけではない。もしそうなら、アスカの残りの人生は、ただの「お釣り」になってしまう。

そんなのはご免だ。

「クライン」が消えても、自分がよみがえった目的は、まだ残っている。

だからこそ、アスカは、こうして検査をうけつづけているのだ。

今の上司、永野が、アスカの能力にあまり信頼をおいていないことはわかっていた。

それもしかたがない。

河野明日香の実績は、神崎アスカの実績とはならないからだ。

退屈な、尾行や監視の任務であってもかまわない。

とにかく現場復帰がしたい。

不安もある。実際の現場で、自分がどこまでやれるか、確かめられないからだ。

それを古芳に相談したこともあった。最後に会ったとき、仁王に立ち回りの相手役をやってほしい、と頼んだ。

だが困ったような顔をして、古芳は首をふった。

かつて河野明日香であったとき、容赦なく「組み打ち」の稽古《けいこ》台となってくれた古芳が、それを拒んだ。

——今のお前は駄目だ

——なぜよ！　なぜ駄目なの？　試したいの！

アスカはかみついた。古芳は何度も首をふった。

——勘弁してくれ。もう、俺は二度とお前を失いたくないんだ。お前を壊しちまうようなことはできない

——もし相手をしてくれなかったら、本当に失くすかもしれないわよ

うまくいっていなかったせいもある。なぜあんな脅迫的なことをいってしまったのだろう。

いった瞬間、殴られるかもしれない、とすら思った。

だが殴られなかった。仁王は、なんとも悲しそうな表情をうかべ、顔をそむけた。

――それでもかまわない。お前という人間が、この世に生きていてさえくれれば

ひどい自己嫌悪は、あのときから始まった。

手早く衣服を着け、アスカは検査室をでた。安野先生の診察後は、事務所に戻らずに帰宅してよいことになっている。

古芳ともしばらく会っていない。帰ったら電話をしてみよう。

自分の態度を詫《わ》び、もう一度相談するのだ。

白いリノリウムのしかれた病院の廊下を、アスカは進んでいった。今度は、「組み打ち」の相手をやれ、とは頼まない。永野部長に、現場復帰を了承してもらう、いい方法をいっしょに考えてくれと頼むつもりだ。

仁王がもしそれにすら、反対したら。

考えたくはなかった。仁王の反対は、即ち戦友の裏切りに等しい。そのときこそ、自分は二者択一を迫られるだろう。

生きのび、そしてこれからも生きていく理由を、貫くか。

心のどこかを殺し、ただ体が生きていくのみの人生をうけいれるか。

考えなくても答は決まっている。

安野先生からも、最大限の譲歩をひきだすのだ。それをもって、永野部長を説得する。

自分はこの世でたったひとりの存在なのだ。そのことは、脳移植をうけていようがいまいが、かわりのない事実だ。

自分の人生を決める権利は、自分にしかない。

安野先生を説得し、仁王を説得し、永野部長を説得する。

これもまた、自分に課せられた、闘いなのだ。

4

その女が関東信越厚生局麻薬取締部の建物に入ってきたとき、気にとめた者は誰もいなかった。長身を、季節はずれの、丈の長いコートでくるんでいたが、表情は落ちついており、足どりは明らかに目的をもった人間のものだったからだ。

女は建物に入ると、まっすぐ「捜査課」のある二階をめざした。建物内部の配置についても、知識があるようだ。

時刻は午後八時を過ぎており、部員のほとんどは帰宅していた。残っていたのは、宿直の二名の取締官のみだ。麻薬取締部には薬物に関する電話相談をうけつけるために、二十四時間態勢で人間が配置されている。深夜、自らの薬物依存や家族の禁断症状に耐

えかねた人間たちが、麻薬取締部の電話を鳴らすのだ。

その日の宿直は、取締官になって四年目の前崎《まえさき》と、上司にあたる情報官の宮内《みやうち》だった。

捜査課長の大林《おおばやし》、それに部長の永野は、被疑者を預けた目黒警察署との会議があり、その後取締部の近くの居酒屋にいた。

その二日前、麻薬取締部は、池袋でひとりの中国人を逮捕していた。中国人の氏名は自称、林漢桃《リンハンタオ》、パスポートをもたない不法滞在者で、まだ二十代の初めながら、「揺頭《ようとう》丸《がん》」の密売グループのリーダー格と目される人物だった。

「揺頭丸」は向精神薬MDMAの錠剤で、二十世紀の終盤から、歌舞伎町《かぶきちょう》のダンスクラブを中心に中国人の若者に急速に広がっていた。服用して踊るようすが、首の骨が外れるのではないかと思えるほど激しく頭を振ることからこの名がついた。

林は「揺頭丸」の他にも覚醒剤とコカインを少量所持していた。麻薬取締部は、二ヵ月間にわたる内偵の後、自宅マンションに林がひとりでいるところを急襲し、逮捕したのだった。林にはボディガードとして配下の売人が行動を共にすることが多く、以前にも新宿警察署が逮捕しようとしてこのボディガードたちの抵抗にあい、とり逃していた。そのときは、ボディガードのひとりが拳銃を発砲し、刑事一名を負傷させている。

林漢桃は、目黒警察署に留置され、麻薬取締部の取調をうけていた。中国語の堪能な取締官の質問に対し、自称氏名こそ名乗ったものの、それ以外の答はいっさい拒否し、黙秘をつづけている。

麻薬取締部の狙いは、林の率いる密売グループの壊滅と、「揺頭丸」の入手ルートの解明にあった。

捜査課の部屋に女が現われると、さすがに宮内と前崎は不審の目を向けた。

「どちらにおいでですか」

机から立ちあがった前崎が訊《たず》ねた。宮内は机上のノートパソコンから目をあげ、やりとりを見つめている。

「あの、部長さんに会いに」

女はいった。明らかな訛《なま》りがあった。前崎は宮内をふりかえった。女のコートはくるぶしまでの長さがあり、前を閉じているので、中の服装はまったくわからない。肩からは大型のショルダーバッグを吊《つ》るしている。

年齢は二十代半ば、と宮内は見当をつけた。色が白く、どこか水商売風の雰囲気がある。

「部長はもう帰宅しましたが、どのような用件でしょう。何か薬物についての御相談なら、我々でも承れますが」

宮内は告げた。女がふっと微笑んだ。身長は百七十センチ近い。長い髪を巻きあげるようにして後頭部で留め、かなりの美人といえる。

「恋人を迎えにきました」

女は笑みを浮かべたままいって、ショルダーバッグの中に右手をさし入れた。そして

拳銃《けんじゅう》を抜くと、近くにいた前崎に向けた。

「ちょっと、あんた――」

宮内は腰を浮かせた。女の笑みが消えた。

「動かない。わたしピストルうまいよ。二人すぐ殺せる」

「何を馬鹿なことをいってるんだ」

「わたし本気」

女が引き金を引いた。女の銃は、旧ソビエト製マカロフの中国版コピーだった。銃声とともに九ミリ弾が前崎の額を撃ち抜いた。前崎は驚愕《きょうがく》を顔に凝固させたまま、倒れた。

宮内は呆然《ぼうぜん》と見つめた。仰向けになった前崎の目はいっぱいにみひらかれ、おびただしい血が捜査課の部屋にとび散っている。

「わたしの本気、わかった？」

女は銃口を宮内に向けた。

「わかった！　わかったから撃つな」

宮内は叫んだ。一瞬で部下が殺された。信じられない気持だった。

宮内は武装していなかった。拳銃は保管庫にある。

「どうしたいんだ」

唇をなめ、宮内はいった。

「部長さん、呼ぶ。すぐに」

「今、呼ぶ」

宮内は電話機に手をのばした。永野の携帯電話の番号は、電話機に記憶させてある。幸い、永野は電源を切っていなかった。

呼びだし音に宮内がほっとしたとき、女が動いた。目をあげ、唖然《あぜん》とした。女はコートのボタンをすべて外し、脱ぎすてたところだった。

全裸で、はいていた靴以外何ひとつ身に着けていない。大きく盛りあがった胸とくびれた腰、その下の濃い繁みが目にとびこんだ。

「――永野です」

返答があり、我にかえった。

「宮内です。今、事務所に女が現われて、部長に会いたいといって、前崎を……」

唇が震えた。自然、横たわる前崎に目がいく。みひらかれた目に、生命は宿っていない。

「前崎を……撃ちました」

「何だって？　何をいってるんだ――」

「本当です。今、自分の前に女がいます。まっ裸で拳銃をもっています」

女は無言で宮内に目を向けていたが、手近の椅子をひきよせると、腰をおろした。バッグを組んだ膝《ひざ》におき、その上に銃を握った手をのせる。銃口は、宮内の下半身を狙っていた。

「おいおい、本気か。こっちは今、打ち合わせなんだぞ」

「本気です。前崎は……死にました……」

永野の声がかわった。

「ちょっと待て――」

電話の向こうでやりとりがあり、やがて捜査課長の大林の声がいった。

「おい、かついでるのじゃないだろうな」

大林は捜査畑ひと筋のベテラン取締官だった。空手四段、柔道二段の猛者《もさ》で、三人の暴力団員をひとり素手で逮捕、連行してきたことがある。

「嘘や冗談じゃありません。たった今、女がひとりで部屋に入ってきて、部長に会いたいといい、いきなり前崎を撃ったんです」

「前崎の怪我は!?」

大林の声が鋭くなった。年齢は離れているが、前崎は大林の大学空手部の後輩であったことを宮内は思いだした。

「駄目です。頭を撃たれてます」

宮内は声が高くなるのを感じた。

大林が絶句した。やがていった。

「てんぱってるのか、その女は」

「わかりません。そうではないように見えますが、全裸です。全裸で、ピストルをもっ

てる……」

「いいか、落ちつけよ。今ここに目黒署の刑事課長もいて、すぐそっちに人を向けるといってる。他に何か女はいったか」

女が左手をバッグの中に入れた。マルボロのメンソールをとりだすと一本くわえ、火をつけた。

大きく煙を吐き、宮内に目で合図を送った。

「恋人を迎えにきたといいました。中国人のようですから、たぶん――」

「わかった、それ以上喋《しゃべ》るな。女は林がそこにいると思っているのだな」

「おそらく」

「今、俺と部長がそっちへ戻る。とりあえず俺が部長ということで接触する。わかったか」

「了解」

「電話は切るなよ」

大林はてきぱきといった。女が床に煙草を落とし、ハイヒールで踏み消すのを、宮内は見つめた。ようやく驚きがおさまり、怒りと恐怖がこみあげてきた。

「今、部長はこっちにくる」

「そう。電話を切って」

女はいった。

「いや、これは――」

「切って！」

宮内は受話器を戻した。逆らえば、前崎のあとを追うことになるのは、目に見えている。たった今人ひとりを殺したというのに、女の表情には何の変化もなかった。落ちつきはらい、悠然としている。

通常ならば、全裸で、人間を撃っておきながら態度の変化がないという、この状態は、女が何らかの薬物を摂取している可能性を示唆している。だが、麻薬取締官である宮内から見ても、眼球の動き、発汗等、女が薬物を摂取しているようすはない。

それは宮内にとっては安心できる兆候でもあり、また落胆する材料でもあった。

薬物によって一時的に錯乱状態となっているなら、女はいつ再び発砲するとも限らず、宮内の命はひどく危険になる。一方、薬物をやっているのなら、その効果が切れたときに女が自失、あるいは投降する可能性もある。薬物をやっていないのなら、そのどちらもないという結論になる。

女は正気で、明らかに目的を果たすために麻薬取締部を訪れ、前崎を射殺したのだ。そして必要とあれば、躊躇《ちゅうちょ》なく、自分も撃つだろう。

「――私の名は宮内だ」

少しでも情報を得ようと、宮内はいった。

「そう。宮内さん。この人は？」

女は顎《あご》で前崎をさした。怒りをおさえ、

「前崎」

と、宮内は答えた。女は頷《うなず》いた。

「あんたの名前を教えてくれ」

女は新たな煙草をくわえた。火をつけ、煙を吹きあげると、小さく笑った。

「意味ないよ」

「意味ない？」

「外国人の女、いっぱいいる。名前みんな嘘。だからいっても意味ない」

「そんなことはない」

「日本で本名いらないね。日本にいるの、本当のわたしじゃない。だから嘘オーケー、わかる？」

「そうかもしれんが、名前くらい教えてくれてもいいだろう」

女は答えず、部屋の中を見回した。

「ここは小さいね。警察よりもっと小さい。人もいない」

「警察じゃないんだ。警察とはちがう」

宮内は答えた。女は宮内に目を戻した。

「でも、わたしの恋人つかまえた」

「誰のことをいってる？」

「林」

「林、何だ？」

女は冷たく訊《たず》ねた。

「あなた死にたいか。前崎さんのように」

「死にたくはない。ただ、話がしたいだけだ」

宮内は首をふっていった。二十年のキャリアがある宮内にとっても、こんな事態が起こるとは想像したこともなかった。

「話すの、簡単。部長さん、林を連れてくる。わたし、林といっしょに帰る」

女は本気でそれが可能だと信じているような口調でいった。そんなことはできないといえば撃たれるかもしれない、宮内は話題をかえた。

「いいだろう。君は林の恋人といったな。つきあって長いのか」

女は首をふった。

「あなたに関係ないよ。それより、あなたたち、なぜ林つかまえた？」

「彼が法律で禁止されている薬を売っていたからだ」

女は鼻で笑った。

「それで林、刑務所にいくのか」

「いくかどうかはわからない。だがもし君と逃げたら罪が重くなるから、刑務所にいくことになるだろう」

女は再び首をふった。

「林を刑務所にはいかせない。あなた死にたくない、部長さんも死にたくない。だったら、林もわたしもここをでていく」

宮内の前の電話が鳴った。

「でていいか？　部長かもしれない」

女はにっこり笑って頷いた。女はひどく落ちついているように見えた。その落ちつきがどこからくるのか、宮内には理解できず無気味だった。

受話器をとった。大林だった。

「俺だ。今、事務所の外にいる。状況はどうなっている？」

「変化ありません。林の身柄を要求しています」

宮内は女を見やりながら答えた。

「女はひとりなんだな。共犯者《つれ》は？」

「少なくともここにはいません」

「わかった。今からそっちにいく」

宮内は受話器を戻した。

「今から部長がくる」

「そう」

女は短くいった。

やがて階段をあがってくる足音がして、大林が捜査課の戸口に姿を現わした。酒を飲んでいたのだろうが、酔いの気配はみじんもない。がっしりした体を濃紺のスーツで包んでいる。短く刈った髪と鋭い目つきは、あと四年で退官という年でありながら、暴力団員とまちがわれて、警察官の職務質問を張りこみ中にいく度もうけた現役時代とまるでかわっていない。

だがその大林も、床に横たわる前崎の姿と全裸で銃を手にすわっている女を見たとたん、言葉をなくしたように立ちつくした。

「あなた部長さんか」

大林は女を見つめた。目に怒りがあった。

「そうだ。君は誰だ」

女は微笑んだ。

「おかしいね。なぜ皆、わたしの名前訊《き》きたがる？　ハナコでいいよ、だったら」

大林は深呼吸した。

「いいだろう。だったらハナコさん、こんなことをして無事でていけると思っているのじゃないだろうな」

「思っているよ。わたしあなたたち恐くない。それより、すわって」

女は銃口を大林に向け、いった。宮内と女の距離は約五メートル、大林と女は三メートル、同時にとびかかっても勝ち目はない、と宮内は思った。女が銃を扱い慣れている

ことは、前崎の死体が証明している。

大林は入口に近い椅子に腰をおろした。女は満足そうに頷いた。

「これからわたしが質問する。あなた答える。よけいなこといわない。いったら、宮内さん死ぬ。いいね」

大林は女をにらみつけたまま無言で頷いた。大林も丸腰の筈《はず》だ。潜入捜査や家宅捜索の際を除けば、麻薬取締官には拳銃《けんじゅう》を携行する習慣はない。

「まずひとつ目。林はどこにいる？」

「ここにはいない。警視庁が身柄をもっていっている」

嘘だった。女に林の奪回を不可能だと思わせるために大林がついたのだと、宮内はわかった。

「それ嘘」

女は怒ったようすもなくいった。

「今日の夕方、林ここにいた。嘘つく、宮内さん死ぬ。あなたオーケーなのね」

銃口を宮内に向けた。

「わかった、警視庁じゃない」

急いで大林がいった。

「だがここにはいない。それは本当だ」

「どこ？」

「目黒警察署だ」

今度は女は否定しなかった。

「そこ、ここから遠いか」

「いや。車で十分もあればいける」

女は銃をおろし、ゆっくりと頷いた。何かを考えていたが訊ねた。

「ここ、女の人いるか」

「女の人？　今はいない。皆帰った」

「呼びだす。その女に林、連れてこさせる。男、駄目」

大林は瞬《まばた》きした。宮内には怒りをけんめいに抑えているように見えた。銃さえなければ、手もなく女をとりおさえているだろう。

「女は二人しかいないんだ。ひとりは出張中だ」

嘘ではなかった。関東信越厚生局麻薬取締部に在籍する女性取締官は二名。うち一名は現在、仙台の東北厚生局麻薬取締部に出張している。残る一名はまだ新任で、現場になどでたことがない。そんな女に林を護送させるわけにはいかない。

「あとひとりいるね。名前は？」

だが女は宮内のそうした考えを知る由もなく、訊ねた。

「神崎だ」

大林は答えた。

「神崎、何？」

「アスカ」

「神崎アスカ」

「そうだ」

「電話する。目黒警察いって、林を連れてくるよういう」

大林は宮内をちらりと見ていった。

「無理だ。そういう仕事はできない。やったことがない子なんだ」

「じゃあ、宮内さん、死ぬ」

「俺がいく。それじゃ駄目なのか」

「駄目。神崎アスカひとりでいって、林を連れてくる。他の人間いたら、二人とも死ぬ」

大林は息を吐いた。

「そんなことをいったって、目黒署は渡さない。林の身柄を」

「あなた部長。あなたが電話すれば、林でられる。ちがうか」

大林は首をふった。

「簡単にはいかない。目黒署も、あんたがここで人を撃ったことを知っている。みすみす逃亡されるとわかっていて、警察は被疑者を渡さない」

女の表情に変化はなかった。銃をもちあげ、宮内に狙いをつけた。宮内の全身がこわばった。

「じゃあ宮内さん、死ぬ。あなたもっと上の人呼ぶ。その人が林を渡さなければ、あなたが今度死ぬ。おもしろいね、最後、一番偉い人くるかもしれない」

微笑んでいた。本当におもしろがっているようにすら見える。この女はおかしい。薬はやっていないかもしれないが、心のどこかが壊れている、痺《しび》れた頭の片隅で宮内は思った。

「わかった、話をつけるから時間をくれ」

大林が早口でいった。

「なあ、あんたもそんな恰好《かっこう》だし、少し雰囲気をかえようや。ここじゃなくて、もっとゆったりすわれるところに移動しないか」

大林の目が女の背後にある窓に向けられていた。少し前に、前崎がすべてのブラインドをおろしたばかりだ。

女はゆっくりと首をふった。子供に悟らせるような仕草だった。

「わたしはここで平気。それに、日本人の男、女の裸が大好きね。だからこれはサービス」

「それにしたって、こっちは目のやり場に困る」

大林は無理したような笑みを浮かべた。

「な。何か着ないか」

「必要ない。それよりあなた、どう連絡する？」

女は声を鋭くした。大林は頷《うなず》いた。

「わかった。今、考えたのだが、今度は俺がここに残って、この宮内が話をしにいく。外の連中が、何かを決めてほしかったら、俺に電話してくればいい。そうだろ、責任者が残った方が、話もまとめやすいじゃないか」

女の口元に笑みが広がった。

「あなた、頭いいね。そうやってひとり助ける。人質減らせる、考えてる」

大林は首をふった。

「そうじゃない。この状況を誰かが説明しなけりゃ、誰も本気で林を釈放しようとはしないだろう」

女は黙った。大林は説得するようにつづけた。

「なあ、そう思わないか。こんな……こんなことになってるなんて、誰も考えない」

女は上目づかいに大林を見た。

「人質減らすだけなら簡単、宮内さんも死ねば減る」

「だからそんなことをいってるんじゃないんだ。あんたも林を連れて帰りたいのなら、少しは協力してくれ。それともあんたがでていって外の連中を説得してくれるのか。そりゃその恰好でいきゃ、喜ぶ奴もいるかもしれんが……」

大林はいらだったようにいった。女は答えない。

そのとき宮内は悟った。女が全裸になったのは、錯乱しているからではない。全裸の

女が不意に現われれば、男なら誰でも驚愕《きょうがく》し、混乱する。それは女を捕えようとする警察官も同じだ。裸であることで、傷つけてはまずいと、つい手加減もするかもしれない。覚醒《かくせい》剤のフラッシュバックを起こし、妄想状態になった元暴力団員をとりおさえたことがある。男もそのとき全裸で、同性とはいえ、全裸の相手を組み伏せるのは、どこか抵抗があったのを、宮内は覚えていた。

女は、そこまで読んで、裸になっているのだ。幸いに季節は初夏で、裸で長時間いても寒さを覚えるということもない。

女が口を開いた。

「あなたも宮内さんもここをでていく駄目。神崎アスカ、呼ぶ。神崎アスカここにきて、外の人に説明する」

「なぜ神崎なんだ、他の人間じゃ駄目なのか」

「女ならいいよ。他にいるか、じゃあ」

「男にしよう」

「女」

きっぱりといった。

「男は駄目。今から神崎アスカに電話する」

「つかまらなかったらどうするんだ？　もう仕事は終わっている」

大林はくいさがった。

「つかまるまでここにいる。わたし待つの平気。うんこもおしっこもここでする。わかる？　わたし何も恐くないよ」

大林は一瞬、目を閉じた。

「わかった。電話をしてみる」

背広に手を入れかけ、女に念を押した。

「携帯電話をだすだけだ」

女は小さく頷いた。大林が武装しているとは、夢にも疑っていないようだ。

事実、大林がとりだしたのは、ただの電話だった。

大林は、記憶させていた番号を呼びだし、通話ボタンを押した。

5

「で、安野先生は何といったんだ？」

〝仁王〟こと古芳が訊《たず》ねた。古芳はちょうど勤務が明けたところだった。桜田門《さくらだもん》に近い日比谷《ひびや》で待ちあわせ、ビルの二階にあるこぎれいな居酒屋にアスカと古芳はいた。

「別に。どこも異状ないって。結局、前例のない手術だから、前もって何かが悪くなるってのは、予見しづらいらしいの。何か悪くなってから考えましょうってことみたいよ。それはつまり、ふつうの健康な人といっしょってことじゃない？」

アスカはいってビールの小ジョッキに手をのばした。突然の呼びだし電話に、古芳はとまどったようだが、でてきてくれた。久しぶりに古芳の顔を見たとき、アスカは胸が高鳴るのを感じた。やっぱり古芳が好きだ。古芳にも自分を好きでいてほしい。問題は、あたし、この自分自身だ。

「それはちがうだろう。ふつうの人間なら十の衝撃で壊れるものが、お前の場合は、一か二で壊れるかもしれないんだ。健康とはいえない」

「壊れるかどうか試してみなけりゃわからない。十でも大丈夫かもしれないでしょ」

ビールをひと口飲んで、アスカはいった。古芳はすでに二杯目の大ジョッキを半ばまで空けているが、少しも酔っているようすはない。かつては自分もそうだった。二人で大ジョッキを二十杯空けたこともある。

だがこの体はちがう。神崎はつみの肉体はビールの中壜《びん》がせいいっぱいだ。だからアスカはちびちびとしかビールを飲めない。それでも安野先生には、アルコールは止められている。アルコールの摂取は、脳の萎縮《いしゅく》を早めるというのだ。

「腕や足とはちがうんだ。骨は試してみて折れたら、くっつくのを待ちゃあいい。だが脳味噌《みそ》は壊れちまったらくっつくのを待ってわけにはいかない」

「そんなことは百も承知よ。忘れたの。あたしだって何回も発作を起こしている。今は薬を飲んでいるから平気だけど」

「だが酒を飲んでいる」

古芳はアスカの手にあるジョッキを見やった。

「酒も駄目だといわれているのじゃなかったか」

「その通り。でもあんたならわかるでしょう。あたしは、ただ生きていたいわけじゃない。今のこのあたしが病人だというのならしかたがない。でもちがう。宝石箱に入った宝石でもない。あたしは、あたしらしく生きたいのよ」

古芳の顔が歪《ゆが》んだ。何度となくくり返してきた議論にまたはまってしまいそうだ、とアスカは思った。それではいけない。古芳を呼びだした意味がない。

息を吐き、話題をかえた。

「そういえば安野先生がおもしろいことといってた。先週、小田先生とメールのやりとりをしたんだって。そうしたら、コワルスキー先生が行方不明になってるらしいっていうのよ」

「コワルスキー先生？」

「あたしの手術をした人よ。あのときちょうど学会があって日本にきてた——」

「ああ。前にアメリカで同じ手術をしようとして、免許をとりあげられそうになったっていう」

「そう。結局、とりあげられたらしいの。あたしの手術のあと、アメリカに戻って、猿の脳移植手術をやったの。それが動物愛護団体か何かに責められて、州の知事が、選挙の票稼ぎで、免許を剝奪《はくだつ》したらしいわ」

古芳は首をふった。

「お前にとっては命の恩人だが、やっぱり少し変な奴らしいな」

「あたしは直接会ったわけじゃないから。コワルスキー先生は手術のあと、すぐにアメリカに帰っちゃって、小田先生がリハビリのデータとかを送っていたの。それが最近、メールを打っても連絡がつかなくなってるって……」

古芳は瞬《まばた》きした。大男で表情をあまり外にださない古芳は、一見すると鈍重な頭脳しかもっていないように思える。だが実際は、回転が速く、瞬間的な判断力にすぐれた警官だった。

今は薬物対策課から捜査一課に移っている。それも立てこもりなどを専門に扱う、強行犯の突入部隊のメンバーだ。階級は巡査部長のままで、麻薬取締官に着任したアスカが警部補待遇であることを考えると、下位に位置する。

もっとも殉職した河野明日香は「二階級特進」して警部補となっているのだから、階級的にはアスカと同じだ。

「地下に潜って違法手術を始めたのじゃないか。実際そこまでやる奴がいるとは思えないが、脳移植っていうのは、考えてみりゃ、整形以上に、身許《みもと》をかえられる手段だ」

「わからない」

確かに脳移植は、顔の整形以上の効果をもつ。顔をいくらいじっても、犯罪者は指紋やＤＮＡまでもをかえることはできない。特にＤＮＡによる特定技術が犯罪捜査に普及

した現在、整形手術は、ほんの上辺のごまかしにしかならなくなっているのだ。

だが脳移植手術なら、完全な別人となることが可能だ。顔はおろか、指紋もＤＮＡも、人種も、性別すら別の人間に変化することができる。ただしそのためには、肉体の提供者が必要だ。脳死状態で、しかも拒否反応の発生率の低い、適合ドナーだ。

そんな人間がおいそれと見つかるわけはない。ということはつまり、提供者は調達する他ないのだ。

犯罪者が逃亡のために脳移植をおこなうなら、それは自動的に殺人の罪をひとつ重ねているということだ。

脳移植が公に許可される未来は、おそらく永久にこないだろう。そんなときがくれば、若者の体に自分の脳を移植しようという大金持の年寄りのために、ドナーを作りだそうとする犯罪組織が必ず出現する。

「そんなことになったら警察はお手あげだ。脳だけを鑑定するなんて、絶対にできっこないのだからな」

牛タンの塩焼きののった皿を見つめ、古芳はつぶやいた。話題にふさわしくないつまみだった。

携帯電話が鳴った。それも一台ではない。二人の電話が同時に鳴りだしたのだった。

一瞬顔を見合わせたあと、二人は電話をうけた。五分後、席を立った。

覆面パトカーが日比谷のビルの前に迎えに現われていた。二人が乗りこむと赤色灯を

点灯し、目黒に向かってサイレンを鳴らして疾走する。

「状況はどうなっていますか」

アスカと後部席に並んですわった古芳が、助手席の上司に訊ねた。掛谷《かけや》という警部補で、古芳の所属する班の副班長だ。

「まだわからん。目黒署からの情報では、マル被の人数も不明、ただ銃を所持しているらしく死者が一名でた、ということだけだ。現在、麻薬取締部の建物の中に、大林捜査課長が入っている。内部との電話連絡がさっきついたが、大林課長は、情報の提供は、神崎取締官に一任すると答えただけで、それ以外の応答を拒否した。たぶん銃で威《おど》されている状態だろう」

「ＳＡＴ（特殊急襲部隊）は？」

ＳＡＴは機動隊に所属する、対テロ、たてこもり犯対応の武装特殊部隊だ。突入、狙《そ》撃《げき》、支援の三チームから一小隊を形成し、自動小銃、暗視スコープ付狙撃ライフルなどを装備している。

「すでに現場に向かっている。だが内部情報があまりに少ない。マル被の人員、武装内容がわからないのでは、突入はできない。情報収集が最優先だ」

掛谷が体をねじり、答えた。そして興味のこもった目でアスカを見つめた。

「麻取にこんなべっぴんさんがいたとはな」

古芳はとりあわず、アスカに訊ねた。掛谷を意識したのか、言葉づかいをかえている。

「神崎さんを指名したのは、マル被らしい。心当たりは？」

「ありません」

古芳にあわせ、アスカは言葉づかいを改めた。

「わたしの仕事は、現場ではなく、ＦＢＩ、ＤＥＡ（連邦麻薬取締局）などの駐在官との連絡調整です」

「未確認だが、被疑者の一名は女性らしい」

掛谷がいった。

「何か要求はしてきたのですか」

アスカは訊《たず》ねた。

「麻取が最近挙げた、中国人被疑者の釈放らしいが、これも未確認だ」

「林漢桃だわ」

アスカはいった。

「揺頭丸の密売グループのボスで、前に新宿署が逮捕しそこねた」

古芳は唸《うな》り声をたてた。

「その話は聞いたことがある。二十そこそこの若造ばかりのグループで、やたらキレてるって評判の連中だろうが」

掛谷を見た。

「だとしたら、用心してかからないと。新宿署の生安（生活安全課）がひとり、奴らに

撃たれてます。相手が刑事だろうが何だろうが、関係なくチャカ向けてくる奴らです」

　掛谷の表情が険しくなった。

「薬でぶっ飛んでカチこんできたってのか」

「そうとは限りません。もしそうなら、交渉相手をわざわざ指名するというのは変です。何か理由があってのことじゃないでしょうか」

　アスカがいうと、掛谷は感心したようにアスカを見つめた。

「現場経験がないにしては落ちついてるね、あんた。もし必要なら、うちの女性警官を、あんたということにして送りこもうと思ったのだが……」

　アスカは首をふった。

「マル被に何か目的があってわたしを指名したのなら、必ず身分証の提示を求めてきます。トリックがばれたら危険です」

「宿直の取締官は二名といったな。武装は？」

　古芳が訊ねた。

「していません。宿直の仕事は、主に相談電話の受付です」

「大林課長も丸腰か」

　アスカは頷《うなず》いた。

「だが中に銃はある」

　掛谷がいった。

「マル被はそれを使ったのかもしれん」

「それはないと思います。拳銃《けんじゅう》の保管庫は一挺《ちょう》ずつ分かれていて、それぞれに二つ鍵《かぎ》がついています。ひとつは支給者、ひとつは部長で、両名の鍵がそろわないと開けられません。さらに弾丸は、また別のロッカーに入っています」

「するともちこみか。そうなると何挺あるかわからんな」

　掛谷は唸った。

「とりあえず、神崎さんには一度、目黒署に設置した対策本部に入ってもらう。永野部長もいるし、帰宅していた取締官にも呼集をかけているところだ」

「林漢桃も目黒署です」

　アスカはいった。掛谷は小さく頷いた。

「そうか。麻取には留置施設がなかったのだったな」

「結果、それが幸いしたのかもしれません。もし林が麻取の事務所にいたら、マル被は宿直員を全員射殺して、林を連れだしたでしょうから」

　古芳がいった。

　パトカーが目黒警察署に到着した。すでにSATの装甲バス、機動隊のバスなどが建物をとり囲むように集結している。

　アスカと古芳は、掛谷の先導で、署の大会議室へと向かった。そこには、部長の永野を含む、麻薬取締部員が七名ほどすでに到着していた。他はすべて警視庁の警察官ばか

りだ。警視庁捜査一課の刑事を中心に、目黒署、機動隊に所属する警察官でひしめきあっている。司法警察機関の施設内におけるたてこもり事件は、アスカの知る限りでは初めてだ。会議室には、緊張と、そして性格の異なるふたつの司法警察職員どうしのぎこちない空気が漂っていた。

アスカは奇妙な違和感を覚えた。自分はかつて警察官だった。部屋の大多数を占める側だ。しかし今は、〝当事者〟として、彼らとは反対の立場にいる。数としては圧倒的に少数だが、事件の解決をすべて警視庁に依存することには抵抗がある。

「神崎取締官です」

永野が対策協議をおこなっていた、警視庁捜査一課の管理官および目黒署の署長、副署長にアスカを紹介した。会議室に入ったときから、そこにいる大半の人間が向けていた好奇の視線が、さらに強まった。覚悟していたことだ。

――おい、麻取だってよ。あれでか

――俺はまた、厚生労働省のお役人かと思ったよ

――あんな美人が霞《かすみ》が関《せき》にいるわけないだろう

ひそひそ声が聞こえた。当然だった。警察は男社会だ。女の幹部警察官もいるが、決して荒っぽい現場を任されることはない。唯一の例外がかつての自分、河野明日香巡査だった。〝仁王〟とすら互角に戦えるといわれた猛者《もさ》。ここにいる何人かも、アスカは知っていた。その彼らは、現われたのが河野明日香なら、決してそんな囁《ささや》きは交わさな

かったろう。それどころか、頼んだぞ、と肩のひとつも叩《たた》いてきたかもしれない。アスカはくやしさを押し殺した。

永野が喋《しゃべ》っていた。

「神崎取締官の通常任務は、関係機関との連絡調整です。林漢桃との接点はありません」

一課の管理官は頷いた。この顔も知っている。

「ではなぜ、神崎さんを指名してきたのだろう」

目黒署の署長――明らかにキャリアとわかる、三十そこそこで警視の階級章をつけていた――がいった。

「女性の方が与《くみ》しやすいと判断したのではないでしょうか」

アスカのかたわらに立つ古芳がいった。

「君は？」

「捜一の古芳巡査部長です」

「神崎取締官と同席していました。たまたま交友関係にあるようです」

掛谷が申し添えた。署長の目に興味の色が動いた。

「君がここにきたのもたまたまかね」

「わたしたちは別々に呼びだしをうけました。ですが行先が同じだったので、いっしょにきたのです」

アスカはいった。

署長は、管理官と目を見交わした。

「わかった。古芳君はあちらで待機していてくれたまえ」

ここでは巡査部長など、兵隊のひとりにすぎない、という口調だった。意見をさしはさまれたのが気に入らないようだ。

古芳は無表情になった。

「失礼しました」

アスカはその目をとらえ、小さく頷いた。もし麻薬取締部に、自分が交渉に赴く立場になるのなら、誰よりも古芳にバックアップをしてほしかった。

古芳がその場を離れると、管理官が口を開いた。

「心当たりがないというのは確かですね」

こちらは叩きあげの警視だ。殺しばかりを扱ってきた〝殺しのプロ〟を自任している。柔道四段。本庁道場での組み手では、河野明日香巡査との戦績は、二勝三敗だった。

「まちがいありません。わたしも古芳さんの意見に賛成です」

「わかりました」

退官を間近に控えた年齢の副署長が頷いた。管理官がいった。

「ではこれから、麻薬取締部に電話をしていただきます。注意事項がひとつ。現在内部には三名の麻薬取締部員がいると思われますが、うち一名、前崎取締官が撃たれたという情報があります。残る二名は、前崎取締官と同じく宿直だった宮内情報官、そしてマ

ル被の指名で交渉に赴いた大林捜査課長です。ただし大林さんは、マル被が、責任者の部長を要求したにもかかわらず、永野さんにかわって内部に入っています。つまりマル被は、大林さんを部長であると考えている可能性が高い。ですから、それをくつがえさないように、言葉に注意をして下さい。大林部長というような役職名ではなく、大林さんと呼んでいただければよいと思います」

アスカは頷いた。大林の行動は理解できた。永野は本当の責任者だ。責任者を人質にとられては、麻薬取締部の機能が麻痺《まひ》する。かりに、厚生労働省から、より上位の役人がきたとしても——たぶんくるだろうが——犯罪捜査の経験のない人間には、あらゆる判断が難しい。それをわかっているからこそ、大林は危険を承知で身代わりを買ってで、永野も許したにちがいない。

警察とちがい、麻薬取締部には、そうした柔軟性がある。叩きあげの大林は、アスカをお嬢さん扱いして、いらだたせられる上司ではあったが、本物のプロであることはまちがいない。

「彼の性格は知ってるな。自分がいくといって聞かなかった」

永野がぽつりといった。

「正しい判断だったと思います。生意気なようですが」

アスカは答えた。永野は頷いた。

「君が動くかもしれんということで、芦田さんにも連絡をとった。おっつけここにくる

だろう」

低い声でいった。アスカはほっとした。芦田が現われれば、古芳がカヤの外におかれるのを、少しは防げるかもしれない。特にあの署長は、古芳がアスカと交友関係にあるというだけで敵意を抱いている可能性がある。

自分に再び腹が立った。すべては容姿のせいだ。だがけんめいに気持を落ちつかせた。今はそんな場合ではない。

「では別室へ」

副署長がいい、アスカは、署長、管理官、永野らとともに会議室をでた。ひと回り小さな部屋に案内される。さまざまな機材がつながれた電話がそこにおかれていた。やりとりは録音され、音声を拡大することで、少しでも内部の情報を得ようというのだ。

合図を待って、アスカは受話器をとりあげた。

「——大林だ」

「神崎です」

「今どこにいる?」

大林の声にはわずかに緊張があったが、切迫はしていない。

メモが渡された。「目黒署にいることは、マル秘」とある。

「向かっている最中です」

電話の向こうで別の人物の声がした。女のようだ。

「あとどれくらいで着く？」

「道が混んでいて……三十分、はかからないと思いますが。着いたら何をすればよいですか」

「ここにいるハナコさんは、君を外との交渉係にするといっている」

「ハナコさんはひとりですか」

「人数？」というメモを渡されるまでもなく、アスカは訊《たず》ねた。

「そうだ」

「ハナコさんはピストルをもっているのですね」

「そうだ。前崎が射殺された。もし君が指示にしたがわなければ、宮内を今度は射殺するといっている」

「皆さんは今どこに？」

新たなメモを見て、アスカはいった。

「捜査課の部屋だ。ハナコさんは一歩も動きたくないそうだ」

「ハナコさんと話せますか」

「待て」

大林が向こうに話しかけた。

「――君がくれば話すといっている」

「電話にでるのは拒否したのですね」

「そうだ」

「了解しました。下に着いたら、また電話を入れてよいでしょうか」

「待っている」

大林はいって、電話を切った。

「困りますね」

署長が眉《まゆ》をひそめ、いった。

「何がですか」

「あなたは勝手にそちらに向かうといってしまった。それでは、あなたが実際にいかなければ、犯人を刺激することになる。我々としては、もっと時間を稼いで、情報を得たいのですよ」

現場経験の乏しい、キャリアらしい言葉だった。慎重であるかのようだが、時間をかけたことによってひき起こされる被害について、責任をとる気があるかどうか、疑わしい。

「情報は得ます。わたしが自分の目で」

「そのことについて、まだ許可はでていない筈《はず》です」

署長はいった。

「誰の許可のことをおっしゃっているんです？　わたしは警察官ではありません。もし許可を得る必要があるとすれば、あなたではなく、永野部長です。それをお忘れなく」

署長は息を呑《の》み、目を丸くした。管理官が苦虫をかみ潰《つぶ》した表情で、永野に訊ねた。

「どうしますか」

永野はアスカを見つめた。

「犯人はすでに前崎を殺している。いくのなら非常に危険な行動になるぞ」

「わたしがいかなければ誰がいくのです？　もし代理をさし向ければ、また被害がでるかもしれません」

アスカは答えた。そのとき、部屋のドアがノックされた。制服巡査が戸口に立って、副署長を呼んだ。

耳打ちをうけ、副署長は困惑した表情でふりかえった。

「本庁から生安部長の芦田警視長がみえたということですが……」

「私がお呼びしました」

永野がいった。

「実は神崎取締官は、芦田さんの推薦で麻薬取締部に入ったのです」

署長と副署長、管理官の表情が変化した。ことに署長の顔はみものだった。仰天したように、口ごもった。

「お、知り合いなのですか」

「はい」

アスカは頷《うなず》いた。

「お呼びしてよろしいですか」

副署長の問いに、全員が頷いた。やがて芦田が現われた。挨拶《あいさつ》のあと、芦田はいった。

「場ちがいの人間が首をつっこんで申しわけありません。実は神崎取締官とは以前からゆかりがありまして……。お父さんが私の古い友人なのです」

無論、その場をとりつくろうための方便だった。署長はまじまじとアスカを見つめた。

「お父さんは――」

「もう亡くなりました」

ぴしりとアスカは答えた。それは嘘ではない。柔術を基本とした古武道の道場主だった父親は、アスカが警察官であった頃に他界していた。芦田とは一面識もなかった。

「では、芦田部長から、神崎さんを説得していただけませんか。神崎さんは犯人の要求に応じて、麻薬取締部に向かうといっています」

署長がいった。芦田は署長に目を向けた。

「現場の状況はわかっているのですか」

おだやかな口調だった。署長は首をふった。

「三名の取締官のうち、一名が射殺されているらしいこと以外は何も。犯人が立てこもっているのは、取締部のおそらく捜査課の部屋だと思われますが、ブラインドがおりていて内部の状況がうかがえないのです。犯人の人数も、武装の内容もわかりません」

「つまり、情報が得られていない、と」

「そうです」

芦田は管理官に目を移した。

「このような事件《ヤマ》は、私には不慣れですが、とにかく情報を得るのが、一番でしょうね」

「もちろんその通りです」

管理官は頷いた。

「だったら誰かが中に入る他ないな」

芦田が低い声でいった。アスカは口を開いた。

「犯人は外部との交渉役にわたしを指名してきました。わたしがいくのが順当です」

「こうした状況に慣れた女性警官をいかせる、という手もあります」

署長がいった。署長の目は、アスカではなく芦田に向けられている。アスカは怒りを感じた。このキャリアは、アスカをまったく〝戦力〟にならないと侮っている。あるいは、アスカ以外の全員にそう思わせたいのか。

「そういう女性警官が警視庁にはいらっしゃるのですか。自ら人質となって、銃をもった立てこもり犯と交渉した経験のある人が」

アスカは署長に訊《き》いた。だが署長はそれを無視した。

「この事件《ヤマ》は、警視庁が扱うべき性質のものだと私は判断しています。麻薬取締部は、被害者であって、解決を――」

署長の言葉を断ち切ったのは、芦田だった。

「いない。そんな女性警官は警視庁にもいない」

署長の顔がまっ赤になった。芦田は署長を見た。

「署長、話の腰を折って申しわけありません。ですがこの事案は、非常に特殊なものだと、私は思います。警察と麻薬取締部が協力しあわなければ、解決は難しいのではないでしょうか」

署長は沈黙した。芦田は永野を見た。

「部長としての、君の判断は？」

永野は厳しい表情で頷いた。

「いってもらう他ないだろうな。もし女性警官をさし向け、偽者だとばれて被害がでたら、うちとしては責任のとりようがない」

芦田の目を見つめていた。管理官が口を開いた。

「ではこれは、警視庁と麻薬取締部との共同作戦ということになります。麻薬取締部側からは神崎取締官に協力していただき、警視庁からは、捜査一課と目黒署の合同チームが援護にあたる、それでよろしいですね」

署長は渋々頷いた。管理官が言葉をつづけた。

「時間があまりありません。現段階で交渉をひきのばすのは、二名の人質にとって危険が増すばかりです。神崎さんには、麻薬取締部の建物に向かっていただきます」

「林漢桃の訊問《じんもん》をおこなって下さい」

アスカはいった。

「犯人は林漢桃の仲間です」

管理官は頷いた。

「それは永野部長に協力をいただいて、こちらでおこないます」

アスカは芦田を見た。

「捜査一課員によるバックアップを希望します」

今をおいていうときはない。アスカは決心した。

「バックアップ？」

管理官が訊き返した。

「わたし自身の補佐役として古芳巡査部長を指名します」

「それはこちらの管轄の問題です。誰をあなたの補佐につけるかは、こちらが判断します。個人的な感情は慎んでいただきたい」

管理官は冷ややかに答えた。

「わたしと古芳刑事は、合同チームを組んだことがあります。古芳さんが防犯部にいた頃に――」

全員が驚いたように、アスカの視線の先、芦田をふり返った。

「――本当ですか、芦田部長」

芦田は無言でアスカの視線を受けとめていた。署長の問いにも、すぐ答えることはし

なかった。

「芦田さん……」

管理官が促した。ようやく芦田は口を開いた。

「それについて答えることはできない。警視庁のカク秘事項に該当する事案だ」

答えたも同然だった。署長は目をみひらき、アスカをひたすら見つめた。警視庁の最高機密、キャリアの自分でさえ今は触れられない、謎の領域に、アスカと古芳が足を踏み入れた経験があるという事実は、その視線に口惜しさと畏《おそ》れを混じらせている。

永野がほっと息を吐いた。

「いきたまえ、神崎さん。大林は君を待っている」

管理官がいった。

「古芳君を呼びます」


目黒署から麻薬取締部に移動するパトカーの中で、古芳とアスカは終始無言だった。同じパトカーに、掛谷と管理官が乗り合わせていたからだ。

麻薬取締部の建物は、中目黒の山手通りの内側、目黒川に面するような位置にある。住宅街にあって、そこだけは異質な一角で、背中あわせに防衛省の技術研究所、隣には共済病院の建物がたっていた。駐車場を兼ねた、麻薬取締部の前庭には、すでに覆面パトカーが数台と、ＳＡＴの装甲バスが二台止まっている。周辺の交通は遮断され、近づ

ける者はいない。

二人は取締部の敷地の外でパトカーを降りた。古芳はジャケットの下に防弾ベストをつけている。署長はアスカのぶんも提供するといったが、アスカは断わっていた。

署長に恥をかかせたくていったのではない。アスカがそれを着て麻薬取締部に入り、万一犯人に奪われれば、犯人の武装を高める結果になるからだ。今の状態では外部からの狙撃《そげき》は不可能だが、犯人が建物の外にでればそれは可能になる。防弾ベストを着けていたら、狙える場所を狭めてしまう。

周辺封鎖をおこなっている機動隊員のあいだを歩きながら、ようやく古芳が口を開いた。小声だった。

「無茶する奴だな。むりやり俺をバックアップにつけろとねじこんだのだって」

「嫌なの？」

アスカは訊《たず》ねた。

「馬鹿いうな。だが物ごとには順序があるだろう。相当、反感買ったぞ」

アスカは鼻でふんと笑い、立ち止まった。麻薬取締部の建物の全体が見えたからだった。明りがついているのは、一階と二階の一部の窓だけだ。捜査課のある二階の部屋は、ブラインドの向こうから、わずかに光が洩《も》れている。

「一課にいったとたん、出世したくなったわけ？」

建物を見上げたまま訊ねた。古芳があきれたように首をふるのが、視界のすみに映っ

た。

あたりには、ひしめきあうほどの数の警官がいた。紺の制服に防弾ベストを着け、ジュラルミンの盾を手にしている。だが私語を発する者はひとりもおらず、重苦しい沈黙に包まれていた。

管理官と掛谷は、入口に止められた装甲バス――現場司令本部――に入っている。何人かの麻薬取締官もそこにはいて、建物内部の構造を説明している筈《はず》だ。

「ピストル、もってる？」

アスカは無言でいた古芳に訊ねた。

「ああ。急遽《きゅうきょ》目黒署で借りた。本庁にまでとりに帰ってる暇がなかったからな」

「何？」

「ニューナンブさ」

アスカは首をふった。

「それじゃ九ミリと勝負にならない」

「おい、乗りこんでいきなり撃ち合いしようってんじゃないだろうな。相手の人数もわからないのだぞ」

「そんなこといってない。でも、犯人がもってるとすりゃ、トカレフかマカロフのコピーよ」

古芳が耳に手をあてた。無線機のイヤフォンに本部からの指示が入ったようだ。襟に

つけたマイクに声を送りこむ。

「こちら一班。まもなく内部と連絡をとります」

それを聞いてアスカは携帯電話をとりだした。麻薬取締部の有線回線は、警察がすべてモニターする手配をすませている。内部とのやりとりは、対策本部に筒抜けとなる。

捜査課の直通番号を押した。大林がでた。

「はい」

「神崎です。今下につきました。状況は？」

「かわってない。そちらがくるのを、ハナコさんは待っている」

「了解。今からあがります。捜査課ですね」

「そうだ」

電話を切った。古芳が深々と息を吸いこんだ。

「二階の階段のところまで、お前といっしょにいく」

「下までよ。あがっては駄目。あんたまで人質にされちゃまずいでしょ」

「俺が？」

「あたしが頭にピストルをつきつけられたら、あなたどうする？　あたしを無視して犯人を撃てる？」

古芳は息を吐いた。〝指示〟では、古芳の援護は、建物の外までということになっていた。

「わかった。階段の下までだ」

古芳はすばやくアスカの腕をつかみ、ぎゅっと握りしめて離した。

「頼むから無茶すんな」

「わかってる」

古芳はマイクをつまんだ。

「こちら一班。マル担が建物に入ります」

二人は並んで麻薬取締部の建物に近づいていった。

6

階段にひびく足音が、大林の耳にも届いた。捜査課のドアがノックされる。

「どうぞ！」

大林は叫んだ。ドアがゆっくりと開いた。

本当にきやがった――大林は腹の中で吐きだした。新米の、顔がきれいなのと外国語が喋《しゃべ》れる以外、何の取り柄もなさそうな、神崎が、捜査課の戸口に立っていた。取り柄はもうひとつあった。逮捕術の訓練に熱心なことだ。だがあの華奢《きゃしゃ》な体では、とうていマルBなどにたちうちできない。訓練で大林は、いざというときは、目や金的を狙えと、〝汚い〟技を教えてやっていた。

とにかく神崎が本当にひとりで現われるとは思っていなかった。そんな度胸があっただけでも驚きだ。

入ってすぐの床に、血だまりを広げて横たわる前崎の姿がある。神崎はそれに気づくと、わずかに息を呑《の》んだ。

のびるなよ、のびないでくれ。大林は願った。今はお前だけが頼りだ。

神崎は失神もせず、吐きもしなかった。まっすぐ大林を見すえた。

「きました」

神崎の言葉に大林はかすれた声で答えた。

「ご苦労さま」

大林と宮内は、手錠をうしろ手にはめられ、椅子に〝固定〟されている。

神崎が怪訝《けげん》そうに、部屋の中を見回した。

「ハナコさんは？」

大林たちが並んですわっている椅子のうしろから、ハナコが立ちあがる気配があった。

ハナコはずっと二人の陰に隠れ、大林の後頭部に銃口をつきつけていたのだ。

神崎が目をみひらいた。

「ドアを閉めて。あなた以外、誰も呼んでないから」

ハナコがいった。神崎がいわれた通りにした。ハナコが笑った。

「きれいね。あなた、林の好みよ」

「そう？」

神崎は訊《き》き返した。落ちついている。

「あなたも美人よ、ハナコさん。それにスタイルもいい」

ハナコは一歩踏みだすと、大林のかたわらに立った。

「寒くないの？」

「寒くないよ。この中、ぜんぜん寒くない」

「そう。で、あたしは何をすればいいの？」

神崎はいった。地味なグレイのパンツスーツ姿で、ショルダーバッグをさげている。

「バッグを床において。こっちへくる」

ハナコは命じ、神崎は言葉にしたがった。

「止まれ」

自分から三メートルほどの地点でハナコは命じた。

「知ってる？　ハナコさん。ここは警察に囲まれているわよ」

まっすぐにハナコを見つめ、神崎はいった。

「あなたひとりでここから逃げだせると思う？」

「洋服、脱ぐ」

ハナコはそれを無視していった。一瞬沈黙し、神崎は訊き返した。

「あたしにも裸になれというの」

「あなた頭いい。その通り」

ほがらかにも聞こえる声でハナコは答えた。神崎は首をふった。

「早く！」

ハナコは鋭い声をだし、銃口を宮内のこめかみに押しつけた。

「いいわ。裸になる」

神崎は上着に手をかけた。ジャケットを脱ぎ、パンツを足もとに落とし、ブラウスから腕を抜いた。ブラジャーとパンティストッキング、ショーツだけの姿になる。

「いいスタイルね。全部脱ぐよ」

「まさかこの恰好《かっこう》で、外にでろなんていわないわよね」

さすがに神崎の声もこわばっていた。ハナコは大きな笑い声をひびかせた。

「当たり。あなた裸で外いく。その恰好で林、連れてくる」

神崎は息を吐いた。ブラジャーを外そうと背中に回した手を止めた。

「嫌だといったら？」

「あなた死なない。宮内さん、死ぬ。それでもあなた嫌か。だったら部長さんも死ぬよ」

「いい加減にしろ！　林を連れだしたいのだろう。この子を裸にして何が楽しいんだ。第一お前は女じゃないか!?」

大林は怒鳴った。ハナコは大林をふり返った。表情がかわっていた。

「わたし遊びでいってるのじゃない。これ大切なこと。あなたわかってない」

さっとマカロフの銃口を大林に向けた。大林は息を呑んだ。

「やめなさい」

神崎が叫んだ。凛《りん》とした声だった。が無視してハナコは引き金をひいた。

大林は呻《うめ》き声をたてた。銃声とともに、熱い衝撃が左足の甲を貫いた。

苦痛に滲《にじ》む視界の中で、思わず神崎が一歩踏みだすのが見えた。ハナコはさっと銃口をふりむかせた。神崎の動きが止まった。

大林は下腹に力をこめ、足もとを見た。銃弾は大林の左足の甲を貫通していた。血が靴を濡《ぬ》らし、床に伝わりつつある。

「大林さん！」

「大、丈夫だ。死にゃしない」

　これよりもっと大きな怪我を負ったこともある。貫通銃創なのだ。最悪、足の一本くれてやれば何とかなる。大林は腹をくくった。

　ハナコはふっと口元をゆるめた。

「部長さん、我慢強いね。カッコいいよ」

「ふざけるな！　どこまでやれば気がすむんだっ」

　宮内が声をあげた。怒りに語尾が震えている。

「心配すんな。こんな傷、すぐ治る」

大林はいった。宮内が興奮し、前崎の二の舞になったら目もあてられない。

「脱ぐわよ」

神崎がいった。その顔を見やり、大林は一瞬痛みを忘れた。恐怖や混乱はかけらもなかった。能面のような無表情になり、目だけに強い光がたたえられている。それは冷静な怒りだった。

そのとき大林は悟った。この神崎という新米はけっこうやる。ただ顔のきれいなだけのはねっかえりだと思っていたが、想像以上に腹がすわっている。

ハナコの反応を確かめるまでもなく、神崎はブラジャーを外し、パンティストッキングとショーツを脱ぎ捨てた。

体に不釣り合いなほど豊かな乳房と、面積は小さいものの濃い茂みが露《あら》わになった。

「どう、これでいい？」

全裸になった神崎は、これも全裸のままのハナコと向かいあい、いった。見るべきではない、と思いながらも、その光景から大林は視線を外すことができなかった。

互いに全裸の二人の女は、見つめあっていた。ハナコの方がいくぶん身長が高い。だが二人とも脚が長く、均整のとれたスタイルをしている。

もしマスコミが嗅《か》ぎつけていたら、大喜びするだろう――大林は頭の片隅で思った。もっともテレビクルーは困るにちがいない。全裸の女がでてきたら、中継のしようがないからだ。

「きれいね」

ハナコはいった。かすかに鼻白んだ口調だった。神崎が裸になっても動揺したようすを見せないのが気にいらないようだ。

「で、どうすればいいの？」

「あなた外の警察と交渉する。下まで林を呼ぶ。林、下にきたら、あなたここまで連れてくる」

「いいけど、それからどうするつもり？　林がきたって、ここからでられないのよ」

女は答えなかった。そんな交渉なら電話でできるだろう、といいかけ、大林は言葉を呑みこんだ。苦痛が激しくなっていた。痛みは甲から膝《ひざ》の下にまで及んでいる。

神崎が電話で外と交渉したら、この内部の状況を伝えられない。外の連中に中のようすを知らせるには、神崎はでていく他ないのだ。だからこそ神崎はそれを口にしなかった。大勢の警官やマスコミに全裸をさらす。それは死ぬほど恥ずかしいことだろうに、あえていい返さなかったのだ。

「林がきてから、あとのこと話す」

ハナコはやがていった。

「神崎」

大林はなるべく痛みを声に滲ませないように気をつかいながらいった。神崎のまっすぐな視線が大林に向けられた。

わたしは大丈夫です、任せて下さい——視線の中には、確かにその意思があった。

「すまない」

神崎は首をふった。そしてハナコを見た。

「じゃあ今からいくけど、その前に電話をかけていい？　でていったとたん、あなたとまちがえられて撃たれたらたまらないから」

ハナコは頷《うなず》いた。顎《あご》で机をさし、命じた。

「電話、それ使う。バッグ、おいていく」

「いいわ」

神崎はデスクの電話に歩みよった。受話器をとりあげ、ボタンを押した。

「神崎です。これから犯人の要求を伝えに、下に降ります。わたしひとりです」

受話器をおろした。そしてハナコをふりかえった。

「林がくるまで、わたしは戻ってこなくていいのね。ここに」

「いい。でも、くるとき、また裸。わかった？」

神崎は頷いた。そして大林と宮内を見やり、いった。

「すぐ戻ってきます」

7

階段の途中に仁王がうずくまっていた。手にニューナンブを握り、険しい表情を浮か

べている。全裸のアスカが階段を降りてくると、目をみひらき立ちあがった。あわてて防弾ベストを外し、上着を脱ごうとする。

アスカは首をふった。もし窓から、建物をでていくアスカの姿をハナコが監視していたら、上着を着せかけられたアスカは、建物内に警官が侵入していると教えるようなものだ。

仁王もそれを察したようだ。激しい怒りをおさえこむように息を吸いこんだ。二人は二階の踊り場から死角になる位置に立った。

「銃声がしたんであせったぞ」

「大林さんが撃たれたの。犯人はひとりよ。でも落ちついている。下手に突入したら人質が殺されるわ」

素早く小声で、二人は話し合った。

「くそ。どうすりゃいい」

「待ってて。きっとチャンスはある。作る」

暗がりの中でアスカは囁《ささや》いた。仁王が頷いた。

「わかった」

もう、無茶するな、とはいわなかった。それに気づき、アスカは一瞬、胸があたたかくなるのを感じた。仁王とあたし。今、この瞬間、昔のようなコンビに戻っている。

「いく」

アスカは短くいって、玄関に向かった。

玄関をくぐると、投光器がいつのまにか用意されていたことに気づいた。強烈な光芒《こうぼう》の中に、アスカは立っていた。

麻薬取締部の建物はぐるりと機動隊に包囲されていた。止まっている装甲バス、パトカーの向こうに、早くもテレビの中継車まで、その姿がある。

緊張をはらんだ沈黙が、瞬間、低いどよめきにかわった。上官の命令をうけ、盾をもった機動隊員が二人、走ってくる。アスカの体を隠すように、前後を盾でおおった。

「ありがとう。大丈夫です」

アスカは答え、指揮車に向かって進んでいった。

8

ブラインドのすきまから外をのぞいていたハナコは、大林と宮内をふりかえった。

「すごいね。お巡りさん、百人はいるよ」

まるで人ごとのような口調だった。

「テレビもきてる。大スターね、わたし。皆んな喜んだよ、彼女のヌード見て」

「そんなこといっている場合じゃないだろう」

大林はいった。痛みは膝をこえ、太股《もも》の半ばにまで達している。だが範囲が広がるに

つれ、ありがたいことに鈍痛にかわっていた。ただし出血は止まらない。左足は直径三十センチほどの血だまりの中にあった。

ハナコは神崎のバッグに歩みよった。拾いあげると、無造作にデスクの上で逆さにした。手帳、財布、携帯電話、ハンカチなどが落ちた。

手帳を手にした。刻印の入った表紙をめくり、身分証の頁を見つめる。日本語が読めるのだろうか、大林は横顔をにらみつけた。

ハナコがただの密航、出稼ぎ中国人でないことは明らかだった。銃の扱い、宮内たちを人質にした手際のよさ、軍隊にいた経験があっておかしくない。それより何より、無気味なのはこの落ちつきだった。林漢桃を連れてこさせたとしても、そのあとどうやって逃げるつもりなのか。

逃げられる筈《はず》がないのだ。警察は神崎から状況を聞けば、狙撃《そげき》手を用意させるだろう。いや、もうすでにこの部屋の窓に向け、ライフルがセットされていておかしくはない。

痛みを忘れるため、大林は必死に頭を働かせた。

逃走用の車輛《しゃりょう》を用意させたとして、人質を連れていかなければ意味がない。自分はもうすでに手負いで邪魔になる。とすれば、宮内か。いや、神崎を人質にするつもりにちがいない。全裸の女が二人では、狙撃手も一瞬どちらが標的なのか迷う。着衣での判断ができないからだ。

そのとき、電話が鳴った。鳴ったのはだが麻薬取締部の電話ではなく、ハナコがもっ

てきたショルダーバッグの中の携帯電話だった。

ハナコは急ぐようすもなく、バッグに歩みよった。中に手をさしこみ、電話を捜している。見つからないのか、かすかにいらだった表情になった。先に触れてくる品をどかそうと、バッグから手を抜いた。

それを見て、大林は心臓を握り潰《つぶ》されたような衝撃を味わった。

ハナコの手にあったのは、丸い金属製のボールにリングの刺さった突起がついた物体、手榴弾《しゅりゅうだん》だったからだ。

ゴトン、と手榴弾を机におき、ハナコはようやく電話を探りあてた。

「――イエス」

ハナコは声を送りこんだ。相手の声に耳を傾け、短く答えている。背中を向けているため、表情は見えない。

大林は宮内をふりかえった。宮内も目をいっぱいにみひらき、ハナコが机上においたものを見ていた。

「……なんであんなものを……」

低くかすれた声で宮内はいった。

「わからん。だがこいつは只者《ただもの》じゃないぞ」

いざとなったら俺たちを巻きこんで自爆するかもしれん、という言葉が喉《のど》につかえた。

ハナコの会話は英語で、しかも片言でぶっきら棒だった。ふた言み言、返事を送りこ

んだだけで、電話を切った。ただしバッグには戻さず、手榴弾の横においたままだ。

ハナコがふりかえった。バッグから別のもの、ガムテープをとりだしていた。

「これからが大切ね」

ハナコはいって歩みよってきた。ガムテープを宮内と大林の口に貼りつける。手榴弾の存在を神崎に教えられなくなる――大林は思った。

二人の顔にガムテープを貼り終えたとき、扉がノックされた。

ハナコはさっと拳銃《けんじゅう》をつかみ、神崎が入ってきたときと同じ位置、並んですわらされている大林と宮内の背後にしゃがんだ。髪が揺れ、かすかな香水の匂いが大林の鼻にさしこんだ。

「誰⁉」

ハナコは鋭い声をだした。

「神崎よ。大林さんを手当てしたくて戻ってきた。林はまだこないわ」

ドアの向こうから返事があった。ハナコは小さく言葉を吐きだした。罵《ののし》りのようだ。

「入っていい？」

「ひとりか、あなた」

「そうよ。約束は守ってる」

「じゃあいい」

ドアが開いた。紙製の手さげ袋を手にした神崎が立っていた。全裸のままだ。

「あなたにこれ以上、罪を重ねさせたくないの。もし大林さんの怪我がひどくなったら、あなたの立場はもっと悪くなる」

神崎は本当にひとりだった。ただし、さっきまでついていた廊下の明りが消えている。そのことに大林は気づいた。

神崎は素早く部屋に入り、ドアを閉めた。

ハナコは馬鹿にしたように鼻を鳴らした。

「勝手にすればいいよ」

立ちあがり、手榴弾をおいた机に歩みよった。神崎はまだ手榴弾に気づいてはいなかった。紙袋を手にまっすぐ大林に歩みよってくる。

大林は目で合図を送った。だがその間に、神崎の背後でハナコは手榴弾をバッグにしまいこんだ。

馬鹿野郎、なんでのこのこ戻ってきた、大林は神崎をにらんだ。だが神崎は意に介するようすもなく、大林の前でかがみこんだ。

白く輝く乳房とむきだしの下腹部がすぐ目の前にある。思わず大林は顔をそむけた。

「少し痛いかもしれませんが、とりあえず止血します。抗生物質ももらってきました」

神崎は低い声でいった。靴が脱がされ、小さなハサミで靴下を切り裂いている。血をふきとって、薬をふりかけた。そして傷口を縛るように包帯を巻きつけた。鋭い痛みが途中何度か襲い、大林は歯をくいしばった。

手当てが終わると、神崎は立ちあがった。ハナコは離れた位置で机にもたれかかり、無言で一部始終を見つめていた。

「林がそろそろ着く頃よ。下まで迎えにいっていい？」

何ごともなかったかのように、神崎は訊《たず》ねた。ハナコは無言で煙草に火をつけた。バッグから小さなペットボトルをだした。ミネラルウォーターが入っている。

「あなた、変ね」

ハナコがいった。

「なんで戻ってきた」

「いったでしょ、傷の手当てをしたかったの」

ハナコは首を傾げた。右手に銃をもち、左手のペットボトルを口に運んだ。尿意を避けるためだろう。ほんのわずか、唇を湿らせるていどしか飲まない。

「ちがうね、それ。わざわざ戻ってくる、変だよ。何かしたね、あなた」

大林は唸《うな》り声をあげた。ハナコの気をそらすのが目的だった。廊下の明りのことに気づいたら、ハナコは神崎も撃つかもしれない。この腹のすわった女取締官を、絶対傷つけさせたくはなかった。

二人の女はさっと大林を見た。

「痛みますか」

神崎が訊ねた。大林は唸りながら何度も首をふってみせた。

「早く病院に連れていった方がいい」

ハナコは平然としていた。

「今まで静かだったよ」

神崎の顔に初めて憤りが浮かんだ。

「あなたね、人を撃っておいてそれはないのじゃないの。自分が撃たれたことあるの」

「あなた、あるのか」

神崎の手が動いた。左のわき腹の少し上を指さす。そのとき初めて大林は気づいた。

小さな笑窪《えくぼ》のような傷跡がそこにはあった。貫通銃創の傷跡だ。

いったい、どこで――。大林は目をみひらいた。

ハナコはそれをじっと見つめた。

「撃ったの誰？」

「あなたの知らない男よ」

目を上げ、神崎の顔を見た。興味のこもった輝きがそこにはあった。

「その男、どうした」

「死んだわ」

神崎は答えた。

「あなた殺したか」

神崎は首をふった。

「わたしじゃない。でもわたしが人を殺せないとは思わないでね」

ハナコは神崎の目を凝視していた。神崎も視線を外さない。

やがてハナコの口もとにゆっくりと笑みが浮かびあがった。

「あなたおもしろいよ。とても、おもしろい。日本人の女、あなたみたいな人、初めて会ったよ」

そして散らばった神崎のバッグの中身を見やった。

「神崎アスカ、さんね」

神崎は小さく頷《うなず》いた。

「読めるのね、日本語」

「読めるよ」

答えて、ハナコは表情をひきしめた。

「さっ、下いって、林、連れてくる」

神崎は大林に目を向けた。大林は首をふった。戻ってくるのじゃない、お前が本当はどんな女なのかわからないが、このハナコは俺が見てきたどんな犯罪者ともちがう。かかわっちゃ駄目だ。ハナコは本物のプロだ。しかもどこかが壊れている。

大林は、踵《きびす》を返して部屋をでていく神崎のうしろ姿を見ながら、さらなる恐怖がこみあげてくるのを感じた。プロの腕をもちながら、心の壊れた犯罪者。それは、あらゆる捜査官にとっての悪夢だ。

プロの犯罪者は、自分を含むすべての人間の流血を避けるために、その技術を行使する。なぜならプロの目的は金であって、流血そのものではないからだ。たとえ殺し屋でもそれはかわらない。標的の命は奪っても、標的以外の人間の命まで奪うのを、プロは潔しとしない。不必要な追跡をうけ、余分な罪を背負いこむだけだ。報酬は、逃亡に成功しなければ受けとれない――プロにとっての鉄則だ。

心の壊れた犯罪者はちがう。流血の過程、あるいはその拡大が目的だ。逃亡は最優先事項ではなく、犯罪の遂行がまず目的となる。犯行手段は大胆だが稚拙で、スキはいくらでもある。

ハナコは、一見稚拙のようでいながら、対象の無力化に対し、非常に有効な手段を用いている。それは明らかにプロの技倆《ぎりょう》だ。鍵《かぎ》もかかっていない、出入り可能な建物の一室にいながら、狙撃《そげき》もおこなえず、強行突入もためらわせる状況を、たったひとりで作りだしたことがそれを証明している。

だがその一方で、逃亡手段について何ら配慮する気配がなく、外部との連絡も、かかってきた電話一本だけというのは、常軌を逸していた。

林をここに連れてこさせて、どうしようというのか。たとえあのバッグの中に、あと何挺《ちょう》の拳銃、何箇の手榴弾《しゅりゅうだん》が隠されているとしても、たった二人で包囲網から脱出するのは、不可能だ。

いくら日本の警察が銃器の使用に慎重だとはいっても、蜂の巣にされるのはまちがい

ない。いや、実際に蜂の巣にされるのかどうかは別としても、そうなる可能性を考えない筈《はず》はないのだ。

なのにそれをまるで恐れてはいない。死ににきた、といわんばかりの落ちつきようだ。

大林の胸にある疑問が浮かんだ。そしてぞっとした。

俺はまちがっていたのかもしれない。ハナコが林を連れだしにきた、頭からそう思っていたが、そうではないとしたら。

ハナコは林を救出しにきたのではなく、始末しにきたのだ。取調に対し、林が口を割らずにいるのは、強情なのだからではなく、服役を上回る恐怖を何かに対して抱いているからではなかったのか。

その恐怖の対象が、具体化して、今俺の目の前にいる。

もしそうならば、神崎の勇気は、ただの蛮行だ。ハナコが林を始末したあと、素直に投降するとはとうてい思えない。それくらいなら、前崎を射殺することもなく、不必要に大林を傷つけもしなかったろう。

ハナコの行動の先に待っているのは、自滅だ。しあげた仕事の成果に満足し、あとは自分を含むすべての証拠の湮滅《いんめつ》。つまりすべての目撃者もろともの自爆だ。全裸の女性の、粉々に吹きとんだ死体二体は、ハナコの身許《みもと》の確定を困難にし、さらにはハナコにこの任務を命じた存在の追及を不可能にする。

その存在は、ハナコの技倆と狂気を知って、仕事を請け負わせたのだ。

　恐怖が苦痛を上回った。大林は全身に鳥肌が立つのを感じていた。

9

　暗がりの中に細く開いた扉があった。捜査課に隣接する仮眠室だ。仁王がその扉の向こうでうずくまっている。

　アスカが手ぶりで階下を示すと、仁王は小さく頷いて見せた。連れてあがってくる林に、仁王の存在を気づかせるわけにはいかない。ハナコに警告されるからだ。

　だが、ハナコの余裕を、アスカはおかしいと感じ始めてもいた。確かに現場の状況把握に警察が時間をかけたのは事実だが、これほど開放された屋内にたてこもっていては、脱出はとうていおぼつかない。これがアメリカであれば、屋内のあらゆるところにSWAT《警察特殊部隊》が忍びこめるだけの時間が経過している。

　アメリカ留学で、こうした状況における警察の特殊部隊の攻撃方法をアスカは想定できた。突入となれば、屋内の電源を切って犯人の視界を封じる。同時に閃光音響手榴弾《スタングレネード》で抵抗の機会を奪って、一気に制圧する。おそらく警視庁のSATも似たような訓練を重ねているだろう。それをアメリカ同様に投入できないのは、ハナコの犯行にスキがないからではなく、警察上層部に判断力とSATに対する信頼が欠けているからだ。

　特殊部隊の出動は、状況の把握後は、経過時間が短ければ短いほど成功の確率が高い。

なぜなら時間がたてばたつほど、犯人がバリケードを組みあげたり、銃撃されにくい地点へと移動するからだ。そうなると逆に、警察は人質交渉人《ネゴシエイター》を投入し、犯人の懐柔や警戒心の低下を待つ時間を稼がなければならない。ただその場合、人質の、生命を含めた消耗は度合を増す。

アスカは強いいらだちを警察に感じていた。状況は明らかだ。ハナコは人質の消耗を恐れていない。自分の消耗にすら恐れを抱いていない――。

はっとした。ハナコには最初から脱出する意思がないのではないか。もしそうなら、林に対しても同じことを考えていておかしくない。

ハナコが脱出できなければ、林も脱出できない。それはつまり、二人とも死ぬということだ。

階段を降り、前庭にでた。再び機動隊員が走ってくる。青い戦闘服の上衣をすばやく受けとって、盾の陰で身につけた。膝《ひざ》まである上衣は、体の大部分をおおい隠してくれる。

アスカは指揮車に急いだ。

「ハナコの目的は林漠桃の救出ではありません。抹殺です」

アスカが告げると、管理官と掛谷を含む、指揮車内の全員が、目をむいた。

「そう、ハナコはいったのですか」

管理官が訊《たず》ねた。

「いえ。ですがハナコは逃走手段について一切、触れてきません。ヘリコプターでも事前にチャーターしてあるのでない限り、この場からの逃走が不可能であることは認識していると思います。また、それに考えが至らないほど逆上しているとも思えません」

アスカは答えた。管理官と掛谷が目を見交わした。咳《せき》ばらいし、掛谷がいった。

「つまりそれは、神崎さんの印象ですね」

「そうですが、論理的に考えてそれ以外の可能性はないと思います。ハナコが林の恋人で、ひと目会いたいからだけで、このような犯行をおこなったとは、とうてい思えませんし――」

掛谷が首をひねった。

「神崎さん、こんな事件《ヤマ》を踏むようなほしは、たいてい頭のタガが吹っとんでいるものです。何がしたかったかなんて、ちゃんと説明できないことの方が多いんだ」

管理官がつづいた。

「かりに、ハナコが神崎さんのいわれるような暗殺者だったとしましょう。林を殺したあと、ハナコはどうするんです」

「たぶん自殺します」

「それは筋が通らない。ハナコが恨みで林を殺しにきたのならそうかもしれないが、あなたは逆上しているようすはないという。ならば、金で殺しを請け負ったプロということになる。プロは自殺などしませんよ。死んだら金をもらえない」

「わかります。ハナコは異常におちついています。緊張はもちろんしていますが、といって狙撃や強襲班の突入をそれほど警戒してはいません。林がくる時刻に対しても、神経質にはなっていません。このことは、ハナコが自分の脱出の可能性をさほど重要視していないと判断できる材料になります。ハナコが脱出に執着していないとしたら、林の脱出はもっとおぼつきません。だとすれば、林が到着後、いったいハナコは何をするつもりなのでしょう」

掛谷は手を広げた。

「会いたかったわ、てなものじゃないのか。余分の拳銃《けんじゅう》でも渡して、さあ、あなた逃げましょう……」

アスカは首をふった。自分が侮られているのは我慢できる。だが警察の判断の甘さが、これ以上の犠牲者をだすのは、何としても避けなくてはならない。

「林の訊問《じんもん》はどうなってます？」

「こっちへ着いてからも、パトカーの中でつづけています。ずっとだんまりで、ハナコについちゃ知らぬ存ぜぬです」

管理官が答えた。

「怯《おび》えているようすはありませんか。ハナコに会いたくない。留置場に戻してくれ、といったような――」

管理官は掛谷に目を向けた。

「――不思議がっている」

答えたのは、同じ指揮車内で待機していた、麻薬取締部の沖野《おきの》だった。主任情報官で、大林に次ぐ地位にいる。

「永野さんと訊問に立ちあったが、なぜ自分が移送されるのか、疑問に思ったようだ。通訳にあれこれ訊《き》いていた」

「奇妙だと思いませんか。林が、これほど情熱的な恋人をもっていたら、起こったことに対し、疑問を抱くというのは。むしろ、救出に仲間や恋人が動いたのを、当然と考えるべきでしょう」

アスカは沖野にいった。

「だが、まさかここまでやるとは思っていなかったのじゃないか。ハナコのことは、誰だかすぐにわかったが、かばっているという可能性もある」

掛谷がいった。

「林と話させて下さい。それと、その間にＳＡＴの配置をお願いします」

アスカは管理官に頼んだ。管理官は険しい表情になった。

「林と話すのは可能です。しかしＳＡＴについちゃ、上の判断を待つ他ない」

「上、というのは？」

「警察庁や公安委員会といったあたりじゃないかな」

アスカは首をふった。警察はハナコを単独犯と知り、全裸であることも踏まえて、消

耗戦にもちこめると考えているようだ。人質はこれ以上増えない。最悪、三人の犠牲者で、ハナコを〝無傷で〟とりおさえることができる。

　無傷で容疑者をとりおさえるというのは、日本の警察にかかった呪縛《じゅばく》だった。かつて警視庁警察官であった頃、アスカはどれほどその呪縛にいらだちを感じたかわからない。

　確かに無用の暴力を用いず、容疑者を確保するのは、賞讃《しょうさん》に価する警察活動だろう。だがそれは、犠牲者が生まれないケースに限っての話だ。これ以上は増えようがないだけ犠牲者が生じてから、犯人を無傷で逮捕したとして、そこに何の意味があるのだ。

　呪縛を生みだすのは、マスコミと警察の上層部だ。たとえ犠牲者がひとりもでなくても、犯人が負傷したり死亡すれば、マスコミは必ず警察を批判する。それを上層部は恐れている。

　犯人の命と人質の命と、どちらが大切なのか。同じ人間の命とはいえ、その答は明らかだ。

　だがマスコミは決してそれを認めない。人質が無傷で、犯人の負傷が大きければ大きいほど、「やりすぎである」という記事が載る。犯人の負傷とひきかえに、人質の無傷を勝ちとったとは、決して理解しないのだ。一方で、人質に死傷者がでれば、どこかに「強行突入もやむなし」という空気が生まれる。その上で犯人を無傷で捕えれば、「これほど凶悪な犯罪者であっても、負傷させなかった」という、賞讃される条件を警察は得られるわけだ。そこにあるのは、現場の捜査官や犠牲者の心情を無視した、警察機構と

マスコミの駆け引きにすぎない。

今すでに一名が死亡し、一名が重傷を負っている。にもかかわらず、警察は強行突入の決断を下せないというのか。

かつて自分が所属していた組織とはいえ、その鈍重さに、アスカは歯がみする思いだった。だがここで、管理官や掛谷にかみついたとしても、意味はない。判断は確かに、彼らのはるか上にゆだねられているのだ。現場の状況を自らの目で見ることもせず、今起こっていることよりも、このあとの政治的な対応についてばかり頭をめぐらせている人間たちにだ。

「林と話します」

アスカがいうと、管理官は頷《うなず》き、掛谷に目配せをした。

アスカは掛谷に伴われ、指揮車をでた。すぐうしろに停車したパトカーに、三人の刑事に囲まれて、林はいた。

ひとりの刑事と入れちがいになる形で、アスカはパトカーの後部席、林漢桃の隣に乗りこんだ。

林は小柄ながら、均整のとれた体つきをした男だった。年齢はまだ二十五にも達していない。だがその顔にあどけなさはなく、ひきしまっていて、むしろふてぶてしさすら漂っている。ひと目見て、相当の修羅場をくぐってきていると、アスカは判断した。おそらく十代の初めころから、暴力や犯罪を日常とする生き方をしてきたにちがいない。

ハナコの言葉ではないが、日本人の若者には決していない顔つきをしている。短く刈った髪と、色白で整った顔だちはハンサムといってもよいくらいだが、目には冷たい闇が宿っていた。

連日の取調でも落ちなかった筈だ。よほどのことがなければ、自供などしないだろう。

林は、だぶだぶの戦闘服の上衣を羽織っただけのアスカに、おもしろがっているような視線を向けた。通訳も兼ねているのだろう、助手席にすわる刑事に、何ごとかをいった。

刑事がぴしりと短くいい返した。おそらく自分の恰好《かっこう》をからかったのだろう、とアスカは思った。

「時間がないから、質問だけに答えろと伝えて下さい」

アスカは刑事に告げた。刑事が通訳すると、林がいった。

「その女のことは何も知らない、といっています。でも自分を解放してくれるのなら、結婚してやってもいい、と。ふざけた野郎です」

刑事が訳した。

「あんたは誰かに殺される心当たりはあるか、と訊いて下さい」

刑事の質問を聞くと、わずかに林の顔が変化した。

「自分を消したがっている奴らはたくさんいる、といってます。日本人にも中国人にも」

「あたしは、今そこに立てこもっている女に、交渉役を任されている。その女は、あん

たを連れてこいといっているけど、目的は助けることじゃなくて、殺すことかもしれない」

　刑事の言葉に、林は首をふった。

「だったら自分はいかない。わざわざ殺されにいく馬鹿はいない」

「いくのよ」

　アスカは林の目を見ていった。

「あたしとしては、あんたが殺されても人質が解放されるなら、それでかまわない」

　林は叫び声をあげた。

「冗談じゃない、そんなことは許されない筈《はず》だ、と騒いでいます」

　アスカはふりあげた林の手錠をつかんだ。

「だったら答えなさい。誰があなたを殺そうとしているのかを」

「知らない」

「いいわ。じゃあ殺すときに、その女から聞きましょう」

　アスカはパトカーのドアを開けた。林の手錠の鎖をつかんだままだった。

「いくわよ」

　林はアスカの手をふりはらおうとした。アスカは渾身《こんしん》の力で林をひきずりだした。

「なめないで。あんたのために、麻薬取締官がひとり殺されているのよ。もし人質が解放されるなら、あたしがこの場であんたの頭をぶち抜いてもいいわ」

林の体をパトカーの車体に押しつけ、その目をのぞきこんでアスカは告げた。あわてて、パトカーを降りた刑事が通訳する。

後方から取材をおこなっている、テレビクルーや記者たちがそのようすを何ごとかと注目し始めた。

通訳したあとで、刑事がつけ加えた。

「神崎取締官、この状況はあまり好ましくありません」

だがその直後、林が喋《しゃべ》った。アスカを見返したままだった。聞き逃した刑事が、もう一度くり返させた。

「何といったの」

「自分の刑期はどれくらいか、と。強制送還はされないのか」

「十年。強制送還はない。されるのは、刑期を終えたあと」

アスカはいった。それを聞かされた林の目に変化があらわれた。素早く頭を働かせているようだ。口を開いた。

「――取引をしようといっています。自分は大きなネタをもっている。五年でだしてくれるのなら、それを提供する、と」

「いらない。殺されろ」

「本当にそういうんですか」

「いって下さい」

林の目がみひらかれた。首をふり、早口でまくしたてた。

「話をする、といっています。ただし安全な場所にいってからだと」

アスカは首をふった。

「今ここで話すのよ。話したら、あんたが殺されないようにしてあげる」

「神崎さん！」

見守っていた掛谷が一歩踏みだした。その肩を叩《たた》いた男がいた。アスカはふりかえった。芦田だった。いつのまにか、目黒署から移動してきたようだ。

「ここは彼女に任せよう」

林が喋った。

「どういう風に守ってくれるのか、といっています」

アスカは顎《あご》で麻薬取締部の建物を示した。

「中にはもう警官が入っている。あんたを連れていき、殺されそうになったら、女を撃ち殺す」

本当かというように、林は他の刑事の顔を見回した。

「信じたくなければ信じなくていい。あたしはどのみちあんたをあそこに連れていくし、あんたが喋らなければ、殺されるときも手だしをしない」

アスカはいった。林は唇をなめた。アスカの目と、他の刑事たちの顔を何度も見比べた。

「――わかったよ。アメリカドルだ」

林がいった。

「アメリカドル？」

「俺たちはチェチェン人からアメリカドルをかっぱらった。十万ドルだ。奴らは揺頭丸を欲しがり、その代金としてもってきた。だが薬を渡さずに、金だけをいただいたんだ」

「いつの話？」

「一週間前だ。新宿のホテルでやった。殺さずに、すっ裸にして縛りあげて帰った。たぶんそれを恨んでいるんだろう」

「その金はどこにあるの」

「仲間に預けてある」

アスカは芦田をふりかえった。

「チェチェン人の名は？」

「ニコライ」

アスカは林の体にかけた力をゆるめた。

「状況がかわったな」

掛谷がつぶやいた。

「すぐに知らせないと」

その目が指揮車に向けられている。アスカはいった。

「もうこれ以上ハナコを待たせることはできません。林を連れていきます」

「待って下さい。重大な情報が入ったんだ。一度上に連絡しなくては――」

「ＳＡＴの出動はあるんですか」

「だからそれは……」

芦田が口を開いた。

「警察庁は、同じ司法警察職員である麻薬取締官を守るために、通常より早くＳＡＴを投入したとのそしりを避けたいようだ」

「警視長――」

掛谷が言葉を詰まらせた。

「本当のことだ。たった今まで、私は目黒署の本部にいた。その上マスコミが集まりすぎている。ＳＡＴを投入するなら、取材陣を一度下げなきゃならん。装備とかを秘密にしておきたいからな」

アスカは掛谷に目を移した。

「どうやらいくしかないようです。これ以上待たせたら、ハナコはまた人質を殺します」

「中に本当に誰かいるのか」

芦田が訊《たず》ねた。

「古芳さんが」

アスカは答えた。芦田は小さく頷《うなず》いた。

「やってみる他ないようだな」

「芦田警視長、まずいですよ。確かに古芳は神崎さんの援護を命じられていますが、それ以上のことは、一課としてもまだ何も――」

「いくわよ」

掛谷の言葉を最後まで聞かず、アスカは林の腕をひっぱった。林は度胸を決めたようについてくる。

麻薬取締部の前庭を二人はよこぎった。もう誰も止めようとはしなかった。

建物の前に立つと、アスカは戦闘服を脱ぎすて、再び全裸になった。

「――」

林が何かをいった。それには耳を貸さず、アスカは建物の中に入っていった。

10

「あなた、遅かったよ」

ノックして入ってきた神崎に、大林の頭ごしにハナコはいった。拳銃《けんじゅう》が大林の肩の上、すぐ耳もとでかまえられている。バッグも、ハナコは自分の足もとにおいていた。

「林を連れていかせたくない連中がいて、調整に手間どったの」

神崎は答え、背後をふりかえった。手錠をはめられた林が扉の向こうに立っていた。

ハナコが中国語で何ごとかをいった。おそらく入れとうながしたのだろう、と大林は思った。

林が入ってきた。ひどく緊張した表情を浮かべている。やはりハナコのことは知らないようだ。林が喋った。お前は誰だ、と訊《き》いたようだ。

ハナコが大林たちの背後からでていった。肩にショルダーバッグをかけている。林の問いには答えず、二人に近づいた。

神崎が動いた。歩みよってくるハナコと林のあいだに立ち塞《ふさ》がった。ハナコの口元から冷たい笑みが消えた。

「約束通り、林を連れてきた。二人を解放してもらうわよ」

ハナコはふっと笑った。

「わたし、いつ解放するといった。林を連れてくる、それしかいってない」

神崎は驚いたようすを見せなかった。

「じゃあどうするの？」

「林とまず話す。そこをどく」

神崎は首をふった。

「それはないのじゃない。あなたにいわれた通り、あたしはした。裸になって、おおぜいの警官や新聞記者の前をいったりきたりして、ここにこうやって林を連れてきた。なのに、もう用はないからどけ？　なめるんじゃないわよ！」

大林が息を呑《の》むほど、激しい口調だった。

「あたしはあんたの奴隷じゃない。わかる？　あたしは自分の意思でここにきたのよ。二人を解放して。人質が必要なら、あたしが残ってあげる」

ハナコの目を見つめて、神崎は告げた。ハナコはわずかに息を吸い、わきにたらしていた右手をもちあげた。銃口を神崎の額に向ける。

「あなたそこどく。じゃないと撃つね」

「十万ドルのありかを訊くの？」

神崎がいった。ハナコの表情がかわった。その瞬間、捜査課の扉が蹴《け》り開けられた。

「そのままっ」

防弾チョッキを着けた大男が躍りこんできた。ハナコの銃がそちらに向けられる寸前、神崎の手がハナコの右腕をはねあげた。

銃声が轟《とどろ》き、捜査課の天井を銃弾が射貫いた。大男が右手のリボルバーを発砲した。ハナコの胸に銃弾が吸いこまれ、背中に抜けて血しぶきをほとばしらせた。有無をいわさぬ射撃だった。

ハナコは目をみひらいたまま、すとん、と床に膝《ひざ》をついた。そのまま倒れこむのを防いだのは神崎だった。上半身をうけとめ、右手の拳銃を奪いとった。

ハナコの体を床に寝かせる。

「仁王！　救急車！」

神崎が叫んだ。

「おうっ」

大男が吠《ほ》えるように応《こた》え、窓ぎわに走りよった。ブラインドをひきはがし、窓を大きく開けると、外に向かって怒鳴った。

「救急隊！　担架急げっ。人質は解放したあっ」

神崎は床に正座し、ハナコの頭を膝にのせていた。

「聞こえる!?　聞こえる!?　ハナコさんっ」

ハナコの閉じた瞼《まぶた》がわなないた。大林ははっとした。ショルダーバッグは、まだその左肩にあった。そしてハナコの左手がバッグの中にさしこまれている。

「――――」

大林は喚《わめ》き声をあげた。神崎の目が大林に向けられる。宮内も叫んでいる。ガムテープの下で、バッグ、手榴弾《しゅりゅうだん》、といっているのだが、言葉にならない。

大林は必死になって、バッグを目で示した。だが神崎は気づかない。

頼む、神崎、バッグだ。

「ハナコさん、あなたをよこしたのはニコライなの」

ニコライ、誰だそれは。そんなことよりバッグだ！

ハナコは目を閉じたまま答えない。だが左手だけが底の深いショルダーバッグの中で、別の生きもののように小さく蠢《うごめ》いている。

林がそのとき動いた。ハナコの左手からバッグをひったくり、あらわになった手榴弾を奪いとった。

「動くな！」

日本語で叫んだ。手錠をはめられた両手で手榴弾を掲げている。左手で本体を握り、右手が安全ピンにかかっていた。

全員が凝固した。ハナコがかっと目をみひらき、中国語で何か叫んだ。直後、どっとその口から血が溢《あふ》れた。

廊下からあわただしい足音が聞こえた。開かれたドアの向こうに、機動隊員と担架をもった救急隊員の集団が殺到した。

「くるなっ」

ハナコを撃った大男が叫んだ。右手の拳銃を林に向けている。

「何のつもりだ、貴様！」

「私、ここでてくよ」

林は大男に告げた。

「誰も邪魔しない。したら爆発する」

「日本語を話せたのね」

神崎がいった。膝の上にあったハナコの頭をゆっくりと床におろした。

「言葉喋《しゃべ》れなきゃ、ビジネスできない。私、ビジネスマンよ」

林は得意げに喋った。大林は目をみひらいた。取調でも、林は日本語がひと言もできないふりをしていた。なめられていた。

「ビジネスマンには似合わないわね、それ」

神崎はゆっくりと立ちあがり、林に告げた。ハナコはまだ死んでいない。血まみれの胸は浅い振幅をくりかえしている。ただし出血がひどく、すぐにでも病院に運ばなければ危ないだろう。

「お前こっちくる。手錠外す」

林は神崎にいった。

「あたしが鍵《かぎ》をもっていると思う？　この恰好《かっこう》で」

神崎はいい返した。林が大男を見た。

「ふざけるな」

大男は低い声でいった。目に激しい怒りがあった。

不意に林は神崎に躍りかかった。手錠の鎖を神崎の首に回し、羽交い締めにした。そして神崎の目前で手榴弾をふりかざした。

「これ爆発する。二人とも死ぬ、いいか」

大男は一歩踏みだした。銃口をおろしてはいない。神崎と神崎を盾にした林の両方に向けている。

ドアの外では、機動隊と救急隊の集団が息を呑んでやりとりを見つめていた。

銃口を二人に擬したまま、大男はいった。

「やれるものならやってみろ」

何て奴だ。大林はガムテープの下で呻《うめ》き声をあげた。神崎はうちの人間だぞ！

だが神崎も動じたようすはなかった。

「こんな状態でここから逃げだせると思ってるの。結局はライフルで撃たれて死ぬことになるわよ」

林がはっとしたように窓を見た。大男がひきはがしたせいで、ブラインドの半分以上が開いている。窓からは皓々《こうこう》と照明の点《とも》った庭のようすが見えた。

「ハッ」

神崎が気合を発した。林の両手首をつかみ、体を沈ませる。林の体が空中で一回転し、床に叩《たた》きつけられた。みごとな背負い投げだった。

息を詰まらせた林が手榴弾のピンを抜く暇はなかった。神崎に膝で胸をおさえつけられた、大男がすばやく踏みだすと銃口を眉間《みけん》につきつける。

カチリ、とリボルバーの撃鉄を起こし、大男は告げた。

「相手が悪かったな」

林の体から力が抜けた。神崎がその手から手榴弾をもぎとった。

11

事情聴取と現場検証から解放されたのは二時間半後だった。

目黒署の廊下におかれた長椅子にアスカはぐったりとすわりこんだ。怪我こそしていなかったが、さすがにくたくただった。早くアパートに帰り、シャワーを浴びてベッドにもぐりこみたい。

目黒署の署長は怒り狂っていた。古芳の行動が、命令無視で無謀すぎたというのだ。

――人質解放に向けて、粘り強く交渉すればこんな犠牲者をださずにすんだのです

――犠牲者というのは、ハナコのことですか。ハナコを無傷で捕えようとすれば、わたしか大林さんはまちがいなく殺されていました。もちろん林も

アスカはいい返した。

――私は林の連行を許可した覚えはありません

――林は、麻取の被疑者です。移送に警察の許可を得る必要はありません

アスカが言うと、署長の顔はまっ赤になった。管理官が割って入り、署長は取調室のドアを音高く閉め、でていった。

アスカは大きく息を吐いた。人の気配に顔をあげると、芦田がコーヒーの入った紙コップを手に立っていた。

「飲むか」

アスカは無言でうけとった。芦田の背後に永野の姿があった。

「部長――」

永野はアスカを見つめ、小さく頷《うなず》いた。

「いろいろいわれただろうが、よくやった。大林の怪我も、幸い、ひどい後遺症は残らんですむそうだ。君が応急手当てをしに戻ったおかげだ」

アスカは首をふり、芦田に目を移した。

「仁王――古芳刑事は？」

「まだ絞られているらしい。奴と君がチームだったことを知らん連中には、奴のやったことは確かに無茶苦茶だからな」

アスカは頷いた。仁王が突入するタイミング、それはあらかじめ打ち合わせておいたものではなかった。だがドアの外でアスカとハナコのやりとりを聞いていた仁王は、今しかないというときにとびこんできた。アスカは驚かなかった。仁王ならきっとそうしてくれると信じていたからだ。

「大林が不思議がっておった。君と、あの古芳巡査部長は、どんな関係なんだ、と。『相手が悪かった』、そう林に彼はいったそうじゃないか。相手というのが君なら、なぜそんなことを知っていたんだ、と。君の度胸にはもちろん舌を巻いていたが」

永野がいったので、アスカは笑みを浮かべた。

何度そのセリフを、仁王はアスカがとりおさえた被疑者に聞かせたことだろう。二人で追いつめた売人や中毒者は、必ずといっていいほど、女であるアスカにとびかかってきて、そして叩きのめされた。その手に手錠をかけながら、ぼそりと仁王は、いったものだ。

――相手が悪かったな

「久しぶりに聞きました」

永野は首をふった。

「君らは確かにすばらしいチームのようだ。芦田さんも詳しくは話しちゃくれなかったが、今日、再確認した」

「ハナコの容態はどうです」

「まだどうなるかわからん。林が騒いだぶん、輸血が遅れたからな、朝まで保《も》てば、助かるかもしれん」

アスカは芦田を見た。

「死亡した場合、処分は重くなりますか」

「古芳のか。何ともいえん。だが、あそこで古芳が迅速に行動しなければ、犠牲者が増えていたことはまちがいない。かりに処分がでたとしても、それほど重いものにはならないと思うが――」

「異動とかは」

芦田はつかのま沈黙した。

「それはあるだろう。古芳が一課にいる限り、今日と同じような現場状況にでくわすことは今後もある。また暴走するのじゃないかと思ったら、当然一課にはおいておけんだろうな」

アスカは唇をかんだ。

「やっぱりあたしが足をひっぱっている。あたしでなけりゃ、彼はそんな無茶はしませんでした。あたしとだから無茶にならない。そう、判断したんです。でも、上にはそれをわかってはもらえないでしょうね」

「そうだろうな。君らのかかわった件をすべて開示したとしても、理解されるのは難しいだろうし」

「でも開示されることはない、絶対に」

アスカが顔を見ると、芦田は小さく頷いた。

「その通りだ。あれは永久に秘密が保たれるべき案件だ」

永野が口を開いた。

「もし異動になるとしたら、どこにもっていかれるんだ」

「さあ……。所轄のどこかか、本庁でも比較的、現場の少ない部署だろう」

芦田が答えた。

「あんたのところで引きうける、というわけにはいかんのか。生安は、古巣のようなも

のだろう」

かつてアスカと古芳が所属していた、警視庁防犯部保安二課は、組織改変に伴い、生活安全部薬物対策課になっている。

アスカは思わず永野を見た。

「この件に関しちゃ、うちは古芳刑事に、個人的な借りがある。同時に、なぜこんな事件が起こったか、林漢桃とハナコの背後関係を徹底的に洗っていかなきゃならん。ことに『ニコライ』という名のチェチェン人については、できる限り追及するつもりだ」

芦田は目をあげた。

「警視庁生活安全部も、それについちゃほっておくわけにはいかんと思っている。チェチェン人の金が在日中国人の薬物組織に流れこんでいるとなれば、国際薬物対策室という、うちの部署の担当だ」

永野は頷いた。

「もし、もしだが、古芳刑事がそこに配属になれば、うちの神崎くんと連係して、この案件の捜査にかかわってもらえることになる」

アスカは目をみひらいた。まさか自分がそこまで抜擢《ばってき》されるとは、夢にも思っていなかった。

「部長！」

永野はにこりともしなかった。

「悪くないだろう」

「悪いなんて、そんな……。芦田さん、可能なのでしょうか、それは」

また仁王とチームが組める。そんなことがあるなんて、想像したこともなかった。

黙って芦田は考えていた。

「――かなり政治力を必要とするだろう。うるさい連中の口を前もって封じる手も考えなけりゃならん」

「たとえば、警視庁の対応に、麻薬取締部が非常に遺憾の意をもっていて、それを丸くおさめるには、古芳刑事の処遇にまで影響がでる、としたら？」

永野はいった。

「必要なら、形式上、抗議文書をだしてもかまわない」

永野はつけ加えて、探るように芦田を見つめた。

「麻取の機嫌を直してもらうには、古芳を人身御《ご》供《くう》にさしだすしかない、ともっていくのか？」

芦田は苦笑した。

「形式的にはそうなる。古芳刑事に、自分のケツをふいてもらおう、というわけだ」

永野がいうと、芦田は首をふった。

「お前、いつからそんな政治力を身につけた」

「こいつは政治力なんかじゃない。たった百七十五名しかいない小組織が、警察という

大組織と伍《ご》してやっていくための、いわば生活の知恵って奴だ」

永野は平然としていった。

「わかった」

芦田は頷いた。

「何とかそっちの希望に添う方向で動いてみよう。ただし古芳にも、当分は秘密だぞ」

最後の部分はアスカに向けられたものだった。アスカは無言で敬礼した。

12

鏡の中の男は、のっぺりとした顔立ちで、黄色い肌をしている。黒い髪はだいぶのびて、頭頂部と左のこめかみの途中に埋めこまれたシリコン製の〝蓋《ふた》〟をおおい隠すほどになっていた。この蓋は、実際は筒状になっていて、頭蓋骨《とうがいこつ》を貫き脳にまで達している。手術から目覚めて以来、多い日は一日中、少なくとも一日に二度は、このシリコン製の〝蓋〟に注射針をつき刺すのが、医者たちの習慣だった。

この病院をでていったら、その作業は、自分でおこなわなくてはならない、とポーランド人はいった。

ポーランド人は、以前アメリカにいたらしい。自分は天才だと信じている。確かに天才かもしれないが、決して人に尊敬されることもなく、大金持にもなれないタイプだ。

鏡の中の男はそっと左手で短く黒い髪をかきあげた。髪は硬く、ごわごわとした手触りだった。かつての金髪とは比べものにならない。

右手に一ccのツベルクリン用注射器をとりあげ、再び鏡の中を見つめた。

鼻が低い。醜男《ぶおとこ》というほどではないが、凹凸に乏しい顔をしている。ひとえ瞼《まぶた》の目は切れ長で、考えていることを読みとらせない。

瞳《ひとみ》の奥をのぞきこんでも、そこには煙ったような無表情があるだけだ。

――お前は何者なんだ

鏡に向かって問いかけた。彼が瞬《まばた》きをすると、鏡の中の男も瞬きをする。

ツベルクリン用の一cc注射器は、二十七ゲージという、最も細い注射針を使用する。

注射器をもちあげ、わずかにプランジャーを押しこむと、針の突端から薬液がほとばしった。この薬液は、人間の羊水から精製されたものだった。

人間の脳は、神経細胞とグリア細胞からできている。神経細胞は、脳内の信号を伝達し、グリア細胞はその働きを助ける。

神経細胞は、長い柄のついた星のような形をしている。子供の頃、絵本にでてきた天使や妖精《ようせい》が魔法をかけるのに使う杖《つえ》のようだ。星は樹状突起と呼ばれ、信号をうけるアンテナの役割を果たす。柄の部分は信号を発信する機能をもち、軸索《じくさく》という名だと教えられた。この全体を「ニューロン」と呼ぶ。

ニューロンの名は、彼も聞いたことがあった。

人間の細胞には、再生するものとしないものがある。たとえば、表皮や消化管の粘膜細胞は、絶えず新しく再生している。人間の表面の肌は、年月とともにそっくりいれかわってしまうのだ。蛇の脱皮を少しずつおこなっているのとかわらない。

肝臓や腎臓の細胞は、ふだんは再生しないのだが、怪我や手術などで一部がなくなると、再生してくるという。

そして、心臓や脳の神経細胞は決して再生しない。失われたら、失われたままだ。

それを聞いたとき、心臓や頭に弾丸を撃ちこんできた奴らのことを、彼はふと思いだした。左胸と頭に必ず、弾丸を撃ちこむこと。どちらかだけでは駄目だ。両方をやって、〝仕事〟は完成する。

仕事として、今まで手にかけてきたすべての奴らに、彼はそうしてきた。たとえ確実に仕止めたという自信があっても、もう一発、頭か胸の、撃っていない方の場所に弾丸を叩《たた》きこんで、その場を去るようにしたものだ。

それゆえ、彼は、誰からも恐れられた。二ヵ所の急所に撃ちこまれた銃弾は、彼のサインのようなものだった。

ヴォールクの仕事に無駄はない。どれほど効率をあげようと、標的が死ななければ、そこには何の価値もない。二発目の弾丸は、決して無駄ではないのだ。ヴォールクの仕事に無駄はない、とは、つまりヴォールクの仕事に失敗はない、という意味なのだ。

しかしそのサインが、彼を追いつめた。彼の完璧《かんぺき》な仕事ぶりが、誰によるものである

かをおのずと明らかにした。

彼は注射針を、かきあげた髪の下の、肌色のシリコンに刺した。

ほとんど何の抵抗もなく、注射針は、シリコンの筒の中に吸いこまれた。ゆっくりとプランジャーを押しこむ。注射筒の中の液体がシリコンの筒を抜け、脳に流れこむ。

この液体の名を「ニューロトロフィック・ファクター」と、ポーランド人はいった。略してＮＴＦ。ＮＴＦは、ニューロンのうちの軸索部分を再生させる、神経の栄養分らしい。再生しない筈《はず》の、神経細胞の一部分が、これによって再生するというわけだ。

手術から半年近くがもう経過している。初めの頃襲ってきた、耐えがたい頭痛はもうない。ただ、いつも、自分の中にもうひとりの自分が隠れているような、不愉快な違和感がある。まだそいつが暴れだす気配はないが、いつかとんでもないことが起きるような予感がある。

問題は、その予感が、自分のものなのか、もうひとりのそいつのものなのかがわからないことだ。

いや、そもそも、いったいどこからどこまでが自分なのかがわからない。

彼が今、最も知りたいのは、そのことだった。

ＮＴＦが浸透するにつれ、彼は目を開けていられなくなった。何千もの細い氷柱《つらら》が脳に直接つき刺さってくる感触。だがそれは苦痛ではない。快楽ともむろんちがう。しかしその感触を、今では楽しむようになっていた。強いて表現するなら、それはある種の

「癒《いや》し」としかいいようのないものだ。一瞬、意識が遠のき、そして戻ってくるときには力を伴っている。

意識の力は、脳がNTFの注入を喜んでいる証《あか》しだ。意識も自我も、本来脳によって生みだされる筈なのに、その瞬間だけ、彼は脳を、まったく別のひとつの臓器として知覚する。

脳が喜んでいる。砂漠で渇した旅人が、オアシスに巡り合えたときのように、NTFの一滴一滴を貪《むさぼ》り、すすっているのがわかる。

NTFは、脳にとっての養分であり、食糧そのものなのだ。

彼は深い息を吐き、目を開いた。NTFの注入がもたらす効果は、オルガスムスにも似て、一瞬で終わる。ただしオルガスムスとちがうのは、セックスの後に伴うような空虚感がないことだ。むしろ精神力の充実を感じる。

だがその幸福感も、鏡の中に映しだされたもうひとりの男に気づいたとき、消え去った。いつのまにか彼の病室の扉を開け、腕を組み戸口に寄りかかって、彼の姿を見つめていたのだ。

が、動揺を隠すため、彼はゆっくりと注射針をシリコンからひき抜いた。髪をおろし、鏡ごしに、のぞいていた男に話しかけた。

「おもしろいか」

男は首をふった。

「だいぶ発音がよくなってきたな。舌につながる脳の機能が回復したのか、舌がロシア人のものになったのか。どちらかな。その舌の元の持主には、ひどい訛《なま》りがあったからな」

彼は怒りをおさえこんだ。この男が、自分をモルモットと同様に扱っているのはわかっている。

確かに彼は実験台にされたのだ。それはまちがいない。

彼は男に向き直った。

「ポーランド人に会わせてくれ」

「コワルスキー」

男はいった。

「コワルスキー博士だ」

「コワルスキーに会わせてくれ」

彼はくりかえした。男の目におもしろがっているような光が浮かぶ。

「私の名は？　私の名を覚えているか」

「もちろんだ、ソコロフ大佐。それがあんたの本名なら、だが」

彼はいった。ソコロフは、上できだというように頷《うなず》き、組んでいた腕をほどいた。

「なぜコワルスキーに会いたい？」

「奴が何をしたかを知りたい」

ソコロフは鏡を示した。

「わかっているだろう、もちろん」

「奴は俺を他人にした。だが、そいつはどうなった？　きれいさっぱり消えたのか、それとも、この体のどこかに残っているのか、それを知りたいんだ」

　ソコロフは首を傾げた。

「おもしろいことに興味をもつな。知ってどうしようというのだ」

　彼はシリコンがふくらむのを感じた。激しい怒りを覚えると、脳はその圧力を高め膨張する。そしてシリコンの〝蓋〟をも押しあげるのだ。

「――あんたも俺の身になればわかるさ」

　けんめいに怒りを押し殺し、彼はいった。ソコロフは何度も首をふった。

「ヴォールク、それは無意味な行為だ。コワルスキー博士の腕は確かだ。君は別人になった。顔も指紋も、人種すらちがう。まったく別人だ、それで充分だろう。君が望んだことだ」

「ＳＶＲ《エスヴェーエル》（対外情報局）もだろうが」

　ソコロフは頷いた。かつての彼に劣らないほど、青く澄んだ目と、プラチナに近い明るい金髪をしている。それを見ていると、彼の中に、痛みにも似た悲しみが湧いた。

　もう二度とあの姿をとり戻すことはできない。

「その通り。我々は取引をした。君は新しい人格を望み、我々はそれを与えた。病院を

でたら、君はもう、誰に追われることもなく、暗殺者に怯《おび》える必要もない」

「実験台が欲しかったのだろう」

彼は吐きだした。ソコロフは否定しなかった。

「現在、このような技術をもつ医師は、他に存在しない。いや存在するとしても、それを試す機会を与えられる可能性はない。自由の国、アメリカですら、彼はそれができなかったのだからな。新生ロシアでも、おそらく彼にそんな機会を与えてやれたのは、我々だけだろう」

ソコロフはいって、上着のポケットから細巻きの葉巻をとりだした。

「煙草はやめてくれ。頭が痛くなるんだ」

彼は急いでいった。強い匂いは、頭痛をひきおこす。

ソコロフは肩をすくめた。

「社会に復帰するための訓練だ。君には慣れてもらわないと」

葉巻をくわえ、ライターで火をつけた。彼は顔をそむけた。かつては彼も煙草を愛していた。

「俺に何をさせたいんだ」

「データの提供を。それはもう充分にやってもらっているが。次には、我々のために働いてもらうこと」

彼は黙っていた。むろん断われる話ではなかった。

半年前、ほんのささいな失敗がもとで彼は捕えられた。が、捕えたのが、モスクワ市警察でなかったことが、彼の運命をかえた。もっとも、今はわかる。モスクワ市警察だったら、彼を捕えることなどできなかったろう。

彼とミドヴィエーチは、警官の死体の山を築き、脱出したにちがいない。

ＳＶＲは、巧妙な手を使った。彼とミドヴィエーチを、密閉された工場の一室に追いつめ、強力な麻酔ガスで眠らせたのだ。

目覚めたとき、最初に現われたのが、このソコロフ大佐だった。

ソコロフの申しでた取引は簡単だった。うけいれなければ死ぬ。彼の命をふたつの組織が狙っている。ロシアの警察当局と、チェチェン人だ。

警察につかまれば、裁判の上、死刑。チェチェン人につかまれば、嬲《なぶ》り殺し。どちらにしても命はない。

チェチェン人には「クラヴナヤ・ミェスチ」（血の復讐《ふくしゅう》）という掟《おきて》がある。仲間をひとり殺されたら、敵をひとり、女をひとり犯されたら、敵をふたり、殺す。その掟は絶対だ。

彼は、商売相手を選ばない。誰もがことをかまえるのを嫌がるチェチェン人であっても、ビジネスなら平然と殺してきた。殺した相手にサインをすることもためらわなかった。チェチェン人に依頼をうけても、同じことをしたろう。

チェチェン人は、地の涯《はて》まで彼を追ってくるにちがいない。血の復讐を果たすために。

つまり、取引には選択の余地がなかったのだ。ソコロフの申し出をうけいれるか、死ぬか、だ。

ソコロフは彼の反応をうかがっていたが、にやりと笑い、葉巻を床に落として踏みつけた。

「その件については、いずれ改めて話す機会もあるだろう。君の希望は、博士に伝えておく。君の知的能力がどのていど回復したかを知りたがっている博士にとっては、むしろ喜ばしい話だからな」

「こんな手術をされるなんて、俺は聞いちゃいなかった」

「知っていたからといって、何かがかわったかね？」

ソコロフは澄んだ青い目を彼に向けた。永久に溶けることのない、北極海の氷のような青をしている。

かつては自分もあんな冷たい色の目をしていた。その青さを思うとき、いつもよみがえるのは、ワーニャの人形のような瞳《ひとみ》だ。ワーニャの目に冷たさはなかった。ワーニャは、生きのびることの厳しさを知る前に旅だった。だからその瞳の青に冷たさが加わることはなかったのだ。

ワーニャの瞳の青に、氷の冷たさを足せば、かつての自分の目になる。今の自分の瞳は焦げ茶だ。奥にあるものを、まるでカーテンのようにおおい隠す色だ。

それを知りたくて自分は、今、こうしていらだっているのだ。

「あんたにはわからん」

彼はいった。

「頭の中身をそっくり入れかえてみない限りな」

ソコロフは肩をすくめた。

「肉体は精神の奴隷にすぎない。そういう意味では、君は新たな奴隷を手に入れた。外見はやや異なるが、我々は注意して、優秀な奴隷を選んだつもりだ」

奴隷、という言葉が気に障った。元KGB《カーゲーベー》のこの男が、彼をどう見ているかを表わしている。

いずれわからせてやる。彼が犬ではなく、狼であることを。たとえ外見がかわろうと、狼の心は決してかわらない。

「コワルスキー博士との面談については、用意をしておこう。博士の意見では、この問題に関する対話は、回復過程での自己の崩壊を招きかねないので危険だということだったが、君にはその心配はないようだ」

「なぜそう思う？」

彼はソコロフを見つめた。たとえこの男がどれだけ優秀で作戦遂行能力に長《た》けた情報将校であるとしても、彼のようなケースは初めてにちがいないのだ。

彼はこの世で唯一の存在、地球上初めての脳移植手術からの生還者なのだから。

「君は死から逃れるために、自己を移植した。だがその死は、病気や怪我によってもた

らされるものとはちがう。君の死は、君の生き方によって、あらかじめ設定されていたものだ。にもかかわらず、君は移植後も、その生き方をかえる気がないようだ」

驚いた。ソコロフは、彼の秘《ひそ》かな決意を見抜いていたのだ。

「肺癌の患者が、手術によって九死に一生を得れば、煙草は止めようと誓うのがふつうだ。しかし君はちがう」

「まちがえるな。俺は手術を望んだわけじゃない」

彼は強い声でいった。意思を声に反映させるのに、別の意思が必要になるということは、他人には決して理解できないだろう。意思の力を加えない限り、彼の声は、たとえどんな精神状態であろうと、平板で抑揚のない響きになってしまう。

「望んだのさ、君は」

ソコロフは首をふった。

「生きのびることを君は選んだ。それは手術を望んだのと同じだ。たとえ四十年間、共に生きてきた肉体を捨てても、君は生きのびる道を選んだ。わかるか、英語でいえば、バディとボディだ。君は相棒であった肉体を切り捨てた。その瞬間、君は何かを失くしたのだ。もしかすると、それはある種の〝誇り〟であったかもしれない。それはとり戻せるものなのか、あるいは永久にとり戻せないままなのか、私にとっては興味深い疑問といえる」

「『モルモット』に誇りがある、とあんたはいうのか」

彼がつぶやくと、ソコロフは、真剣な表情になった。

「卑屈になっているのかね。だとすると意外だな。生きのびた君に、卑屈になる理由はないだろう」

「卑屈になっているのじゃない。不安なのさ」

「不安……」

ソコロフは初めて聞いたように、言葉を口の中で転がした。

「君が不安だというのか。ヴォールクが――」

そこには驚きの響きがあった。

「だからいっているだろう。あんたにはわからん、と。俺にとっては、死ぬと決められた運命の方が、不安は少なくてすんだ」

彼はソコロフをにらんだ。

「俺の未来を予測できる人間はいない。脳を入れかえられた人間がどうなったかなんて、誰も知らない。そうだろう？」

ソコロフは小さな笑みを浮かべた。

「君は君の未来を予測する材料が乏しいことにいらだっている。だからコワルスキー博士に会いたいというわけか」

「ポーランド人なら、少しは、俺の知りたいことを教えてくれるかもしれん。ちがうか」

ソコロフは頷《うなず》いた。

「たぶん、な。ひとつだけ、君のために教えておこう。コワルスキー博士にとって、今回の手術は初めてではない」

「モルモットを何人も殺したあげく、俺にいきついたってわけか」

ソコロフは首をふった。

「確かに博士は変人だが、無能ではない」

「じゃあ、俺の他にも、脳移植をうけて生きている奴がいると――？」

彼は驚きを感じた。

「その通りだ。詳しい話は、博士本人から聞くといいだろう」

ソコロフはいい、わざとらしく腕時計に目をやった。

「私のもち時間はそろそろ終わりだ。こうした会話が、君の脳にとって、リハビリのプログラムであることはわかっているだろう。次のお相手に順番をゆずらなけりゃならん」

彼は小さく頷いた。自分以外の脳移植者に強く興味を惹《ひ》かれていた。だがこのソコロフが、その人物についての情報をそれほどもっているとは思えない。

ソコロフは、リハビリのために、自分をわざといらだたせたり、エサになりそうな話をちらつかせているにすぎないのだ。感情を刺激し、精神活動を活発化させる――それがリハビリのプログラムであることはわかっている。

おそらくポーランド人は、彼が不安になっていることすら、回復へのいい兆候だといって喜ぶだろう。

ソコロフが部屋をでていくと、彼はベッドに腰かけた。

ベッドと読み書き用の小さな机がおかれたこの部屋は、病室というよりは、ホテルの一室に似ている。ただし窓はなく、天井からは二十四時間彼を監視するテレビカメラが吊《つ》るされている。

ドアがノックされ、黒い髪の大男が現われた。ずっとのばしていた口ヒゲをさっぱりとそり落としたせいで、鼻の下だけが青白い。

「ミドヴィエーチ」

「兄弟、どうだ調子は」

初めの頃、グルジア人は、外見のすっかりかわった彼に対し、どこか落ちつかなげだった。しかし今は、すっかり彼を、ヴォールクとうけいれている。

「あまりよくないな」

彼は首をふった。

「うまく言葉じゃいえないが、落ちつかないんだ」

グルジア人は大きな手を広げた。

「そいつは無理もない。今のあんたは、まったくの別人だ」

そういったきり、どうつづけてよいのかわからないように沈黙した。ミドヴィエーチの中には、彼に対する罪の気持がある。意識を回復してから数日後に、彼はそれに気づいた。

彼はSVRの手で脳移植手術をうけさせられたが、ミドヴィエーチはちがう。ミドヴィエーチがうけたのは、簡単な整形手術だけだ。

彼とミドヴィエーチが知りあった頃、ミドヴィエーチは、グルジアの政府軍を離脱し、トビリシからグローズヌイにでてきたばかりだった。グルジアは、複雑な国だ。スターリンとシェワルナゼという巨大な政治家を生みながら、常にモスクワに対する反逆と、自国内の民族紛争の火を燃やしつづけてきた。トビリシの政府軍にいたミドヴィエーチは、反政府軍との戦闘をたびたび経験するうちに、モスクワに対する強い憎しみを抱くようになる。グルジアをひき裂き、争わせているのは、KGBではないか。グルジアが勢力を一にして、モスクワに反発するのを防ぐため、次々と民族間、あるいは宗教間の対立を招くよう仕向けているのではないかと考えたのだ。

ミドヴィエーチがグローズヌイにきたのは、トビリシでの謀略工作を終えたKGB将校を追ってだった。トビリシの反政府勢力に浸透していたKGBをひとり追いつめ、真実を吐かせるために、ロシア国内まできていたのだ。が、あべこべにグローズヌイでミドヴィエーチは、KGBに殺されかけた。それを救ったのが彼だった。

彼はモスクワの石油業者に依頼され、利権にたかるKGB勢力を〝一本化〟するために、余分な勢力を排除する仕事をうけていた。たまたまその標的のひとりが、ミドヴィエーチの追っている男の仲間だった。

ミドヴィエーチは、自分の命の恩人に対し、一生、兄弟でいることを誓った。その頃

すでにチェチェン人たちからのマークをうけ始めていた彼にも、背中を守ってくれる人間が必要だった。

　こうして〝狼〟と〝熊〟の兄弟が生まれた。以来、彼が仕事をするときには、巨大な影としてのミドヴィエーチの存在が不可欠となった。

「この俺の外見、嫌じゃないか」

　彼は訊《たず》ねた。ミドヴィエーチは首をふった。

「以前のお前は、どこをとってもロシア人そのものだった。そういうお前といっしょにいると、ときどき俺は落ちつかない気持になったものだ。お前に対する友情とは別に、グルジア人としての俺の血が、お前といることに反発しているような、奇妙な気分になった。わかるだろう。ロシアに対する憎しみを、グルジアから抜くのは不可能だ。ソコロフのような野郎を見ると、絞め殺してやりたくて、指がむずむずしてくるくらいだ。だから今のお前の方がはるかに、俺にとってはうけいれやすい」

　彼は息を吐いた。ミドヴィエーチが、慰めからいっているのでないことは、彼にはわかった。逃れ難かったとはいえ、ＳＶＲの囚《とら》われの身となっている今の状態は、ミドヴィエーチにとって、彼以上に屈辱を感じさせるものにちがいない。

「この体の持主がどんな奴だったか、何か聞いたか」

　彼が訊ねると、ミドヴィエーチは肩をすくめた。

「軍人あがりで、カレイスキー（朝鮮系）マフィアのリーダーだったらしい。保安部に

つかまって勾留《こうりゅう》されていたと聞かされた」

「昔の俺より若い、そうだろう？」

「東洋系は皆、若く見える。だが、そうだな。三十を少し超えたくらいにしか見えない」

「ソコロフは俺に何をさせるつもりなんだ」

　彼は吐きだした。

「外国にいかせる気のようだ、どうやら」

　ミドヴィエーチは答えた。

「外国？　まさかグルジアにいかせるつもりじゃないだろうな」

「もっと遠いところさ。このところ俺は、語学の勉強をさせられているんだ」

「英語か」

　ミドヴィエーチは指を二本たてた。

「二ヵ国語だ。英語と日本語さ」

「日本語だって!?」

　彼は唸《うな》った。

「なんだって日本語なんか勉強する必要がある」

「知らん。だがお前は、日本人と同じに見えるが、俺はちがう。だから言葉を覚えろということじゃないのか」

「冗談じゃない。日本になんかいくものか。あんなちっぽけなところに何があるってい

うんだ」

「そいつはソコロフに訊《き》けよ」

ミドヴィエーチはものうげに首をふった。

「いずれにしろ、俺たちがいうなりになるという確信がない限り、奴は俺たちを離しはしないさ」

彼は無言で天井のテレビカメラを見やった。ソコロフの奴は、一生使える奴隷を手に入れたつもりでいるのだろうか。だとしたら、すぐにでも考えちがいに気づかせてやる。

しかし今、それをあからさまにするのは賢くない。ポーランド人から、彼の知りたい情報を得るまでは、適度に扱いやすいと、思わせておくことだ。

「だったら今のところは、日本語を勉強しておいてくれ」

彼がいったので、ミドヴィエーチは一瞬驚いたように目をみひらいた。が、彼の視線の先にあるものに気づき、にやりと笑った。

「いいだろう。兄弟がそういうなら、そうするさ」

彼は頷いてみせた。今のところは、ソコロフを満足させてやろう。奴が安心し、彼やミドヴィエーチを、使える工作員だと思いこんだ頃、牙《きば》をむいてやる。ソコロフを殺し、ここを脱出するのだ。

日本になど決していかない。ロシアが、ワーニャの待つシベリアの森が、彼の帰る場所なのだ。

13

古芳に対する正式な処分が降りたのは、事件から二週間後だった。古芳は捜査一課から、生活安全部薬物対策課への転任を命じられた。ハナコは意識をとり戻すことなく死亡していた。

その朝、アスカが麻薬取締部に出勤すると、部長室に大林とともに呼びだされた。

部長の永野は、アスカが部長室の扉を閉じるのを待って、口を開いた。

「君の願う通りの結果になった――芦田警視長からの伝言だ」

「ありがとうございます」

アスカがいうと、永野はちらりと大林と視線を交わした。二人の間で、何かがあらかじめ決められていたようだ。

「ついては、少し聞かせてもらいたい」

「何をでしょうか」

アスカは、永野に訊き返した。永野は机の向こうから立ちあがり、部長室の応接セットにすわるよう、うながした。アスカと大林は隣りあって腰をおろした。向かいに永野がすわる。

「先日の一件だが、君の処理は見事だった。最後まで落ちついていたし、古芳刑事との

チームワークも完璧《かんぺき》だった」

「ありがとうございます」

「だがひとつ問題がある」

「何でしょう」

「あのとき君は、目黒署の署長と副署長、それに捜一の管理官の前で、古芳刑事と合同捜査の経験がある、といった。その後の行動は、まさにその言葉を裏付けるものではあった。だが――」

　いって、永野は言葉を切った。ついにきたるべきものがきた、とアスカは思った。

「目黒署の、特に署長は納得していない。君も承知しているものと思うが、麻薬取締部と目黒署は、緊密な関係にある。他の警視庁所轄署はともかく、目黒署とうちは、なるべく仲よくやっていかなければならない」

「わかります」

「署長は、あの後、君について強い関心をもったようだ。まず、麻薬取締官としての君が、防犯部時代の古芳刑事と合同捜査をおこなった事実があるかどうか、うちに訊ねてきた」

　アスカは黙った。むろんそんな事実はない。永野はつづけた。

「それはない。そこでそう回答すると、君の経歴についての問い合わせがきた。君が警視庁警察官であったという話をしてみた。つまりその頃、防犯部で古芳刑事と同僚であ

ったのではないか、とね。君のこの経歴について、うちは確かめていなかった。芦田さんからの紹介があり、さらに警視庁への照会は遠慮してもらいたいとの要請があったからだ。知っているように、私と芦田は、長いつきあいだ。私は芦田を信頼している。そしてそのとき、君の秘密についても少し聞かされた。にわかには信じがたい話だったが、彼が嘘をいう人物ではないことは、私自身がよく知っている。うけいれることにした」

「神崎」

大林が口を開いた。あれ以来、大林の、自分に対する目がかわったのを、アスカは感じている。女だからといって軽視するような冗談をいわなくなった。

「俺は部長をしつこく取調べて、その話を聞かせてもらった。悪く思わないでくれ。お前さんのそのクソ度胸が、いったいどこからきたものか、知りたかったんだ」

アスカは大林に向き直った。大林はギプスをはめ、松葉杖《づえ》をつきながらも、早くも現場に復帰していた。

「わたしこそ、今まで黙っていて申しわけありませんでした」

大林は首をふった。

「気にすんな。もし初対面でそんな話を聞かされたら、俺だって、すぐお前さんに尿検をうけさせようと思ったろう。信じられる話じゃねえ」

「ありがとうございます」

「とにかくお前さんが本物だってことは、うちには疑う奴はいない。お嬢だからって、

もしお前さんを馬鹿にする奴がいたら、俺が首をねじ切ってやる」

　アスカは微笑んだ。大林としては、最大級の賞《ほ》め言葉だ。

「ただし、問題がひとつ起きた」

　永野がいった。

「署長ですか」

　永野は頷《うなず》いた。

「警視庁警察官に、神崎アスカという者がいた記録はない。また、千葉、神奈川などの近隣の県警にも、該当する人物はいない、といってきたのだ。つまり君が経歴を詐称している疑いがあるというわけだ」

「それは公式な申し入れですか」

「いや」

　永野は首をふった。

「あのとき、芦田さんが、カク秘といった言葉を覚えているのだろう。公式にそれを問題にする意図はないようだ。ただし、うちと目黒署とのあいだでは、ほっておくわけにはいかない」

　アスカは黙った。どうすればいいのだ。あの署長にすべてを話せばすむのか。しかしもしそうしたら、芦田の立場を損ねる可能性がでてくる。警視長という、ノンキャリアとしては異例の高位にまで達した芦田のその経歴と、自分がうけた手術にからむ事件は、

決して無関係ではない。

階級でいえば、確かに芦田は、警視である目黒署の署長よりは上にある。しかし、キャリアである署長は、やがて芦田を追いこすだろう。その頃まで芦田が警視庁にいるかどうかはわからないが、キャリアにはキャリアどうしのつながりがある。署長の不興が、警視庁のより高位のキャリアに伝染しないとも限らない。

かつては、芦田を恨んだ。芦田の決断がなければ、自分はとうに死亡して、この肉体を得ることはなかったのだ。

だが、今、また仁王とコンビを組んで前線に戻れるかもしれないというときに、芦田がその立場を失うのは困る。何よりも、仁王のうしろ盾が消えてしまう。

「部長は、どうすればよいと思われますか」

アスカは訊《たず》ねた。永野は少しの間考えていたが、やがて口を開いた。

「対処の方法としては二種類しかない。署長からの問い合わせを、この先いっさい無視するか。あるいは君自身が可能な範囲で、真実を署長につげるか」

「その場合のメリット、デメリットはどうなります？」

「つっぱねれば、署長は機嫌を損じるだろう。私の見たところ、彼は真面目だが自分の判断にこだわるタイプだ」

「――つまり世間知らずってことだ」

大林がいい添えた。

「確かにそうかもしれんが、目黒署の署長という立場にある以上、関係が悪化すれば、うちにも今後、影響はでてくるだろう。正直をいえば、すでに影響はで始めている」

「どのような？」

「書類をきちんとだせ、とか、そうした細かな作業に対する要請だ。今までは現場どうしの阿《あ》吽《うん》の呼吸ですんだものが、そうはいかなくなってきている。嫌がらせというほどではないがな」

　アスカは頷いた。

「ではわたしが真実を話した場合はどうなります？」

「こちらサイドはともかく、向こうサイドで何が起きるか、だな。警視庁という大きな組織のことだ。芦田の立場も含め、どうなるか見当がつかん。知っちゃいかんことを知ってしまったと思っておとなしくなるか、それとも、これをうまく自分の経歴に役立てようとするか。またそうしようとしても、実際にはどうなるか。こっちとしては、神崎アスカという部員の取締官への着任に関しては、法的には問題がないと考えているので、この件がマスコミにでも洩《も》れて、妙な騒ぎにならん限りは、君を守ってやることはできる」

「マスコミに洩れる可能性があると思われますか」

「何ともいえん。我々とちがい、警視庁には記者クラブもあるし、キャリアというのは、マスコミとうまくやっていかなけりゃならん運命にある。どうしたって、警察のトップ

に立つエリートたちだからな。今は洩れなくても、将来、マスコミへの点数稼ぎや、別件の口封じの見返りに、それが洩れないという保証はない」

それはアスカにもわかった。警察のトップが、公表されてはまずい特ダネをマスコミに握られたとき、それを伏せてもらうのとひきかえに別の特ダネを提供することは、過去にもあったことだ。かつて現場警察官であった頃、マスコミには何の興味もなかった。新聞やテレビが何を、どう追い、どう報道しようと、現場捜査がそれに影響を与えられることはないと信じていたからだ。

事実、捜査員が直接マスコミと接触することは、捜査一課などの重大事件をのぞけば、ほとんどない。だが一方で、広報の役割をつとめる一部幹部にとっては、マスコミへの対応が、業務評価の重要な部分を占める。目黒署の署長が、今後そういうポストにつかないという可能性はない。

「それがひどく先のことならまだいい。が、極端な話、目黒署で何かポカがあって、その件が週刊誌などに嗅《か》ぎつけられたとき、消してもらうためのバーターで、君の話がもちだされないとも限らない」

アスカは息を吐いた。元はといえば、自分が招いた事態だった。めったにない重大事件に張りきり、功績をあげようとしていた署長のメンツを、自分は半ば公然と潰《つぶ》したのだ。同じ警視庁警察官であったら、当然、懲罰人事の対象になったろう。それができず署長は、麻薬取締部との関係をテコに圧力をかけてきた、というわけだ。

芦田に助力を求めることは考えたくなかった。階級としては署長の上位だが、署長の背後には、警視総監、そして警察庁長官という、キャリアのうしろ盾がある。芦田が署長を封じるためにとれる手段は、そうしたキャリアグループ全体対ノンキャリアという立場を考えれば、あまりにも限られてくる。キャリアはキャリアどうしの連帯感を、対ノンキャリア警察官に対して発動する。キャリアだけの関係においては、そこには熾《し》烈《れつ》な出世競争しかないものがだ。

しかも、この、アスカの真実には、ひとりのキャリア警察官の死の真相が関係している。

「もし麻薬取締部が、署長の問い合わせをつっぱねた場合、彼はわたしの罷免を要求するでしょうか」

アスカの問いに永野は首をふった。

「いや。できなくはないだろうが、そこまで問題を大きくする度胸はないだろう。芦田が釘《くぎ》をさした、カク秘という言葉が効いていると思う」

「であるなら、それについてはつっぱねていただけますか。麻薬取締部全体にはご迷惑をおかけするとは思いますが」

アスカはいった。永野は大林に目を向けた。

「いいか、それで。課長？」

「かまやしませんよ」

こともなげに大林はいった。

「どうせ目黒の署長なんてのは、キャリアのエリートさんにとっちゃ腰かけだ。あと一、二年、頭を低くして不便を我慢していりゃ、奴さんは、本庁かどこぞの県警本部に栄転ですよ。そうなりゃ、うちとのつきあいなんて忘れちまうでしょう」

そしてアスカに向き直った。

「それでいい、神崎。ちっぽけでも、麻取には骨があるってことを、お前さんは、警察のお偉いさんたちに見せてくれた。きっと俺以外の連中だって、同じ気持をお前さんに感じてる。ちょっとくらいの不便はどうってことはねえよ」

「ありがとうございます、課長」

アスカは初めて、麻薬取締官になってよかった、と感じていた。

「気にすんな。部長、今後はあの署長が何をいってきても、調査中ってことで、とぼけちまいましょう。奴さんにことをでかくする度胸があれば、そのときはまた別の話で」

大林は永野にいった。

「わかった」

永野は頷いた。

「ただし、ひとつだけ神崎にはいっておく。君の立場をうちは守ってやれるが、古芳巡査部長はちがう。合同捜査とはいえ、彼が警視庁に所属する限り、君に向かわないぶん、もしかすると彼に矛先が向いてくるかもしれない。そうなっても、うちは彼を守ってや

れない。わかるな」

「はい」

　自分の存在がいつか仁王の立場を苦しめるものになるかもしれない。そのことは、真実を知った、仁王との最後の合同捜査を終えたときからわかっていた。しかしそれを恐れるなら、自分はすべての司法捜査の現場から身を退《ひ》くしかない。

　自分はこの世でたったひとりの脳移植者であり、それは河野明日香という刑事の頭脳をこの世に留《とど》めるのが目的だった。

　ひとつの事件を解決するためだけに脳移植がおこなわれたのだとすれば、自分は使い捨てにされたのと同じだ。

　認めることはできない。自分がこの先も捜査官として生きていくのと、仁王や芦田の平穏が両立しないことはわかっている。

　彼らがそれをうけいれなければ、自分はあのとき死んでいればよかった、と思う他ない。

　誰かのための人生ではない。自分のための人生だ。誰かのための戦いではなく、自分のための戦いだ。

　人に戦いを預け、後方に退くくらいなら、共に戦うことを自分は選ぶ。仁王が苦境におちいって自分のせいだと悔やむより、仁王のそばで、いっしょに戦いたい。

　仁王はそれをわかってくれる。わかってくれる人間だからこそ、自分は仁王を選んだ

のだ。パートナーとは、そういうものだ。

「彼はわかってくれると信じています」

永野の目を見つめ、アスカはいった。

「わかるよ」

大林がいった。

「お前さんたちは、互いに命を預けあってる。だからその信頼がもとで、死ぬことがあっても、決して恨むことはしない。部長、私は、あのときそれを感じました」

「まるで軍人だな」

永野がつぶやいた。

「そうですよ。こいつとあの古芳って刑事は、きっと俺たちの知らない、とんでもない戦争を経験してる。あのとき、私は思ったんです。それが何だか知らないし、きっと話してくれることもないでしょうが、まちがいなく二人は、戦友って奴なんです。これは、男と女とか、そういうレベルをはるかに超えてね」

アスカは無言だった。ただ頬が熱い。

「よし。神崎取締官、古芳刑事とともに、ハナコとその背後関係についての捜査にあたってくれ。報告は、麻薬取締部においては、大林課長と私がうける。以上です」

永野が告げた。

14

そこは彼の病室ではなかった。小さな会議室といった趣きのある部屋で、ドーナッツ型のテーブルを中心に六脚の椅子がおかれている。ドーナッツの中心、円型に欠けた部分に、ビデオカメラがセットされていた。

彼はそのカメラと向かいあってすわるよう、指示をされた。いかにもモルモットの生態記録といった雰囲気だ。むろん怒りを感じたが、そうしない限りポーランド人とゆっくり話すことができそうもなく、指示にしたがったのだ。彼の感情のあらゆる変化を、ポーランド人を含む医者たちは、記録に残し、研究に役立てようという気のようだ。それはつまり、ヴォールクが、別の人間に宿ったことの証拠ともなる。そういう形で、SVRは、彼に首輪をつけようとしているのだ。

ビデオカメラは、別室から操作されているらしく、彼がたったひとりでカメラの向かいに腰かけたときから作動を開始していた。彼の前には紅茶がおかれている。たっぷりとジャムの入ったロシアティだ。

それをひと口すすり、彼はポーランド人がやってくるのを待った。

やがて部屋の扉が開き、癖毛を頭頂部にわずか残すだけのポーランド人が現われた。だらしなくネクタイをゆるめ、くたびれたジャケットを着けている。だが羽織っている

白衣だけは、ノリのきいたまっ白なものだった。

「やあ、セルゲイ」

ポーランド人の目は大きく、落ちつきがない。年齢は五十をいくつかでているだろう。毛深いが、ほっそりとした長い指をしている。まるで脚の長いクモのようだ。この指が自分の脳味《み》噌《そ》を切りとり、つかみあげたかと思うと、吐き気がした。

「セルゲイ？　誰のことだ」

彼は訊《き》き返した。ポーランド人は沈黙し、彼のようすをうかがった。

「俺のことはヴォークでいい」

ポーランド人は瞬《まばた》きした。彼の真意をはかりかねているようだ。

「あんたが考えている以上に俺は回復している。だから俺が突然壊れちまうんじゃないかと怯《おび》える必要はない。何を話してもな」

ポーランド人は微笑んだ。

「君は、君の正体に関心をもっていると、大佐から聞いた」

彼は頷《うなず》いた。

「俺は俺のことを知っている。元の俺という意味でだが。だがもうひとりの俺がいて、そいつは今、頭の中のどこかに隠れている。そいつがいつか暴れだすのじゃないかと心配なんだ」

「その必要はない」

ポーランド人はきっぱりといった。

「君がもうひとりの君の存在を感じられる限り、もうひとりの君は暴れだすことはない」

「どういうことだ？」

「君の頭蓋骨《とうがいこつ》の中には、確かに古い君が残されている。しかしそれは君の自我とは関係のないものだ」

彼は驚きを感じた。

「ちょっと待て。あんたは、脳味噌をそっくりいれかえたのじゃないのか」

ポーランド人は首をふった。

「かつてと比べ、脳の研究は著しく進んだ。今は、人間にとっての自我が、脳のどの部分に存在するかわかっている。私は、君の自我だけを、その体に入れかえたのだ」

「俺の自我だけ……」

ポーランド人の目が大きくみひらかれた。輝きを増している。彼に向かって、カメラの向こうから身をのりだした。

「自我とはつまり、記憶と自己制御だ。自分がどこで生まれ、どう育ち、何をしてきたか。そして、自分は何をして、何をしない。単純にいってしまえばそういうことだ。記憶は側頭葉に蓄積され、自己制御は前頭葉でおこなわれる。いずれも大脳の部分だ。私は君の、セルゲイ・レドフスキーの前頭葉及び側頭葉を中心とした脳の一部を、アレクサンドル・ハンの頭蓋に移植した。むろん、元から存在したハンの前頭葉と側頭葉は切

除した。そうしなければ、君の前頭葉と側頭葉の入る場所がない」

予想もしなかった言葉だった。彼はすべてが入れかわったと信じていた。

「いっさいがっさいを入れかえたのじゃないのか」

「その必要は認めなかった。それは被術者の、かつて手がけた手術では、小脳その他の組織も含めて、移植をおこなった。この場合は肉体の提供者の方だが、小脳が損傷をうけており、運動機能に障害が生じる可能性があったからだ。今回の手術の場合、両者とも脳に損傷はなかった」

「待ってくれ――」

彼は深呼吸した。驚きで混乱が生じていた。実害はない。痛みも、脈絡のない運動も起こっていない。視野にも異常はない。あたりを見回し、ちがって見えるものがないことを確認した。これはただの混乱にすぎない。

「つまり、俺は、元の脳のすべてをここにもっているわけじゃない。そういうことか」

ポーランド人は頷いた。彼は頭をさした。

「この中には、ハンとかいった、元の体の持主の脳味噌が残っていて、俺の脳とつながっているということなのか」

「その通りだ。手術はうまくいった。君は、セルゲイ・レドフスキーの自我とアレクサンドル・ハンの運動機能を手に入れたわけだ。運動機能というのは、筋肉だけに宿っているわけではない。小脳の記憶回路が必要になる。たとえば子供の頃、自転車に乗れた

り、水泳を覚えた人間が、何十年というあいだが空いても、忘れずにそれができるのは、小脳の記憶回路のたまものだ」

「じゃあ俺には、そのハンの記憶もあるということか」

「あくまでも肉体的な記憶だ。精神的な記憶は側頭葉だ。だからこそ君は、自分を〝ヴォールク〟だと認識している、そうだろう」

「じゃあ訊くが、肉体的に俺ができたことは、こいつにはできない、というわけだな」

怒りが急速にふくらんでいた。ポーランド人は、彼の能力を切りとったのだ。知らないうちに、彼の一部は元の体におき去りにされていた。

「そうなるな。ただし、逆もまた真だ」

「逆？」

「君には学んだ記憶がないのに、駆使できる能力が与えられている。私と大佐は、手術に際して、それを詳細に検討した。残念だが、今の技術では、小脳の、これとこれを残して、あとの部分を入れかえるというのは不可能だ。すべてをそっくり君にするか、運動機能に関しては、ハンのものを残すか、私たちは選択を迫られた」

「なぜ俺の全部を移植しなかった」

「理由はふたつある。アレクサンドル・ハンの運動機能の方が、君のそれを上回っていた。彼は軍で特殊部隊に属し、さらにカラテの達人でもあった。君も優秀な運動機能を有していたが、前頭葉の意思の力に負うところが大きい。すべてを比較した結果、小脳

としては、ハンのものがすぐれている、という結論に達した。ふたつ目の理由は、純粋に科学的な好奇心だ。異なる人格の自我と運動機能がどこまで融合するかを知りたいと私は願い、これ以上のチャンスはもう二度とこないと判断したのだ」

「そのカラテであんたを殺してやりたいよ」

彼はいった。だが言葉には、憎しみも怒りもこもっていなかった。

ポーランド人はショックをうけたようすもなく微笑んだ。

「やがて君は私に感謝するときがくる。ただ手術に関していうなら、ひとつだけ失敗があったことを告げておきたい。脳を移しかえる際、右脳に、ごくささいな傷をつけてしまったのだ。それは、左脳の言語中枢部に対応する部位だった。その結果、人の言葉を理解し、自分の意思を言語化するという能力は失われなかったものの、感情を反映する能力が損なわれた。君は、自分の発言に感情がこもっていないことに気づいている筈《はず》だ。それがこの失敗だ」

「そんなのは小さなことだ。俺はこの頭の中に他人を飼っているのだぞ。それのどこが、あんたに感謝することになるんだ？　俺はカラテなんて、覚えたくもなかった」

「小脳と大脳というのは、不思議な関係にある。むろん大脳が、基本的には支配的立場にあるのだが、それがときにはマイナスに働くこともある。たとえば――」

ポーランド人は、両手で二十センチほどの幅を作ってみせた。

「床にこれくらいの幅の道を描き、踏み外さないように歩けといったら、君は馬鹿にす

るだろう。目をつぶっていてもできることだ、とな」

彼は無言で次の言葉を待った。

「しかし同じ道を、ビルの屋上の縁の部分に作ったとしたらどうだろう？　一歩踏み外せば墜落死する、そんな状況だったら？　当然、人は歩けなくなる。目がくらみ、足がすくむ。同じ動作を、環境がかわったことによってできなくなるのは、すなわち大脳の干渉の影響なのだ。君は手術によって、大脳の前頭葉が入れかわっている。その結果、予測はできるが、肉体への関与は最小限にとどめられるという利点を得た」

「つまり緊張から失敗する、ということがなくなった、ということか」

「運動機能に関してはそうだ。私はこの施術を前々から、スポーツ選手に対して試してみたいと思っていた。記録や、大きな舞台での重圧から、本来の運動能力を発揮できない、そうした悪夢からの解放を、このことは意味するのだ。彼らが苦しい反復練習をおこなうのは、すべて大脳の関与を最小限にとどめ、肉体的記憶によって行動できるようにするためだ。しかし、大脳の関与を抑えこめば、そんなものは必要なくなる。どんな状況であろうと、君の体は、小脳の記憶にしたがって、反射的に動くことができるのだ。じきに君はそれを、身をもって体験することになるだろう。大佐は、運動機能の確認プログラムを、リハビリテーションの中に用意しているからな」

立ちあがり、彼の知らない筈のカラテ技で、このポーランド人の首をへし折らなかったのは、彼にはまだ訊きたいことがあったからだった。

彼は深呼吸し、ポーランド人を見すえた。

「俺の体と残りの脳味噌はどうなった？」

「大佐が処分した。方法については訊いていない」

「じゃあ、この体の元の持主、ハンの、とりだされた脳はどこにある」

この男なら絶対にそれをしている――確信があった。考えるだけで吐き気と、抑えられないほどの怒りを感じるが、ポーランド人がそれをしないでいられる筈はないのだ。自分に施したのと同じ手術が、もう一度おこなわれている。彼の体に、ハンの脳を植えつける手術が。

「処分した」

短くポーランド人はいった。

「どうやって？」

ポーランド人は肩をすくめた。

「下水に流した」

彼は目を閉じた。同情を感じたからではなかった。その言葉が真実かどうか、わからなかったからだ。目を開くと、自分の両手を見つめた。いつのまにか、拳《こぶし》が固く握りしめられている。指の関節のつけ根に、白っぽく潰《つぶ》れたタコがあった。なぜこんな場所にタコがあるのか、この肉体について細かく知ろうという勇気が湧いてきたとき、最初にもった疑問だった。

「大佐は、俺を、セルゲイ・レドフスキーを死んだことにしたがっている、ちがうか」

「それは大佐に訊《き》くべき質問だ」

　ポーランド人はそっけなくいった。彼は違和感を覚えた。彼というモルモットに興味津々な筈のポーランド人が、この場に限っていえば、ひどく挑発的な態度をとっている。彼を怒らせよう、怒らせようとしているかのようだ。まるで忍耐心を試すかのように。

「じゃあ別の質問だ。さっきあんたは、俺が脳の中に、ハンの存在を感じている限り、奴が暴れだす心配はない、といったな。それはどういうことだ」

　ポーランド人は肩をすくめた。

「簡単なことだ。君の脳がもし、ハンの残っている脳に乗っとられる――そんなことは科学的にいって百パーセントありえないが――ことがあるとすれば、君は決してその予兆を感じられない。融合は意識できるものではないのだ。君は融合を意識し、その可能性に不安を抱いている。である限り、君は君、つまり、セルゲイ・レドフスキーであって、アレクサンドル・ハンの、脳内における実在は、幻想でしかない。もしハンが暴れだせば、君は自分をセルゲイ・レドフスキーだとは確認できなくなる。その点に関しては、この手術において、最も留意した部分だ。私と大佐は怪物を生みたくはなかったのでね」

「怪物？」

「前頭葉の役割は、自己制御だ。それが損なわれれば、本能にのみしたがって行動する

結果になる。抑制がまったく利かず、破壊も性行動も、摂食も、すべてが本能のおもむくままおこなわれる。むろん文明社会では、そのような人間の存在は許されない。大佐が望む任務を遂行するのも不可能だろうし、周囲のすべてに被害を与えるだけだ。君の脳には、大脳にも小脳にも、破壊に関する記憶、それはつまり能力といえるものが、たっぷりと詰まっている。それが本能のおもむくまま解放されたらどうなると思う？　怪物としかいいようがないことがわかるだろう」

「そうなっていないと断言できるのか」

彼は訊《たず》ねた。

「君は私を殺したい、といった。だがまだ私は生きている。つまり君は抑制に成功しているわけだ」

「いつかそれが壊れる可能性はあるのか」

「まったくない、とはいえない。君は脳にメスの入った人間だ。ＮＴＦ《ニューロトロフイック・ファクター》の投与も続けなければならない。その脳に対して好ましくない損傷をうけることがあれば、常人よりはそうなる可能性は高い」

「そうなったら、あんたを第一番に血まつりにあげてやる」

彼は努力し、言葉に決意をこめた。初めてポーランド人の顔に動揺があらわれた。

「そうなったときの君と、私は決して会いたくない。もし二人きりにされるくらいなら、自殺するだろう」

彼は笑いだした。

「本気か、博士」

「本気だとも」

ポーランド人の顔は真剣だった。

「もっとも、そうなったとしても、君が私のもとに辿《たど》りつく確率はひどく低い。君は死体の山を周囲に築きながら、殺される運命にあるだろうから」

「じゃあ、俺がそうなったり、ならなかったり、という可能性はあるのか。何かをきっかけに抑制を失って暴走し、また抑制をとり戻す、というのは？」

ポーランド人は首をふった。

「人間には、多かれ少なかれ、そうした面がある。もしそうなるとしても、誰にも、君にすら、それは予見できないだろう。君は悪夢を見る。怪物になるという、悪夢を。そして夢からさめれば、抑制をとり戻す」

「そちらの方がよほど恐いのじゃないか」

「あるいはそうかもしれない。しかしそうした犯罪者は、この世のどこにでも溢《あふ》れている。君自身、手術をうける前から、すでにそうであったかもしれない。ちがうと断言できるかね」

彼は黙った。ポーランド人はようやく落ちつきをとり戻した。

「いずれにせよ、この世は悪夢のようなものだ」

そういって、彼を見つめた。

「他に何か知りたいことはあるかね」

彼は少し考え、いった。

「俺以外の、あんたの手術をうけた人間。そいつはどうなった？」

「生存している」

「怪物になって？　それともときどき悪夢を見て？」

ポーランド人は首をふった。

「今のところ、そのどちらでもないようだ。彼女の——患者は女性だった——予後については、アメリカにいるあいだは、メールを通じて報告をうけていたが、ロシアにきて以来は、残念ながら知る手段がない。私のホームページは、司法当局によって閉鎖させられてしまったのだ。彼らは、私の研究に対し、偏見をもっていてね」

「その女が今どうなっているか、知る方法はないのか。あるのだろう？」

彼がいうと、ポーランド人は興味深げに彼を見返した。

「なぜ彼女にそんなに興味を抱く？」

「あたり前だろう。その女の今が、俺の未来なんだ。知りたくなって当然だ」

ポーランド人はゆっくりと頷《うなず》いた。

「それほどにいうなら、調べてみてもかまわない。日本には、私の手術をサポートしてくれた医師がいるのでね」

「日本？　日本人なのか、その女は」

「そうだ。君の脳の移植先としてハンの肉体を選んだのも、彼女が日本人であったからだ。モンゴロイドの頭蓋《とうがい》と脳は、こうした手術に適していることを、私は経験から知った」

「日本じゃ、他にも俺みたいな手術をうけている人間がたくさんいるのか」

「いや」

ポーランド人は首をふった。

「日本でも彼女ひとりだ。脳移植手術をうけ、生存している人間はこの世で二人しかいない。君とその女性だ」

その口ぶりには尊大な誇りがこめられていた。天才だと自分を確信しているのだ。

「あれは、偶然によって生まれた奇跡だった。私は学会のためにたまたま日本を訪れていた。そこへ、頭部に銃弾をうけ脳死状態の患者と、肉体を著しく損傷して危篤状態の患者がいる、という情報がとびこんできた。両名とも女性で血液型は同じ、年齢もさほどちがわなかった。そして日本の当局者は、危篤状態の患者の命を救いたいと願っていた。相談をうけた日本の私の友人が、私がかつて理論として発表した脳移植手術の可能性を打診してきたのだ。私は患者の状態を確認し、可能であろうと答えた。そのとき日本のナガサキにアメリカ海軍の空母が寄港しており、艦長は以前私が海軍で軍医をつとめていたときの友人だった。手術は、秘密を守られることが第一条件で、それは私にと

っても好都合だった。なぜなら、失敗しても成功しても、つまらぬ倫理規定に縛られる心配がなかったからだ。私は空母の手術室で、ごくわずかな日本人のサポート医師らとともに移植手術をおこない、成功した。だが残念なことに、長く日本にとどまって患者の回復経過を見届けるわけにはいかなかった。予定が詰まっていたからだ。したがって患者の予後については、アメリカに戻ってから、日本から送られてくるメールをもとに判断する他なかった」

「それはいつまでの話だ？」

ポーランド人は肩をすくめた。

「一年前だ。それまで彼女は元気に生活をしていた。その後、愚かな連中が、私のちょっとした実験に対して、ヒステリックな騒ぎをおこし、それに便乗して人気を得ようとした政治家が、私の医師免許をとりあげたのだ。奴らは私の研究を洗いざらい調べあげようとして、私のコンピュータのデータもすべてとりあげた。私としては、自分の身を守るために、姿を消す他なくなった。アメリカ海軍の空母で手術をおこなった以上、私の行為は、アメリカ連邦法に抵触する可能性があったからだ」

ポーランド人の顔が怒りで赤く染まっていた。本来なら賞讃《しょうさん》をうけて当然なのだといいたいのだろう。それが反対に、地位と名誉を奪われたというわけだ。

「私としては、もう二度とあのような機会は訪れないだろうと思っていた。だが、大佐が君をひき合わせてくれた」

「あんたはたっぷりと手術料をうけとった筈《はず》だ」

ポーランド人は首をふった。

「金などとるに足らん。確かに報酬は得たが、それは大佐にしてみれば、口止め料のつもりではないかな。私にとっては、再び、手術の機会を与えられたことの意義の方がはるかに大きい」

「一年前まで、確かにその女は生きていたのだな」

ポーランド人は頷いた。

「生きていたとも」

「病院で？」

ポーランド人は微笑んだ。

「まさか。彼女は悪夢をみることもなく、社会復帰を果たした。今は日本政府の仕事をしている筈だ」

「その女の名前は？」

ポーランド人は沈黙した。やがて訊ねた。

「知る必要があるのかね」

「いったろう。その女の今は、俺の未来だと。俺には知る権利がある」

大佐が彼とミドヴィエーチを日本に送りこむ計画をもっていることをポーランド人は知っているだろうか。

知る筈はない。大佐は秘密を話すどころか、必要がなくなればこのポーランド人を消すだろう。

「――アスカだ」

「アスカ……」

彼はつぶやいた。不思議な響きをもつ言葉だった。

「写真はあるか」

彼が訊《たず》ねると、ポーランド人は頷いた。白衣の内側のくたびれた上着の中に手を入れた。

「送られてきた画像をプリントアウトしたものだ。データは破棄してしまったので、もはやこれ一枚しかない」

財布の中から大切そうにとりだした。まるで家族の写真であるかのようだ。いや、この男にとっては、家族以上だろう。自らの天才を証明する〝生き証人〟なのだから。

そう思いながら、彼は写真をうけとった。目を落とし、息を呑《の》んだ。

ワーニャ。

ちがう。この写真の女は、ワーニャとはどこも似ていない。目の色は茶だし、髪は黒だ。なのにワーニャを思いださせる。

美しく、頼りなげで、壊れやすいもの。悲劇がすぐそこに迫っていることを予感して

いるような瞳《ひとみ》。顔立ちも、目も髪の色もちがいながら、なぜかその写真の女には、ワーニャの面影があった。

「どうかしたのかね」

写真に見入っている彼に、ポーランド人が訊ねた。

「いや」

答えたものの、彼は写真から目を離せずにいた。

ワーニャである筈はない。わかっている。ワーニャはあの日、森に消えた。そして今は狼となって森で暮らしている。美しい、白銀色の毛並をもった雌狼。

だがまぎれもなく、写真の女と自分のあいだには、つながりがある。いや、つながりというにはもっと強い、確かなもの。絆《きずな》といいかえてもいい。

兄妹。そうだ、兄妹だ。「アスカ」はワーニャではない。しかし、彼にとっては妹も同然だ。なぜなら、本来この地上に存在する筈のない、たった二人の人間どうしだからだ。異なる人格と肉体の組み合わせ。脳移植手術を生きのびた、この世で二人の人間。

しかしその気持を、ポーランド人には気づかれたくなかった。もし気づけば、ポーランド人は、さまざまな医学用語をつかって理由づけようとするだろう。

そんな言葉は無意味だ。理由など、他人には決して理解できるわけがない。写真を見た瞬間に、彼の心につき刺さったもの。それは天から下った閃《ひらめ》きだった。運命を決定づける衝撃だった。

彼は努力して写真から目を離すと、さらに努力をして、ポーランド人にそれを返した。大切そうに再び財布にしまいこむその姿に、彼はまたも殺意を覚えた。その写真は、お前がもつべきものじゃない。俺がもつべきなのだ。

だが「アスカ」の顔を思いだすのに、もう写真は必要ない。短時間のうちに、「アスカ」の顔は、彼の心に焼きつけられていた。

ワーニャの顔と同じで、いつでも彼はそれを思いだすことができる。たとえ何百、何千という人間の中からでも、見つけだすのは簡単だ。なぜなら、「アスカ」は、彼にとって特別な存在だから。

「アスカは生きているのだな」

彼は同じ問いをくりかえした。

「生きている。生きてトウキョウで生活をしている筈だ。これで少しは不安がおさまったかね」

彼の変化を別の理由によるものとうけとったのか、ポーランド人はいった。

「ああ」

誤解をさせておくことにして、彼は頷《うなず》いた。

「その女が生きているのなら、俺も生きのびられる、というわけだ」

「その通り。だがさっきも説明したように、君におこなった手術と彼女におこなった手術は、内容が異なる。したがって君にはＮＴＦの注入が必要となるわけだ」

「これのことだな」

　彼は髪をかきあげ、頭蓋骨に埋めこまれた蓋《ふた》を示した。

　ポーランド人は頷いた。

「『オンマイヤーリザーバー』という。その弾力性について心配することはない。数千回の注射に耐えるし、注射針によってあいた穴から細菌に感染する心配もない。ＮＴＦは、君の、つまりセルゲイ・レドフスキーの大脳とアレクサンドル・ハンの小脳との連絡を円滑におこなう機能を回復するためには必要な栄養素だ。忘れずに注射をおこなってもらいたい」

「もし注射ができなくなったらどうなる？　奴が暴れだすのか」

　ポーランド人は首をふった。

「いったように、それはありえない。それはあくまでも回復のために必要な薬であって、何かを制御するのが目的で注入しているわけではないからだ。ただ、君の人格がそれと知らずに身につけた能力を駆使していく上においては、困難を感じる事態が生じるかもしれない」

「カラテのことか」

「カラテだけではない。この中にいて、君は気づいていないかもしれないが、非常に優れた視力や聴力、反射神経などを、君はハンの肉体から得ている。いいかね、奇妙なようだが、もっていると意識しなければ、君はその能力を役立てることはできないのだ。

さもなければ、見えているのに、君には見えていないという、奇妙な状況になってしまう」

「見えているのに、見えていない？」

ポーランド人はおかしそうに笑った。

「脳の右半球に損傷をうけた患者は、非常に奇妙な障害をもつことがある。たとえば視野の左半分を失い、左側のものが何も見えない、と本人は訴える。視力は正常なのだが、脳は左の視野を失ってしまうのだ。ところが人によっては、見えていない筈の左側の物体を正確につかんだり、注意することによって、見えている、という意識をもつのが可能になる。わかるかね？　君は、セルゲイ・レドフスキーの意識をもって遠くを見る。レドフスキーの視力は、右〇・八、左一・〇だった。しかしアレクサンドル・ハンの視力は、左右ともに一・五ある。そのため彼は優秀な狙撃《そげき》兵でもあった。君はハンの視力をもっているが、君の脳はまだそのことを理解していない。つまり――」

「俺が見ようとしさえすれば、以前の俺には見えなかった遠くのものが見えるようになる、そういうことか」

「その通りだ。やがては慣れ、その能力を、生まれもったもののように君はつかえるだろう。だがそれを早めるためにも、ＮＴＦの注入は、君にとっては不可欠なのだ」

「アスカもそれをつかったのか」

ポーランド人は首をふった。

「彼女のときには、まだNTFはなかった。したがって彼女は自らの努力で、肉体提供者の能力を自分のものにせざるをえなかった。たぶんそれは、非常に大変なものだったろう。まして運動能力に関していえば、彼女は君とは反対のケースだった。移植された肉体は、脳が本来所属していた肉体よりも、運動能力に劣る面があったのだ」

「しかし移植手術をしなければ、アスカは死んでいたのだろう？」

「その通り。手術は一刻を争う状態でおこなわれた。本来のアスカの肉体は、複数の銃弾を浴びて、大量の血液を失い、内臓の損傷も激しかった。通常の医療措置では、もって一、二時間というところだったろう。輸血をするそばから血が流れでていく、そんな状況だったからな」

　死の淵《ふち》からよみがえったというわけだ。そして意識をとり戻したとき、自分の肉体は、まったく別人のものになっていた。そんな衝撃を味わった経験を理解できる者などいまい。彼をのぞいては。

　アスカに会いたい、という衝動がつきあげた。それは、恋や愛とはまるでちがう感情だった。強いてたとえるなら、生まれてすぐ離ればなれになり、その生存すら知らなかった家族の存在を知らされたときの気持に似ている。会わなければならない。会う必要があるのだ。

　会えばその瞬間、自分たちは互いを理解する。

二人以外、この世の誰も経験したことのない苦しみを共有しているのだ。彼がひと目

でその顔を心に焼きつけたように、アスカもまた彼のことを忘れられなくなる。

人種や言語のちがいなど、このとてつもない体験の前では何の障害ともならない。自分が自分でなくなることの苦しみ、悲しみは、彼とアスカの二人にしか理解できない絆となる。

得た、と彼は思った。

ワーニャを失い、自分自身の肉体を失った。が、今、アスカというもうひとりの自分、兄妹を超える絆をもった人間がこの世にいることを彼は知った。

知ることは、得ることだ。彼はアスカを得たのだ。

運命づけられた死の長い腕を蹴《け》り、この世によみがえった者。ヴォールクとアスカ。

「――彼女の意思の力には驚くばかりだ」

気づくとポーランド人はまだ喋《しゃべ》っていた。

「手術は彼女の意思に基づいたものではなかった。意識を回復したときには、絶望と混乱が彼女を襲ったことだろう。だがそれらすべてを克服して、彼女は人生をとり戻したのだ」

「大佐に頼んで、トウキョウと連絡をつけてくれ。アスカの今の状況を知りたい」

彼は本心を悟られないように注意しながらいった。だがその心配はなかった。彼の言葉には、いっさいの感情がこもっていなかったからだ。

「試してはみよう。私自身、彼女の現在の精神状態に対する興味はつきないのでね」

ポーランド人は頷いた。

「君もこれで少しは、リハビリテーションに対する熱意を得られるとよいのだが」

「心配することはない、博士」

彼はいった。

「あんたと話したおかげで、生きる意欲が湧いてきたところだ」

「本当かね」

「本当だとも」

感情のこもらぬ声で彼はうけあった。

「俺には目標ができた」

ポーランド人は少し考えた。

「何かね」

彼はにやりと笑ってみせた。

「森へ帰ることさ」

「森？」

不思議そうにポーランド人はくりかえした。

「そう、森だ。俺はすべきことを見つけたんだ、博士。今はあんたに感謝している」

ポーランド人は不安げになった。だがこれ以上話してやることはない、と彼は思っていた。彼がアスカに会おうとしているのは、ポーランド人にも大佐にも、知られてはな

らない。知れば二人は反対するに決まっている。

ＳＶＲの目的はわかっている。死の淵からよみがえり、まったく別人の体を手に入れたヴォークを、優秀な手先として使うことだ。

アスカに会うまでは、こいつらのいいなりになってやる。そして会ったとき、ＳＶＲは知るだろう。

狼は決して犬にはならない。

15

夜の間やんでいた雨が再び降りだしたのは、早朝の午前六時過ぎだった。一一〇番通報があったのが、午前五時前で、警視庁捜査一課と鑑識課があたり一帯を封鎖し現場検証に入ったときには、雨はもう本降りになっていた。関東の南岸沿いに低気圧が停滞し、雨は四、五日降りつづくという予報がでていた。

午前七時、古芳から電話がかかってきた。ぶっきら棒な声で、

「仕度しておいてくれ。今から迎えにいく」

とだけ告げて、古芳は電話を切った。何が起こったかはいわなかったものの、それがたぶん、今二人が直面している壁を破るきっかけになりそうだという予感がアスカにはあった。動きやすいジーンズ生地のパンツに長袖《そで》のＴシャツとウインドブレイカーを着

け、アスカは待つことにした。ハナコによる関東信越厚生局麻薬取締部襲撃の捜査を正式に担当するようになって以来、ベレッタM85をアスカは常に身に着けていた。ベレッタは中型のオートマチックなのでホルスターごと腰のベルトに留めれば、上着を着ている限り、外見からはわからない。警察官であったときは、拳銃《けんじゅう》をショルダーバッグなどに入れることもあった。が、ＦＢＩでの訓練で、それは無意味なだけでなく危険ですらある、と学んだ。

銃は、いついかなるときでも手にできる状態でなければ、むしろ所持しない方がよいのだ。

射撃に関する限り、河野明日香であった頃よりも、はるかに経験を積んでいる。古芳の射撃の腕は一級だが、今の自分なら遜色《そんしょく》はない、と自負していた。

古芳の運転する覆面パトカーが、アスカのアパートの下に着いた。パトカーは警視庁のもので、取調などでは麻薬取締部の建物を二人は使っていた。

襲撃事件の捜査に関しては、警視庁捜査一課にも担当する班があり、目黒署に捜査本部が設けられている。二人のチームは、麻薬取締部側での捜査担当ということになる。元来が部員の少ない麻薬取締部は、継続中の捜査案件で手いっぱいであり、ハナコに関して新たな人員を割く余裕はなかった。したがってこれまでは連絡事務が担当であったアスカが捜査を抱えるのが、内部的にも最も負担が小さい。

同僚一名を射殺、一名に重傷を負わせた、ハナコに関する捜査を担当したいというの

は、麻薬取締部全員の気持だった。が、警視庁警察官とチームを組むとなれば、話はちがってくる。麻薬取締官で、警視庁警察官との合同捜査を喜ぶ者はいない。理由は簡単だ。麻取の狙いはあくまでもブツの押収で、狙った薬物がどれだけの量アゲられたかが、捜査の成果となる。比べて、警察の狙いは人だ。ブツの多寡よりも逮捕する被疑者に目が向く。結果、捜査方針はことごとくかみあわず、対立も生じる。麻薬取締官が準キャリア職で、警察官の階級であれば警部補に相当することも、問題の原因となる。警視庁において、捜査現場を担当するのは、ほとんどが巡査、巡査部長クラスで、取締官よりは下位の階級に属する者が大半だからだ。警察はブツ本位の麻取の捜査方法を嫌っている。しかも、麻薬取締官には、警察官には許されない「囮《おとり》捜査」が可能なのだ。

互いに狙っている被疑者やブツをめぐって、現場での「奪《と》りあい」を経験し、両者の関係は決してよくない。麻薬取締部に、警視庁警察官との合同捜査を喜んでうけいれる取締官がいるとすれば、それはアスカ以外ありえなかった。

比べて、古芳の立場は微妙だった。ハナコの事件は、古巣である一課が、警視庁では正式に担当している。形式上は左遷人事で、生活安全部にとばされた古芳は、その麻薬取締部と合同で捜査チームを組んでいるのだ。

警視庁捜査一課と、立場の上では対等であっても、陣容はまるでちがう。合同のチームは、古芳とアスカのわずか二名、捜査一課は、目黒署の応援も合わせて二十名以上のメンバーを擁する。捜一からすれば、合同の古芳は、古巣の捜査に介入する邪魔者にす

ぎない。そう感じている筆頭は、立場上、捜査本部を代表する目黒署署長だ。署長からは、同じ警視庁警察官でありながら、麻取の側についたとして、厳しい視線を浴びている筈《はず》だった。

だが古芳は、それについて愚痴ることはなかった。捜一から生活安全部への異動についても、アスカにその背景を問うこともなかった。

「おはよう。どこ？」

古芳がハンドルを握る覆面パトカーの助手席に乗りこんだアスカは訊《たず》ねた。

「四谷《よつや》だ」

古芳は短く答え、車を発進させた。アスカのアパートがある住宅街を抜け、幹線道路に合流すると、サイレンのスイッチを入れた。

「一課の管理官から俺のところへ電話があった。合同にも一報入れておいた方がいいだろうってことでな。最低限、恨みを買わないようにやっときたいってことじゃないか」

ヒゲをそる暇もなかったようだ。大きな掌《てのひら》で古芳が頬をこすると、ざらざらという音がした。

「誰の恨み？　仁王の？　それともあたしの？」

古芳は横目でちらりとアスカを見た。

「捜一じゃ、お前のことは語り草になってる。麻取には筋金入りの女がいるってな」

「有名になったのは、あたしのおっぱいじゃないの」

「そっちは機動隊だ。お前に上着を貸した巡査は、一躍人気者らしい」

「嬉《うれ》しいこと」

アスカはいって、古芳が到着するまでの間に用意したコーヒーをポットからカップに注いだ。

「ありがとう」

古芳はうけとるとブラックですすった。

「で、何があるの」

「仏が四つ。いずれも中国人で、ガキだそうだ」

「林の仲間？」

「そうらしい。面割りを、お前ならできるんじゃないかと考えているようだ」

「林のときは、あたしは現場にでてない。でも写真とビデオなら見たから、もし林の手下ならわかるかもしれない」

「充分だろう。どうせ全員密航者で、パスポートもなけりゃ、まともな身分証ももってないような連中だ。林のグループのメンバーだってわかっただけでも手がかりになる」

古芳はいって、ワイパーがぬぐいとる水滴ごしに暗い空を見上げた。

「この湿気じゃ、仏が傷むのも早いぞ」

新宿御苑《ぎょえん》に近い賃貸マンションが、現場だった。三階の一ＬＤＫだ。アスカと古芳が

封鎖線をくぐって中に入ると、中央のリビングに、四体の死体がおかれたまま、検証がつづけられていた。指揮をとっているのは、アスカもかつて知っていた警部だった。名前は里見《さとみ》という。麻薬取締部襲撃犯捜査本部の、長内《おさない》警部もいた。

「ご苦労さん」

長内は、表面的にはねぎらってみせた。だが目は笑っていなかった。里見はもっと露骨だった。

「なんだ、生安がずいぶんお早い出動だな。大丈夫か、麻取のお嬢さんなんか連れてきて。そこらで戻したりしないだろうな」

アスカは無言だった。もともと里見は、悪趣味な冗談をいいたがる傾向があった。

「邪魔はしませんよ」

古芳はおだやかに答えた。

「声をかけたのはこっちなんだ。そのお嬢さんが仏さんに見覚えがないか見てほしくてね」

長内がいった。

「麻取は、林漢桃のグループをずっと追っていたんだろ」

「新宿署も追っていた筈です。新宿の生安にも知っている人はいるのじゃないですか」

アスカはいった。里見が死体のかたわらにかがみこんだ。死体はいずれもうつぶせで、折り重なるように倒れている。捜査員がひしめきあっている室内で、そこだけが周囲に

空間があった。

「麻取とちがって、警察には縄張りって奴があってね、お嬢さん。ここいらは四谷署の管内なんだよ」

手袋をした手で、死体の顔を横に向けた。左目に銃弾が撃ちこまれている。

「弾は抜けてない。頭の中はぐしゃぐしゃだな。脳味噌《みそ》をかき回されて死んだってわけだ」

四人とも、トレーニングウエアのようなジャージの上下を着けている。手首に巻いたアクセサリーや、テーブルに放置された携帯電話などから見ても、いずれも二十になるかどうかの年頃だろう。

「この子をたまたま、地域課の巡査が知っていた。十九だか二十で、日本語はかたことだが、いっぱしの悪だったらしい。そこにある御苑の駐車場でカツアゲをやってるところを見かけて、追いかけたが逃げられたといっていた」

「逃げられてよかったのじゃないですか」

古芳がいって、手袋をはめた手で携帯電話のかたわらにおかれたセカンドバッグの口を指さした。半ば開いたファスナーの内側に、トカレフと覚しい拳銃のグリップがのぞいていた。

「たまらんぜ、まったく。こんなガキでもチャカもつ時代だ」

「そのチャカをもっている四人をあっさり殺すなんて、どんな連中でしょうね」

アスカはいい、手袋をはめて里見のかたわらにかがんだ。死体の顔を順番に表に向けていく。全員が左目に銃弾を撃ちこまれていた。

髪を金色に染めたひとりに記憶があった。確実を期すために、許可を得て、トレーニングウエアの上衣を脱がせた。左肩にある龍の刺青《いれずみ》を露《あら》わにした。

「まちがいありません。林の手下です。新宿署の刑事さんに怪我を負わせたのが、この仏です」

タンクトップ姿で徘徊《はいかい》するビデオを見ていた。大林らが撮影したものだ。根城にしている歌舞伎町のディスコからでてくるところを撮った。

長内と里見は目を見合わせた。

「誰が殺《や》ったか、だな。まさか麻取じゃないだろう」

里見がいって笑みを浮かべた。とりあわず、アスカは訊ねた。

「この仏はこのあと、大塚ですか」

大塚には監察医務院があり、司法解剖、行政解剖をおこなっている。

「当然そうなるだろうな。至近距離から撃ってるのに弾が抜けてないのも気になる」

里見はもったいぶって答えた。

「こりゃ、一種の処刑だな。仲間割れか、それとも対立グループに殺られたのか」

長内がつぶやいた。

アスカは立ちあがった。古芳に目で合図を送り、

「お邪魔しました」

と告げた。

「もう、いいのかい。何だったら、現検ずっと立ちあってもらってもいいんだよ」

里見が驚いたようにいった。

「こういう殺伐とした現場に、きれいなお嬢さんがいりゃ、こっちもやる気が湧くってもんだ。それとも、古芳のお守りで忙しいのかな」

にやにや笑いながら古芳とアスカを見比べた。アスカは微笑みを返した。

「そうですね。でも、お喋《しゃべ》りじゃないぶん、手がかかりませんから」

里見の顔から笑みが消えた。

「失礼します」

アスカはその場の捜査員たちに告げて、部屋をでていった。古芳があとを追ってくる。

エレベータに乗り込み、二人きりになると、アスカは古芳の顔を見つめ息を吸いこんだ。古芳がさっと両手を広げた。

「俺にかみつくな。奴が悪趣味なのは、お前も昔から知っていた筈だ」

「もちろん。昔、オカマっていわれたことあるわ。でもお嬢さんていわれるよりマシかもしれない」

「趣味の問題だな、それこそ。こんなに早くでちまって大丈夫なのか」

エレベータを降りた。マンションの一階には、朝だというのに野次馬がつめかけてい

る。整理の警官に合図を送り、二人は報道陣を避けるようにして、止めておいた覆面パトカーに乗りこんだ。

「処刑という長内さんの言葉は当たっていると思う。誰かが林の手下を処刑したのよ」

アスカはいった。

「林に教えてやろう。少しは協力しようという気になるかもしれん」

古芳はいって、車を発進させた。

二人が直面している壁とは、林漢桃だった。ハナコの手榴弾《しゅりゅうだん》を奪って脱出を試みた林は、それをアスカにあっさり妨害され、今まで以上に非協力的な態度をとるようになっていたのだ。

麻薬取締部に逮捕されて以来、黙秘をつづけていた林は、ハナコに殺される危険を感じた一瞬だけ、チェチェン人からアメリカドルを奪った話をした。だがその後は再び黙秘するようになり、チェチェン人とのいきさつがいったいどのようなものであったのか、まったく情報を口にしなくなっていた。

警視庁による捜査チームは、ハナコの身許《みもと》割りだしをまず目標にして、新宿、大久保、池袋といったあたりを中心に大がかりな訊《き》きこみをおこなっている。が、対象の大半が中国人であるため、ほとんど成果があがっていない。警察に有用な情報をもつとすれば、それはおおむね、不法滞在の中国人で、刑事の姿を見ればそそくさと姿を消す。また正式なビザをもつ者であっても、自分自身や故郷の家族の安全を考えれば、当然口が重く

なる。彼らは、警察が、日本人に対してほどは中国人に親切ではないことを知っている。蛇頭などの手を借りて密入国した中国人は、公式には存在しない〝幽霊〟なのだ。ハナコがそうした〝幽霊〟のひとりだとすれば、捜査が難航するのは当然だった。

アスカと仁王は、ハナコよりも林漢桃の線から事件を追う方針をたてていた。ハナコをさし向けたのがチェチェン人であるという、林の言葉をまず足がかりにしている。が、その林が黙秘をしているため、こちらも捜査は暗礁にのりあげていた。

「でも林は、今の状態でいる限り、自分は安全だと思っている。ただ手下が処刑されたというだけで、口を開けるかしら」

「じゃあどうする?」

「大塚に林を連れていくのはどう?」

アスカはいった。古芳は一瞬沈黙した。

「ハナコはもういない。なのに林の手下が殺されたのは、林のいったチェチェン人たちが復讐《ふくしゅう》をあきらめていない、ということかもしれない」

「チェチェン人の話だが、俺はその場にいなかったから何ともいえないが、林の話をどこまで鵜《う》呑《の》みにしていいか、難しいと思い始めているんだ」

ロシア人犯罪者、あるいはロシアマフィアの活動について、警察も神経を尖《とが》らせてはいる。が、東京においては、中国人犯罪者の活動ほどには、深刻な問題とはとらえていない。何よりも中国人に比べれば圧倒的に人数も少なく、また北海道や日本海に面する

一部の都市ほどには、ロシア人の上陸、入国が頻繁ではないからだった。

「それを確かめるためにも、林を揺さぶるのは必要だわ」

「わかった」

古芳は頷《うなず》いた。

「目黒署から奴の身柄《ガラ》をだしたら、そのまま大塚へもっていこう。面割りの確認にもなる」

二人は目黒署で、林と通訳担当官を覆面パトカーに乗せた。いつも通り、中目黒の麻薬取締部に連れていかれると信じているのか、林は無言でパトカーの後部席にすわった。

「今日はちょっとドライブをする」

ルームミラーで林の顔を見やり、古芳はいった。

「そんなに遠いところじゃない。雨ばかりで気が滅入っているだろう。気分転換をしようじゃないか」

林がアスカを顎《あご》で示した。拘置所をでて移動中は、林の両腕には手錠がはめられている。

「どうせドライブするなら、この女の刑事さんと二人きりがいい」

アスカは向きなおり、林の顔を見つめた。連日の取調で、林は事件に関係のないことなら軽口を叩《たた》くようになっていた。アスカと古芳が焦《じ》れているのを、楽しむそぶりすらある。

「いいわよ。でもいっておくけど、わたしの方が、彼より気が短いの。キレたら、あなたを放りだすかもしれない」

林はにやりと笑った。

「それはよけい楽しみだ。オレを放りだしてくれるなら、どんどんキレて欲しいね」

「本当にそう思うか、ドライブのあとにもう一度訊こう」

古芳がいった。林が早口で喋った。

「この前は、お姐《ねえ》さんがあんなに強いとは思ってもいなかった。今度は負けないから、同じ恰好《かっこう》をしてくれ」

アスカは林の目を見つめた。

「あの晩、あたしは何も、もってなかった。それはよく知ってるでしょう。今はちがう。素手でもあなたに勝てるけど、拳銃《けんじゅう》ももってる。いつでも使うわよ」

林は手錠をはめられた両手を掲げた。

「丸腰の人間を撃つのか？」

「まるで平気よ。日本政府にとって、密入国者であるあなたは、存在しないのと同じなの。撃ち殺して、どこかに埋め、逃げられましたといえば、それで終わりよ」

林はにやにやと笑い、首をふった。

「ハッタリだ。日本の警察に、そんな度胸のある奴はいない。日本人のお巡りは、出世のことしか考えてないからな」

「だったら、別の誰かにあなたを殺してもらう。このままいけば、あなたは相当の懲役刑をくらうだろうけれど、それは結局、日本の税金を無駄に使うのと同じよ。日本は今、財政が破綻《はたん》してたいへんなの。無駄づかいは少しでも避けたいわ」

林は聞く耳をもたなかった。

「やれるものならやってみろ。誰かが俺を殺す前に、俺はこの国からおさらばしてやる」

「手下がいるから強気でいられるのね。電話一本で自分を迎えにきてくれる、そう信じているんでしょう」

「ノーコメント」

アスカは古芳をふりかえった。

「見ものだわ。大塚で対面したときのこいつの顔が」

古芳は無言だった。

新宿で発見された射殺死体は、アスカらが到着する少し前に、大塚の監察医務院に運びこまれていた。

監察医務院には、約四十体を安置できる冷蔵設備があり、七台の解剖台があって、一日に七、八体が解剖されている。通常、解剖当番の監察医は三名で、混みあっているときは、特殊解剖室にある二台をのぞく五台の解剖台すべてに死体をのせ、解剖をおこなっていく。明らかに死因の特定ができる外傷のある死体の場合、解剖は、おおむね四、

五十分で終了する。

新宿で発見された死体は、それに相当する。死体に同行して、捜査一課、四谷署の各刑事、さらに鑑識班が監察医務院には到着していた。長内の姿もある。

「なんだ、どうせこちらにくるなら、現場に残ればよかったじゃないか」

古芳の姿を見て、長内はいった。

「途中、拾いものをしてたんで。里見さんは?」

「地取りの指揮で残った。拾いものって?」

「林です」

「目黒からひっぱってきたのか」

長内は目をむいた。

「わたしの発案です。面通しにもなりますし」

アスヵはすばやくいった。

「少し揺さぶりをかけないと」

長内はあきれたようにアスヵを見つめた。

「いっちゃ何だが、見かけによらず、やることが荒っぽいね」

「仏は中ですか」

「監察医《せんせい》の到着待ちだ。もう台にはのっけてある」

「ちょうどよかった」

古芳は覆面パトカーの後部席の扉を開け、林を降ろした。

「ここはどこだ」

監察医務院の駐車場には、何台もの警察車輛《しゃりょう》が止まっていた。それを見てさすがに、林も緊張した表情になっていた。

「懐しい顔と会わせてやる」

古芳はいって、林を、アスカと二人ではさむようにして、医務院に入っていった。

解剖台はステンレス製で、頭上には通常の手術でも使われるような無影灯を備えている。アスカと古芳、林の三人は、靴を脱ぎ、所定の長靴にはきかえると、手術衣のような解剖衣、さらにキャップ、防護メガネ、マスク、手袋を着用した。終始解剖につき添うわけではないが、規則でそれらを着けなければ、解剖室に立ち入ることはできないのだ。

林は無言で、身ぶりによる古芳の指示にしたがった。手錠は外しておいた。

解剖室に足を踏み入れた瞬間、林は息を呑んだ。五台並んだ解剖台のうちの四台に、御苑近くのマンションで見つかった死体が、仰向けに並べられている。いずれも左目に銃弾で抉《えぐ》られた穴が開いていた。

「――！」

言葉にならない叫びを発して、一番手前の解剖台に走りよろうとした林の襟首を古芳はおさえた。身長百八十五センチの古芳にかかると、小柄な林は、暴れている子供のよ

うだ。

そのまま四体の死体の顔を、順番に古芳は、林と対面させた。

林がくるりと古芳をふりかえった。早口の中国語で何かを喋《しゃべ》り始める。アスカは車を降りたときから、ＩＣレコーダーをウインドブレイカーの内側で作動させていた。林が思わぬ〝失言〟をしたときに備えてだ。

古芳は白いゴム手袋をした手をあげ、林を黙らせた。林の目は大きくみひらかれており、血走っていた。

解剖室をでて、解剖衣や手袋を脱ぎ捨てると、林は放心したように、待合室のソファにすわりこんだ。アスカは古芳に目で合図を送った。取調にあまり時間をあけない方がいい、という意味だった。ショックから立ち直る時間を与えたら、林はまた黙秘状態に入るかもしれない。

古芳がかけあい、その時間使われていない、特殊解剖室を借りることにした。特殊解剖室は、伝染病にかかっている疑いのある死体を解剖するための、完全密閉型の解剖室だ。

通訳を呼び、長内にも声をかけて、アスカと古芳は林とともに特殊解剖室に入った。

「本当ならコーヒーの一杯でも飲ませてやりたいが、解剖室の中は飲食禁止だ。あとで煙草も吸わせてやる」

古芳が告げた。林は無気味そうに、二台の解剖台を見回している。

「今日はここを使う予定はないそうよ。だから、誰にも邪魔されず、何時間でも話ができるわ」

アスカはいった。長内は少し離れたところに立ち、腕を組んで眺めている。

「冗談じゃない。こんな薄気味悪いところから早くだしてくれ！」

「さっきの四人に見覚えはあるわね」

無視してアスカはいった。

「わかっててここに連れてきたのだろう！　あいつらは皆、俺の手下だ」

「誰が殺《や》ったのかしら」

「知るか。知ってたらそいつをぶち殺す」

「あの場にいない手下の誰かじゃないのか。銃をもっていたのに、手にもせずに撃たれている。仲間に殺られたのかもしれん」

古芳がいった。

「ふざけるな。仲間を殺すような奴は、俺の手下にはいない」

「あなたがいなくなって、グループの結束も弱まったのじゃない？　あるいは分け前をめぐってもめたとか？」

「ありえない」

林は断言した。

「俺たちは皆、幼馴染《なじみ》なんだ。兄弟みたいなものだった。俺が一番上の兄貴だ。殺し合

いなんてするわけがない」

「じゃ、誰が殺った？　見たろう。全員きれいに左目を撃ち抜かれている。あれは手際のいいプロのやり口だ。知り合いの中国人に、そういう腕ききはいなかったか」

古芳は林を見つめた。

「いないね。第一、俺たちが中国人に狙われる筋合いはない」

「どうかしら？　揺頭丸で大儲《もう》けしていたじゃない。売り上げを狙われたのかもしれないわよ」

林は首をふった。

「儲けなんざ、とっくに送金ずみだ。手もとにおいておく馬鹿はいない」

香港と中国本国を結んだ地下銀行は、日本国内にも支店をおいている。手数料さえ惜しまなければ、二十四時間、送金は可能だ。

「お前ら、警察だろう！　犯人をつかまえろよ！　一番下の少皇《シヤオホアン》は、まだ十五だったんだぞ」

「少皇？」

「千少皇《チエンシヤオホアン》、頭を金髪に染めていた奴さ。俺は奴のオシメをかえてやったこともある」

林はぎらぎらと目を光らせていた。

「いった筈《はず》よ。日本政府にとって、あなたたちは存在しないのと同じだわ。殺されても、幽霊が死んだのとかわらない」

「ふざけるな！」

林は怒号をあげ、アスカにつかみかかろうとした。それを片手で古芳がひき止めた。

「頭にくるのはわかるが、このお姐《ねえ》さんにあたるのは筋がちがう。そう思わないか」

林は荒々しく息を吐き、アスカと古芳を交互ににらんだ。

「少皇てのは、どんな奴だった？」

古芳がやわらかな口調で訊ねた。

「いい奴だった。人なつっこくて。ガキだから多少はとんがることもあったが、故郷の婆さんに楽させてやりたいからと、無理して日本にきたんだ。俺は奴には、あまり危ない真似をさせないよう注意してた」

「なるほど、それがこんなことになっちまったわけか」

「じゃあ、あの子に何をさせていたの？　持ち物の中からは拳銃《けんじゅう》も見つかっているのよ。十五の子供に拳銃をもたせて、何が危ない真似はさせないよ」

アスカが〝悪役〟を買ってでた。

「あれは奴のじゃない！　少皇には、見張りとか、使い走りのような仕事しかさせなかったんだ」

「死体の状況から見て、犯人は四人全員を最初から殺すつもりだったのだろう。わかるか？　もしあそこにお前がいたら、お前も殺されていた、ということだ」

「あたしたちは、あなたの命の恩人というわけね」

「冗談じゃないぞ。俺が外にいたら、奴らを殺させるものか」

林はくやしげに吐きだした。

「どうかな。お前は警察に留置されているときすら、命を狙われた。俺たちがいなけりゃ今ごろ、ハナコに殺され、とっくにあの世にいっていたろう」

「案外そうなっていたら、彼ら四人は死なずにすんだかもしれないわね」

林は再びアスカに詰めよろうとした。

「四人が俺の身代わりになったってのか？」

「麻薬取締部にまで殺し屋をさし向けてきた奴のことだ。それくらいあっておかしくないと思わないか」

古芳がいうと、林は床に目を落とした。

「あの……クソ野郎共が……」

「これは報復よ。あなたが、あのときいっていたチェチェン人たちの。ちがう？」

アスカは訊《たず》ねた。

「それとも他に、お前の仲間を殺しそうな奴に心当たりがあるのか」

古芳がいった。林は首をふった。

「ない！」

「じゃ、話してみろ。お前らがだましたチェチェン人てのは、どんな連中だ」

林は唇をかみ、床を見つめていた。

「覚悟を決めなさいよ。もし四人を殺したのがチェチェン人なら、あれはあなたに対するメッセージよ。あなたの代わりに、あの四人を殺したのだわ」

　アスカは容赦のない言葉を浴びせた。狡猾《こうかつ》で強《したた》かな林がこれほど感情を露《あら》わにしたのは、あの夜以来だった。今追いつめなければ、林が口を開く機会はまた遠ざかる。

「チェチェン人は揺頭丸を買いたいといってきたのだろう。それはどこからもちこまれた話なんだ？　まさかいきなりディスコや街角で話をもちかけてきたわけじゃあるまい」

　古芳がいった。林は無言で頷《うなず》いた。

「紹介者がいたのね」

「いたさ。だがそいつのことを教えたら、あんたらはそいつも、つかまえるだろう」

「おいおい」

　古芳が林の肩を叩《たた》いた。

「こいつは殺人の捜査なんだ。あのお姐さんは確かに麻薬取締官だから、その紹介者のことをつかまえようとするかもしれん。だが俺は刑事だ。ハナコを送りこんだのと四人を殺したのが同じ人間なら、そいつをつかまえる方が大切だ」

「駄目よ。その紹介者のことも吐きなさい。十万ドルの取引を仲介してくるからには、そいつも今まであなたから揺頭丸を買っていたのでしょう」

「まあまあ」

　アスカに向き直った古芳がいった。

「その紹介者までパクることはないだろう」

「こいつのいうことは信用できないわ。関係者は全員ひっぱった方がいい」

二人は芝居をつづけた。

「今は情報が先だ。そいつがただの紹介者だけなら、見逃してやろう」

林は無言でやりとりを見つめている。

「揺頭丸の被害は深刻よ。こいつらの流した薬は、渋谷《しぶや》あたりでは子供たちにも浸透してる」

「先に殺しだ。ここは俺に任せてくれ」

アスカは不承ぶしょうといった表情で頷いた。

「いいわ。あなたがそこまでいうのなら。でもこいつが嘘をついたことがわかったら――」

「もういい！　わかった！」

古芳は声を荒らげた。アスカは口を閉じた。林に向き直った古芳はいった。

「このお姐さんを納得させた。話してくれ」

「つかまえないんだな」

林が念を押した。古芳は険しい顔になった。

「おい、勘ちがいするな。俺たちは取引をしているわけじゃない。もしそいつがつかまらずにすんだら、お前は刑務所をでたあとまた商売ができるかもしれないと思っている

のかもしれないが、お前の手下がたどった運命を考えてみろ。その紹介者もとっくに殺されているかもしれないのだぞ」

　林は首をふった。

「奴は大丈夫だ。ロシア人だからな」

「ほう。紹介者はロシア人なのか」

「ああ。通り名はジョーンズだ。アメリカ人みたいな名を使っているが、れっきとしたロシア人さ。稚内《わっかない》からきたと聞いたことがある。稚内で車の貿易をやっていたが、たいして儲からないので、知り合いのダンサーたちを連れて、東京にでてきたのさ」

「すると今はマネージャーってわけか」

「表向きはな」

　林は頷いた。

「ダンサーの数は？」

「六人いるって聞いた。その中のひとりが、チェチェンからきた子なんだ」

「なるほど、で、そのダンサーたちは今どこにいる？」

「六本木《ろっぽんぎ》のクラブで踊っている。ジョーンズは車の貿易で関係のあった、東京のやくざを頼ってきたんだ。そのやくざが六本木でやっている店だ。だが揺頭丸の話は、そのやくざたちには内緒だった」

「仕事を世話してくれたやくざには秘密のアルバイトをしようとしたわけね」

アスカは腕を組んだ。林は上目づかいでアスカを見た。

「この国で大きく稼ごうと思ったら、やくざをだしぬく覚悟がいるんだ。やくざと喧嘩《けんか》をしても得することはないが、恐がってばかりいたら、金儲けにはありつけない。やくざは、中国人が中国人だけを相手に商売しているうちは、口をはさんでこない。だけど、日本人やロシア人と商売しようとすれば必ず口をはさんでくる。アイサツ、アイサツ、アイサツがないって、いいやがるんだ」

「で、そのジョーンズには、どこにいったら会える？」

「俺がつかまるまでは、『パラダイス・ビーチ』って店で、ポーターと呼びこみをやっていた。今はどうしているか知らん」

「『パラダイス・ビーチ』だな。ジョーンズはお前らが十万ドルを強奪したことについちゃ怒っているのじゃないか」

林は肩をすくめた。

「それもビジネスさ。奴は口利き料を、俺たちとチェチェン人からせしめようとした。入らなくてがっかりはしてるだろう」

「ロシア人には冷たいのね」

アスカはいった。林は胸に手をあてた。

「俺たちガイジンは、この国で、いつも命がけで金儲けをしてる。警察も敵、やくざも敵だ。日本にきた頃は、俺たちもさんざんだまされた。同じ中国人にだってだまされて、

有り金を全部とられたこともある。そうやって皆、プロになっていくんだ。お互いさまさ」

「都合のいい理屈だこと」

「そのかっぱらった十万ドルだが、そいつも送金したのか」

　古芳が訊ねた。林の目が一瞬泳いだ。

「まだもっているんだな」

「あの四人のところにあったの？」

　林は首をふった。

「あの金は……預けてある」

「誰にだ」

　林は唇をなめた。

「そいつはいえない」

「とぼけるな。もしお前の手下を殺したのがチェチェン人だとしたら、そいつらの目的は十万ドルじゃないのか」

「だからいえないんだ。あのハナコって女は、俺から十万ドルのありかを訊《き》きだすためにやってきたんだ。十万ドルは俺の命綱だ。誰にもいえない」

「殺されたら金は使えないのよ。わかってないわね。チェチェン人の目的は十万ドルじゃない。処刑なの。あの手下を見たでしょう。拷問されたあとがあった？　ただかたっ

ぱしから撃ち殺されただけよ。金の回収よりも、殺すことが目的なの。十万ドルなんて何の役にも立ちはしないわ」

アスカはわざと告げた。林の顔が白っぽくなった。

「今は駄目だ。これ以上はいえない」

アスカは古芳と顔を見合わせた。妙だった。古芳がいった。

「本当に十万ドルが目的じゃなかったと？」

アスカは首をふった。

「ちがうわ。ハナコの目的はそうだったかもしれないけれど、四人を殺《や》った人間の目的はちがう。ただの処刑よ」

「だとすると見せしめか」

「とにかく、そのジョーンズって男にあたってみましょう。まだ生きていれば、だけど」

古芳は林をにらんだ。

「また話を聞かせてもらうぞ。お前が頼れるのはもう俺たちしかいないんだ。そのことをよく考えておけ」

16

「おみごとだった」

林を目黒署に送り届けたあと、同行してきた長内がいった。

「君らは確かに息がぴったり合ってる。まるで何年もコンビを組んできた刑事みたいだ」

「即興ですよ」

古芳はいった。

「ハナコの身《み》許《もと》捜査についてはどうなっています？」

アスカは訊《たず》ねた。

「警察に協力的な中国人は、黒社会とは関わりのない連中ばかりでね。正直、ここまで手を焼くとは思わなかった」

長内は苦い表情になった。

「もしかすると、中国人じゃないかもしれませんね」

アスカはつぶやいた。

「中国人じゃない？」

「東洋系だからといって、中国人と決めつけたのはまちがいだったかもしれません。林が中国人だからというので、わたしたちは全員、ハナコを中国人だと思いこんでいました」

「だとしたら何人《なにじん》かね？　韓国？　それとも――」

「ロシア人」

古芳がつぶやき、アスカの顔を見た。アスカは頷《うなず》いた。

「もともとロシアも多民族国家です。東洋系だっていておかしくない」

「だがチェチェン人というのは、東洋系じゃないだろう」

長内がいった。

「詳しくは知りませんが、確かそうではないと思います」

古芳が答えた。

「そのジョーンズってのに訊けば、何かわかるかもしれないな」

「まだ生きていればね。常識で考えれば、ジョーンズはとうに消されていておかしくない。林とグルだったと疑われて――」

アスカはいった。

「ジョーンズは日本人やくざの庇護《ひご》下にある。チェチェン人にしろ、何人にせよ、簡単には手をだせないだろう」

「トラブルの原因が、秘密のアルバイトとわかれば、放りだすわよ」

古芳を見やり、アスカはいった。

「十万ドルがかかったら？」

長内がいった。アスカと古芳は顔を見合わせた。

「チェチェン人が奪われた十万ドルは宙ぶらりんだ。もしジョーンズが、その十万ドルのありかに心当たりがあれば、それとひきかえに用心棒を頼みこむかもしれん。やくざにとっちゃ、人を殺すには十万ドルは安い金だが、かくまうぶんには悪くない報酬だ」

「『パラダイス・ビーチ』を経営しているのは、どこの組なの？」

アスカがいった。

「麻布《あざぶ》署に問いあわせれば、すぐにわかるだろう」

古芳が答えた。長内はアスカと古芳を見比べた。

「このネタは君らのものだ。だから本庁のチームは触らない。ただし、ハナコの正体をロシア人という枠にも広げて、捜査を見直すことにする」

「けっこうです」

アスカは長内を見つめ、答えた。

「それと、里見にもあるていど情報を提供しなけりゃならない」

長内はいった。

「お任せします」

すばやく古芳が答えた。

「ただし、こちらの方が先です。それを確認しておいて下さい」

長内が苦笑した。

「つまり邪魔するな？」

「そういうことです」

アスカはいった。長内は怒るようすも見せず、アスカを見つめた。

「君の喋《しゃべ》り方と、さっきの取調を見ていて、思いあたったことがある」

「何でしょう」

つとめて表情をかえないようにしながら、アスカはいった。

「実はさっき里見もいっていたのだが……。古芳くんが保安二課にいた頃、つまり今ではなく、一課に配属される前だ。警視庁最強といわれた女性刑事とコンビを組んでいたそうだね。その刑事のことを、私は当時所轄にいたからあまり知らなかったが、里見はよく覚えているといっていた。里見の話では、取調や捜査の現場では、非常な強硬派だったらしい」

「その方のことは、少しだけ古芳さんから聞きました。殉職されたとか」

長内の目を見返し、アスカはいった。長内は頷いた。

「偶然だが、あなたと下の名前がいっしょだった。明日香。河野明日香といった筈《はず》だ」

「昔話はやめましょう」

古芳が割って入った。長内はあっさり引きさがった。

「そうだな、すまなかった。たださっき里見がいっていたのが、ふと気になって。神崎さんの喋り方が、その河野さんにそっくりだった、というのを聞いて……」

アスカは無言だった。長内はひとりで首をふった。

「だが外見はまるでちがっていたそうだ。河野さんは大柄だったとか……」

「長内さん」

古芳の声が低くなった。長内は気づいたように頭を下げ、立ち去っていった。

アスカは長い吐息をついた。古芳は、目黒署の廊下にある窓に歩みよった。

「俺と組んでいる限り、思いだす奴はいるだろうな」

「だからって、ひとりひとりに説明するわけにもいかないでしょう。そんなのまっぴらよ」

アスカは古芳の背中に告げた。

「だがお前にとっちゃつらい話だ」

「あたしはまたあんたとチームが組めて幸せよ」

アスカは息を吸いこみ、告げた。

「――神崎取締官」

突然かかった声に、二人はふりかえった。古芳が小さく舌打ちした。目黒署の署長・戸《と》根《ね》だった。

戸根は古芳を無視して、まっすぐアスカに歩みよってきた。

「先ほど捜査本部の者から報告を聞きました。新宿で関連する殺人事件があったそうですね。現場にはいかれたのですか」

敵意は姿を潜めていた。アスカに対する好奇心が露《あら》わだ。

「その件については一課の長内さんから、いずれ報告があがると思います」

古芳がいった。戸根は初めて気づいたように古芳に目を向けた。

「君は……古芳くんだったね。捜査本部に配属されたわけでもない君が、なぜうちの署

に？」

わざとらしく不審げな表情を浮かべた。

「古芳さんは、生安の薬対から派遣され、麻取との合同班に入っていらっしゃいます」

アスカはいった。

「麻取との合同班？　そうか、捜査本部とは別の線でやっているという奴か。芦田さんはあなたを古巣に戻したというわけだな」

戸根はいって、古芳に目を向けた。戸根の年齢は三十をでたかでないかぐらいだろう、細面で、よく動く目は、ひとときも一ヵ所でとどまらない。

「ま、うちは、警視庁管内でも、麻取とは特別な関係のある署です。古芳くんも、そういう意味ではがんばって下さい、と私としては応援したい気持だ」

「このあとも捜査がありますので」

アスカは一礼した。その場を古芳とともに離れようとした。

「あー、神崎さん」

戸根は咳《せき》ばらいした。

「何でしょう」

「今度、その、時間を一度とってもらえませんか。そちらの捜査状況もできればうかがっておきたいし、目黒署の人間として、麻薬取締部との連携も重要視しておりますから」

アスカはまっすぐに戸根の目を見つめた。

「その件については、永野部長か大林課長にお訊ね下さい。現場のわたしの一存ではお答えしかねます」

「いや、いいんですよ」

戸根は気さくに見せようとしてか、首をふり、笑顔になっていった。

「ごく個人的なお願いなんです。目黒署署長としての」

アスカは沈黙した。戸根の真意がわからなかった。

「いかがです。食事でもごいっしょして」

戸根は笑顔を大きくした。

「お断わりします」

戸根の目が凍りついた。

「事件の晩も申しあげた筈です。わたしは、厚生労働省の職員であって、警視庁の警察官ではありません。個人的に戸根警視にご協力しなければならないいわれはありません」

「そうですか」

　こわばった表情で戸根はつぶやいた。

「捜査内容の報告、麻薬取締部との協力関係については、当該の職員にお訊《たず》ね下さい」

戸根は顎《あご》をそらした。細い目に怒りの火が点《とも》っていた。

「了解しました。神崎取締官の意思を尊重しましょう。うちはうち、お宅はお宅、というわけですな」

「そこまでは申していません。わたしは担当ではない、と申しあげたのです」

戸根は聞く耳をもたなかった。

「古芳くん」

「はい」

無言でやりとりを見守っていた古芳は戸根に改めて向きなおった。

「麻薬取締部襲撃事件の捜査本部長として、あなたに命じる。麻薬取締部との合同捜査の内容を逐一、私に報告するように。いいかね、逐一、だ」

「それは書面で、ですか、口頭で、ですか」

アスカは怒りがこみあげるのを感じた。嫌がらせ以外のなにものでもない。

「あなたには何もいっていない。私が命令をだしているのは、正式に権限が及ぶ、古芳巡査部長に対してだ」

戸根は冷ややかにいった。そしてつづけた。

「しかしよい質問なので、答えておこう。口頭にての報告をおこない、その後書面にも起こすこと」

「戸根警視！　それは著しく捜査を遅延させる作業です」

アスカは叫んだ。戸根は肩をそびやかした。

「神崎取締官、あなたの知ったことではない。ちがうか」

復讐《ふくしゅう》の成果に満足したのか、戸根は軽く頭を下げた。

「では失礼する。報告を待っています」

戸根の制服姿が廊下を遠ざかると、アスカは歯がみした。

「あの、点取り虫……」

「気にするな、遅かれ早かれこうなった」

古芳はうっそりといった。

「でも、もし本当に逐一報告しなければならないとしたら、絶対に口をつっこんでくる。あいつはそれができる立場にいる」

自分の軽率さがくやまれた。一度くらい食事につきあってやれば、こんな結果にはならなかった。

「奴にできるのは、口をはさむことだけだ。捜査そのものに介入する腕も頭もない」

「だけど――」

「それに奴は、毎日、とはいわなかった。何日かに一度報告すればそれでいい」

「でもそれだって手間がかかる」

「やむをえんさ。それより六本木にいくぞ。ジョーンズの件が先だ」

アスカは不承ぶしょう頷《うなず》いた。かつては、自分にとっての〝天職〟であった筈の警察という組織が、今ではことごとく敵に回っている。中にいるのと、外から見るのでは、これほどちがうものだったのか。

それともかつての自分は、そのちがいに気づかぬほどの子供だったのか。

おそらくは両方なのだろう。歩きだした古芳のあとを小走りで追いながら、アスカは唇をかみしめた。

17

「あの店のバックは神葉《しんよう》連合だ。麻布署に届けがでている責任者名簿に構成員はいないが、実質的な経営者は、神葉連合六本木事務局長の新森《しんもり》という男だ」

「パラダイス・ビーチ」の入ったビルを正面に見るビルの二階に入った喫茶店で、アスカと古芳は、麻布署の竹田《たけだ》という刑事と向かいあっていた。竹田はかつて本庁の防犯部にいたことがあり、その当時をアスカも知っていた。でっぷりと太って貫禄《かんろく》があり、いつもダブルのスーツを着ていることから、警察官に見られることはまずない。情報収集が得意で、飲み屋にいけば黙っていても「社長」と呼ばれるようなタイプだった。

「新森というのは、いくつくらいなのですか」

「五十前。今どき珍しいいけいけで、組としては、少しおとなしくさせようと考えて店をあてがったらしいが、水商売なんか馬鹿らしくてできるかと、一時は店にもでてこなかった。まあ、料金をぼるわけじゃないし、似たような店は、管内に他にも何軒かあるんで、特にうるさくはいってない。書類上は何の問題もないしな」

「ジョーンズという外国人を知っていますか、『パラダイス・ビーチ』の客引き兼ポー

ターという話なのですが」

　古芳は訊ねた。竹田は首をふった。

「路上に立っているようなのは、しょっちゅうかわるからな。地域課の連中でも顔を覚えられないほどだ。白人、黒人、中国人、皆住所もころころかわるし、勤め先だって一定しない」

「ロシア人についてはどうです？」

　アスカはいった。懐しさが口調にこもらないよう、苦心した。竹田とはよく、情報収集にでた。

　――せっかく俺が社長で通しているのに、河野みたいのがいっしょじゃ、女子プロレスの興行師か何かに思われるじゃないか

　そんな憎まれ口をよく叩《たた》いていた。

「ロシア人も多いよ。たいていはダンサー兼ホステスとして入ってきてる女ばかりだ。ときどきそういうのにくっついて、男も集団できているようだが、見た目じゃなかなか、な。ロシア人もアメリカ人も、白人といや白人だ。口をきけば、言葉や訛《なま》りでわかるんだが」

　六本木は、アメリカ大使館が近いこともあり、米兵やアメリカ人ホワイトカラーの客もくる。新宿や池袋に比べると、中国人の就労者に劣らぬくらい、白人や黒人の就労者の多い盛り場だ。

「チェチェン人はどうです」

「チェチェン人か。あいつらはロシア人とはまたちがうからな」

竹田はつぶやいた。

「ちがうんですか」

「うん。俺は去年、北海道警からチャカの密輸を追ってきた連中と仕事をしたんだ。ロシアの漁船が水揚げしたブツで、支払いは現金じゃなく、日本の中古車だった。神葉連合の北海道支部の仕事で、連合はそのチャカを東京《こっち》までもちこんだ。そのとき取引をしていたのが、チェチェン人の〝キダリシチィキ〟さ」

「キダリシチィキ？」

アスカと古芳は異口同音にくりかえした。

「車屋って意味らしい。日本車を輸入して売るのは、ロシアマフィアの専売事業なんだ。ただそれも、ひとつの組じゃなく、いろんな民族の組がからんでる。あっちは民族によって組が分かれているし、その中でもひとつひとつが小さい。それこそ各民族、各組織がうじゃうじゃ分かれてるって話だ」

「すると、チェチェン人とロシア人では組織がちがう？」

竹田は頷いた。

「ちがう。ロシア、チェチェン、グルジア、アゼルバイジャン、それに朝鮮系のカレイスキー……」

「今、何と？」

アスカは訊《き》いた。

「カレイスキー」

「東洋系ですか」

「ああ。見た目は完全な東洋人だ。なにせ朝鮮民族なのだからな」

アスカと古芳は顔を見合わせた。

「日本にも入ってきているのですか」

「そりゃいるだろう。極東のウラジオストックとかナホトカに組事務所をもっているくらいだからな。そこから北海道は目と鼻だ。モスクワにいくより、札幌の方がはるかに近い。稚内なんて、へたすりゃ毎日、観光客が極東からきてる」

竹田は答えた。

「多いのは稚内ですか」

「なにせ近いからな。あとは小《お》樽《たる》、それに新潟も近いから多いと聞いた」

ハナコが中国人ではなかったとすれば、そのカレイスキー系のロシア人である可能性は高い。

「組織、民族によって性格はちがうのですか」

アスカは訊《たず》ねた。

「ちがうらしい。ロシア人は比較的クールだが、グルジアやチェチェンは怒らせると大

変なことになる、と聞いたことがある。特にチェチェンというのは、ずっと中央政府に迫害されてきた歴史があって、いまだに復讐の習慣の残っている土地柄だそうだ。道警のくわしい奴からの受け売りなんだがね。そいつは、北大のロシア文学科をでてるってかわり者で、ガキの頃、よくロシアやその前のソ連にいっていたらしい。あっちの事情には強い」

「その人を紹介していただけますか」

「ああ、いいよ」

竹田はいって、手帳をとりだした。スーツの胸ポケットから折り畳み式の老眼鏡をだす。

「竹田さん、老眼——？」

思わずいってから、はっとした。竹田はアスカの反応の変化には気づかず、頷いた。

「もう五十過ぎだからね。この仁王さんと本庁でがんがんやってた頃は、ちがったんだが」

手帳の文字を指で追った。

「これだ。道警の暴対にいる高橋《たかはし》。老け顔なものだから、俺と同じ歳くらいかと思ったら、まだ三十そこそこだっていうんで、びっくりしたよ。ロシアにくわしいから抜擢《ばってき》されたのだろうな」

チェチェン人については、その高橋から聞くことにして、アスカは「パラダイス・ビ

ーチ」に話を戻した。

「『パラダイス・ビーチ』にチェチェン人が出入りしているという話はありますか」

「さあ。あのてのストリップバーはもともと外国人の客が多い。クラブやキャバクラってのは、アメリカ人の感覚からすると、馬鹿っ高い店ってことになる。すわって、水割り作らせるだけで何万円てのは、奴らにすりゃ信じられない値段なんだ。そこへいくとストリップバーは、入場料の他は一杯いくらだから、明朗会計だ。だからアメリカ人客も多い。そういうのにまぎれていると、ロシア人もアメリカ人もチェチェン人も、よほどくわしい奴じゃない限り、見分けがつかないと思うね」

竹田は首をふった。

「まずジョーンズというのが仕事にでているかどうか確かめ、もしでていなけりゃ、その新森に直接あたるしかないな」

古芳がアスカにいった。

「そうね。新森にはどこで会えます？」

「最近はときどき店に顔をだしているって話だが……。六本木の事務所は、その先のビルの五階にある。どちらかでつかまえることはできるだろう。別に、新森をやるわけじゃないのだろ？」

「話を聞くだけです」

「だったら会えると思う。何だったら俺の名をだしてもいい。まあ、仁王さんがいきゃ、

やくざ者も逆らわないだろうが――」

神葉連合の六本木事務所の所在地を教え、竹田はいった。

「あんたがいきなり店にいって、ジョーンズの名をだしたら、向こうはびびって雲がくれする。あたしがいく」

アスカは古芳に告げた。

「ストリップバーだぞ」

「だから何？」

何かをいいかけた古芳は、口を閉じた。やりとりを見守っていた竹田が目を丸くしてつぶやいた。

「何てこった」

古芳が竹田を見た。

「どうしました」

「いや。見かけはまるでちがうが、このお姐《ねえ》さんの喋《しゃべ》り方が、河野にそっくりなんでびっくりしたんだ。そう思わないか」

「その方の話なら聞いたことがあります」

アスカは冷静をよそおっていった。竹田は嬉《うれ》しげに目を細めた。

「あんたとちがって、そりゃいかついお姐さんだったが、一本気のいい刑事だった。何ていうか、男よりも男っぽいっていうのかな。俺はよくからかって喧嘩《けんか》になったが、大

好きだったね。かあちゃんにもらうのなら、ああいうタイプが一番だ。肝っ玉がすわってて、曲がったことが嫌いっていうか……」

アスカは急いで顔をそむけた。胸が熱くなり、視界がぼやけた。

「時間をとらせてどうも——」

古芳がいって伝票をつかんだ。

「仁王さんが古巣に戻ってきて、こういう威勢のいい姐さんと組むってのも何かの縁だろう。思いだしちまうよ」

「竹田さんも本庁に早く戻って下さい」

古芳がいうと、竹田は首をふった。

「いいよ、もう俺は。薬対の現場なんてのは、体が動くばりばりの連中がやるもんだ。こっちは定年まであとちょっとだ。のんびりやらせてもらいたいね」

アスカは寂しさをかみしめ、古芳を見た。古芳は小さく頷《うなず》いて立ちあがった。

「それと、もし新森に会うのなら、つっぱってはいかないことだ。とんがった男だから、頭ごなしにこられると、ヘソを曲げるかもしれん」

「わかりました」

喫茶店をでたところで竹田と別れ、アスカと古芳は「パラダイス・ビーチ」に向かった。時刻はまだ五時前で、開店はしていない。古芳を少し離れた路上に待たせ、アスカは「パラダイス・ビーチ」のあるビルに入った。エレベータで、店のある六階にあがる。

エレベータを降りてすぐの場所にクロークと入口があった。音楽は低く流れているが、人の姿はない。少しその場で待ってみた。アンプの調整をしているのか、突然音楽のヴォリュームが大きくなったり小さくなったりする。竹田の話では、従業員の大半は外国人で、ダンサーだけでなく、ウェイトレスやフロアボーイなどにも白人や黒人が雇われているらしい。

やがて店の奥から白いシャツにカマーバンドを巻きつけた黒人の女が現われた。書類クリップを手にしていて、クロークカウンターの内側で何か作業を始めた。

「すみません」

アスカが声をかけると顔をあげ、怪訝《けげん》そうに見つめた。

「あの、ジョーンズさんは今日、みえてますか」

女は首をかしげた。

「メンセツ、ですか？」

アスカは首をふった。

「ジョーンズさんに会いたいんですけど」

「ジョーンズ？」

訊きかえした言葉に英語訛《なま》りがあり、アスカは同じ意味の英語を口にした。

「オウ、ジョーンズ」

女はいい、瞬《まばた》きした。そして口をわり、

「何日か見てないわ。休んでるか、やめたか……」

と英語で答えた。

「今日も？」

「見てないわ。彼の仕事は路上《ストリート》だから、もうきてなきゃいけないのに。待って——」

店の奥をのぞきこみ、

「マイク、マイク！」

と叫んだ。

イヤ、と応《こた》えて、ジーンズにダンガリーのシャツを着けた大男が現われた。首にインカムのヘッドセットをさげている。

「ジョーンズ知らない？　彼女は友だちで、会いにきたのだけど」

英語で女は説明した。大男はしげしげとアスカを見つめた。白人で毛深く、金色の顎《あご》ヒゲをのばし、耳にピアスを入れている。

「新人ダンサーですか」

流暢《りゅうちょう》な日本語でアスカに訊ねた。アスカは首をふり、日本語で答えた。

「ジョーンズさんにお話があってきました」

「ジョーンズ、今、店、休んでます。お名前は？」

「神崎です。連絡先とか、わかりませんか」

大男は首をふった。

「わかりませんねぇ」

「誰方《どなた》か、仲のよかった方とかいらっしゃいません」

「仲よかった人……」

女をふりかえった。女が目配せした。大男はアスカをふりかえり肩をすくめた。

「ごめんなさい、知りません」

「ダンサーのお友だちがいるって聞いたんですけれど。ロシアからきた……」

大男は頷いた。

「ロシア人ダンサー、いっぱいいます。アメリカも、ドミニカも。でも、ダンサーまだきてない」

どうやらこれ以上、ジョーンズについて訊きだすのは難しいようだ、アスカは判断した。

「お邪魔しました」

エレベータに乗り、下に降りた。古芳は離れたビルの一階にある薬局の店先に立っていた。

「ジョーンズは、この何日か、店にでていないようよ。ただ事故にあったとか、殺されたという噂はないみたい」

「新森のところにいくしかないか。やはり神葉連合がジョーンズをかくまっているのかもしれん」

古芳はいい、アスカは頷いた。

「竹田さんは下手にでろといっていたけど――」

「やってみるさ」

二人は歩きだした。竹田に教えられた神葉連合の事務所は、表通りを一本入った雑居ビルにあった。一階がラーメン店、二、三、四階に中国式マッサージ、ランジェリーパブなどが入っている。五階は「(株) 神葉」とだけ書かれていた。

細長いビルの狭いエレベータに乗り、二人は五階まであがった。「株式会社神葉」と書かれたスティールドアがあり、エレベータホールには監視カメラが備えられている。ドアの横にあるインターフォンを古芳は押した。

「――はい」

ややあって、男の声が応えた。

「警視庁生活安全部の古芳と申します。麻布署の竹田さんからうかがってきました。新森さん、いらっしゃいますか」

「ご苦労さんです。ちょっとお待ち下さい」

インターフォンはいって、沈黙した。そのまま何の気配もなく、五分近くが過ぎた。

アスカと古芳は視線を合わせた。刑事が暴力団の事務所を訪れ、いきなりトラブルになることはまずない。いくら相手がやくざでも、令状なしでは、相手の許可がない限り立ち入れないし、やくざも当然それを見越して、まずい場合は門前払いをくわせてくる。

やがてスティールドアの内側でカチリという音がして、扉が開かれた。派手な刺繍《ししゅう》の入ったジーンズに丸首のセーターを着けた、若い男が顔をのぞかせた。

「新森は今、でかけておりますが、どんなご用件でしょう」

古芳に告げたあと、背後に立つアスカをまじまじと見つめた。アスカは無言で見返した。男の目はさらに大きくみひらかれた。

「新森さんが経営しているお店の従業員の件で、ちょっとおうかがいしたいことがありまして――」

古芳がいうと、男はあわてて目を戻した。

「店、ですか」

「『パラダイス・ビーチ』」

アスカはいった。

「あれには、ほとんどかかわってないですよ、新森さんは」

「じゃあ別の誰かでもけっこうです。『パラダイス・ビーチ』の従業員について詳しい方はいますか」

古芳は訊《たず》ねた。

「『パラダイス』の誰です？」

「ダンサーと、ジョーンズというポーターです」

「ジョーンズ？」

男は眉《まゆ》をひそめた。

「ポーターなんか、出入りが激しいんでわかるかな」

「新森さんはいつこちらに戻られるのですか？」

アスカは訊ねた。

「さあ――、連絡はあると思いますが……」

男は用心深く答えた。

「店の方には顔をだすのでしょう」

「『パラダイス』に？　日によってちがいますがね」

「店の方で待たせていただいてもかまわないのですけど」

アスカはいって微笑んだ。

「さっきもちょっとうかがってみたら、ダンサーの新人とまちがえられちゃって……」

男は困ったような顔になった。

「もちろん、ここで待たせていただいてもけっこうですし……」

アスカは男が押さえているドアに目をやっていった。

「いや、それはちょっと……。こっちも仕事中なんで」

「お互いに早くすませてしまいましょう。新森さんに連絡をとっていただいて、会える時間と場所さえ指定して下さるなら、それにこちらは合わせます」

古芳がしんぼう強くいった。

「あの、もう一度お名前と所属を」

古芳は手帳を提示した。

「警視庁生活安全部の古芳です」

男の目がアスカを向いた。

「こちらは厚生労働省麻薬取締部の神崎取締官」

古芳がいうと、男はぽかんと口を開いた。

「これは警察と麻薬取締部の合同捜査なんです。ぜひご協力下さい」

アスカはいった。

「な、何の捜査なんです」

アスカは一歩踏みだした。

「麻薬取締官が一名死亡し、一名重傷を負った襲撃事件です」

男は驚き、あわてていった。

「そんな、うちは何も関係ないだろう」

「もちろん。情報をちょっと得たいだけで」

古芳がいった。

「お宅を巻きこもうなんて気はまるでないんだ。ただ捜査の過程で、名前がちょっとでてきただけで。『パラダイス・ビーチ』の」

男は息を吐いた。

「そっちの連絡先、教えて下さいよ」

古芳は携帯電話の番号を書いた名刺をとりだした。男がうけとると、訊ねた。

「そちらのお名前は？」

「え、原《はら》だけど……」

「原さんね。じゃあ連絡をお願いします」

いって、古芳は踵《きびす》を返した。

「待てよ」

原が急いでいった。

「お宅ら、新森さんをひっぱる気なんじゃないだろうな。そういう罠《わな》はなしだぜ」

古芳は向き直った。表情がかわっていた。のしかかるように男を見すえていった。

「ジョーンズという従業員の件で話を聞きたいだけだ。ひっぱるようなことを新森さんがしていないのなら、一切その心配はない」

「それとも何か心配なの？」

アスカは訊ねた。原は口ごもった。

「いや、そういうわけじゃねえ。あんたらが見ない顔だからさ。それに、麻薬何とかってのは初めてだからさ」

「とにかく新森さんに連絡をさせてくれ」

古芳は念を押した。

「なるべく早くね」

アスカがつづいていい、二人はドアの前を離れた。

「あいつはただの留守番だ。何も知らない」

下に降りてくると古芳はいった。

「つまりそれほど神葉連合はトラブルを予測していないってことよ」

「やはりジョーンズはとっくに消されているのかもしれん」

「だったらこの線は消えね。ジョーンズにチェチェン人を紹介したダンサーは逃げだしているでしょうし」

アスカは答えた。少なくとも神葉連合がチェチェン人たちからの襲撃に神経を尖《とが》らせているという兆候はない。まだ、林の手下が殺されたのを知らないのか、もともとジョーンズのアルバイトについて知らないのか。

「ジョーンズが生きていれば、神葉連合が保護しているのだし、消されていりゃ関知していないことになる」

古芳は唸《うな》った。

「これからどうする？　とりあえずご飯でも食べる？」

アスカはいい、古芳が頷《うなず》いた。

「飯を食って、それでも新森からの連絡がなかったら、道警の高橋って刑事に電話をし

てみよう。チェチェン人について何か教えてくれるかもしれん」

二人は目についた中国料理店に入った。最近オープンしたばかりと覚しい店だった。「年中無休　二十四時間営業」をうたっており、従業員は厨房《ちゅうぼう》にいるコックも安物のチャイナドレスをまとったウェイトレスもすべてが中国人だ。料金は、盛り場に古くからあるような中国料理店に比べ、三割から四割も安い。

「こういう店が増えてきたな」

内装はとうてい豪華とはいえないが、味はまっとうだ。海老《えび》と野菜の炒めものや豚肉を煮こんだ料理などを注文し、小皿にとりわけながら古芳がいった。

「盛り場で商売をしているのに、日本人の顔がまるで見えない。経営者も中国人かもしれない。値段は良心的で味もまともだ。客にしてみりゃ、こういう店がもっと増えればいいと思う。だがひと皮むくと、従業員のほとんどが不法滞在者だったりする」

「外国人の流入をくいとめることはできないよ。確かにあたしらの仕事はそれで増えもするし、複雑化もする。でも、今までが平和すぎたんだ。日本以外の国なら、歩いてでも国境を越えて密入国できるようなところがたくさんある。かたほうの国には仕事があって稼げる方法が見えてて、かたほうの国にはそれが少なかったら、入ってくるのはあたり前。入管法だ何だっていったところで、食うために命がけの連中にとっては、へでもない」

アスカは答えた。古芳は太い息を吐いた。

「犯罪もそうなのか」

「社会が成熟した国であればあるほど、犯罪もシステム化する。特にドラッグビジネスはそう。需要と供給のバランスがあるし、経済的な規模も大きいから、システムも巨大化する。ドラッグビジネスは国際的な取引が基本だから、当然複雑なシステムが形成される。生産地においては、第一次産業として存在するのだから、これを廃業させるのはほとんど不可能に近い。米作りをしている日本の農家に向かって、もしどこかの国が、日本の米は我が国では禁制品だから、農作も輸出もしてはならないといってきたってやめられるわけがない、それといっしょ」

「だが俺たちが追っかけているのは生産者じゃないぞ」

アスカは頷いた。

「ドラッグぐらい、流通と販売の過程で値段が吊《つ》りあがる商品はないわ。資料によれば、ヘロインやコカインなどの植物を原材料にするドラッグは、生産者の卸し値と輸入国の末端販売価格の差は、百倍から一万倍のひらきがある。そしてその流通利益は、兵器や原油などの組織的購入資金になる。まちがいなく、世界経済のうしろ暗い部分を、ドラッグマネーは担っているわ。これを根絶するのは、世界を一国家や一言語に統一するのと同じくらい難しい。中でも問題なのが、中国とロシアだということはわかってる。でも中国は、まだ国家規模での取締が機能していて、それがドラッグの国外流出を促進しているという点では、奇妙なようだけどまだ可能性がある。ロシアは――」

いって、アスカは首をふった。麻薬取締部という、ドラッグ犯罪を専門に取締る機関に所属し、さらに海外研修もうけたことで、ドラッグビジネスに関する知識は、以前とは比べものにならないほど深まっている。

「俺たちが昔相手にした『クライン』のような単独組織は別格というわけか」

古芳はいった。かつてアスカがその肉体を失ったのは、「アフター・バーナー」という新種の麻薬を開発し、独占的に売りさばくことで急速に巨大化した「クライン」のボス、君国の愛人を保護したのがきっかけだった。

「『クライン』は、ドラッグビジネスの中では、突然変異的に出現した鬼っ子だった。あのまま成長していけば、国際的なドラッグビジネスの波に呑《の》みこまれ、普遍的な麻薬組織となり、やがて分裂。大企業と同じよ。集合と離散、そのくりかえしで、競争力や開発力を身につけ、より洗練、システム化された組織に変化していく」

「結局、犯罪と資本主義は、同義語ということか。金儲《もう》けにひた走るために、すべての無駄を排し、組織は知恵を絞ったシステムを開発する。商品が、違法か合法かというだけで」

「ロシアが最悪なのはそこよ。優秀な頭脳が、まちがいなく犯罪の最先端に流入しているの。しかもコネがあり、かつての国営企業や軍隊が、その頭脳によって動かせる土壌があの国にはある。違法か合法かを問われる先に、儲けになるかならないかが、まずあるわ。その上に、竹田さんがいっていたような民族間の事情がからむとすると、日本の

司法機関の対処法を超えている」

アスカは低い声でいった。

「おいおい、ロシアも中国も、日本にとっちゃ隣国だぜ。確かに歩いちゃ国境は越えられないが、ニューヨークやロスアンゼルスどころか、ハワイより近いんだ。どうなっていくんだ」

「ロシアに関して、唯一の救いは民族、言語の基本的なちがい。あたしたちが、おおざっぱにロシア人と考えている連中は、竹田さんのいったカレイスキー系などを除けば、白人で、ひと目で外国人とわかる。中国人の場合は、外見でそれを見抜くのは難しいし、言語的にも近い文化をもっている。だから日本にはきやすい。おそらく、精神文化の部分でも、近いものをもっている。あたり前といえばあたり前。日本は歴史的にも、中国文明の影響をうけつづけてきた国だから。ロシアとなるとそうはいかない。簡単な話、ロシア料理店と中国料理店の数のちがいを考えたってわかるでしょ」

箸《はし》で皿をさし、アスカはいった。古芳は苦笑した。

「それもそうだな。ピロシキとボルシチ以外のロシア料理を、俺は知らん」

「だから今までロシアの存在を、あたしたちは大きな脅威に考えたことはなかった。犯罪の世界ではね。でもこれからはちがう。中国人による犯罪が増えたきっかけは何？」

「そりゃ、なんたって中国人が多くなったことだろう。中国人が全部犯罪者だというわけじゃない。数が増えたことで、犯罪者も比例して増えたのさ」

場所柄を考え、古芳は低い声でいった。アスカは頷いた。

「それが第一歩。二歩目は、犯罪者のプロ化よ。単純に職と収入を求めて日本にやってきた中国人が、その入国手段の違法合法を別にして、犯罪者化したのは、ひとつにはこの不況がある。日本人であっても合法的な就職が困難な時代に、外国人である中国人に有利な就職などない。あっても、きつくて危険で、労働条件の過酷なものだけ。そういう職環境は日本の犯罪組織との接触が増える。手配師や通常の就職がままならない犯罪歴のある日本人など、など。そうして気づくと、犯罪に手を染める中国人が現われる。それがさらにエスカレートし、日本をあくまでも〝稼ぎ場〟としか考えない連中に進化する。最初から犯罪で儲けることを目的に来日するプロよ。人間の移動は、密輸を生む。人間の密輸すらビジネスにする『蛇頭』にとっては、あたり前すぎる話だわ。どうせ人間に国境を越えさせるなら、そいつらにドラッグや武器を運ばせようとする。知ってる？　アメリカとメキシコの国境では、死んだ赤ん坊の体内にコカインを詰めこみ、母親のふりをした女にそれをだっこさせ、歩いて密輸させるの」

「人間のやることじゃない」

古芳は目をみひらいた。

「かもしれない。でもそれによって得た金で、麻薬組織は、学校や病院を生産地に作る。麻薬組織がなければ、教育も医療も、その土地には生まれない」

「くそ」

古芳は呻《うめ》いた。

「お前の話を聞いてると、俺たちの仕事は、穴のあいたひしゃくで海の水をすくっているようなものじゃないか」

「かもしれない。でもあたしたちはここにいる。研修で結局あたしがいきついた結論はこうだった。金儲けのためなら何でもやるのも人間だけど、長い目で見れば無意味だし不毛の行為と知りながらも、ドラッグ犯罪を根絶するために戦うのもまた、人間なんだって」

「なるほどな……」

「話は戻るけど、中国人犯罪者には、第一歩と第二歩があった。でもロシア人犯罪者は、最初から第二歩であるケースが多くなるかもしれない。存在の違法性が、外見から露見しやすい彼らは、当然、尖鋭《せんえい》的な〝金儲け〟の手段を、この国ではとらざるをえないから。しかも、資金力さえあれば、商品の調達は、日本や中国よりも、ロシア国内では容易よ」

「待てよ、だったらなぜ、チェチェン人は揺頭丸を林たちから買おうとしたんだ。国内からもちこめば簡単じゃないか。揺頭丸はとにかく、別の商品があっただろう。ドラッグでも武器でも」

古芳はいった。

「それがわからないの。チェチェン人が林に取引をもちかけてきた、と聞いたときに、

まっ先にあたしも妙だと思った。しかもいくら慣れない国だからって、十万ドルをあっさり強奪されている。もちろん報復はおこなっているけど。この件はどこか妙よ」

「道警の刑事に聞いてみるか」

古芳は携帯電話をとりだした。

「待って。そっちの電話は新森から連絡があった場合に備えて空けておいた方がいいのじゃない。あたしのを使いましょ」

アスカはいって携帯電話をとりだした。竹田から教えられた番号にかける。

留守番電話になっていた。アスカは、自分の身分と、竹田から教えられたことを告げ、再度連絡すると吹きこんで切った。

テーブルに並んだ料理の皿はあらかた空になっていた。古芳は勘定書を手に立ちあがった。

「願わくは、俺たちのこの飯代が、回りまわって、どこかの犯罪グループの儲けにならないように」

「無理かもね」

にこりともせず、アスカはいった。

「飲食店くらい、マネーロンダリングにぴったりの商売はないから。『パラダイス・ビーチ』だって、結局は神葉連合のマネーロンダリングのためにある」

「よせよ」

情けない顔をして、古芳が首をふった。そのとき古芳の携帯電話が鳴った。

勘定書をアスカがつまみとった。レジに立ち、支払う。

「はい――」

と耳にあてた古芳が、一拍おいてアスカに頷《うなず》いてみせた。新森からのようだ。

古芳は、ふた言み言話し、電話を切った。

「厚生労働省の奢《おご》りか」

アスカの背後に立ち、いった。

「新森と会えるの？」

「ああ。喫茶店を指定してきた」

「だったら残業ね。ここはうちがもつ」

「なあ」

真剣な口調で古芳がいったので、アスカはふりかえった。

「何？」

「麻薬取締官になってよかったと思うか」

二人は中国料理店をでて、古い雑居ビルの階段の踊り場にいた。アスカは古芳の目を見つめ、ついと爪先だって、その唇にキスをした。

「これが答よ」

18

神葉連合の新森が指定したのは、六本木を離れ、住所では西麻布になる喫茶店だった。コーヒー専門店をうたっていて、住宅街の一角にある一戸建てだ。ひと目見て、身内にやらせている店だとわかった。新森は、アスカたちとの話の内容を、組の関係者には知られたくなかったようだ。

店は四人がけのカウンターの他は、ボックスがふたつだけという、こぢんまりした造りだった。カウンターの内側に、四十前後の色白の女がひとりいる他は、客はいない。

「古芳さまですか」

ガラス扉をくぐると、女がいった。

「そうです」

「新森はじき参ります。少しお待ち下さい」

女はいって、二人のためにコーヒーを淹《い》れ、そのあとで外の看板の灯を消した。アスカと古芳は顔を見合わせた。店の名は「ニュー・ウッド」とあり、新森の姓をとったのは明らかだ。

並べられたコーヒーカップは高級品だった。

女はコーヒーをだすと、店の奥へと消えた。あとに残された二人は顔を見合わせた。

「これもマネーロンダリングなのかな」

店内を見回し、古芳がつぶやいた。窓ぎわに趣味のいい銅版画が並んでいる。アスカが答えようとしたとき、携帯電話が鳴った。

「はい、神崎です」

「神崎さんですか。私、北海道警察の高橋と申します」

物腰の低い口調の声が耳に流れこんだ。竹田に教えられた、ロシアマフィアに詳しいという刑事だった。

アスカは、電話をした理由を告げ、あとからかけ直してよいか、と訊《たず》ねた。

「いや、それでしたら。神崎さん東京でいらっしゃいますよね」

高橋はいった。

「はい」

「実は、家内の親族の法事がありまして、私、今横浜にいるんです。明日、戻る予定なのですが、今夜それほど遅くなければお会いすることもできますが」

「ぜひ、そうしていただけますか。のちほどご連絡いたしますので」

「わかりました。泊まりは東京ですから、連絡をお待ちしています」

礼をいい、アスカが電話を切ると、店の扉を開け、男が入ってくる姿があった。四十七、八で、若い頃はさぞ二枚目だったろうという彫りの深い顔立ちをしている。今、その顔と体にはたっぷりと贅肉《ぜいにく》がつき、威圧感のある風貌《ふうぼう》をしていた。

「古芳さんか」

男は立ったままいった。二人は立ちあがり、自己紹介した。新森は表情をかえることなくアスカを見つめ、いった。

「驚いたな。こんなべっぴんさんの麻取がいたんじゃ、囮《おとり》捜査にいくらでもひっかかる阿《あ》呆《ほう》がいるだろう」

「今はそういう捜査はしていません。わたしたちが会いたいのは、『パラダイス・ビーチ』のポーターをやっているジョーンズです」

アスカはいった。

「あいつはクビにした」

あっさりと新森はいった。

「ふざけたアルバイトをやっていやがったんでな」

「ふざけたアルバイト？」

古芳が訊き返した。新森は二人と並ぶ形でストゥールに腰をおろした。どこからともなく女が現われ、

「コーヒー？」

と新森に訊ねた。新森は手をふった。

「いらん。水だけくれ」

女は言葉通りにして、再び姿を消した。新森は小さなグラスでだされた氷水をひと口

飲み、アスカたちに向き直った。

「あんたらがきたってことはわかっているんだろう。中国人どもと組んで、薬を卸そうとしたんだ」

「卸す相手は？」

「うちにいたダンサーの兄貴とかいうロシア人だった。そのダンサーもクビにした」

「ロシア人？　チェチェン人ではなくて？」

「似たようなものだ。俺たちはツラで見分けなんかつかない。ロシア語を喋《しゃべ》る白人は皆ロシア人だ。ジョーンズもそうだ。ちがいはない」

「中国人がそのロシア人たちにしたことを知っていますか」

アスカは訊ねた。新森は頷いた。

「ブツを渡さず、金だけをさらった。阿呆だ。物ごとをこじらせるだけだろうが」

「その中国人たちは殺された」

古芳がいうと、新森は目だけを動かした。

「いつだ」

「今朝さ。新宿御苑に近いマンションで四人が射殺されて見つかった」

新森は黙った。古芳がつづけた。

「ロシア人の仕返しかな」

「わかるわけねえだろう、俺に」

怒ったように新森はいった。

「もしそうだとしたら、ジョーンズも当然狙われる。あんたのところでも何かあったかもしれん。それを知りたくてうかがったんだ」

古芳は新森の目を見つめた。

「中国人が奪った金は十万ドル。でもそれはまだ回収されていない」

アスカは告げた。

「つまり、ロシア人は、まだ殺しをつづけるというわけだ」

古芳がいった。新森の顔が赤くなった。

「あんたらは何か、俺がその一件にからんでいて、ロシア人に狙われるとでもいいたいのか」

「ジョーンズの死体はまだ見つかっていない。ロシア人にさらわれ、十万ドルのありかを吐かそうと拷問されているのか、それとも誰かにかくまわれているのか」

古芳はいった。

「知るかよ。同じロシア人どうしでうまく話をつけたのじゃないのか」

「やめさせたダンサーの名前は何ていうの？」

「忘れた。どうせ本名じゃなかった」

「その子を雇うには、プロダクションを通していた筈《はず》よ。そこは？」

アスカはいった。

「ジョーンズが他のダンサーといっしょに連れてきたんだ。ちゃんと芸能ビザもとっているという話だった」

「じゃあ給料はどうやって払ってる？　ジョーンズをクビにしたあと」

「そんな細かいこと俺が知るわけないだろうが、俺は店にでるのも嫌なんだ」

「竹田さんからそう聞いてる。あんたは水商売より、もっととんがったことが好きだと」

新森は沈黙した。古芳は身をのりだした。

「威《おど》す気はないが、もう少し協力してくれた方が、あんたのためだ。中国人を殺した犯人は腕が立つ。神葉連合にとっても、まずいことになるかもしれん」

「ロシア人が弓を引くってのか」

「可能性はないとはいえないわ」

新森は鼻で笑った。

「確かに奴らは図体もでかいし、ときには荒っぽいこともするだろう。だが組織がちがう、中国人はともかく、日本人に手をだしたら、とことん追いつめられるんだ。いっておくが、俺も、組も、中国人殺しには無関係だ。今どき、たかだか十万ドルのために、四人も殺すような阿呆は日本人にはいない」

「金のためじゃなく、メンツのためだとしたら？」

アスカはいった。

「メンツ？」

「金を奪われたチェチェン人はそれが許せなかったのかもしれない」

「だとしても、俺たちは関係ないね」

「ジョーンズの居どころに心当たりはないというのか」

「あるわけないだろう。奴は野良犬みたいに、ダンサーの部屋や知り合いの家を泊まり歩いていた」

「ジョーンズをお宅に紹介したのは誰だ」

「うちの北海道の人間だ。奴が、連合の北海道と、どんなシノギをやっていたかまでは知らん。少なくともジョーンズは、パスポートもビザももっていた。だから雇ったんだ」

新森はいい、これで話は終わりだというように立ちあがった。

「そっちの質問には答えた。もう、店や事務所の周りをうろつかないでもらいたいな」

古芳はアスカを見た。アスカは小さく頷《うなず》いた。材料がなければ、これ以上新森の口を開かせるのは難しい。

二人は立ちあがった。古芳がいった。

「確かにあんたがいうように、十万ドルはたいした金じゃないかもしれん。だがその十万ドルのために、お宅の身内に被害が及んだら、後悔することになるぞ」

「妙なアヤはつけないでもらいたいね」

新森は吐きだした。

「ジョーンズも、十万ドルも、ロシア人も、一切、俺は知らん」

それが最後だというように、店の出入口を顎《あご》でさした。

「奴は何かを知ってる」

「ニュー・ウッド」をでると、古芳はつぶやいた。

「たぶんジョーンズをかくまっているわね。でも犯人を甘く見てる。チェチェン人は中国人は殺せても、日本人には手をだしてこないと思っているのよ」

アスカはいった。

「そうなのかな」

「わからない。北海道からきた刑事さんに訊《き》いてみましょう」

アスカはいって、携帯電話をとりだした。

「もし金を奪われたのが、本物のチェチェン人ならば、決してあきらめないでしょう。ロシア人とチェチェン人はまるでちがいます」

高橋はいった。断定する口調だった。

三人は渋谷駅に近い喫茶店にいた。東京に詳しくはない高橋でもわかる場所ということで、そこで落ちあうことにしたのだった。

夜十時を過ぎても、いっこうに減るようすもなく、JRの駅からセンター街へと吐きだされ、流れこんでいく若者の群れを、高橋は魅せられたように喫茶店の窓から眺めて

いたが、アスカがロシア人とチェチェン人は同じなのか、と訊《たず》ねると、ふりかえって答えた。

高橋は確かに三十そこそこには見えない顔立ちをしていた。クセのありそうな髪を短く刈り、黒ぶちの眼鏡をかけている。妙に分別くさい表情を浮かべることが多く、喋るとわずかに反っ歯ぎみの前歯が、老け顔に愛敬をもたらした。

「『ガリャチイ』というロシア語があります。熱い、という意味です。旧ソ連邦は、百五十を越す民族が暮らしていますが、その中で最も熱いのが、チェチェンスカヤ、チェチェン人です。彼らには『血の復讐《ふくしゅう》』という掟《おきて》があり、それが民族的なバックボーンにもなっているのです」

「『血の復讐』？」

高橋は頷いた。

「『クラヴナヤ・ミェスチ』と呼ばれます。共同体意識の強いチェチェン人は、身内の男がひとり殺されたら、敵がたの一族の男をひとり、身内の女ひとりが犯されたら、敵がたの一族の男ふたりを殺す。一方で、相手が真剣に許しを乞《こ》い、命を助けてくれというのなら、その髪を切って許す、そうしたものです」

「なぜそれほど熱いのですか」

アスカは訊ねた。

「ひと言でいうならば、弾圧されつづけてきたからです。スターリン以降、チェチェン

人は、クレムリンに弾圧され、戦いつづけてきました。故郷を奪われ、家族と離ればなれにされても、決して屈服せず、反抗してきたのがチェチェン人です。彼らには、自分たちがチェチェン人である、という誇りがあります。存在そのものが反逆的であり、弾圧される運命を担っている、それが旧ソビエトにおけるチェチェン人でした。そして連邦の崩壊とともに、マフィア化したさまざまな民族犯罪組織の暗躍の中で、突出したその結束力と凶暴性で知られるようになったのです」

「チェチェン人は日本に入っているのですか」

「もちろん入っています。ロシアでは残念なことに、エネルギーや流通といった基幹産業から日用品の売買に至る、あらゆる経済活動に、さまざまなマフィアがくいこんでいます。その中でチェチェン人マフィアは、武器と自動車の売買に強いといわれ、日本は彼らの最も大きな輸入先といえるでしょう。北海道や新潟、富山には、ロシア人を対象にした、専門の中古車販売店が数多くあります。それらの自動車ビジネスは、『キダリシチィキ』と呼ばれています。『キダリシチィキ』は、もともと自動車の密売をやっていたチェチェンマフィアの専売特許でした。今でも日本から入る年間十万台近い車の半数以上は、チェチェンマフィアの扱いでしょう」

「チェチェン人を外見から見分ける方法はありますか」

アスカは訊ねた。高橋は首をふった。

「ありません。たとえばグルジア人が髪が黒くて眉《まゆ》が濃い、という特徴をもつのに比べ

れば、チェチェン人は典型的な白人で、ロシア人とも区別がつかないのです。そのために、モスクワなどでは、商店や企業などに、みかじめをとりたてにいくロシア人のチンピラが、『俺たちはチェチェンスカヤだ』といってすごむという話も聞いたことがあります。つまりそれだけロシアでは、チェチェン人が恐れられているということです」

古芳は、林の率いる中国人グループが、チェチェン人からの取引の申し出の裏をかき、十万ドルを強奪した、という話をした。

「どう思いますか」

高橋は首を傾け、わずかに考えていたが口を開いた。

「もしそれが本当なら、奇妙だな、という気持と、愚かなことをしたものだ、というふたつの感想ですね」

「奇妙だな、というのは？」

「先ほどもいったように、チェチェン人は民族的な結束力が強く、共同体の内部で、なるべくことを進めようという傾向があります。たとえばの話、見知らぬ土地で、同じチェチェン人が困っていたら、初めての相手であっても所持金の半分を、その人間にさしだす、というようなものです」

「つまりそんなチェチェン人がなぜ、外国である日本で、さらに外国人である中国人を取引の相手に選んだのか、ということですか」

古芳の言葉に高橋は頷いた。

「そうです。なぜそんな真似をしたのか。確かにロシアでは、ナルコ《薬物》・ビジネスは、アゼルバイジャンマフィアやエストニア、ロシア人などのマフィア組織が牛耳っています。とはいえ、チェチェンマフィアもそれにはからんでいる。何も、異国である日本で、中国人から仕入れようとする必要はなかった筈《はず》です」

「愚かなことをした、と思ったのはなぜですか」

「むろん復讐です。そうした恥辱をうけたことをチェチェン人は決して忘れません。たとえ何があろうとやった相手を追いつめ、つぐないをさせようとするでしょう。それがチェチェン人なのです。そしてそのことに誇りをもっているのも、チェチェン人なのです」

　古芳はアスカと目を見合わせた。

「たとえばその取引の仲介者となったジョーンズという男はどうです？」

「当然、まっ先に消されるでしょう」

　こともなげに高橋はいった。

「ジョーンズが何人《なにじん》か、アメリカ、ロシア、たとえチェチェン人であっても、いや、あれば尚《なお》さら、同じ民族に対する裏切りは許されない」

「もしそのジョーンズを、日本のやくざがかくまっていたらどうなります？」

　高橋は考えこんだ。

「そのやくざたちとの関係にもよるでしょう」

「神葉連合です」

高橋は反応した。神葉連合の勢力は北海道にも及んでいるのだ。

「北領《ほくりょう》会という組が旭川《あさひかわ》にあります。神葉連合の系列で、札幌や旭川、青森などにも事務所をおいています。偽造の車検証とナンバープレートをさばいていた容疑で組員を挙げたことがあります」

「自動車窃盗ですか」

高橋は頷いた。

「盗難車をロシアで売るためには、寒冷地仕様であることが必要です。東京《こっち》の車をもっていったのでは、冬はまず動かないでしょう。ロシアに売る連中は、北海道や東北の車を狙います」

「つまり輸出のために、偽造のナンバープレートや車検証が必要だったということですか」

アスカは訊ねた。

「いえ。輸出するのに、車検は必要ありません。キダリシチィキが初期の頃、日本から買っていた車は、どれも製造後十年以上は経過しているような、ぼろぼろの廃車ばかりでした。連中は、カニを水揚げしたロシア漁船の甲板に、今にも落っこちそうなほど車を詰めこんで帰るんです。それが最近は、高級なセダンや四ＷＤの新古車や中古車にかわってきました。ロシアにも金持が増え、高級車の需要があがってきたんでしょう。そ

れに比例して、自動車窃盗が、北海道や東北で増えてきました。偽のナンバーや車検証は、盗んだ車を国内移動させるために必要なんです。道警は、北領会が組織的な自動車窃盗をやっているとみていたんですが、そこまでは立件できませんでした。マルBはトカゲの尻尾《しっぽ》切りをやりますからね。叩《たた》いても、裏側の組織のことまでは吐きません」

わずかに口調にくやしさがにじんでいた。温厚で、教師か堅実なサラリーマンのように見える高橋が初めて見せた、刑事の顔だった。

「神葉連合の系列が、ロシアへの盗難車の輸出をやっていたとすれば、当然、ロシアマフィアかチェチェンマフィアとつながっているということになりますね」

高橋は頷《うなず》いた。

「ジョーンズは、どうやらその北領会の紹介で、こちらの神葉連合にもぐりこんだようです」

古芳はいった。

「ありえることでしょう。北領の会長は、土井《どい》という男ですが、始終、東京の本部詣《もう》でをしているという噂です。土井は野心家で、東北に勢力を広げたいと思っているらしい」

「そのキダリシチィキですが、日本で買っていく車の代金は何で払うのですか。現金で？」

アスカは訊《たず》ねた。

「現金も多いと思いますが、密漁したカニによる物々交換や、拳銃《けんじゅう》、大麻があてられる

という話も聞いています」

「大麻以外の薬物は？」

高橋は首を傾げた。

「ないとはいえないでしょうが……。なにせ中央アジアがありますから」

「中央アジア？」

訊《き》き返した古芳に、アスカは説明した。

「今、世界には四つの巨大麻薬生産地がある、といわれている。一番が、タイ、ラオス、ミャンマーの国境地帯である、黄金の三角地帯《ゴールデン・トライアングル》、二番が、アフガニスタン、パキスタン、イランの国境地帯である黄金の三日月地帯、三番目が南米、コロンビア、ボリビアのコカイン生産地、そして四番目が、ウズベキスタン、タジキスタン、キルギスタンなどの中央アジアよ。最後のは、ニュー・ゴールデン・トライアングルといわれ、そこで生産された阿片《アヘン》、さらに精製されたヘロインは、モスクワからスカンジナビアを経由してヨーロッパ全体に供給されている。中央アジアは民族が複雑に入り組んでいて、民族間の争いも多く、武装が一般的なの。阿片は、アフガニスタンやロシア国内から流入する武器の代金にあてられる」

「チェチェンには、巨大な武器マーケットが存在するといわれています。そこへ今、神崎さんのいわれたような麻薬マネーが流れこみ、自動小銃や爆薬、あるいはミサイル、戦闘ヘリといった兵器が買われていきます。当然そこに物々交換という形で、阿片やヘ

ロインがあって不思議はないでしょう。ただご存じのように、我が国では、現在、阿片やヘロインの市場は大きくありません。といって、向精神薬などは、向こうでの市場価値はあまりないでしょうから、ヘロイン以外にこちらにもってくる薬物となると、大麻くらいでしょうね」

　高橋はいった。

「やはり大麻か……」

　古芳は唸《うな》った。大麻は、そのものの薬物性よりも、そこを入口にして、さらに強力な薬物へと向かう段階性に問題がある。

「ただ大量の大麻をもちこもうとすれば、税関でひっかけられる確率も高くなるわけですから、現金をもって入り、それを薬物にかえることで元手を増やすという発想はわからなくもありません。ですが、それならそれで、神葉連合がらみで商品を調達すればよい筈です。なぜ中国人を取引の相手に選んだのか、揺頭丸がそんなに欲しかったのでしょうか」

「揺頭丸の成分は、ＭＤＭＡという向精神薬です。それをロシア国内で売ろうとしたという可能性はありませんか」

　古芳はいった。

「それはどうかしら。高橋さんもいったように、ロシア国内には、ヘロインのマーケットがある。ヘロインは、薬物の〝王〟よ。ヘロインの常習者にしてみれば、向精神薬な

んておもちゃみたいなもの。わざわざ日本からMDMAをもちこんで売ろうなんて考えるかな」

アスカが首をふった。

「若い連中を相手に商売をしようと思ったら？　モスクワにだって火遊びをしたがるガキは多いだろう」

古芳は納得がいかないようだった。

「経済効率から考えるとあまりよくないかもしれません」

高橋がいった。

「そのMDMAはおそらく中国からもちこまれたものでしょう。すでに日本への密輸という手順を踏んでいるわけですから、流通経費がかかっている。それをさらに日本からロシアにもっていくとなれば、経費が加算されることになり、モスクワなどで売るには、相当の価格をつけなければ、割にあわないビジネスになると思います。それを子供たちが買えるかどうか……」

「生鮮食料品も薬物も、生産地に近ければ近いほど、流通経費がかからず、利ザヤをかせぐことができるのよ」

アスカの言葉に、古芳はあきれたように首をふった。

「飯を食っているときも思ったが、すっかり麻取だな」

高橋が興味を惹《ひ》かれたように、二人の顔を比べ見た。

「お二人は長いつきあいなのですか」

「幼馴染《なじみ》のようなものです」

アスカは答えた。

「古芳さんがガキ大将で、わたしがよくいじめられました」

古芳は目をみひらき、アスカをにらんだ。アスカは平然としていた。

「すると、高橋さんのお考えでは、そのチェチェン人たちは、揺頭丸をロシアではなく日本でさばくつもりだったと……」

「断定はできませんが、いわれるようにロシアにもち帰るというのは考えにくいでしょう。すると日本で売る気だったとしか思えない。あるいはそこから先を、神葉連合にもちかけるつもりだった可能性はあります」

「もしもそうなら、ジョーンズは取引のキィパースンだ。チェチェン人と神葉連合をつなぐ立場にある」

古芳はいった。

「ただ、チェチェン人に話を限っていうのなら、十万ドルで向精神薬を中国人から買い、日本人に売らせるというビジネスは、それほど大きな規模とはいえません。もしかすると狙いは別にあったかもしれない」

高橋がアスカを見た。

「別、とは?」

「マネーロンダリングです。その十万ドルが日本円ではなく、文字通り米ドルであれば、ロシア国内でつかうには危険な種類の金であったという可能性があります。チェチェン人はそれを洗いたくて、向精神薬と交換しようとしたのではないでしょうか」

「話を整理しようじゃないか」

古芳は唸って、水のグラスをとりあげた。

「まずこのグラスをチェチェン人とする。中の水が十万ドルだ。チェチェン人は、水を別なものにかえたくて中国人にコンタクトをとった——」

コーヒーカップをそばにおいた。

「あいだをとりもったのがジョーンズ、バックには神葉連合がいる」

アスカの水のグラスの中身を飲み干し、そのあいだに並べた。

「このコーヒーがＭＤＭＡとしよう。コーヒーと水が入れかわっていたら、事件は起きちゃいない。まず——」

自分のグラスの水を、空にしたアスカのグラスに注いだ。

「ジョーンズが、中国人にＭＤＭＡの取引をもちかける。中国人は了承して、十万ドルが中国人に渡る。だがＭＤＭＡは、チェチェン人に渡らず、報復が始まった。ハナコが麻取を襲い、林の手下が殺された。十万ドルをとり返すのと、かかされた恥をそそぐためだ。十万ドルはどこにある？」

手元を見た。

「ジョーンズ」

アスカが短くいった。

「林は嘘をついたのよ。十万ドルはジョーンズが預かっている。ホテルでチェチェン人から奪ったというのは作り話。林とジョーンズは初めからグルで、チェチェン人をひっかけたのね。ジョーンズがパクられたら十万ドルは警察におさえられる。だから林は、どこかに隠しているようなふりをした」

「それが正解だろうな。一方、ジョーンズは神葉連合ともつながりがある。身を隠すのは最初からの計画だったろう。あとで林と金を分けるつもりでいた。ところが林がパクられ、チェチェン人の報復が始まった。するとどうする？」

「神葉連合に保護を頼むしかない。問題は、神葉連合が、ジョーンズとチェチェン人のどちらを選ぶかよ」

「チェチェン人と神葉連合は、車の取引を通じてつきあいがあったかもしれないが、それはあくまで北領会に限った話だ。それにこの場合、神葉連合がチェチェン人の側についたら、一文の儲けにもならない」

「答はでたようね」

アスカは高橋を見た。

「チェチェン人は、神葉連合と争ってでも、ジョーンズを何とかすると思いますか」

「彼らの規模にもよるでしょう。しかし麻薬取締官を殺してでも、十万ドルを取り返そ

うとしている状況を考えれば、その可能性は高いと思います」

高橋は答えた。

「それともうひとつ。ロシアにはカレイスキー系のマフィアもいるそうですね」

「朝鮮系の人々ですね。見かけはまったくのモンゴロイドですが、そう、確かにロシア人です。彼らは、チェチェン人とは似た民族的背景をもっています。スターリンの時代、住みなれた故郷を捨て、強制移住させられたのです」

「日本には入ってきているのですか」

「外見はまったくの東洋系ですから、むしろチェチェン人やロシア人よりも入りこみやすいといえるでしょう。ただし実態としては、グループや組織が日本国内で活動しているかどうか、わかりません。日本車の水揚げ地であるナホトカには、かなりの数が存在します。が、カレイスキーマフィアも〝熱い〟ことでは知られていますが、やはりチェチェンには及ばないと思います。というのは、チェチェンマフィアには、他の民族系マフィアとは、大きく異なる特徴があるからです」

「何です？」

高橋は紙ナプキンをひきよせた。

「日本では知られていませんが、ロシアの犯罪社会では、絶対的な意味をもつ階級制度が存在します。『ボル』と呼ばれる大親分に対する服従がそれです。『ボル』の正式名称は、『ボル・ブ・ザコーネ』、結婚をせず、軍隊も含め一度も権力の側に与《くみ》したことがな

い、その上で数々の成果をあげた者だけに許される称号です」

「『ボル・ブ・ザコーネ』」

アスカは高橋がナプキンに書きつけた文字を見つめた。

「日本語でいうなら、筋の通ったやくざという意味でしょうか。日本の組長のように、大きな屋敷に住んだり、手下が何百人もいる、とは限りません。生涯の大半を刑務所で過していたり、小さなアパートでひとり暮らしをしているとしても、『ボル』は、『ボル』なのです。そしてどのような組織にいる者にとっても、『ボル』が頂点であることは、疑いようのない事実なのです。抗争の仲裁に『ボル』が担ぎだされれば、それを無視することはできません。『ボル』のメンツを汚せば、ロシアの裏社会では、誰も相手をしてくれなくなります。日本のやくざ社会でいう、破門、絶縁に近いものです。とにかく『ボル』は偉大で、逆らったり無視することは、民族、所属組織の別なく、御法度なのです。ただし、唯一、この『ボル』の制度をもたず、自分たちの価値を通しているのが、チェチェンマフィアです」

「掟《おきて》が通用しない？」

「そうなります。本来なら大親分ということで払うべき敬意も払わず、指一本触れてはならない筈《はず》なのに、抗争となれば殺すこともいとわない。『ボル』に対するその姿勢もまた、チェチェンマフィアを孤立させている、ともいえます。ちなみに、チェチェン人は、イスラム教徒で、自らのことを『クラースナヤ・シャープカ』、赤い帽子、と呼ん

でいます。かつて、チェチェンマフィアの大ボスが、そういう帽子をかぶっていたところからついた渾名《あだな》のようです」

「要するに仁義が通じない、ということだな」

古芳がつぶやいた。高橋は頷《うなず》いたがつけ加えた。

「ですが誤解のないようにいい添えれば、チェチェンマフィアはロシアマフィアの制度である『ボル』を敬わないとしても、彼らなりの仁義は尊んでいます。要するに、根本的に価値観がちがうのです。彼らは自分たちをいいあらわすとき、こんないい方をします。『俺たちはチェチェンスカヤだ、泥棒はしない。強盗はしても』」

アスカは苦笑を浮かべた。

「なるほど、熱い人たちのようね」

「もしジョーンズが自分たちをはめたとわかれば、北領会と袂《たもと》を分かってでも、報復に向かうというわけか」

「待って、チェチェンマフィアとカレイスキーマフィアの関係はどうなの？　ハナコは少なくともチェチェン人ではなかったわ」

アスカは訊《たず》ねた。高橋は答えた。

「モスクワのような大都市とちがい、極東、たとえばナホトカなどでは、民族系のマフィアが必ずしも単一の民族で構成されているとは限りません。現実問題としていえば、たとえ自分がロシア人であっても、その土地で最も勢力をもっているのがチェチェン人

のボスであれば、その傘下に入るということがあります。裏社会では当然、金と力がすべてですからね。ですからチェチェン人グループでありながら、カレイスキー系の構成員がいる場合もあるでしょう、またモスクワなどでは、民族のつながりを超えて徒党を組む、ニューウェーブと呼ばれるマフィアも現われてきているという話です。一種の新人類で、従来の縄張りとか『ボル』の制度を無視した動きをする、といわれています」

「ニューウェーブね。古いやり方じゃ我慢できないってのは、いるだろうな」

　高橋は頷いた。

「中でも有名だったのは、『ヴォールク』、狼と渾名されていたロシア人の殺し屋です。グルジア人やカレイスキーとも組み、あらゆる組織から暗殺や破壊工作をうけおっていました。狼の標的には、ロシアマフィアの大物である『ボル』や、それとつながった政府高官、チェチェンマフィアのボスなども含まれていました。半年前、モスクワ郊外で、内務省の捜査官に追いつめられ射殺されたというニュースが流れました」

「ハナコは、軍隊やそれに近い訓練をうけていたようです。それについてはどう思いますか」

「ロシアにおける軍隊は、他の官僚機構とかわらず、マフィア利権の温床となっています。兵器や燃料がマフィアを通じて横流しされているのは周知の事実ですし、特殊部隊出身の戦闘のエキスパートが、マフィアに戦闘員としてリクルートされることはしょっちゅうです。ひとつの基地、ひとつの軍需工場がまるまるマフィアのお抱えになってい

るとか、中古兵器の転売にマフィアがからんでいるのも常識です。そうでなければ、アラブや中央アジアの諸国を対象とした武器マーケットが生まれる筈がありません」

「話を聞いていると、やくざだとかドラッグシンジケートの範疇《はんちゅう》を超えているな、それは」

古芳が首をふった。

「おっしゃる通りです。ロシアにおけるマフィア組織は、それこそ数千から万の単位で存在しますが、その勢力範囲は、すべての産業や政治家に及んでいます。極端なことをいえば、国家と同等、あるいはそれ以上の影響力をもつ権力なのです。もし旧ソ連邦から、あらゆるマフィア勢力が姿を消したら、経済行為の大半がストップするのではないかといわれています、会社のオーナーがマフィアであることを知らずに勤務するサラリーマンも膨大に存在するでしょうし。したがってロシアのマフィア勢力を、日本の暴力団やその延長として理解するのはあやまっています」

「だが今のところその勢力範囲はロシア、あるいは旧ソ連邦内にとどまっている？」

「我々日本人に見えている範囲でいうならば、自動車や海産物の貿易であったり、どちらかといえばケチな犯罪です。ですが、極東地区との交流はますます拡大します。極東部には、日本の政府、企業からの投資が流れこみ、当然その利権にマフィアもからんでいる。さらにいえば、ロシア国内での利益確保が飽和状態になった組織が、ヨーロッパ、日本、アメリカに触手をのばすのは、時間の問題でしょう、日本のやくざや、シチリア

マフィア、あるいはアメリカのマフィアなどとも、ドラッグや武器の取引を通じて、進出の下地が作られているわけですから」

「中国人の次はロシア人か」

　古芳はつぶやいた。

「産業なんですよ」

　高橋はいった。

「これは私の考えで、本来なら警察官が口にすべきことではないのですが、犯罪が一国内、一地域内で限定されていた二十世紀の半ばまでと、人間や物資が簡単に国境を越えられるようになった二十世紀の後半とでは、犯罪の性格がまったくかわったのです。国際化によって、企業が淘汰《とうた》される、あるいはさらに巨大化していったのと同じく、犯罪もまた産業化していっているのです。人間や物資の移動、大は戦争から小はドラッグに至るまで、非合法とされるもののすべての国際的な移動が、犯罪を産業化したのです。その結果、表と裏の境界があいまいになり、カタギと犯罪者の区別が難しくなった。我々が日頃口にする食物が、犯罪組織によって運びこまれた海産物であったり、企業と国家が手を結んで進める事業の、もっともハイレベルな部分ともっとも低レベルな部分に、それぞれ犯罪組織がかかわっている、と考えるべきなんです。問題は、低レベルな部分に対しては、これまでのような警察のノウハウで対処できたとしても、国家規模の犯罪に対して、我々は無力だということです。今あるロシアの混沌《こんとん》は、終戦直後の日本

や、十八世紀のアメリカが経験してきた、過去の姿であると同時に、未来の姿でもあるのです。ロシアほどは露骨でなく、国民の誰しもが知りはしないでしょうが、犯罪はまちがいなく産業のすみずみを通して、我々の日常に入りこんでくるでしょう。安いから、お得だからといって、スーパーなどで我々が買う食品や雑貨が、犯罪組織の資金源になっているのです。それを売る店員も卸す流通業者すら知らずに、我々は犯罪組織を肥やしているかもしれない。犯罪組織は、ドラッグや銃などを売り、暴力によって機能すると考えていたのでは、とうてい対処できなくなる日がやってきます」

19

新しい体は、彼を夢中にさせた。その機能がかつての自分を上回るものであることを、最初のリハビリテーションで知ったからだった。

ソコロフが用意したスパーリングパートナーは、数度の対戦で、彼には物足りなくなった。小脳が記憶した体の動きに彼は任せればよかった。以前の自分をはるかに上回る戦闘能力と動体視力を、こののっぺりとした顔の肉体は備えていた。

飛んでくる拳《こぶし》や膝《ひざ》をあっさりかわすことができる。さらにはそれを予測して、より有利な位置に体を動かすことも。そして最後には一撃で相手の戦闘力を奪う、固い拳を、目にもとまらぬスピードで放てるのだ。

「兄弟、やろう」

ある日、彼はミドヴィエーチを、リングへと誘った。〝熊〟は困惑したように首をふった。いかに〝狼〟が獰猛《どうもう》で、素早い攻撃をしかけようとも、〝熊〟にとって、さほどの効果はなかったのだ。グルジア軍で鍛えぬかれ、ゲリラとの戦闘で、いく度も素手での殺し合いを勝ち抜いた〝熊〟に対しては、〝狼〟の牙《きば》も無力だったからだ。

「俺はできない。あんたを壊したくない」

「大丈夫だ、ほら」

彼は上半身裸になって、両手を広げて誘った。髪もすっかりのび、シリコンの〝蓋《ふた》〟を、黒い癖毛がおおい隠している。「ＮＴＦ《ニューロトロフィック・ファクター》」の注入も、一日一度ですむようになっていた。

同じように上半身裸になってリングに立ったミドヴィエーチは、しかし無言で首をふった。

「こいよ。俺にパンチをくらわせてみろ」

「ヴォールク、知ってるだろう。俺は強い。一発で、あんたが壊れる」

「確かにお前は強い、知っているとも。だが俺はよけてみせる。本気だ」

「だったらまず俺を殴れ、強いのを証明しろ」

ミドヴィエーチはいった。彼は首をふり、息を吐いた。そうなることは予期していた。足もとに目を落とし、体の動きを、もうひとりの記憶に任せた。

すり足で進みでる。まるで戦意を感じないかのように、ミドヴィエーチはつっ立っている。ミドヴィエーチの方が、彼より十センチ以上も背が高く、その毛むくじゃらの棍《こん》棒《ぼう》のような腕はリーチが長い。かつて彼は、ミドヴィエーチが平手の一撃で、見張りの兵士を昏倒《こんとう》させるのを見たことがある。

その腕のとどく直前の位置で足を止めた。

「いくぞ、兄弟」

ミドヴィエーチは、何が起こるかをまるで予測していなかった。彼の言葉に小さく頷《うなず》いた。

次の瞬間、彼は左の爪先で一本立ちした。掲げた右足がまっすぐにのび、まるで風車の羽根のように回転して、ミドヴィエーチのこめかみにつき刺さった。

ミドヴィエーチの目が大きくみひらかれた。衝撃で首が傾ぎ、倒れこそしなかったものの、膝が前につきでた。

さらにおろした右足を使い、反動を利用して、左足をミドヴィエーチの胸に叩《たた》きこんだ。前のめりになったところを狙ったので、効果は絶大だった。

ミドヴィエーチの巨体が背後のロープまでとんだ。バウンドして、床に尻《しり》もちをつく。起きたことが信じられないように、ミドヴィエーチは彼を見上げていた。

「どうだ」

彼はにやりと笑った。

返事をしようとして、ミドヴィエーチは咳《せ》きこんだ。苦い顔で彼をにらんだ。

「俺の肋《あばら》を折りやがった」

「だからいったろう、本気でこい」

ミドヴィエーチは首をふり、唾《つば》を吐いた。ゆっくりと体を起こす。目が本気になっていた。

「じゃあ、いくぞ」

「ああ、こい」

右手がのびてきた。反射的に避けたとき、それはフェイントで左手が襲ってきた。だがその左手すら、彼にはスローモーションだった。

身を沈め、空を切らせると、掌底でミドヴィエーチの顎《あご》を突いた。

うっという呻《うめ》き声が洩《も》れた。さすがに彼も手加減していた。ヘッドギアもマウスピースも、グローブすらつけていないのだ。ミドヴィエーチの顎を砕いてはまずい。

ミドヴィエーチは唸《うな》り声をあげた。猛然と襲いかかってくる。

それを軽やかにかわし、左の膝もとにロウキックを放った。怪訝《けげん》そうな表情を浮かべている。たいした痛みも感じていないのだろう。

さらにミドヴィエーチが一歩踏みだし、それもかわして同じ場所に、二発目のロウキック。

ミドヴィエーチの目が再び驚きで丸くなった。今度の驚きは、だが、彼にではなく、

自分の体に対してだ。

不意に巨体を支えることを拒否した左膝を、ミドヴィエーチは見おろした。そしてそのまま、流れるように斜めに体を崩した。

立とうとして、力が入らずに失敗した。

「驚いたか」

彼はロープにもたれかかり、笑った。

「信じられん。いったい……魔法を使ったのか」

「俺じゃない」

彼はいって、頭を指さした。

「この中にいる野郎が魔法使いなのさ」

「そこにいるのか」

理解できないように、ミドヴィエーチは瞬《まばた》きした。

「話しかけてくるわけじゃない。だがいるのさ。黙ってる。だが俺にはわかる。そしてそいつにバトンタッチするのさ、こんな具合に」

彼は、パン、と掌《てのひら》どうしを打ち合わせた。

「すると奴がでてくる。あとは奴の思いのままさ。本当の俺は、ただ眺めているだけでいいんだ」

ミドヴィエーチは何度も首をふった。薄気味悪そうにいった。

「そいつは必ずいうことを聞くのか。あんたの命令に反して暴れだすようなことはないのか」

「ないね。今のところは」

彼は首をふった。

「だが永久にそうかどうかはわからん。ポーランド人もいっていた」

「そうなったらどうなる？」

彼は肩をすくめた。

「知らん。俺にはどうでもいいことだ。俺が何かされるわけじゃないからな」

ようやくミドヴィエーチは立ちあがった。罵《ののし》りの言葉を吐き、ロープにつかまった。左膝をさすっていった。

「いいのか、それで」

「どうしようもないだろう。どのみち死ぬところだったんだ。生きられる限り、好きなことをやるだけだ」

「その通り！」

声がして、ゆっくりとした拍手がつづいた。二人はふりかえった。ジムの扉にソコロフがもたれかかっていた。

「君の判断は正しい。そしてこれ以上、君らをここに閉じこめておくのは、母なるロシアにとっての冒瀆《ぼうとく》となる行為だ」

珍しくソコロフは軍服を着けていた。

彼はミドヴィエーチと並んでロープにもたれかかり、ソコロフを見おろした。

「その軍服は本物か」

ソコロフはにやりと笑った。

「むろんだとも。この大切な日にあたって、私は最大限の敬意を君に払うことにした」

「そんな敬意など豚に食われろだ。俺たちはここからでられるのか」

「でられるとも。君らには任務が下った。我がロシアの財産をとり戻すという、重大な任務だ」

「とり戻すだと、誰からだ」

ミドヴィエーチが腹立たしげにいった。

「さあ」

ソコロフは首をふった。

「それをつきとめるのも君らの仕事だ。行先は決まっている。トウキョウだ」

彼はゆっくりと息を吸いこんだ。トウキョウ。ワーニャのいる街だ。ソコロフの目がいやらしく輝いた。

「いきたいだろう、トウキョウに」

ポーランド人はソコロフに話したのだ。彼がアスカという妹に興味を抱いていることを。彼が無言でいると、ソコロフはつづけた。

「コワルスキー博士と話すがいい。彼の要望に応じて、私はトウキョウのロシア大使館に情報を集めさせた。その結果、非常に興味深いことがわかった」

不思議そうにミドヴィエーチが自分を見ていた。彼はミドヴィエーチに向き直った。

「日本語のレッスンはどうだ」

ミドヴィエーチは肩をすくめた。

「まあまあ、だ。やたら難しい言葉だが、奴らむりやり俺につめこみやがった」

「彼には旧KGB式の講習をうけてもらった。指導にあたった者によれば、すこぶる優秀というわけにはいかなかったが、一応の結果はだせたそうだ」

「俺は一生懸命やったぞ！」

ミドヴィエーチが吠《ほ》えた。

「お前らの教え方が悪いんだ」

ソコロフは答えずに肩をすくめた。

「シャワーを浴びて、それぞれの部屋に戻りたまえ。博士と指導教官が待っている筈《はず》だ。二人のブリーフィングがすんだら、私から作戦の説明をおこなう」

「くそったれが。俺たちはお前の兵隊じゃない」

ミドヴィエーチが吐きだした。ソコロフの目が冷たくなった。

「言葉に気をつけたまえ。セルゲイ・レドフスキーは死亡したが、そのパートナーであったミドヴィエーチことクワントリシビリはまだ逮捕されていない。君を放りだせば、

内務省の犯罪調査局は、喜んで捕えにくるだろう」

「牢屋《ろうや》の方がましだ。お前みたいなロシア人の使い走りをやらされるくらいならな」

彼はミドヴィエーチの毛むくじゃらの腕を叩いた。

「兄弟、ここは奴らの好きにやらせてやろう」

ミドヴィエーチは、不満と不安の入り交じった目を彼に向けた。

「ヴォールク、俺はときどきわからなくなる。今のお前の言葉は、いったいどっちのお前がいっているんだ」

「俺はひとりだ、ミドヴィエーチ。少なくとも今はな」

ミドヴィエーチの目を見つめ、彼はいった。瞬きし、見つめ返したミドヴィエーチは頷いた。

「わかった。お前のいうことを聞こう」

彼はそっと〝熊〟の肩を抱いてやった。

「もう少しだ、兄弟。もう少しの辛抱だ」

そう囁《ささや》いた。

20

高橋と渋谷で別れた二人は、古芳の運転する覆面パトカーに乗りこんだ。

「チェチェンマフィアがメンツにこだわる奴らだということはわかった。ハナコも、東洋人だが、チェチェンマフィアのメンバーだったかもしれん、ということもな。だが問題は、そいつらがどこにいるか、ということだ」

古芳はいって唸り声をたて、車を駐車場からだした。

「もし神葉連合と敵対する気でいるなら、日本のやくざの世話になってどこかに隠れているということはありえない」

アスカはいった。

「『パラダイス・ビーチ』をクビになったダンサーかしら。日本には、芸能ビザをもったロシア人の女がたくさんきている。とりあえずそういう女たちのアパートになら隠れられるわ」

「だが神葉連合とやる気だったら、すぐにヤサをつきとめられる。林の手下に報復をした以上、姿をくらましていると考えるのが妥当だ」

「鍵《かぎ》は林よ」

アスカはいった。

「林はまだあたしたちに隠していることがたくさんある。明日もう一度、林を取調べましょう」

「そうだな。送ってく」

古芳は頷《うなず》いてハンドルを切った。アスカはそっと息を吸いこんだ。古芳を見る。古芳

は運転に集中していた。

「ねえ――」

「何だ」

「泊まっていってもいいよ」

古芳の横顔がわずかにこわばった。

「今日は早かったし、あたし以上にあんたはくたくただ。あたしを送って、自分ん家《ち》まで帰るのは大変だもの」

古芳は黙っていたが、やがて口を開いた。

「俺は……俺に自信がない。お前といると、きっと何かをしたくなる。お前が嫌がることを。お前が拒めば、俺は傷つく、こうして二人でいて、いっしょにまた仕事ができるのは、俺もすごく嬉《うれ》しい。だからよけい……気まずい思いをしたくないんだ」

アスカはほっと息を吐いた。

「ご免。あんたのそういう気持、考えていなかった……」

「気にするな。お前だって悩んでる。俺もまだ、俺の気持がよくわからないんだ。お前はそりゃきれいだ。皆が驚くくらいな。じゃあ俺は、そのきれいなお前が好きなのか。それとも、元の、昔の、お前が好きなのか――」

「そんなの考えても始まらないよ。あたしは今、このあたししかいない」

「だがお前は嫌なのだろう。今のお前に、その……俺が――」

「わかってる。これは皆、あたしのわがままなんだ。あたしは自分にやきもちを焼いている。あんたがあたしを欲しいと思うのが、あたしのこの見てくれなのか、あたし自身なのか、それがわからないから。でもそんなの考えてもわかりっこないんだよね。開き直ればいいって、わかってる。あたしはあたしなのだから、仁王に抱いてもらえばいいって……。でも——」

「もうよそうや」

古芳がいった。やさしい男だった。

「そんなことで自分を痛めつける必要はない。人の気持の問題なんて、いくら話しあったって、理屈で解決はつかないんだ。時間が答をだしてくれる」

アスカは黙っていた。古芳のやさしさに胸が熱くなった。

「——でもね、思うことがあるんだ」

「何を」

「あたしはあとどのくらい生きられるんだろうって。検査をうけても、今のところは異状はないっていわれる。でもいってる医師《せんせい》も、じゃあいつになったら異状があらわれるかなんてわからない。あたしはこの世でたったひとりの脳移植者で、それ以外には成功も失敗もない。だから自分の体がどうなるかを知っている人がどこにもいない。手術をした医師ともずっと連絡がとれなくなっちゃっているし……。だからもしあたしが突然、そう長くは生きられないってことがわかったら、すごく後悔すると思う」

古芳は無言だった。

「妙だけど本音なんだ。長生きするならあんたに抱かれたくなくて、早死にするなら抱かれときゃよかったって、そんな風に思ってるわけじゃないけど……」

「確かめる時間がなくなるのが恐いのだろう」

「そう」

「俺だって恐い。俺だって考えないわけじゃない。お前を一度失った、と俺は思った。わかるだろう、刑事と犯罪者なんて紙一重なんだ。俺は犯罪者の一歩手前までいってた。あのとき警察をクビにならなかったのは奇跡だ。いつもやってること、嫌というほど知ってること、そいつをくるりと裏返せば、俺たちは充分立派なプロの犯罪者になれる。もしかしたら、お前を失ったままだったら、俺はあのままそちらにいっていたかもしれない。そうはならなかったのは、お前が生きている、とわかったからだ」

「それだけじゃない」

「そうだな」

古芳は苦笑した。

「憎しみもあった、君国や神崎はつみに対する。その憎しみが、俺をぎりぎりのところで、刑法のこちら側にとどめた」

「そうだよ、あんたは憎しみであたしを救い、君国を破滅させた。でも今のあたしたちにはそういうものがない。だから難しい……」

「お前と別れようなんて、一度も考えたことはない。だが、もし俺がお前にとって重荷なら――」

「やめてよ！　そんなこといってほしいわけじゃない」

　古芳は黙った。

「――あたしたちには憎しみがあった。それがあたしたちをつないだ。今は恐怖がかわりにある。それは今すぐどうにかなる、ということじゃないけれど、いつか別れなきゃならない、という恐怖」

「アスカ」

　古芳が呼びかけた。

「今思ったんだがな。確かにお前の体があとどのくらい保《も》つものなのかは、誰にもわからない。だがいつか死によって別れなけりゃならないという意味では、この世のすべての人がそうだ。確かにその別れが突然にやってくれば、誰にとってもつらい。けれど、親子だろうが、夫婦恋人どうしだろうが、時間はいつか必ず死を運んでくる。何十年もいっしょにいたって、やはり別れはつらい。何十年もいっしょにいたから、もしかするともっとつらいのかもしれない」

「つまり、他の人とかわらないってこと？」

「死によって別れ別れになるのは、誰も避けられない。だからってあきらめようといってるわけじゃない。ただ、間近の死を前提にして、気持にないことをするのはよそうと

いっているのさ。自然に任せる。じたばたしても、嫌なことを我慢していても、つらいものはつらいんだ。別れるときには」

「――あんたでよかった」

アスカはつぶやいた。

「仁王でなけりゃ、あたしきっと壊れてた」

古芳は首をふった。

「そんなことはない」

アスカのアパートに近づいていた。幹線道路を曲がり、あと百メートル、というところまできて、不意に古芳がブレーキを踏んだ。

「どうしたの」

「お前のアパートに誰かいる」

アスカは前を見た。ちょうど曲がり角からは、アパートの窓が正面だ。暗い窓のままだった。カーテンが降りている。

「別に何も見えない」

「今、光が動くのを見た」

古芳はいってライトを消し、車を路肩に寄せた。

「誰がいるの」

「わからん。合鍵をもってる友人は？」

「いないよ、そんなの」

古芳はアスカを見た。

「馬鹿！　疑ってるの」

「じゃあ誰だ？」

アスカと古芳は見つめあった。即座に古芳は車のドアを開けた。

「アパートの裏口は？」

「反対側の路地」

「お前はそっちから回れ」

古芳の手がジャケットの下にのび、確かめるように拳銃《けんじゅう》のグリップに触れた。

「もってるだろうな」

「もちろん、腕は昔より確かよ」

アスカは頷き、車を降りた。

「ハナコを送りこんだ連中かもしれん。用心しろよ」

アスカは頷いた。古芳はすばやく腕時計をのぞいた。

「きっかり三分後だ」

アスカは時計のストップウォッチ機能を作動させた。

「よし、いこう」

住宅街の路地を走りだした。

アスカが裏口に回るのは当然の役割だった。部屋の内部にいるのが何者かはわからないが、こそ泥でない限りは、アスカの帰宅を前もって知るための見張りを路上においている。正面の入口からアスカが入れば、当然見張りは、内部の人間に警報を発する。

アスカは住宅街を大きく回りこむように走った。アパートは鉄筋の四階建てで、アスカの部屋は四階だ。部屋は各階に四部屋ある。アパートと背中合わせに建つクリーニング店のかたわらに細い、人ひとりがやっとの道があり、それが裏口に通じている。道の入口に達すると、アスカは時計を見た。一分二十秒が経過している。

クリーニング店はすでにシャッターを降ろしていた。九時を過ぎると、人通りが極端に少なくなるのだ。

ホルスターからベレッタを抜き、スライドをひいて初弾を薬室に送りこんだ。古芳がどんな作戦をとるかはわからないが、侵入者はこちら側に脱出してくる確率が高い。

二分二十秒が経過した。

アスカはトリガーガードに指をかけ、銃を両手でホールドし、太股《もも》の前にたらす形で道に踏みこんだ。

侵入者への心当たりはまったくなかった。アパートの大家をのぞけば合鍵《あいかぎ》をもっている人間はいない。

単なるこそ泥か。だとすれば忍び入る部屋をまちがえたことをひどく後悔するだろう。

二分四十秒。

細い道のつきあたりには、アパートの階段の上り口とつながった扉がある。ふだんは閉じられているが鍵はかかっていない。そこを出入りに利用するのは、アパートの住人だけだ。大きなアパートではないので、住人の顔はすべて見知っている。

三分が過ぎた。

古芳はどんな作戦をとったのだろうか。まずは、アパートの別の部屋を訪ねてきたふりをして見張りの目をくらまし、それからアスカの部屋に踏みこむ。

カーテンのすきまから光が洩《も》れたのは一瞬のことだ。アスカはそれを見ていない。つまりは侵入者は、こうした仕事に慣れた人間だということだ。

アスカは古芳の身が心配になった。古芳を傷つけることのできる人間はめったにいない。だが侵入者がチェチェンマフィアで、しかも軍隊の訓練をうけているような強者《つわもの》だとしたら。侵入者の目的が何であるかわからない以上、最悪の事態も起こりうる。

不意に階段を降りる激しい足音がした。

「止まれ！」

という古芳の叫び声がつづき、アスカはほっと息を吐いた。次の瞬間、アパートの裏口の扉が開き、スーツ姿の男二人が走りでてきた。

「動くなっ」

アスカは反射的に叫び、拳銃の狙いを前方につけていた。腰を落とし、照準を先頭の男の胸の中心に合わせている。

先頭の男が凍りついたように立ち止まった。つづいてきた男がそれにぶつかり、よろめいた。

「両手を頭のうしろ！　早く！」

アスカは命じた。男たちは二人とも見知らぬ顔だった。後方の男はまぎれもなく白人だ。だが日本語はわかるようだ。素直にアスカの命令に従った。

男たちの背後の扉が開き、古芳が姿を現わした。立ち止まり、両手を頭のうしろで組んでいる二人に気づくと、微笑んで拳銃を腰に戻した。手錠をとりだす。

まず白人の手に手錠をかませた。アスカは自分の手錠を左手で古芳に投げた。日本人の男にも手錠がはめられた。

「ようし、住居不法侵入の現行犯で逮捕する」

古芳はいって、白人が手にしていたアタッシェケースをとりあげた。

「どうする？　所轄に連れていって締めあげるか」

所轄署は目黒署ではなかった。アスカは首をふった。

「こいつらの目的があたしなら、警察より麻取で調べた方がいいよ」

「そうだな」

二人の男はずっと沈黙を保っていた。

「まず身体検査よ」

アスカはいって、先頭の男に近づいた。

「触るな」

男は低い声でいった。痩《や》せぎすで髪を長くのばし、うしろで束ねている。着ているスーツは紺の安物だった。

「なめたことというんじゃないわよ。女の部屋に忍びこんでおいて、何が触るなよ」

アスカはいって、すばやく男の体に触れていた。腰のベルトに、革ケースに入ったナイフを留めているのを見つけた。折り畳み式で、刃渡りは銃刀法に触れるほどではない。財布を見つけ、中を開いた。運転免許証が入っている。氏名は貝野《かいの》正次《まさつぐ》、年齢は三十二歳だった。

白人の身体検査にとりかかろうとしたとき、流暢《りゅうちょう》な日本語がその唇を割った。

「私を身体検査することはできない。私には外交官特権がある」

「あらそう？」

アスカはいって、白人の顔を見つめた。年齢は四十代前半、貝野とちがって髪は短く、小柄だががっしりとした体つきをしている。着ているのはやはり紺のスーツだが、スラックスの折り目が尖《とが》っており、どこか軍人のような匂いがあった。

「あなたが実際にその通りの人物かどうか、身体検査してみなきゃわからないでしょ。自称外交官の不良外国人かもしれないし」

アスカはかまわず、白人の上着に手をのばした。白人はそれ以上逆らわなかった。

財布からロシア語と日本語で書かれた名刺がでてきた。在日ロシア大使館、二等書記

官、ミハイル・セミョーノフとある。

「名刺には、確かにそう書いてあるわね」

アスカは古芳に名刺を手渡した。古芳の表情が険しくなった。

「とにかく連行しよう」

古芳はいった。

21

セミョーノフの言葉は真実だった。中目黒の麻薬取締官事務所に二人を連行するとともに、アスカは宿直の取締官にロシア大使館への問い合わせを依頼した。ミハイル・セミョーノフは、確かにロシア大使館員だった。表向きは商務担当ということになっているという。

「アスカ」

二人を別々の取調室に入れ、アスカが貝野に対する勾留《こうりゅう》の手つづきをしようとしていると、古芳が呼んだ。セミョーノフからとりあげたアタッシェケースを開いている。

「どうしたの」

デスクの上に広げられたアタッシェケースの中身を見て、アスカは息を呑《の》んだ。超小型のＶＴＲカメラとレコーダーだった。同じものを、麻薬取締部もコントロールド・デ

リバリーという〝泳がせ捜査〟で使うことがある。高級品で、長時間の秘密連続撮影が可能だ。

古芳がレコーダーをとりあげた。中のビデオテープをチェックしていった。

「どうやら撮影ずみのようだ」

「うちのモニターで見られるわ」

アスカはいってテープをとりだした。超小型のカメラは、太さがボールペンほどしかなく、家具や窓のすき間から建物の内部を撮影できる。高感度のテープを使えば、光源のかなり乏しい状態でも人間の顔をはっきりとらえることが可能だ。

デッキにテープを装着し、巻き戻し、再生ボタンを押した。

再生が始まったとたん、アスカは停止ボタンに指をのばしていた。朝の自分が映っている。衣服を着け、化粧している姿だった。

テープを抜きとり、セミョーノフのいる取調室に入った。古芳がのっそりと、あとにつづいた。

セミョーノフは落ちついた表情で椅子に腰かけていた。日本の法律が自分の身に及ばないことを知っており、また遠からず釈放されるのも確信しているようだ。

その目の前の机に、アスカはテープを投げた。

セミョーノフはゆっくりと目を上げた。動じているようすはない。

「ロシア大使館がのぞきをする理由を聞かせてもらいましょう」

アスカは立ちはだかり、いった。セミョーノフは首をふった。

「私を拘束することは、ロシアと日本の友好関係を阻害する行為だ。ただちに釈放していただきたい」

「理由を聞いているの」

「さもなければ、ロシア政府は、日本国外務省に抗議をおこない、あなた方は政治的に非常に困難な立場におかれることになる」

「お題目唱えているんじゃないわよ！」

「アスカ――」

古芳が囁《ささや》いた。

「奴のいう通りだ。外交官特権のある人間を勾留はできない」

「わかったわ」

アスカは息を吐いた。

「帰っていいわよ。ただし、テープとカメラは没収する」

セミョーノフは穏やかな声でいった。

「それはロシア政府の財産です――」

「ふざけるなっ」

アスカは一喝した。

「女の部屋をのぞいておいて、何が財産よ。欲しければ、外交ルートでも何でも使って

とり返してごらんなさい」

セミョーノフの目が光った。手を広げる。

「けっこうです。さしあげましょう」

立ちあがった。

「私はこれで帰らせていただきます。失礼する」

取調室を悠然とでていった。アスカはあとを追いたいのを我慢した。こうなったら貝野を徹底的に調べる他ない。

アスカと古芳は、貝野を入れた取調室に向かった。

「さて、と」

今度は古芳が口火を切った。

「お前のお仲間は帰っちまった。外交官特権という奴をひけらかしてな」

貝野はむっつりとした表情で、だらしなく椅子にかけている。古芳はかまうようすもなく、そのかたわらにかがみこんだ。

「残ったのはお前だけだ。つまり全部、お前が背負う羽目になる」

古芳はむしろやさしく聞こえる口調で、貝野に囁きかけた。

「全部って何だよ……」

貝野が目だけを動かして古芳を見た。

「さあ。住居不法侵入、窃盗、婦女暴行未遂……」

「ちょっと待てよ！　確かに俺はアパートに入ったが、何も盗《と》っちゃいねえし、第一、中で誰にも会ってねえのに、婦女暴行はないだろう！」

「そいつは裁判官が決めることだな。お前らが侵入したのは、若い女性のひとり暮らしの部屋だ。何も盗っちゃいないのなら、窃盗はなしでいいだろう。だが暴行目的じゃないとしたら、何といっていいわけするつもりだ？」

「俺は、ただ仕掛けたカメラを回収しにいっただけだ。あいつがすぐにテープが欲しいっていうから、だったらいっしょにこいっていったんだよ」

「あいつの名前は？」

「ハリスっていってた。アメリカ人だとよ」

古芳は首をふった。

「本当か。奴が嘘をいっていたとしても、残っているのがお前ひとりしかいない以上、悪い材料は全部、お前にのっけられることになるぞ」

「本当だ！　アメリカ人でハリス。俺はネットと電話帳で、私立探偵の広告をだしていて、奴がメールで依頼してきたんだ」

「あのカメラは？」

アスカは訊《たず》ねた。

「奴がもってきた。恋人がいるんだが、そいつが浮気をしているかもしれないから、証拠をつかみたいって」

「部屋に侵入するのも奴の頼みか？」

「違法なのは知ってた。だけど、カメラを仕掛けて回収するだけだし、謝礼は弾むっていうから……」

貝野は口ごもった。

「今までに奴と仕事をしたことは？」

「ないよ。初めてだ。依頼をうけたときに、奴が車で俺をピックアップして、あのアパートまで連れてった。前金で二十万もらって、今日、三十万もらうことになってた」

「そいつはいつの話だ？　依頼をうけたとき、というのは」

「一昨日《おとつい》だよ」

「あんたはそのハリスの話を信じていたの？」

アスカは訊ねた。

「写真を見せられた。あんたとハリスのツウショットだ。どっか、ホテルのバーみたいだった。恋人だと思うだろうが」

貝野はふてくされたようにいった。

「それは合成だ。パソコンを使って作ったんだろう。お前はだまされて、懲役をくらうんだ」

「冗談じゃねえよ。そこまでのことはしてねえ。ただカメラ仕掛けただけじゃないか。のぞきといっしょだろ。そんなんで懲役くらってたまるか。このお姐《ねえ》さんが刑事だった

なんて知らなかったんだ」

「刑事じゃない。麻薬取締官。あんたには場合によっては公務執行妨害の容疑もかけられる」

「勘弁してくれよ。本当なんだよ。浮気調査の筈《はず》だったんだ」

「他にこのお姐さんの身辺を調べたことは？」

「ないって。カメラだけだ。おかしいとは思ったけどさ。ふつうは尾行したりするだろう。それはしなくていいっていうから……」

　アスカは目配せした。古芳が貝野のかたわらを離れ、近づいた。

「あたしに尾行をつければ、逆につかまることがわかってたのよ。それにあたしの職業がわかれば、当然、仕事を降りたでしょうし」

　アスカは古芳に囁いた。

「信用するのか、こいつのいうことを」

「朝になったら、指紋を照会して、こいつの事務所と自宅にガサかけましょ。それでいう通りだったら、信じる他ないわね」

　古芳は頷《うなず》いた。

「結局、捨てゴマか」

　アスカは貝野に向き直った。

「あんたには泊まってもらう。ここじゃなくて警察の留置場にね。明日の朝、あんたの

いうことが本当かどうか、パソコンとかを調べさせてもらうわ」

貝野は頷いた。

「協力するよ。だから婦女暴行とかそういうのは勘弁してくれよ」

貝野を目黒署に預け、麻薬取締部に戻ってきたのは、午前二時を回った時刻だった。

さすがにくたくたに疲れていた。

「もう、ここに泊まるわ。仁王は？」

「空いているベッドはあるのか」

「ある。宿泊設備はその辺の所轄署よりは上等よ」

「じゃあ、俺も泊まる」

古芳はいって、上着を脱ぎ、ネクタイをゆるめた。アスカは宿直用においてある缶ビールを冷蔵庫からとりだした。二人は使っていない会議室で向かいあい、ビールの栓を開けた。

「なんでロシア大使館が、お前の私生活を監視するんだ」

古芳はビールを喉《のど》に流しこむといった。

「わからない。あたしたちが今かかわっている事件《ヤマ》に関係があるのかしら」

アスカもビールをひと口飲み、いった。

「確かにロシア人やチェチェン人が関係しているが、お前が何かをつかんでいるわけじ

ゃない。それともお前は自分でも気がつかないうちに、ロシア政府が知りたがる何かを握ったのか」

　アスカは考えこんだ。古芳は空いている椅子をひきよせ、靴を脱いだ両足をのせた。ホルスターも外し、テーブルの上におく。

「あたしが何か知ったとすれば、ハナコから。でもあのときあたしはハナコを中国人だと信じていた」

「ハナコの件に原因があるのなら、人が死んでいるんだ。ロシア政府は極力、無関係を装いたい筈だろう。わざわざつかまる危険をおかしてまで、お前の部屋にビデオカメラを仕掛けるか」

「あたしは三日間も、カメラの前でストリップをしてた。何も気がつかないで――」

　アスカは唇をかんだ。

「引っ越しを勧めるね。次はカメラじゃなく、別なものをしかけられるかもしれん」

　古芳は煙草をくわえた。

「ねえ、もし捜査情報が欲しいのなら、別にカメラじゃなく盗聴マイクがあればよかったとは思わない。あたしは独り言をいうわけじゃない。捜査資料を家にもち帰ったとしても、あのカメラじゃ内容まではさすがに写らない。電話のやりとりさえおさえておけば、捜査に関する情報なら入手できる」

「じゃあなぜカメラなんだ？」

「欲しかったのは、捜査じゃなくて、あたしの個人情報」

古芳の目が真剣になった。

「お前の個人情報。いったい何のためにそんなものが必要なんだ。セミョーノフがどこかでお前を見初めたとでもいうのか」

「そんなのわかるわけない」

アスカはいってため息を吐き、古芳にならって両足をのばした。

「少なくともハナコの一件とはまだつながらないわ。かりにロシア大使館が、捜査を担当している人間に関する情報を欲しがったとしても、盗撮カメラなんて常軌を逸している」

「それもそうだ。いくら考えても始まらん、か」

古芳は空になった缶を握り潰《つぶ》した。

「セミョーノフの正体をつきとめる方法があれば、奴の目的もわかりそうなものだが」

「それについては任せて」

アスカはいった。

「麻取は、日本駐在のＤＥＡやＦＢＩとつきあいが深いの。そこからたぐれば、セミョーノフに関する情報は入るわ。少なくとも、本当の仕事が何なのかくらいは、ね」

「心強い話だ。じゃあ俺は、ひと眠りさせてもらうか」

古芳はいって立ちあがった。

「あたしも捜索令状の請求書打ったら寝るわ」

朝一番で裁判所にいき、令状をとらなければならない。

「ご苦労だな」

古芳は頷いた。

「貝野のヤサから何かでりゃいいんだが」

古芳の顔にはどことなく不安があった。自分を心配してくれているのだ。

「いずれにしろ、明日は大忙しよ」

アスカはいって微笑んだ。


貝野は、自宅兼事務所を芝大門《しばだいもん》に近い古い雑居ビルに構えていた。貝野を同行させて家宅捜索をおこなったアスカと古芳は、「ハリス」という偽名を名乗った、セミョーノフからの依頼メールを、貝野のパソコンから発見した。日本語の文面は、ややたどたどしいものの、日本人の恋人に対する身辺調査をおこなってもらいたいという内容は、貝野の供述通りだった。

セミョーノフは、初めから貝野を捨てゴマとして利用するつもりで、依頼をおこなったのだ。貝野が単独で探偵事務所をやっており、あまり繁盛もしておらず、報酬しだいでは、違法になる調査業務もひきうけるというのを見越していたにちがいなかった。

貝野からはこれ以上の事実は得られそうもない。そう判断した二人は、住居侵入の現

行犯で、貝野を書類送検した。貝野には逮捕歴がなく、住居侵入だけならば実刑判決はない。

午後になって、二人は目黒警察署に赴いた。林に対する取調を再びおこなうのが目的だった。

林の勾留《こうりゅう》は二度目の延長に入っていた。

「ジョーンズには会えたのか」

取調室で二人と向かいあうと、林は訊《たず》ねてきた。

「そんなに十万ドルが心配？」

アスカは訊《き》き返した。

「何をいっているんだ」

林はアスカの言葉の意味がわからないような顔をした。

「あたしたちは神葉連合のやくざと会った。その結果、わかったことがあるの」

「何だっていうんだ」

「お前は切られたってことさ」

古芳がいった。今日は「敵役」を交代することになっている。

「切られた？」

「ジョーンズは神葉連合に泣きついた。お前の手下みたいに〝処刑〟されてはたまらないというわけだ。十万ドルは、その代金だ。お前とジョーンズがはめたチェチェン人は、

復讐《ふくしゅう》を容赦しない連中だ。ロシア人であるジョーンズは誰よりもそれを知っている。助かるためには十万ドルをさしだすしかないと考えたのだろう」

林は瞬《まばた》きした。アスカはいった。

「あんたは最初からジョーンズとぐるだった。ホテルでチェチェン人から金を奪ったというのは嘘。揺頭丸をチェチェン人が欲しがったというのも怪しい」

林は黙りこんだ。

「俺たちの考えを聞かせてやろうか。チェチェン人は、別の目的でジョーンズに十万ドルを預けた。別の目的とは、マネーロンダリングだ。そのための一手段として、揺頭丸の購入もあったかもしれんが、あくまでも金を洗うのが、チェチェン人の望みだった筈だ。お前とジョーンズはそこにつけこんで十万ドルを横どりした。ジョーンズが俺たちにパクられれば、十万ドルはふいになる。だからお前はジョーンズの名を教えるのを渋り、十万ドルは別の場所に隠したと嘘をついたのさ。だが命の惜しいジョーンズはとっくに十万ドルを神葉連合にさしだし、泣きついているというわけだ」

林は無言のままだった。

「神葉連合がその十万ドルでどこまでジョーンズを守るかはわからない。でもあんたには、どのみち一ドルも残らない。かわりに刑務所いきが待っている」

アスカは告げた。

「損したとは思わない？　そりゃチェチェン人も、日本の刑務所の中まではあなたを襲

いにはこないだろうけれど、ジョーンズはやくざに守られて、ぬくぬくとシャバにいるのよ」

林はアスカと古芳を交互に見た。

「もっとでかい話がある」

古芳は首をふった。

「また俺たちをひっかけようというのか。もういい。お前にはさっさと刑務所に入ってもらう。チェチェン人とやくざは勝手に殺し合うだろうからな」

「金はもっとあるんだ」

林はいった。

「どこに？　ジョーンズがもっているのか」

「ちがう。チェチェン人さ。ジョーンズはそれを神葉連合に教えて、守ってくれるよう頼んだんだ」

「なるほど。じゃどのみち、お前はのけ者だな」

興味なげに古芳はいった。

「その金って、いくらなの？」

アスカは訊ねた。林は迷ったように視線をそらした。

「いいわ、じゃあ。刑務所の中で、儲《もう》けそこねた金を数えなさい」

「一千万ドル」

「何だって」

古芳が訊き返した。

「チェチェン人がもっている金だ。USドルで一千万」

古芳とアスカは顔を見合わせた。古芳が首をふった。

「馬鹿なことをいうな。一千万といったら十二億円以上だ。そんな現金をどうやってもちこむんだ」

「北海道にカニを水揚げしたロシア漁船が運んできた。船主は、ウラジオストックのチェチェンマフィアだ」

「何のためにそんな大金が必要だったの？　いくらマネーロンダリングが目的だとしても巨額すぎるわ」

アスカはいった。

「ロシア国内では使えない金なんだ」

林はいった。

「偽札なんだよ、全部」

一瞬、皆が黙りこんだ。やがてアスカは訊ねた。

「誰がそんな大量の偽札を作ったの」

林は首をふった。

「俺にそんなことがわかるわけないだろう。とにかくジョーンズがチェチェン人から聞

いてきた話なんだ。USドルで一千万、ただしすべて偽札。よくできているから、見破られる心配はない。チェチェン人はそいつを日本で洗おうとしたんだ」

「なぜアメリカにもっていかなかった？　アメリカでならUSドルはもっと使いやすいだろう」

「それも俺にはわからない。連中はまず十万ドルでようすを見ようとした。ジョーンズが洗う計画をたてた。揺頭丸の話を売りこみ、金を預かって、俺がブツを届ける約束だった。だが俺がパクられ、ジョーンズは逃げた」

「最初から一千万ドルを奪うことは考えなかったの」

「たとえダミーだとしても、そんな大量のブツは俺たちには用意できない。俺たちも迷ってた。十万ドルだけをさらって逃げるか、ここはまっとうに取引して、残りの九百九十万ドルを狙うか。ジョーンズは奴らをだますのは利口じゃないといった。俺はなめてた。日本じゃ目立たない俺たち中国人とちがって、見るからにガイジンのチェチェン人に何ができる、とな」

「ところができたわけか」

「奴らは十万ドルなんか何とも思っちゃいない。一千万ドルの話が洩《も》れないようにしたいだけなんだ」

「だからあんたの仲間は〝処刑〟されたのね」

「たぶん、そうだ」

「そうなると、ジョーンズは一千万ドルの話を神葉連合にもっていく他ないな。十万ドルならせいぜい用心棒をつけてもらえるくらいだが、一千万ドルとなれば、分け前も期待できる」

古芳はいった。

「一千万ドルの話が洩れるのを恐れ、チェチェン人は最初にあんたの口を塞《ふさ》ごうとした。ハナコを使って」

アスカは林を見つめた。

「きっとそうだ。たとえ偽札とはいえ、一千万ドルはとほうもない金だ。俺だって、手に入る可能性が一パーセントでもあるうちは、喋《しゃべ》る気はなかったさ。だがジョーンズがやくざに泣きついたのじゃ、おしまいだ。一千万ドルは、チェチェン人か神葉連合か、どちらかのものになる」

アスカは古芳をふりかえった。

「どう思う？」

「信用できないね。こいつはまた大嘘をついて、俺たちの目をそらそうとしているだけかもしれん」

「本当だ」

林は大声をあげた。

「嘘だと思うなら、パクられたとき俺がもっていた財布を調べてみてくれ。百ドル札が

入ってる」

「調べてみよう」

無表情に古芳はいった。

「科警研にもっていけば、すぐにわかる筈《はず》だ。うまくすりゃ、どこ製だか判断できる資料もある」

「こいつの話が本当なら、神葉連合はジョーンズをエサに一千万ドルを狙う。チェチェン人と争いになるわ」

「チェチェン人が逃げださなけりゃ、な」

古芳は首をふった。

「いくらプライドが高い連中でも、神葉連合全体を敵に回してまで、戦争はしないだろう。圧倒的に不利だ。十万ドルは捨てて、さっさとロシアに帰るさ」

「だといいけど……」

アスカはいった。

「ちがうってのか」

古芳に目配せし、アスカは林の耳に聞こえない位置でいった。

「いくらチェチェンマフィアが強力でも、精巧な偽札を一千万ドル分も作るのは大変よ。もしかするとロシア政府のどこかが関係しているのかもしれない。それをチェチェン人が奪って日本にもちこんだのだとしたら、ロシアには帰れないわ」

「ロシア政府？」

「きのうのことを思いだして」

「ロシア政府がとり返したがって、お前に監視をつけたと？」

「確かに無理があるのはわかる。あたしの個人情報を狙うくらいなら、ジョーンズやそのチェチェンマフィアの動向を追った方が早い。でもロシア政府が関与する理由としては、その一千万ドルが最も納得できる」

「速断はさけた方がいい。もちろん俺だって、昨夜の一件が偶然だとは思っちゃいないが、いくら何でも動きが大げさすぎないか」

アスカは小さく頷《うなず》いた。

「きのうの夜、メールを打っておいたの。夕方、アメリカ大使館の人間に会えるわ。例のロシア人についての情報をくれるかもしれない」

「こいつはどうする？」

古芳は林をふり返った。

「もう少しチェチェン人についての情報を訊《き》きだしましょ」

アスカはいって、林の向かいに腰をおろした。林の目を見つめ、いった。

「あたしはあんたの話を信用してもいいと思ってる。でも証明できる材料は、あんたの財布にある百ドル札だけだ。チェチェン人に関しては、まだ誰も、会ってもいなければ見てもいない」

林は唇をなめた。

「俺だって一度しか会ってない。一度だけ、ジョーンズが新宿に連れてきた」

「何人？」

「二人だった。両方とも背が高い白人だった。革ジャンを着てて、垢《あか》抜けない連中だった」

「名前とか年齢は？」

林は手を広げた。

「三十代の終わりか四十歳くらい。ニコライとエミールと名乗ってた。二人とも拳銃《けんじゅう》をもっていた。丸腰じゃ絶対に動かないといってな」

「ニコライとエミールね。似顔絵は作れる？」

林は首をふった。

「無理だ。いっしょにいたのは五分くらいだし、二人ともサングラスをかけてた。そう、どっちかが金髪だったことくらいしか覚えていない」

「今どこに住んでいるとか、そういう話はしなかったのか」

「聞いてない。ジョーンズは知っているようすだったが」

「ジョーンズが知っているとすりゃ、神葉連合も知ってるってことだ」

「でもチェチェン人は、林の身内を〝処刑〟したわ。神葉連合にはまだおさえられていない、ということよ」

アスカはいった。神葉連合が、チェチェン人グループをおさえれば、一千万ドルのありかを吐かせ、そのあとは殺すしかない。

「全部で何人いるんだ、チェチェン人のグループは？」

「知らない。だがその二人きり、ということはないと思う」

「『パラダイス・ビーチ』のダンサーの兄というのがいると聞いたけど」

「それがエミールだ。妹の名は確か、サーシャとかいった」

　林はすらすらと答えた。古芳がアスカを見た。林には聞こえないように小声でいった。

「新森はそのサーシャもクビにした、といっていたな」

「でも一千万ドルを狙うなら、クビになんかしない。サーシャをおさえていれば、エミールとのパイプが保てる」

　アスカは答えた。

「神葉連合は、表面的には一切かかわりをもたないように見せかけ、裏で一千万ドルを追う。サーシャもジョーンズも、そのためには必要よ」

「妹を人質にとられていたら、簡単には逃げだせない。新森をもっと洗う必要がありそうだな」

　アスカは頷いた。

「高橋さんがいっていた『掟《おきて》』にしたがうとすれば、神葉連合とチェチェン人グループが戦争に突入するのは時間の問題よ」

22

ポーランド人は明らかに興奮していた。彼が部屋に戻るのを待ちきれなかったように、廊下に立ち、手にした大きな封筒の中身をのぞきこんでいる。

「何か楽しそうだな」

彼はからかうようにいってみた。

「君にとってもすばらしいニュースがある。彼女が非常に元気で、立派に生存をつづけていることがわかったのだ」

「アスカか」

妹の名を、彼はあれからずっと覚えていた。

ポーランド人は頷き、部屋に入るやいなや、封筒から写真をとりだした。

「これが現在の彼女だ」

彼はうけとって見つめた。粒子が荒く、望遠レンズで撮ったのをひきのばした写真だとすぐにわかる。

車のドアを開け、今降りたったばかり、という姿だ。肌が白く輝き、短い髪が風に乱されて額にかかっている。わずかにかみしめた唇と、何かを見つめる瞳《ひとみ》に、強い意志が感じとれた。

「完璧《かんぺき》だ」

　ポーランド人はいった。

「美しく、健康的で、行動力に満ち溢《あふ》れている。彼女は今なお生存し、その任務を全うしている」

「年齢は？　いくつになったんだ」

「じきに三十歳になる、肉体の誕生日で数えるならば」

「見えないな。まるで二十になったばかりのようだ」

「元来が、肉体の提供者は美に恵まれていた。そこに、脳の人格がもつ生命力、精神力が加わり、より自発的な人生を歩むようになった結果だろう。若々しさは、精神面での健全さのあらわれなのだ」

「前に見た写真よりは、少し太ったようだ」

「太ったのではない、筋肉がついたのだ。この手首の周囲を見たまえ。かつてよりもひと回り大きくなっている。彼女は肉体を鍛えている。決して自分を〝こわれもの〟とは見なしていないのだ。賞讃《しょうさん》すべき勇気だ」

「勇気？」

「彼女は、君以上に過酷な運命を耐え抜いた。彼女の生存可能日数は、神をおいて誰にも知るよしがない。その中で職業を選択し、肉体を鍛え、常人でもためらうような日常に身をおいている」

「政府の仕事をしている、と前回は聞いたな」

ポーランド人は、報告書と覚しい紙をとりだした。

「かつての彼女の人格は警察官だった。現在はナルコ・エージェントとなっている」

「ナルコ・エージェント？」

「ロシアに対応する専門機関はない。薬物犯罪を主に取締る捜査官だ」

「捜査官……」

彼は首をふり、写真を見つめた。

ワーニャ。森からお前の人生は大きくかわってしまった。

だが自分もそれはいうまい。彼自身の人生もまた、大きくかわったのだから。

「大佐の協力のおかげだ」

ポーランド人は嬉《うれ》しげにいった。

「大佐は、じきに俺たちを解放するといってる。解放して、トウキョウにいかせるつもりらしい」

「何だって――」

ポーランド人の顔から笑みが消えた。

「どうした、何を恐がってる？」

ポーランド人は黙りこんだ。瞬《まばた》きし、手もとの、アスカに関するレポートに目を落とした。

「俺がトウキョウにいったら、何かまずいことでもあるのか」

「いや……。別にそれはないのだが……。君を、任務につけるのは、まだ早い、そんな気がしているだけだ」

それを聞き、彼の心にも不安が芽生えた。

「俺が仕事をしちゃいけない理由があるというのか」

ポーランド人は首をふった。

「いや。運動機能においても、君はほぼ完全に、肉体をコントロールできている。拒否反応の兆候はなく、融合は完璧だ」

「だったら何を心配する？」

ポーランド人はすぐには答えなかった。固唾《かたず》を呑《の》み、彼が手にしている写真に視線を向けた。

「君は……トウキョウにいったら、彼女、アスカに会うつもりだろう」

「おいおい」

彼は笑いだした。

「会ってほしくないのか。俺とアスカは、あんたという親によって作りだされた兄妹なんだぞ」

「君にとってはそうだ。しかし彼女にとっては……」

「ちがう、というのか」

「アスカは知らない。自分以外にも、脳移植をうけた生存者が、この地球上に存在することを」

「だったら教えてやればいい。心強い筈《はず》だ」

ポーランド人は納得のいかないようすだった。

「できればそっとしておいてくれ」

「何を恐れている」

「別に何も恐れてはいない」

ポーランド人はぎこちなく首をふった。

「博士」

彼は呼びかけた。

「俺の目を見ろ」

ポーランド人はおずおずと顔を上げた。

「あんたは俺を恐がっている。俺があんたの大事なアスカをこわしちまうんじゃないかと。ちがうか」

「そうではない。そうではないが、君は……」

「俺が何だ」

「アスカと会って何をするつもりなんだ」

勇気をふり絞ったかのように、訊《たず》ねた。

「別に。ただ会いたいだけだ」

「強烈に会いたい、そうではないかね」

彼は首を傾げた。ポーランド人の口調に妙に確信めいたものが感じられたからだ。

「だとしたら？　何かまずいのか」

ポーランド人は答えなかった。迷っているようにも、怯《おび》えているようにも見える。

彼はポーランド人の手首をつかんだ。不意の動作に、ポーランド人は息を呑み、手にしていた紙を床に落とした。

「答えろ、博士。俺がアスカに会っちゃまずいのか」

「そ、そうではない」

「だったらなぜ、そんな態度をとる」

「離してくれ」

「答を聞いてからだ」

彼は手に力をこめた。ポーランド人の顔が青ざめ、救いを求めるように周囲を見回した。

「誰もこない。あんたとのブリーフィングが終わるのを、ソコロフは待っているんだ」

彼は告げた。煮えきらないポーランド人に対し、怒りと、正体不明の不安があった。

「わかった、話す。話すから、手を離してくれ」

「嘘をつくなよ。あんたのくれた小脳のおかげで、俺は片手一本であんたを簡単に殺せ

る」

　ポーランド人は頷《うなず》いた。彼は手を離してやった。ポーランド人は床に落ちた紙を拾い、手首をさすった。

「さあ」

　彼は促した。ポーランド人は彼の目を見ずに口を開いた。

「キィワードは、『妹』だ」

「『妹』？」

　彼は驚きを感じていた。それを一瞬、ポーランド人に気づかれるかと思ったが、その心配はなかった。感情のない発音が、彼の唇を割っていた。

「君、すなわち、セルゲイ・レドフスキーには妹がいた。ワーニャという名で、君が九歳のときに死別している」

「死別じゃない。ワーニャは、森の中で生きる道を選んだ」

　ポーランド人は彼を見た。その目に不安があった。

「十四歳の夏、君の母親は君をエカテリンブルグの精神科医に連れていった。君がおこした発作の原因をつきとめるのが目的だった。手術にあたって、ＳＶＲは、君のこれまでのあらゆる医療診断記録を入手した。精神科医の診断によれば、君は妹、ワーニャを不幸な事故にあわせたことに対する良心の呵責《かしゃく》が原因となる発作をおこした」

「俺が、ワーニャのことで……」

かすかな記憶しかない。確かに母親は彼を医者のもとへ連れていった。黒く太いヒゲをたくわえた男で、恐ろしげな風貌《ふうぼう》とは裏腹に、ひどく優しい声をだした。彼は長椅子に寝かせられ、医者の声を聞くうちに寝入ってしまったのだ。その後のことは何も覚えていない。母親もその場にはいなかった。

「妹さんの件は、君の心のある部分に大きな影を落としている。事故の実態がどのようなものであるか、それはこの際、おくとしよう」

「ワーニャは森に帰った。森で暮らしている」

彼はくりかえした。それ以外の言葉は口にしたくなかった。

「それでいい。君がそう思うことによって心の平安を保てるならば、それこそが君にとっての真実なのだ」

彼はこみあげてきた怒りを抑えた。今、ポーランド人を威《おど》せば、知りたいことを訊《き》きだせなくなる。

ポーランド人はわずかに間をおいた。

「君と肉体提供者である、アレクサンドル・ハンには、人種も含め、まったくといってよいほど肉体的共通点がなかった。生きてきた環境、運動歴、職業歴、すべてにおいてだ。ただし一点だけ、家族構成において共通するものがあった。妹だ」

「ハンにも妹がいるのか」

さほどの驚きは感じなかった。兄や弟、姉や妹のいる人間の方が多いのだ。

「いたのだ」

ポーランド人は告げた。

「アレクサンドル・ハンもまた、妹と死別した過去がある」

「いくつのときだ」

「ハンについて詳しい資料はない。イルクーツクに近いジマという町で生まれ、十八で軍隊に入った。入隊から二年後、二十の誕生日を迎えるひと月前に二歳下の妹が死亡したという記録がある。だが死因や死亡時の状況はわかっていない。ハンの両親は、ハンが七歳のときに列車事故で死亡していて、ハンと妹は、ジマに住む叔父《おじ》夫婦によって育てられた。妹の死について最も良く知る人間はハンだったが、彼の記憶も、もうこの世にはない」

「わからんぜ。この中のどこかに眠っているのかもしれん」

彼は自分のこめかみを指さした。ポーランド人は首をふった。

「それはありえない。記憶のタンクの役割を果たす側頭葉は除去されている。そこにあったハンの思い出も消えている筈だ」

「だが俺は、ハンのカラテが使える。こいつも奴の記憶じゃないのか」

「運動能力における記憶だ。それは頭をひどく打って記憶喪失におちいった人間でも、自動車の運転を覚えていたり、サッカーの球の蹴《け》り方を忘れないのと等しい。つまり体の記憶であって、心の記憶とはいえない」

彼は沈黙した。だったらこのポーランド人は何をこれほど恐れるのか。まだ彼に対し隠している秘密があるような気がした。

「――俺とハンに妹がいて、そのどちらもが死んでいるとしても、アスカと何の関係がある」

「君はアスカを、自分の妹と同化させようとしている。ちがうか」

彼の体を驚きが走りぬけた。

「なぜそんなことがわかるんだ」

「エカテリンブルグで君がうけた精神科医による治療の記録だ。それによると、九歳のときの不幸なできごと以来、君の中には、妹さんをとり戻したいという強い願望がある」

「そんな馬鹿な」

ポーランド人の顔に怯えが浮かんだ。

「私がいったのではない。エカテリンブルグの医師による分析結果だ。その願望の根幹にあるのは、自責の念だ。当時君は、常に自分を責めつづけていて、そこから逃れるためには、ワーニャをとり戻すことしかなかった。その結果、君は架空のワーニャを自分の中に作りだし、会話し、遊び、あまつさえ、母親にワーニャのぶんの食事を用意することまで要求した」

「覚えていないぞ」

「医師は催眠療法と薬物で君を治療した。その結果、幻のワーニャは姿を消し、君の異

常な言動もおさまった、とある」

　まるで記憶がなかった。医師のもとに連れていかれた思い出はあっても、その理由がいったい何で、治療の前と後では自分がどのようにかわったかというのを何も思いだせない。彼は首をふった。

「あんたのいっていることが本当だとしても、俺にはまったく覚えがない」

　ポーランド人は深刻な表情で頷いた。

「それが移植手術のせいなのか、それとも君自身の記憶操作によるものなのか、私には判断できない。だが手術のせいであるとすれば、君が〝妹〟という存在にこだわるのは奇妙なことだ。やはり君自身が記憶を消去したと考えるべきだろう」

「記憶を操作なんてできるのか」

　ポーランド人は手を広げた。

「人はごくあたり前に、自分の記憶を操作する。自分に都合のよいように修正し、ときには有害な記憶を除去する。たとえばひどい事故にあった経験のある人間は、その事故の瞬間のことをたいてい覚えていない。あるいは子供の頃、心を惹《ひ》かれた異性の容貌は、しばしば輝くような美しさで記憶の中に登場する」

「だが俺はワーニャのことを忘れていない」

「妹さんの存在と消失、その理由に対する自責の念は別だ。君は自責の念を消し、妹さんがかつていた、という事実のみを心に残したのだ」

彼は首を傾げた。わからなかった。ポーランド人はつづけた。

「おそらく治療の際、医師は君に対し、記憶のすりかえをおこなったのかもしれない」

「すりかえ？　すりかえとはどういうことだ？」

「たとえばの話、君の心は自責の念からワーニャの死をうけいれられずにいた。その結果、幻覚のワーニャを作りだしたわけだが、その状態の君に、ワーニャの死を納得させるのは難しい。大人ならまだしも、十四歳というのは、精神的にひどく不安定な時期だ。そこで医師は、ワーニャがここではなく別のところで暮らしている、という情報を君に与えた。その結果、自責の念とともに、ワーニャの幻覚も消えたのだ」

彼は呆然《ぼうぜん》と足もとを見つめた。ワーニャは森に帰った。美しい雌狼として森で暮らしている――そう信じてきた彼の記憶は、医者の手で植えつけられたものだということなのか。

ポーランド人は不安そうに彼を見つめていた。彼について喋《しゃべ》りすぎたのを後悔しているかのような表情だ。

「――とにかく、今こうして話していても、君は〝妹〟というテーマになると、精神の安定を欠いてしまう。その君がアスカを妹と同一視しようとするならば、実際に彼女に会ったとき、激しい動揺にみまわれるかもしれない。私はそれを憂慮しているのだ」

彼は大きく息を吸いこんだ。

「大丈夫だ。アスカは、ワーニャとは似ても似つかない。そうだろう。ワーニャは金髪

で青い目をしていた。アスカはちがう」

「君が常にそのことを自分に納得させているのなら、大きな問題にはならないだろう。ただ、アスカとの接触が、大佐が与えるミッションの妨害になるようならば、やはりこれは勧められることではない」

「あんたが心配するようなことじゃない」

「そうかもしれない。だが君の今の動揺を見ているだけでも、アスカとの接触が利益になるとは思えない」

彼は息を吐いた。俺のことはほっておけ、どのみちお前は、俺がトウキョウで何をしようとしているか、何も知らないんだ。そういってやりたかったが、言葉が喉《のど》につかえていた。エカテリンブルグの医者によって、自分の記憶がいじられたかもしれないという話は、彼をたまらなく不快にしていた。四分の一世紀以上も、彼は他人によって植えつけられた思い出を信じて生きてきたのだ。しかも、彼が「ヴォールク」、狼という呼び名にこだわったことすら、その作られた思い出の副産物であったかもしれない。

できることなら、今すぐエカテリンブルグにいって、その医者を殴り殺してやりたかった。すりかえられた自分の本当の記憶をとり戻したかった。

しかし一方で、本当の記憶をとり戻すのは、恐ろしいことでもあった。アスカと会うのは、もしかしたら、閉じこめてあった悪夢の記憶の蓋《ふた》を開けてしまう結果を呼ぶのではないか。

もしそうならば、ポーランド人が、彼がアスカと会うことに不安を感じるのもわかる。元のこの肉体の持主、ハンにも妹がいて、それが死んでいるという事実になど、たいした意味はない。両親が死に、兄妹も死んで、ハンの家族が全員死に絶えた、ただそれだけのことだ。

「大丈夫かね」

「もちろん大丈夫だ。何十年も前に起きたできごとが、これからの俺の邪魔になる筈《はず》なんてないだろう」

もちろん芝居だった。彼の心は不安で満たされていた。だが口をついてでてきた声には、不安などかけらもなかった。

ポーランド人は頷《うなず》いた。

「それならばかまわない。それにトウキョウは、モスクワ以上の大都会だ。君がアスカと偶然に出会う確率は、天文学的に小さい」

「ここをでていけるなら、俺にはまずそれが一番だ」

「よいだろう。君の体は完全に心と調和している。ＮＴＦ《ニューロトロフイック・ファクター》の摂取さえ怠らなければ、君自身が君をコントロールできなくなるような事態は、決して起こらない筈だ。大佐とのブリーフィングにいってきたまえ」

「その写真をもらいたい」

彼はポーランド人を見つめ、いった。ポーランド人は首をふった。

「必要ならば大佐に請求することだ。これは大佐が、日本にある大使館に命じて手に入れた写真なのだ」

23

アスカと古芳は、赤坂にある料亭にいた。すべてが小部屋になっていて、部屋の中央には、小さな囲炉裏が切られている。そこで仲居が運んでくる肉や魚、野菜などを自分で炙《あぶ》りながら、用意された調味料につけて食べるのだった。

イグサで作られた丸い座布団にあぐらをかき、二人の向かいには、ころころと太った白人がすわっていた。身長は百七十センチそこそこで、日本人の中にあっても決して長身とはいえない。体重の方は、八十キロ近いだろう。藍《あい》染めの前掛けを首からさげ、上機嫌で鮎《あゆ》の塩焼きにかぶりついている。

白人の名はロドニー・ブルックといった。通称は「ブル」、商務省の駐在員という肩書きでアメリカ大使館に勤務しているが、ＣＩＡだった。ブルックはかつてＦＢＩにいて、日本駐在の経験があり、それを買われて二年前にＣＩＡにリクルートされ、再び来日したのだ。

日本語は完璧《かんぺき》に話せる。

「セミョーノフというのは、偽の名前です。本当の名は、ユーリー・シェヴェルキン、

SVR《エスヴェーエル》に所属するエージェントです」

「エスヴェーエル？」

「昔のKGB《カーゲーベー》ですよ。一九九一年のクーデター以降、KGBは政治的活動をおこなうことを禁じられ、急速に弱体化しました。かわって当時のエリツィン政権が力を入れたのが、対外情報局、SVRです。SVRは、特にチェチェンに対する秘密工作で悪名を馳《は》せました。暗殺、買収、裏切り工作が、彼らの得意技です」

　チェチェン、という言葉に、アスカと古芳は顔を見合わせた。

「ロシアの大統領は、元KGBです。SVRは、エリツィン時代より、更に力をもったでしょう」

　指についた塩をなめながら、ブルックはいった。アスカは身をのりだした。

「そのSVRが、なぜあたしを監視するの？」

　ブルックは、アスカのFBI留学時代の友人だった。日本と日本語についてより学びたいという、ブルの方から接近してきたのだ。ベッドにも誘われたが、断わった。しつこくすることなく、ブルックはひき退《さが》った。

「さあ」

「さあじゃないわよ。何か考えてよ」

　砕けたアスカの口調に、古芳ははらはらしているような目を向けた。

「大丈夫、ブルとあたしは親友なの。ね？」

「ベッドまではいけませんでしたが」

「古い話よ。それより教えて」

ブルックは首をふった。

「見当がつきません、本当です。SVRは確かに日本でも活動をおこなっていますが、KGBの路線を踏襲して、主に政治工作が中心の筈です。国会議員への接近、漁業や工業関係者の情報収集。アスカさんの部屋にカメラをしかけたところで、クレムリンが何か得をするとは思えません。やはりシェヴェルキンが、ただの変態だったのではないですか。漢字で書くと、変態の『変』と恋人の『恋』は、よく似ているでしょう。アスカさんに恋をして、変態になったんですよ」

ブルックは、さも自分の話がおかしいかのように、ひとりで笑った。

「どこであたしに恋をするっていうの。会ったこともないのよ」

「道で見かけたとか」

ブルックは肩をすくめた。

「冗談じゃないわ。たとえそうだとしても、あたしの身分に気がつけば、そんなちょっかいはださないでしょう」

「確かに。ちなみにシェヴェルキンは、今朝の飛行機でモスクワに帰りました。もしカメラの話が、公務でやったことでないとしたら、彼はキッ、でしょうね」

首に焼きグシをあてがい、かき切る真似をしてブルックは答えた。

「じゃあ公務だとしたら？」

ブルックは首をふった。

「まったくわかりません。ＳＶＲが日本のナルコ・エージェントの活動に注目する理由があるとすれば、ロシアマフィアの活動に関係することでしょうけれど、個人の住宅にカメラをしかけるというのは、アスカさんを買収する目的以外には考えられません」

「あたしを買収する？」

「カメラを使ってアスカさんの弱みを握り、かわりにお金をあげて、情報をもらう。もちろん弱みといったって、アスカさんのヌードじゃ駄目です。不倫をしているとか、オフィスラブをしているとか、そういう弱みです」

アスカは首をふった。

「そんな簡単に、あたしが威《おど》せると思ったのかしら」

「それ以前に、買収を考えるなら、向こうの欲しい情報を、お前なり麻取がもっているというのが前提だ。そんなものがあったかどうか」

古芳が重い口を開いた。

「あるとすれば今回の事件よ。でもあたしたちはまだ何ひとつ、例の連中についてつかんでいない」

「例の連中？」

ブルックが訊《たず》ねた。アスカは息を吐いた。

「ギブアンドテイクね。チェチェン人が一千万ドルを日本にもちこんでいるという情報があるの。USドルで、しかも偽札の」

ブルックは驚かなかった。

「チェチェンには、三つの大きな産業があります。武器の売買、麻薬の取引。そして通貨や証券の偽造です。グローズヌイ空港には、ロシア当局の正式な許可をうけていない、プライベートな飛行機が、ひと月に二百機以上、離着陸します。それらはすべてチェチェンの首都グローズヌイやその周辺で取引される武器や麻薬などを運ぶための飛行機です。チェチェン国内で作られる偽札は、一年に四十億ルーブル近くですし、偽造証券にいたっては四兆ルーブルにも達します。もちろんその結果、ロシア経済は深刻な打撃をうけ、インフレもおきています」

「アメリカドルはどうなの」

「もちろんあります。偽USドルは、マフィアの手で大量にアメリカ国内に流れこんで、ピストルやコカインに化けていますよ」

「一千万なんて端た金か」

古芳はつぶやいた。

「その情報はどのようないきさつで手に入ったのですか」

アスカは、林漢桃の逮捕、ハナコによる麻薬取締部襲撃、林のグループ殺害、そしてジョーンズの行方不明についてブルックに話した。ブルックは、ハナコによる襲撃と新

宿で起きた殺人については知っていた。

「一連の事件の底に、チェチェン人がもちこんだ偽ドルがからんでいると、あたしたちは見ているの」

　アスカはいった。

「問題はなぜ日本なのかということ。それだけの偽金や偽造証券がチェチェンで作られているなら、いくらでも洗う方法はあった筈《はず》よ」

「もちろん偽金に関しては、世界中のあらゆる犯罪組織が関係をしていますよ。麻薬、武器の取引、あるいは不動産や観光事業への投資。犯罪で稼がれた金が、犯罪者の生活資金や別の犯罪資金にのみ、つかわれる時代は終わったといってよいでしょう。世界中のあらゆる経済活動に占める、不正取得金の額は、無視できないほどの割合になります」

　北海道警察の高橋の言葉と同じようなことをブルックはいった。

「我々ＣＩＡも、そうした金の流れと無縁ではありません。かつて情報機関は、人の動きを監視することが主な仕事でした。誰がどこにいき、何をして、誰と会ったか、それを知れば、政治や軍事の流れる先を予想できたのです。今は、インターネットがあります。世界中のどこにいても、誰とでも非常に細かい話をすることができる。人間を追うのは無意味になりつつある。かわりに、ブラックマーケット、アンダーグラウンドバンク、そういったところでの金の流れに注目しています。表の世界では、軍事力にかわって経済力が国力になりました。でも裏の世界に、国境はない。あるのは、シンジケート

です。民族マフィア、犯罪のコングロマリット、彼らのトップはもう、ピストルや手榴弾《パイナップル》を必要としません。コンピュータと携帯電話、これだけで人を殺し、会社を乗っとる。ダーティワークは、開発途上国から集めた作業員にやらせればいいのです。作業員は、自分が何のために、誰を撃つのかすら知らない」

「一千万ドルが日本にきた目的よ。それは何なの」

ブルックは首を傾げた。

「わからないです」

「ＳＶＲが、チェチェン人の作った一千万ドルに興味をもつ可能性はあるのか」

古芳が訊ねた。

「それはもちろんあります。ＳＶＲにとってチェチェンは敵です。敵のお金をなくすことは大変に重要ですから」

アスカは古芳を見た。

「林がもっていた百ドル札の鑑定はいつ終わるの」

「明日か明後日には終わる筈だ」

ブルックの顔が真剣になった。

「そのサンプルがあるのなら、私にもデータを下さい」

「あげてもいい。でもあなたの知恵がもっと必要なの」

「何をすればいいですか」

「チェチェン人が一千万ドルをこの国にもちこんだ理由を知りたいのよ。単なるマネーロンダリングのためなら、そんな必要はなかったわけでしょう」

「この国で何かを買おうとした。ハンバーガーショップの株とか」

「確かにそれもありうるわね。じゃあSVRが追う理由は？　あたしのアパートにカメラをとりつけてまで」

「その問題とこの問題は別かもしれません」

「なぜよ。チェチェン人という共通点があるわ」

ブルックは首をふった。

「SVRは、かつてのKGBほど、機能的な組織ではありません。いくらチェチェン人の一千万ドルのことがあっても、アスカさんのアパートにカメラをつけるのは早すぎる。それほどの情報収集力は、まだ、ないです」

「理由は別？」

ブルックは頷《うなず》いた。

「セミョーノフがロシアに帰ってからのことを調べられないか。更迭されたか、されなかったか――」

古芳がいった。

「それくらいなら大丈夫。ロシアにいる友人に頼めば、調べられます」

「ドル紙幣のデータはそれと交換よ」

「アスカ」

古芳が呼びかけた。

「こいつは俺たちだけの秘密にしておいた方がいい。偽ドルの件を警察の上層部が知れば、必ず対米工作の材料にしようとする奴がでてくる」

「わかってるわ」

ブルックは無言で頷いた。

「あとは問題のチェチェン人を一刻も早くつかまえることね。そいつらさえつかまえれば、一千万ドルが何のためだったかがわかる」

アスカはいった。

24

以前、ポーランド人と話した会議室で、彼はミドヴィエーチとともに、ソコロフと向かいあっていた。ドーナッツ型のテーブルと椅子はそのままだが、ビデオカメラが姿を消している。テーブルの上に六ヵ月前の日付の新聞がおかれていた。

「『狼』射殺される」

見出しが目につくように折りたたまれている。ヴォールクこと、セルゲイ・レドフスキーが内務省の保安部隊に追いつめられ、射殺されたという記事だ。まだうんと若かっ

た頃の彼の写真がのっている。その記事を見せられたとき、彼は意外に冷静でいられた。

「こいつの中身は何だったんだ」

「想像したまえ」

　ソコロフは微笑んだ。彼は無言で自分の額をさした。

「その通りだ」

「保安部は俺の死体を解剖した筈だ。手術の跡は見つからなかったのか」

「保安部は非常に忙しい。特に君は、射撃手によって頭部に銃弾をうけた。身許《みもと》は、指紋で特定された」

「つまり俺は死んだのだな」

　ソコロフは頷いた。

「君の資料は、廃棄された。全ロシアの警察、内務省、インターポール、すべて。『死亡』というスタンプが押されて」

「だが自由の身になったわけじゃない」

　ソコロフは再び頷き、軍服の胸ポケットからアルミニウムのチューブをふたつとりだした。テーブルの上を、彼とミドヴィエーチに向け、転がしてよこす。

「キューバ産だ」

　チューブの封を切った。親指ほどの太さの葉巻が入っていた。ソコロフが口を開いた。

「かつてＫＧＢは、多くのフリーランスと契約を結んでいた。ＫＧＢには豊富な資金力があり、彼らフリーランスは、腕がよい者ほど、そのギャラは高かった。優秀なフリーランスは、殺し屋ではなくテロリストと呼ばれ、それなりの敬意を払われていた。とはいえ、彼らは、すべてを金で割りきっていたわけではない。一流のプロには思想なり哲学というものがある。金さえもらえるなら、誰にでも雇われるというのは、二流だ。だが革命以降、ＫＧＢは消え、そうした一流のプロとの契約は影を潜めた。彼らを雇うだけの資金力や、何より、彼らをさし向けるための目標を、ＫＧＢもロシアも失ってしまった。政治機構の混乱は、治安組織の崩壊を招き、それは国全体の荒廃を呼ぶ。それが現在の我が国だ」

「当然の結末だ。ロシア人は今まで好き放題やってきたんだからな」

ミドヴィエーチが唸《うな》った。ソコロフは肩をすくめた。

「かもしれない。今まで一度も過ちがなかったとは、私も思わない。また少なくとも、それをこうして口にできるようになっただけ、我が国も変化した」

「俺たちと政治談議をしたいのか。それとも愛国心について知りたいのか」

彼は葉巻に火をつけ、いった。キューバ産というのはまちがいないようだ。芳醇《ほうじゅん》な香りが口から鼻にかけて広がった。もう、以前のような頭痛はおきない。

「どちらでもない。最も重要なことは、十年間の空白だ。一流のプロの活躍できる期間は短い。十年もたてば、多くは老い、現役を引退する。大金を残した者も残せなかった

者も、復帰をためらう。またためらわなかったとしても、その手腕には疑問符がつく」

「それで俺たちを？」

「そうだ。君たちは、優秀なプロだった。だが問題は、犯罪者としてあまりに有名であったということだ。特に『狼』は、当局からも、チェチェン人からも、その身を狙われていた。新たに我々が契約を結ぶには危険すぎた。使い捨てにするのならば、話は別だったろうが」

彼は煙をソコロフに吐きかけた。

「俺たちを一生、こき使うつもりか」

「まさか。そんなことは不可能だ。だが当分のあいだ、君らを超えるプロと我々が契約するのは難しいだろう」

「ひとつ訊《き》いていいか」

彼はいった。

「どうぞ」

「あんたは俺たちを、初めての仕事につけようとしている。そのために俺の脳味噌《みそ》を入れかえ、セルゲイ・レドフスキーという人間の存在を消した。行先はトウキョウだという。俺たちが飛行機に乗り、トウキョウに降りたったとたん、あばよソコロフ、あばよロシアといわないと思う理由は何だ」

「まず彼だ」

ソコロフはミドヴィエーチをさした。

「整形手術をうけ、風貌《ふうぼう》はかわったが、指紋もDNAも、クワントリシビリは昔のままだ。いつでも我々はインターポールに、クワントリシビリの情報を渡すことができる」

「そんなものは豚に食われろだ。今までだって俺たちはロシアの警官どもを蹴《け》散らしてきた」

ミドヴィエーチがいった。

「俺が奴を見捨てたら？」

ソコロフは首をふった。

「君は見捨てない。君らは兄弟だ。おそらく祖国にも感じていない忠誠心を、互いに対してもっている」

「なるほど」

「ただし、これはあくまでも二番目の条件にすぎない。一番の条件は、報酬だ。君らは、多額の報酬を我々との契約で手にすることになる。それによってこれまで以上の安定と安全を我がものにする」

「ずいぶんおいしい話じゃないか」

彼はミドヴィエーチを見て笑った。

「おいしすぎる」

「俺も同感だな。ウラがあるぜ、兄弟」

「ウラなどない。守ってもらわなければならない約束があるだけだ」

「約束？」

「そうだ」

ソコロフは三本目の葉巻をとりだした。手の中で転がしている。

「まず、ロシア国内及び旧ソビエト連邦下での定住は禁止する」

「俺にグルジアに帰るなと？」

ミドヴィエーチが声を荒らげた。

「帰ったとしても、君を待っているのは銃殺だ。政府軍は君を脱走兵と見なしている」

「そんなことで俺が怯《ひる》むと思っているのか」

「勇気の問題ではない。頭脳の問題だ。むろん仕事でロシア国内に戻るのは別だ」

「そういう可能性もあるということだな」

「もちろんだ。国益を守るための活動は、ロシア国内、国外、半々といってよいだろう」

「他に約束は？」

「与えられた任務は、何があろうとおこなってもらう」

「カミカゼか？」

「君のその肉体環境を得るために我々がいくらかけたと思う。一度限りの任務で消耗するには高すぎる。カミカゼ任務は、もっと安あがりな人材に与えるものだ」

「他には」

「今のところはそれだけだ。ロシア以外なら、アメリカ、ヨーロッパ、アジア、どこに住もうと君らの勝手だ。そして与えられた任務は完全にこなすこと。それ以外に何もない。ただし、我々を裏切れば、報復はおこなわれる。どこの国にいても、君らより腕は落ちるかもしれんが、それがカミカゼ任務だとは知らない暗殺者が君らを訪ねていくだろう。あるいはロシアよりもさらに劣悪な刑務所で残る一生を過ごすことになるかもしれない。セルゲイ・レドフスキーほど悪名は高くないにせよ、アレクサンドル・ハンもまた、芳しからぬ経歴の持主ではあるからな」

「ちなみに訊くが、断わった場合はどうなる？」

彼はいった。ソコロフは一拍おき、首をふった。

「その可能性は、まったく考えていない。自殺を今すぐ望むのなら、話は別だが」

彼はミドヴィエーチを見た。

「自殺するか、兄弟」

「嫌だね」

ソコロフに目を戻した。

「話は決まったようだ」

「ではブリーフィングを始める」

ソコロフは手もとにあった書類ケースを開いた。

「君らはチェチェン人がロシア政府から奪った財産をとり戻し、犯人を処刑する。奪わ

れた財産は、一千万USドル。それがルーブルだとどれだけの価値をもつかは説明するまでもないだろう。この金が奪われたのは、グルジアのトビリシだった。犯人はグローズヌイに移動し、その後、モスクワ、ハバロフスクを経て、日本にもちこんだ」

「なぜ日本なんだ」

「それはわかっていない。SVRは、犯人の足どりをハバロフスクまでは追った。犯人は漁船に乗りこみ、日本に向かった」

「日本にもSVRのエージェントがいるだろう。そいつらの仕事じゃないのか」

「あるていどはやらせた。しかし彼らの本来の仕事と、この任務はちがう。最初の話を忘れたかね。SVRから先の仕事をひきつぐべき優秀なプロとの関係を、我々は失ってしまったのだ」

「チェチェンスカヤね」

ミドヴィエーチがつぶやいた。

「彼ら《チェチェン》の国で同じ仕事をしろというなら、それはカミカゼ任務だろう。だが日本ならば、そうはならない」

ソコロフはいって、ミドヴィエーチの目を見た。彼は訊《たず》ねた。

「日本にはチェチェン人が多いのか」

「モスクワほどではない」

皮肉な話だ、と彼は思った。今、自分がこの姿でここにいるのは、何よりチェチェン

人を敵に回したのがきっかけだった。この地球上で、最も熱く、しつこい奴らだ。そいつらとまた闘う羽目になるとは。

「君らはロシア政府が発行した正規のパスポートで日本へ飛ぶ。トウキョウでＳＶＲのエージェントとおちあい、必要な情報と装備をうけとる。エージェントは、君らの案内役をつとめ、任務が終了ししだい、君らをモスクワいきの飛行機に乗せる。一千万ドルは、エージェントが預かる」

「俺たちがエージェントを殺し、その金をネコババしたらどうする」

ソコロフは首をふった。

「その金をもしつかえば、君らはやがて世界中の警察に追われることになるだろう。一千万ドルは偽造紙幣なのだ」

「だったらほっておけばいい。偽札なんぞいくらでも作れるだろうが」

ミドヴィエーチがいった。もっともな質問だと彼も思った。

「偽札の市場価値について、君らも知識をもっているだろう。精巧なもの、流通量の少ないものほど、市場価値は高い。むろん原版は我々の手もとにあって、製造はいくらでも可能だ。だがその偽札は、ロシアの経済戦略のために作られたのであって、チェチェンマフィアを太らせるのが目的ではない」

ソコロフは答えた。

「トビリシで奪われたといったな。グルジアでつかわれる予定の金だったのか」

ミドヴィエーチが訊ねた。

「それには答える必要がない」

旧ソビエト連邦からの独立を国民投票で決議したグルジア共和国は、一年とたたないうちに内戦状態に突入した。宗教、民族、政治思想、さまざまな差異が分裂を生み、ある面で手を結ぶ勢力が、ある面で敵対する。ロシア政府はそこにつけこみ、旧ソビエト連邦なみの影響力をとり戻そうとしているのだ。偽ドルをその手段につかうのは、KGBの流れをくむSVRらしいやり方だった。

「要は、その偽ドルが世界中の金融機関にマークされる前にとり戻したいということなのだろう」

彼はいった。ソコロフは否定しなかった。

「もう遅いかもしれん。その金がとっくに、ソニーやホンダの株に化けていたらどうする？」

「偽ドルが大量に日本の金融機関にでまわったという情報はない。したがって、使用されているとしてもまだ非常な少額で、金融機関の注目を惹《ひ》くものではないと、我々は考えている」

「よくできているのか」

ミドヴィエーチが訊ねると、ソコロフは、

「むろんだ」

と答えた。

「偽札は、新種の伝染病のようなものだ。原因となる病原体が特定されない限り、蔓延《まんえん》をくいとめるのは難しい。誰が見ても明らかに偽札とわかる粗悪品なら別だが、精巧に作られた偽札は、その特徴が明らかになるまでは、真札と同等の価値をもつ」

「それを俺の祖国でばらまこうとしやがったのか」

ミドヴィエーチは歯ぎしりするような口調になった。

「君の愛国心はポケットにしまっておくんだ。今後君らの雇い主となるのは、ロシア政府だ」

「気に入らねえ！」

ミドヴィエーチが吠《ほ》えた。

「よせ、兄弟。今、こいつに腹を立てたって、俺たちにいいことは何もない」

彼はいった。

「ビジネスだとわりきるんだ」

「――わかったよ」

ソコロフは無言で待っていた。

「どうも日本というのが気に入らない。日本にそんなでかいビジネスチャンスがあると、そのチェチェン人たちは思っていたのか」

「おそらく、ロシア国内では、大量のドルの使用は注目を惹くと考え、日本を選んだの

ではないかと、我々は考えている。日本は、偽ドルにはウブな国だからな。また経済状況が悪化していることもあり、高額の投資を喜ぶ企業も多いと聞いている。たとえあとで偽札だと発覚しても、有価証券などに換えてしまい、それをさらに日本円で売れば、回収は不可能だ。あるいは、日本のマフィアも関係しているかもしれん。キダリシチィキは、チェチェン人のお家芸だからな。連中は、日本のマフィアと組んで、日本国内で盗んだ車をロシアで売りさばいている」

「となると、日本人も処刑しなきゃならん場合がありうるな」

「やむをえん。いずれにしろ、社会にとっては害虫だ」

「すでに換金ずみだったらどうする」

「訊《き》くまでもない。その金を回収してもらう。ネコババは考えないことだ。すれば君たちが日本の警察に追われるよう、我々は仕向ける。日本にはまだ死刑制度が残っている。首吊《つ》りだそうだ。君らがどのような証言をしようと、ロシア政府は一切のかかわりを否定するし、君らが吊るされるのをさまたげる者はいない」

「俺たちが任務の途中で捕えられたら？　ロシア政府は助けてくれるのか」

「君らは外交官ではない。その場合も吊るされることになるだろう。ただし、日本脱出に必要な手段を講じる。任務に忠実である限り、ＳＶＲは見捨てない」

「信用できるものか」

　ミドヴィエーチが吐きだした。

「そう考えるのは当然だ。ならば、裏切りも失敗もしないことだ。一千万ドルの回収は重要な任務だが、君の手術に要した費用や人的な投資をすべて相殺するほどではない。つまり、成功すれば、次の任務が君らを待っている」

「報酬は」

「キプロスに住居を用意してある。加えてＵＳドルで十万ドル」

彼は鼻を鳴らした。

「一千万とり戻して、たったの十万か」

ソコロフの目が鋭くなった。

「これは君らにとって最初の任務だということを忘れないでもらいたい。成功すれば、次の任務での報酬はひきあげられる」

「俺は日本に住みたいといったら、家を用意してくれるか」

ソコロフの口元に笑みがのぞいた。

「まだ一度も足を踏み入れていないのに、それほど君を惹きつける要素があの国にはあるのかね」

「どうなんだ」

「成功してから話しあおう。キプロスの隠れ家がキョウトにかわったとしても、ＳＶＲにとっては、さほどの問題ではない。いずれにせよ君らはこれから、世界中で任務につくことになるのだからな」

彼は頷《うなず》いた。

「いいだろう。その任務をひきうけよう」

ミドヴィエーチを見やった。

「やろう、兄弟」

「〝狼〟がそういうなら」

ミドヴィエーチは肩をすくめた。ソコロフは満足げに頷いた。

「これからの四十八時間で〝狼〟にも日本についての勉強をしてもらう」

「最後にひとつ頼みがある」

彼はいった。ソコロフは彼の目を見た。

「何かね」

「あんたが、あのポーランド人に頼まれて集めさせた日本人の女に関する資料がほしい」

「用意しよう」

驚くそぶりも見せず、ソコロフはいった。

「これから四十八時間、君を特訓する人物は、つい数日前まで日本にいた。彼にいろいろと訊くがいい。彼はその女性にも会っている」

25

「偽札だとも偽札じゃないともいえないそうです。つまりそれほど精巧にできた偽札で、従来の鑑定装置では、はじくことができないのです。これが偽札だと確定すれば、その特徴を鑑定装置に記憶させることで、今後ははじけるようになるというのですが。これまでに発見された偽札に比べても、一級品ということです」

古芳は、アスカとともに、麻薬取締部の永野部長に、科警研から戻ってきた鑑定結果を報告していた。

「これだけの偽札を作りだすには、国家レベルの偽造工場が必要だろうということです。北朝鮮か、それ以上の技術力をもっている国です」

「チェチェンマフィアによる偽造ではないのかね」

「それはわかりません。ですがロシア国内でこれまでに発見され、データが入ってきている偽ドルとは特徴が一致しないそうです。新手のものであることはまちがいない、ということで」

三人は、部長室にいた。精巧な偽ドルという問題がからんできた以上、報告をすべきだと、アスカが主張したのだ。科警研の鑑定結果については、遠からず警視庁の上層部にも報告がいくだろう。二人が情報をかかえこんでいるという印象を与えれば、古芳が

苦しい立場におかれるかもしれない。それを避けるためには、情報の伝達も含め、永野に政治的に動いてもらう他なかった。

　報告を義務づけてきた目黒署の戸根署長に対しては、まだ当たり障りのない報告書しか、古芳はだしていなかった。もし偽札の件を報告すれば、戸根はそれを自らの功績につなげようとするにちがいない。その結果、事件は二人の手からとりあげられ、戸根の指揮する捜査本部のものにされる。

「面倒なことになったな。偽札は、麻薬取締部でも、警視庁の薬対の管轄でもないぞ」

通貨偽造は、警視庁刑事部捜査第三課の管轄だ。しかもそれが日本国内で偽造された可能性が乏しいとなれば、捜査共助課、あるいは国際捜査課へと回される可能性もあった。ただいずれにせよ、捜査本部が設けられるなら目黒署だ。当然、戸根はそれを予期して動くにちがいなかった。

「わかっています。ですがこの事案は、わたしにとっては管轄外ですまされる性格のものではありません」

　アスカはいった。

「わかっている。例のロシア大使館員の話だろう。あの男の正体はわかったのか」

「情報機関の人間だということです。ＫＧＢのあとがまとなった組織の、ＳＶＲという」

　古芳が答えた。永野は首をひねった。

「なぜロシアの情報員が神崎取締官を監視するんだ」

「わかりません。情報を提供してくれたのは、ＣＩＡのブルックですが、公務だとすれば、私の買収目的以外には考えられないといっていました」

「しかしそれだとつじつまが合いません。我々が、チェチェン人の偽ドルについて知る以前に、セミョーノフは貝野をつかって、神崎の部屋にカメラをとりつけさせているのです」

古芳がいった。

「この件に関しては、その後のロシア大使館員の処遇について調べてくれるように、ブルックに頼みました」

「今朝きたメールでは、特に処分が発表された形跡はないそうです。むろん内密に処分された可能性もありますが、もしそうでないなら、あれは公務だったということになります。もちろんわたしには、まったく動機の心当たりはありませんが」

アスカは古芳を見やってから、永野に告げた。永野は無言で考えていた。

「――芦田さんに連絡した方がいいようだな」

二人は永野を見た。永野はいった。

「もし、ロシア大使館員による監視が、君たちのかかえている事案と無関係だとすれば、まったく別の理由が存在することになる。それが何かということだが、神崎取締官がかつてうけた手術と関係している可能性はないだろうか」

「手術と――」

アスカはあっけにとられた。まるで考えたこともなかった。

「そうだ。それが非常に特殊な手術であったことは、芦田さんから私も聞いている。おそらく倫理的な理由も含めて、公式には西側諸国では二度と認められないだろう。しかし一方で、技術的にそれが可能であるということになれば、軍事あるいは政治的に、大きな意味をもってくる。そうした情報を最も欲するとすれば、情報機関だとは考えられないか」

古芳の表情が真剣になった。

「執刀したドクターの名前、何といった？」

「コワルスキー先生。ポーランド人よ。子供の頃、両親がアメリカに亡命してきたの」

「東側にいたことがあるのか」

永野がつぶやいた。

「連絡がつかなくなっているのだろ」

古芳の言葉にアスカは頷いた。

「メールも届かないし」

「アメリカで冷遇され、ロシアにいったということは考えられないか」

「わからない。もしかしたら」

「もしそうだとしたら厄介だぞ。お前の秘密を世界中のスパイが知りたがるかもしれん」

「冗談じゃないわ。モルモットじゃあるまいし。そんなのご免よ。それにＳＶＲの目的

がそうだったとしても、わたしの任務には関係ない」

「わかってる。お前をどこかに閉じこめておとなしくさせておくことなんかできやしないのは」

古芳は苦笑した。

「当然よ。だからその件は話しあっても意味がない。そうではありませんか、部長」

アスカは永野に目を向けた。

「君のいいぶんとしてはわかる。だがもし、そのロシアの情報機関が、君から直接脳移植手術についての情報を得ようとした場合、危険が及ぶ可能性はある」

「わたしにはボディガードがいます」

アスカは平然といった。古芳があわててアスカと永野を見比べた。

「そんな、お前——」

「古芳巡査部長は、今よりもっと危険な状況で、もっと肉体的にも不安定な状態にあったわたしを、『クライン』から守ってくれました」

「君らのあいだにある絶対的な信頼感は理解しているつもりだ」

さすがに永野も苦笑を浮かべた。

「わかった。芦田さんには、私から個人的に連絡をしておこう。偽ドルの件に関しては、どのような形で情報を回せば、最も君らの捜査の支障にならないかを、彼にアドバイスしてもらう。ＳＶＲによる監視の件は、とりあえず新たな情報が入るまでは、ここでと

どめておくことにする」

古芳が頷《うなず》いた。

「そうしていただけると助かります。私と神崎は、ひきつづきチェチェン人の行方を追うことにします」

「そうして下さい。ただし、くれぐれも安全には留意すること。君らの考えが正しければ、チェチェン人と神葉連合の抗争に巻きこまれる可能性が高くなるのだから」

「手綱はひきしめていきますよ」

アスカをふりかえり、古芳はいった。

部長室をでた二人は、麻薬取締部の前庭に止めた覆面パトカーに乗りこんだ。これからの捜査は、仮定のもとに立った上でなければ進められない、という意見で二人は一致していた。大量の捜査員を投入している状況でなら、仮定で動くのは問題外だったろう。本来、警察による捜査とは、すべて時間をさかのぼる作業なのだ。事件発生時をゼロ・アワーとし、捜査員は、関係する人間の動きの、細かなチャートを作っていく。その過程で犯人に関する証言を得たり、被疑者の矛盾する言動をつきとめ、取調へともちこむ。

そのためには、ひとりでも多くの捜査員による、見落としのない情報収集が、最も効率のよい捜査方法となる。一列に並んで、一歩一歩、足もとを確かめて歩いていくようなやり方が、地味で時間がかかるように見えながら、実は解決へと確実に近づく手段な

のだ。

目ぼしい関係者や事件発生時に特定して情報を集める捜査法では、意外な落とし穴にはまる可能性がある。「ニワトリ捜査」と揶揄《やゆ》されるような、このやり方は、一見単純そうな事件に限って、捜査陣の思惑が外れた場合、捜査を長期化させてしまうものなのだ。

捜査のベテランは、事件が単純そうに見えれば見えるほど、むしろ慎重な対応をする。時間をさかのぼる過程の早い段階で見落としてしまった情報ほど、あとになって重大な意味をもつことが多いのを知っているからだ。

だが、事態が流動的で、今後どんな事件に発展するか予断を許さないような、この状況下では、きめ細かな捜査を進めていくゆとりが二人にはなかった。

大量の捜査員なら、確かに目黒署におかれた捜査本部にいる。彼らと組もうとするなら、すべての情報は、戸根に吸いあげられ、戸根の功績につながる形でしかいかされないであろうことは見えていた。戸根は明らかに、アスカと古芳に対し、反感を抱いている。もし情報を総括できる立場に戸根がいたなら、今後発生する事件に対して、責任の追及すら二人にしてくる可能性があった。

捜査本部は捜査本部として、二人はまるで別個の捜査手段をとらざるをえない。二人きりでできるとすれば、強引だが仮定にもとづく捜査しかないのだった。ただしその仮定をあやまれば当然、まったく見込みちがいの捜査となり、得られるものは何もなくな

る。

「どのみち、あたしとあんたは麻薬取締部のメンツのために、起用されたようなものよ。警視庁は、あたしたちに事件の解明ができるなんて思ってやしない。麻取で発生した事件だから、麻取をかませないわけにはいかない。でも捜査本部に組み入れるのは面倒だ、誰かをつけて勝手にやらせておけ、本庁のお偉いさんはそう考えている」

　アスカはいった。

「その誰かってのが俺なんだろ。やりすぎて左遷された――」

「その通り。でもそうなるように、部長と芦田さんが仕向けたのよ。本庁なんてどうだっていいけど、あの二人には応《こた》えてあげないと」

　古芳がアスカを見た。

「お前、恨んでないのか」

「芦田さんを？」

　古芳は頷いた。

「恨んだこともある。こんな状況になったのは、確かに芦田さんの独断のせいだもの。でもあれは、非常時だった。あたしたちは全員、『クライン』と戦争をしていて、しかもそれは勝ち目のない戦いだった。勝てたのは、あの手術があったから。あれから何度か考えたの。もし自分が芦田さんの立場だったらどうしたろうって。死にかけている部下と、死にかけている、『クライン』のボスの愛人、この二人を手術で助ける方法があ

る。ただし、どちらにも諾否を求めることができない。手術をすれば、今までもち得なかったアドバンテージを『クライン』に対してもてるかもしれない。

自分だったら、どうしたろうって」

「で？」

促され、アスカは唇をかんだ。

「わからない。わからないのは、たぶんあたしが本人だから。手術によってうけた苦しみや不安を、誰よりも知っている人間だから。もし本人でなければ、きっと芦田さんと同じ決断をしたと思う」

「いわせてくれ」

静かな声で古芳がいった。

「確かに芦田さんの決断は難しいものだったし、芦田さん自身も、撃たれて命を落としかけた。だが、最も苦しい思いをしたお前の次に苦しかったのは――」

アスカは右手の人さし指を古芳の唇にあてた。

「わかっている。それは仁王、あんただ。しかもその苦しみは、あたしたち二人に限って、まだ終わっていない」

古芳は頷き、アスカが指を離すといった。

「俺はベストをつくす」

「あたしも」

「よし。じゃあ、いこう」

古芳はいって、エンジンを始動した。

26

「サーシャを神葉連合がおさえているかどうかが、ポイントだ。もしおさえているなら、それをテコにして、エミールというチェチェン人をひっぱりだそうとする筈《はず》だ」

神葉連合の事務所が入った六本木のビルの近くに覆面パトカーを止め、古芳はいった。

「高橋さんの話によるとチェチェン人は同胞意識が強い。妹を人質にとられたら、絶対、黙ってないわ」

「その場合、チェチェン人のとる選択肢は二つ。一千万ドルを渡すか、反撃に転じるか」

「もうひとつあるわ。その両方。とりあえず妹をとり返してから、報復する」

アスカはフロントグラスから雑居ビルを見上げ、いった。

「神葉連合だってプロだ。報復されるとわかって解放などするかな。解放するふりをして皆殺し、そう考えるのじゃないか」

古芳の言葉にアスカは頷いた。

「どちらにしても、あたしたちの想像が当たっているのなら、血の雨が降る」

「それを待つか」

「待つのは苦手よ」

「わかった。じゃまずは『パラダイス・ビーチ』にいこう。サーシャの写真を手に入れるんだ」

二人は車を降りた。少し離れた「パラダイス・ビーチ」まで徒歩で向かう。前回とちがい、「パラダイス・ビーチ」は、もう開店していた。ビルの周辺には、割引券を手にした客引きの外国人が立っている。大半は、スーツを着た黒人だった。道をいく男たちに「パラダイス・ビーチ？」と声をかけているが、さすがにカップルのアスカと古芳には近づいてこない。

六階でエレベータを降りると、前にきたときとは比べものにならないほどの音量の音楽に包まれた。

「ウェルカム、サー！『パラダイス・ビーチ』？」

カマーバンドを巻いた黒人の女が叫んだ。アスカのことを覚えていないらしい。クロークカウンターと店内を仕切ったカーテンの向こうから、陽気な叫び声や口笛が聞こえてくる。

古芳が警察手帳を提示した。女は瞬《まばた》きし、表情が消えた。

「お忙しいところを恐れいります。実はこちらで働いていたサーシャというダンサーの方の件でちょっと――」

「ソーリー！　日本語あまり、わかりません」

女は早口でいって、首をふった。アスカは苦笑した。

「あら、前にきたときはぺらぺらだったじゃない？」

女はアスカを見つめた。思いだしたのか、目が広がり、カウンターの下からハンディトーキーをとりだした。早口の英語で話しかける。マイク、お巡りがきてるの、サーシャの件だといってる、どうする？　ボスに連絡する？

待て、とハンディトーキーが答えた。やがて、ピアスをはめた金髪の白人が現われた。アスカにすぐ気づいた。

「今日はサーシャ？　この前はジョーンズといいませんでした？」

日本語でいって微笑んだ。二人の背後でエレベータが開いた。

「ウェルカム、サー！」

女が叫び、物珍しげな視線をアスカに向けながら、スーツ姿の日本人と白人の二人連れが入場料を払い、店内に入っていった。

「両方、捜しているの。でも今日は、サーシャについて訊《き》きたい」

男は手を広げた。

「サーシャ、もういません」

「知っている。お宅は、写真を飾っているだろう」

古芳はいって、クロークの壁に吊《つ》るされた写真パネルを示した。「ジョアンナ」「キリ

ー」「マヤ」などと書かれた、ダンサーたちのきわどいポーズが写っている。

「サーシャの写真、ですか」

　古芳は頷《うなず》いた。

「ないわけはないと思うがね」

「オーケイ、調べてきます」

　店の奥にいきかけ、男はふりかえった。指を立てていう。

「あ一杯、飲んでいきますか？」

「けっこうよ」

　アスカが答えると、肩をすくめた。愛想笑いを消した黒人の女がじっと見つめている。

「新森に連絡をとって、指示を仰ぐだろう」

　アスカの耳もとで古芳はいった。

「もしあたしたちの考えが正しけりゃ、写真は渡さない？」

　アスカも小声でいった。

「それか、ご本尊がでてくるか、だ」

　数分後、マイクが現われた。

「オフィスにきて下さい」

　二人はマイクに連れられて、カーテンの奥に入った。店の二ヵ所に、カウンター型のステージがあり、大音量のサウンドに合わせ、天井とつながったパイプに体をこすりつ

けるように二人のダンサーが踊っている。二人とも白人で全裸だった。ステージの周囲にはグラスを手にした男たちがすずなりだ。

　アスカは鼻を鳴らし、首をふった。

「見るだけで楽しいものなの、男って」

「女とはちょっとちがう」

が、古芳の答だった。

　店をまっすぐよこぎり、二人は「プライベート」と記されたドアの奥へと案内された。分厚いスティールの扉で、防音効果が高い。

　応接セットのおかれた小部屋に入ると、耳を聾《ろう》さんばかりだったサウンドは、BGMなみに低くなった。

「すわって下さい。もうすぐ、ボス、きます」

　マイクはソファを指さした。

「写真は？」

　アスカが訊《たず》ねた。

「ボスが渡します」

　マイクはいって、立ち去った。ほぼ入れちがいに、新森が入ってきた。

「やっぱりあんたらか。もう用はない筈じゃなかったのか」

　新森は、ダークグレイのスーツを着けていた。椅子には目もくれず、立ったまま二人

を見おろした。

「いろいろと状況がかわりましてね。今は、お宅で踊っていたサーシャというダンサーを捜しているんですよ」

古芳がいった。

「だからそれがクビにしたダンサーだ」

「らしいですな。お兄さんの名はエミール」

古芳が答えると、新森の表情がわずかに動いた。

「できればそのエミールさんと話をしたいと思っているんです。サーシャさんなら、こちらに写真もあるだろうし、連絡の方法もご存じだろうと思いましてね」

新森は無言で古芳を見つめた。誰も口を開かなかった。新森が、二人の目的を探ろうとしていることは明らかだ。

「――待っててくれ」

やがて新森がいった。

「写真はある。たぶん携帯電話の番号もわかる筈だ」

「助かります」

新森は小部屋をでていった。アスカは腕時計をのぞいた。午後六時を回ったところだ。

「開店したてにしては、ずいぶん早く新森が現われたわね」

「それだけ警戒してるってことじゃないか」

「チェチェン人に？」

「警察の動きにも」

「なるほどね」

しばらくすると新森が戻ってきた。カラー写真とメモ用紙をもっている。

「これがサーシャ。携帯の番号があった。住んでた部屋は、店がダンサーのために借りた六本木のマンションだった。クビになったので当然でていった。だから今、どこに住んでいるかはわからない」

「どうも」

写真はキャビネ判で、ドレス姿のものだった。スタジオで撮影したような背景だ。金髪で、ややえらの張った顔立ちをしている。胸元のあいたドレスが、曲線美を強調していた。写真には手書きのボールペンで、

「サーシャ、T一六八、B九〇、W六二、H八六」と記されていた。

「ナイスバディだ」

うけとった古芳がつぶやいた。

「踊りはたいしたことがなかった。うちにはいろんな国のダンサーがいるが、ラテンやルーマニアの方がうまい」

「サーシャと個人的に親しかったダンサーはいますか」

「俺にはわからんね。従業員に訊こうか」

「お願いします」

新森は再び小部屋をでていった。

「いちおう、協力的ね」

「サーシャをさらっているとしたら、あるていど協力しなければかえって疑われると考えているのかもしれん」

新森と戻ってきたのはマイクだった。

「サーシャのこと、よく知りません。ジョーンズが親しかったね」

マイクはいった。

「サーシャといっしょに、ジョーンズが紹介したダンサーもいたでしょう」

マイクは耳のうしろをかき、肩をすくめた。

「皆、やめました。サーシャはいつもエミールといっしょ。サーシャの友だちもそう。他のダンサーと仲よくなかったよ」

「やめたダンサーの名前と電話番号を教えてもらえませんか」

マイクは新森を見た。新森が首をふった。

「サーシャに関しちゃ、偶然残っていた。あとのダンサーのは全部、ジョーンズがもっていった。マネージャー気取りで、たぶん他の店に売りこむつもりじゃないかと思う」

アスカは古芳を見た。明らかな嘘だった。いっしょに踊っていた仲間なら、サーシャの現在の状態について情報をもっている。それが警察に伝わるのを恐れているのだ。

「ジョーンズの写真はありますか」

「ダンサーでもない野郎の写真はない」

「電話番号は？　携帯電話くらいはもっていたでしょう」

新森は息を吐いた。スーツの内側から自分の携帯電話をとりだして、記憶させた番号を呼び出した。

「たぶんつながらんとは思うが、な」

いって番号を告げた。古芳が書きとめた。アスカは口を開いた。

「あれからいろいろと考えました――」

「もういいぞ」

新森はマイクに顎《あご》をしゃくった。マイクは無言で部屋をでていった。扉が開閉する一瞬だけ、室内が音楽で満たされる。

「何だ」

新森はアスカを見すえた。どこかいらだったような表情だった。ぴりぴりした感情を悟られまいと、おさえこんでいるようだ。

「ジョーンズもサーシャも、実は同じところにいるのではないかと」

「どこだ」

「おたくの保護下さ」

古芳がいった。新森が向き直った。

「なぜ」

「チェチェン人がもちこんだ金は、十万ドルぽっちじゃなかった、という情報がある」

口調をかえていた。

「それで？」

「エミールが残りの金を握っている。神葉連合としては、ジョーンズのネタをもとにそれをいただこうと考えた」

「いいがかりにしか聞こえんな」

「確かに想像にすぎない。第一、血が熱いので知られているチェチェン人が、妹を人質にとられて黙ってる筈《はず》はない。もしお宅がカチこみをうければ、俺たちの想像が当たっていたことになる」

新森は薄笑いを浮かべた。

「カチこみだって？　おもしれえな。そんなことがあれば、俺もちっとは退屈しのぎになるのだがな」

笑みを消した。

「帰ってもらおうか。営業妨害とまではいわねえが、お宅らがうろつくと、他の客が嫌がるんでね。うちはまっとうにやってるんだ。麻布署だって、文句のつけようがないくらいにな」

古芳はアスカを見やった。

「確かにいくらここに張りついても、ジョーンズやサーシャは見つからないだろうな」

「エミールがくれば別よ。ただしそのときは、誰も無事じゃすまない。この前会ったとき話したでしょう。エミールたちはすでに中国人を四人殺している疑いがある」

新森は大きく首をふった。

「知らんといったろう。そんなことをいうなら、カチこみがあってからいってもらいたいね」

「あおる気はないが、チェチェン人を甘く見ない方がいいぞ」

新森は手をふった。

「帰れ」

にべもない口調だった。アスカは古芳に頷《うなず》いてみせ、立ちあがった。

「パラダイス・ビーチ」を二人はでた。小部屋にいるあいだに、客の数は倍にふくれあがっていた。

「どうする？　閉店後か開店前にきて、ダンサーのひとりひとりに話を訊《き》く？」

六本木の路上に立つと、アスカはいった。

「新森が口止めをさせるだろうな。それに出稼ぎできている外国人は誰もトラブルにはかかわりたがらんだろう」

アスカは「パラダイス・ビーチ」の入った建物をふりかえった。

「カチこみをくらって、あいつが吠《ほ》え面をかくところを見たくなってきた」

「そうなりゃ姿をくらます。とりあえずサーシャの写真を使って、訊きこみに回ろう」

古芳は答えた。

六本木では、ドアボーイ、あるいはポーター、客引きとして、路上で見るだけでも数十人の、白人、黒人の外国人が働いている。アスカと古芳は、そうした働いている外国人を対象に訊きこみをおこなった。

予想はしていたが、結果は、はかばかしいものではなかった。大半の外国人が警察手帳を見ると、日本語がわからないといい、アスカの英語の問いと写真に首をふった。中に、三人、知っていると答えた者がいて、ひとりが「パラダイス・ビーチ」の名をあげ、あとの二人はまったくちがう別人だった。二人ともホステスで、ひとりはアメリカ人、ひとりはギリシャ人だ。それを確認するために、アスカと古芳は、銀座と新宿にも足をのばす羽目になった。

移動の途中、二人は何度も、ジョーンズとサーシャの携帯電話を呼びだした。ジョーンズの電話は電源が切られ、サーシャのは、呼びだしをつづけるものの、応答がなかった。

27

「私の名はセミョーノフ、ロシア人。君はカレイスキー系かね?」

彼が会った〝教官〟は、四十代のひどく気どった感じの男だ。

「そうだ」

「名前は？」

「ハン」

彼は答えた。

「ハンね。日本にいったことは？」セミョーノフは首を傾けた。

彼は首をふった。セミョーノフはにやりと笑った。

「楽しみだな。日本は金さえあれば、非常に幸福な思いのできる国だ」

「どこでも同じだ。このロシアでも」

「そうではない」

セミョーノフは首をふった。

「日本が、おそらくはアメリカを含め、あらゆる国とちがう面がひとつあるとすれば、すべての人間に、情報が公平にいき渡っているということだ。政府に隠しごとが皆無だとはいわないが、公開されていないのは、ノウハウをもたなければ、得ても何の価値もない情報ばかりだ。日本人は総じて、あまり冒険を好まず、秩序と日々の暮らしの充足に幸福を感じる者が多い。私のいう情報とは、まさにそれをさす。他の国では、金と特権は不可分で、金だけをもっていても、それを楽しみに結びつけるには、情報を得る特権が必要だ。早い話、君がひと晩千ドルの娼婦《しょうふ》を買おうと思っても、モスクワにきたば

かりだったら、どこに連絡をつけてよいかわからない。下手に街の若者に話をすれば、その夜のうちに強盗に襲われるのがオチだ。だが日本では最初の夜にそれが可能だ。犯罪者は犯罪者なりに正直だ。特に市民との接点に立つ者は。彼らは、女やドラッグを買う市民を、大切な客と考えている。立派な資本主義だろう？　暴利をむさぼらず、適正な価格で娯楽は供される。ただし、犯罪者どうしの関係となるとそうはいかない。日本には、かつては『ボル・ブ・ザコーネ』にも似た、上位の犯罪者に対する敬意が、日本人の犯罪組織ヤクザのあいだに深く浸透していた。だが経済力の衰えと外国人の進出が、そうした規律を弱める傾向にある。ヤクザにあっても、より多くの収益をもたらす人間が上位につき、規律のみを重んじる古い体質は、排斥される。またヤクザは抗争を好まない。彼らは古くから日本の司法機関と共存してきた歴史があり、幹部の全員と主だった構成員の、住居・家族をすべて警察などに把握されている。したがって組織がからんだ犯罪行為である抗争は、そうした幹部を刑務所へと送りこむ結果になる。

　ヤクザは、警察に逆らわない。このことはよく覚えておくといい。警察とヤクザが銃撃戦をおこなうこともないし、手配されたヤクザは、大半が自ら出頭する。それが刑期をあるていど短くもするし、逃走が長びけば、結局、所属する組織に警察による圧力がかかることを恐れてもいるからだ」

「奇妙な奴らだな」

「確かに。だがヤクザの結束力と情報収集力は、決して侮ってはならない」

「戦闘能力はどうなんだ」

「低いとはいえない。だが日本は五十年以上、戦争を経験していない。したがって生命を重んじる意識が、ロシア人や中国人に比べても強い。戦闘に強いとはすなわち、犠牲者の数の拡大を恐れない意識のあらわれだ。その点では、警察官とヤクザは似ている。結束力、情報収集力はあっても、死者が日常的な戦闘には慣れていない」

「話を聞くと、日本ではいくらでも好きなことができそうだな」

　セミョーノフは顎をひき、彼をまじまじと見た。

「ハン、君は犯罪のプロフェッショナルのようだ。ならば忠告をしておこう。確かに君がロシアで培った戦闘能力は、一時的に日本における犯罪で大きな成果をもたらすかもしれない。だが、それは長期にわたってではない。日本人が秩序を好むという話はした筈だ。戦闘的で強引なやり方は、短期における成果はあげても、長期的には、犯罪世界、司法機関、あらゆる側からの包囲をうけ、破滅をもたらす。日本における犯罪の極意は、『ヒット・アンド・アウェイ』、これにつきる。稼ぐだけ稼ぎ、やるべき仕事を終えたら、長居はしないことだ。たとえ君から見ればいくら戦闘能力の低い相手であろうと、何百、何千という数でこられたら勝ち目はない」

「蹴《け》散らせないというのか」

「そうではない。いくところがないのだ。ヤクザが司法機関と共存してきたのは、何といっても国土の小ささがある。どれほど組織力をもとうと、あの小さな島国では、警察

の情報収集網から逃れることができない。人口は多いが、あの国に限っていえば、人口の多さが、司法機関やヤクザの情報収集力につながっている。人口の多さをカモフラージュに使うのは、外国人には難しい」

「外国人は少ないのか」

「少ない、といってよいだろう。多民族国家では決してない。日本において最も多い外国人は、君と同じカレイスキー系だ」

「ロシアと同じくらい、いるのか」

「ロシアは五十万人だが日本ではその二倍以上が生活している。ただし彼らの大半は完《かん》璧《ぺき》な日本語を操るし、外見でそうと判断するのは不可能だ」

「つまり俺も黙っていればわからない、と？」

「洋服のセンスを日本人に合わせれば可能だろう。日本人はアメリカナイズされた服装を好むので、参考にしたまえ」

「アメリカね」

「かつてアメリカ人に限らず外国人は、日本における特権階級だったが、今ではその地位は急速に落ちている。だが、現在でも、白人は特別扱いをされる。日本人の多くに、アメリカに戦争で負けたことによるトラウマがあり、それが微妙な白人優位主義をもたらしている」

「俺のような外見では駄目か」

「アジア人に対してはむしろ差別感情をもつ人間がいる。そういう者は、アメリカ人、特に白人と自分を同化する、奇妙な傾向がある」

ミドヴィエーチと行動を共にするのは、マイナス面ばかりではなさそうだ。

「英語さえ喋《しゃべ》れるなら、白人はアメリカ人を自称した方が、生活面では優遇されるだろう」

「あんたにどうしても訊いておきたいことがある」

セミョーノフの表情が変化した。予期していたようだ。

「アスカのことかね」

「そうだ。あんたは会ったと聞いた」

セミョーノフは嬉《うれ》しげな顔になった。

「彼女は私を逮捕した。拳銃《けんじゅう》をつきつけて」

「逮捕だと？」

「偶然だ、あくまでも。カンザキ・アスカの私生活に関する情報収集の過程で小さな齟《そ》齬《ご》が生じた。彼女は麻薬犯罪を捜査する国家機関に所属しており、その点では身辺の安全に神経を尖《とが》らせている。たまたま、私がしかけさせたビデオカメラの回収と彼女の帰宅がぶつかってしまった」

「ビデオテープがあるのか!?」

「いや、ない」

セミョーノフは首をふった。嘘だ、と彼は思った。ある、きっとある筈《はず》だ。

「いったように、逮捕され、収録ずみのビデオテープはすべて押収されてしまったからだ」

「そのときあんたは初めて会ったのか」

「直接言葉を交わしたのは初めてだが、行動記録は少しとっていた。彼女が現在の職場に採用されて四年になる。うち一年間、アメリカのFBIに留学している。現在の年齢はもうすぐ三十歳。それ以前の経歴はすべて不明だ」

「四年、生きているわけだ。自分よりももっと劣悪な肉体状況下で手術をうけ、N《ニューロ》T F《トロフィック・ファクター》の摂取もせず、四年間を生きのびた。

気づくとセミョーノフが興味深げに彼の表情を観察していた。

この男は知っているのだろうか。アスカと自分との共通点を。アスカと彼だけが、この世に存在する脳移植手術からの生還者だという事実を。彼は訝《いぶか》った。だがそれを言葉で問うのはやめた。

「あんたの印象を話してくれ」

彼はいった。

「アスカの?」

彼は頷《うなず》いた。セミョーノフはこころもち首を傾け、指を額にあてた。もったいぶっているのだ。彼が喉《のど》から手のでるほど、アスカについて知りたいと願っているのをわかっ

ていて、もったいぶっている。

「彼女の生活様式には、矛盾が内包されている。簡単にいえば、しなやかでありながら禁欲的だ、ということだ」

「なぜそう感じた」

ここはセミョーノフのルールでゲームを進める他ない。彼はいらだちを抑え、訊《たず》ねた。

セミョーノフはにっこりと笑った。彼の〝妥協〟を感じとったのだ。そしてまるでほうびのように、仕立てのよいジャケットから写真をとりだした。全部で四枚ある。

「見たまえ」

望遠レンズで撮影したスナップだった。昼間、街頭を歩く姿が二枚、夜間、紺の大きな上着を着て移動している姿が一枚、どこかのレストランで男と向かいあって食事をしているものが一枚だ。

「この二枚は、通常の職務を遂行しているときのもの。夜間の一枚は、彼女の職場である麻薬取締機関の施設内で撮影された。体に合わない、大きな上着をつけている。この下は全裸だ。私はこれをプロのカメラマンから買いとった」

彼はセミョーノフの顔を見た。

「カメラマンは、日本の出版社と契約していた。彼女の職場で大きな事件があり、彼女の同僚が一名死亡し、一名重傷を負った。そのときのものだ」

「どんな事件だったんだ」

「女のテロリストが建物内に侵入し、職員を人質にとった。そのテロリストが、外部との交渉相手に指名したのが、カンザキ・アスカだった。テロリストは、アスカに全裸で行動することを要求し、アスカはそれに応じた」

「テロリストの目的は？」

セミョーノフは首をふった。

「不明だ。直後、警察官に射殺されたからだ。射殺した警察官がこの男だ」

最後の一枚で、アスカがレストランで向かいあっている男を、セミョーノフが指さした。

「フルヨシ、という名だ。アスカとフルヨシは、その事件以降も、二人で行動を共にすることが多い。仕事上のパートナーであると同時に、それ以上の関係も、この親密なようすからうかがえる」

盗み撮りなので、フルヨシの顔のはっきりとした造作まではわからない。だが大柄で、どちらかというと表情に乏しそうな顔つきをしている。対するアスカは、熱っぽい表情で話しかけている。

予想もしなかった熱い感情がこみあげ、不意に制御できなくなった。彼は目をみひらき、写真に見入った。

殺したい。フルヨシを、この手で殴り殺したい。

彼は拳《こぶし》を握りしめた。なぜそう感じるのかがわからない。怒り、憎しみともちがう。

とにかく、フルョシの生存を許さない、もうひとりの自分がいる。その感情があまりに熱く激しいので、息をすることすら忘れた。

「どうした？　顔色が悪い」

セミョーノフに目を移した。視線をうけとめたセミョーノフの瞳《ひとみ》に動揺が浮かんだ。

彼は深呼吸した。あえて二人の写った写真を遠ざけた。

「二人は、性的関係にあるのか」

わずかに語尾が震えた。

「それは確認できていない。日本では、非婚状態にある男女の性的関係は、ごく一般的だ。職場であろうと、学校であろうと。性交開始年齢は、トウキョウなどでは著しく低下している。もし君にその趣味があるなら、十三、四歳の娼婦《しょうふ》を買うことも可能だ。しかも驚くべきことに彼女らは、犯罪組織の管理をうけているわけではなく、自らの意思で売春をおこなっている。それも生活のためでなく」

セミョーノフは笑顔になった。

「好きなのか、そういう娼婦が」

彼は訊ねた。ひどくしわがれた声だった。

「嫌いではない」

恥じる表情すら見せず、セミョーノフが答えた。次の瞬間、彼の体が反応していた。さっと右手がのび、セミョーノフの喉をつかんだ。有無をいわさず、ひき寄せる。セミ

ョーノフの目が驚きに広がった。

「子供とするのがそんなに好きか」

彼ではない、もうひとりが訊ねた。

「離せ……」

セミョーノフが喘《あえ》いだ。彼の左手が動いた。セミョーノフの右頬に四本の指をあてがい、親指が右の眼球に近づいた。

「この目が見たんだな」

「やめろ！」

セミョーノフが叫んだ。だが呼吸を止められ、囁《ささや》くほどの大きさでしかなかった。

親指がセミョーノフの瞼《まぶた》にかかった。指先の記憶がよみがえった。柔らかな皮膚をつき破り、眼窩《がんか》に指がつき刺さっていく感触だった。眼球が弾け、ぬるぬるとした体液と血が迸《ほとばし》る。

次の瞬間、左手をひき戻した。

ガタッという音がした。右手の力も抜け、セミョーノフが自由になったのだ。椅子から立ち上がり、恐怖と驚愕《きょうがく》の表情で彼を見おろした。その右目は無事だった。記憶通りに左手が動く直前、彼はコントロールをとり戻したのだ。

「講義は終わりだ！」

セミョーノフが叫んだ。そして彼から目を離すことなく、あとじさりして部屋をでて

いった。

28

「VTRを見たかね、コワルスキー先生」

ソコロフは訊ねた。SVRの建物の奥深くにある、彼の執務室だった。秘書官以外、たとえSVR長官の将軍ですら、無許可で立ち入ることはない。コワルスキーがロシアにやってきて、ホテルから最初に足を踏み入れたロシア政府の建物がここだ。この部屋で二人は、念入りな計画を組みあげた。何千万ルーブルという金をつかい、人命を費やして、SVRに必要なプロフェッショナルを生みだす計画だ。

「見た。非常に興味深い行動だった。ハンは明らかに、自己制御を失っていた。最終的にはとり戻したのだが」

ハンが入るあらゆる部屋に、監視カメラはしかけられていた。ハンは情報活動のプロではない。カメラの存在を感知できないのは、ハンの責任ではないと、ソコロフは考えている。

「初めてだ、ハンがあのような行動をとったのは。博士はどう分析する？」

ソコロフは質問をつづけた。セミョーノフの強硬な抗議をたった今、副長官の秘書が伝えてきたばかりだ。セミョーノフの〝病気〟を、KGB時代から、ソコロフは把握し

ていた。珍しい病気ではない。少女との性行為を好む人間は、どこにでもいる。

「引き金は、少女性交の話題だが、それ以前に彼は精神的なバランスを欠いていた。アスカのパートナーの写真を提示されたときだ」

コワルスキーは答えた。

「その理由は？」

「嫉妬《しっと》だろう。アスカに対する執着は、すでにレポートで指摘した通りだが、具体的にその対象となる存在を見せつけられ、動揺したのだと思う」

「なるほど」

ソコロフは頷いた。この医師の外科的な技術については疑いがない。だがそれ以外の能力に関して、まったくの信頼を、ソコロフはもたなかった。

「少女性交が引き金となった原因は？」

ソコロフの問いに、コワルスキーは顔を曇らせた。

「おそらくは、ワーニャの問題だろう。九歳のときに死別した妹だ」

ソコロフが予想した答だった。

「興味深い報告書がある」

ソコロフは、イルクーツクからとりよせた、民警の古い犯罪報告書をとりだした。

「イルクーツクで、カレイスキー系マフィアがひき起こしたとみられる暴力事件の捜査報告だ。軍隊を除隊後、アレクサンドル・ハンは、一年半、イルクーツクで過している。

そのときマフィアのメンバーになり、暴力事件にかかわった。彼の所属するグループは当時、アゼルバイジャン系のマフィアと対立しており、武力抗争もしばしば発生した。一九九六年四月、二名のアゼルバイジャン人がイルクーツクの中央広場で走行中の車から撃たれ死亡した。うち一名は、病院を退院したばかりだった。ひと月ほど前、酒場の喧嘩《けんか》で眼球を抉《えぐ》りだされたのだ。目撃者の話によれば、やったのは、中肉中背のカレイスキーだったという。モスクワでも同様の記録が二件ある。アレクサンドル・ハンは、喧嘩相手の顔に両手をかけ、親指をつかって眼球を抉りだすのを得意としていた。これも博士のいう、小脳の記憶かね？」

　コワルスキーはとまどったような表情を浮かべた。

「おそらくは」

「だがハンのこれまでの戦闘訓練では、そうした記憶の復活は報告されていない」

「それはハンが自分を制御していたからだろう。眼球に対する攻撃は、訓練で駆使するには危険すぎる」

「とも、考えられる。博士は、ハンの肉体にハンの記憶はあっても、ハンの精神はない、そう主張しておられるからな」

「手術は成功したのだ。アレクサンドル・ハンの記憶は存在しない」

　コワルスキーはいった。きっぱりとした自信にあふれた口調だった。アメリカで生活を経験すると皆、こうなる、ソコロフは皮肉な気持で思った。

相手に絶対、こちらのミスを悟られるな、というわけだ。弱みを見せてはならない。ビジネスの基本、ということか。

「イルクーツクの民警には、ひどく仕事熱心な捜査官がいた。彼は、中央広場で射殺されたアゼルバイジャン人の怪我に興味をもち、過去、似たような傷害事件が周辺で起こっていないかを調査したのだ。アゼルバイジャン人の目を潰《つぶ》した犯人が、射殺犯だと考えたわけだ」

コワルスキーは無言だった。

「その結果、我々にとっては非常に興味深い記録が見つかった。残念ながら当時の彼には、何の役にも立たないものではあったが」

「何かね？」

「アレクサンドル・ハンが育った街、ジマで、数名の男性が夜間、正体不明の犯人に両目を潰される事件が起きていた。被害者に共通点はない。工員であったり、鉄道の保線区員であったりした。彼らは、ジマのある特定の場所を訪れた帰り、夜道をうしろから近づいてきた人間に襲われたと訴えた。三名が失明し、犯人はつかまらなかった」

「時期は？」

「一九八八年」

「ならばハンは軍隊にいた」

「その通り、入隊して七年後だ」

「ハンが犯人ではない、ということだな」

「ともいいきれない。軍隊には記録がある。この事件が発生したのは七月だが、当時、アレクサンドル・ハンは、イルクーツクに近い、陸軍の秘密施設で訓練をうけていた」

　コワルスキーは首を傾げた。

「理由は何だ？」

「ハンが男たちを襲った理由かね？」

「そうだ。入隊の二年後にハンの妹はすでに死亡している。死亡の理由は不明だが、もしその男たちが妹を殺した犯人だというなら、両目を潰すだけというのは軽すぎる。ハンの軍隊記録を見る限り、一九八八年には、相当の訓練をうけ、また実戦の経験もあった筈《はず》だ」

「確かに」

「したがってハンは犯人ではない」

「その男たちが、ハンの妹の殺害犯だとは、私も思わない。だが、ハンの妹と無関係であったともいいきれないのだ」

　ソコロフは告げた。

「ハンの妹を殺した犯人でないとしたら、なぜ目を潰されなければならなかったのだ？ハンが犯人だと、大佐はいいたいのだろう」

ソコロフは頷《うなず》いた。

「彼ら三名を襲ったのは、ハンにまちがいないと私は考えている。問題はその動機だ」

「妹の復讐《ふくしゅう》でないとすれば、何なのかね」

「それについて、彼らが襲われたときの状況を見てみよう」

ソコロフは民警の報告書を開いた。書いたのは、ニキーシンという伍長《ごちょう》だった。一九八八年当時、五十一歳だから、もう退役している筈だ。

「三名はいずれも、ジマの北東の外れにある、使われなくなった縫製工場の寮を訪ねた帰りだった。この縫製工場は、一九五〇年代に作られ、七八年まで稼働していた。最盛期、この寮には、二百名の女子工員が暮らしていた」

コワルスキーは首を傾げた。

「閉鎖されてから十年もたっている寮に、いったい何の意味があるのだ」

「ここでは、あるビジネスがおこなわれていた。それは工場が閉鎖される以前に始まり、閉鎖後もつづけられた」

「わからない。私はその頃は、アメリカにいたのだ」

「アメリカにもあるビジネスだ。ごくありふれている。女と男がいれば、必ず成立するビジネスのことさ、博士」

ようやくコワルスキーは理解したようだった。

「売春か」

「一九七〇年代は、女子工員たちによる自発的なビジネスだった。工場の閉鎖後、残った工員と町の人間がそれをうけついだ。縫製工場跡は、売春窟《くつ》だったのだ」

「それとハンの間にどういう関係がある」

「ハンの妹の死亡に関して、詳しい状況がわかっていないという報告をあなたには渡してあった。だがもうひとつ、あなたに知らせていなかったことがある。一九九〇年に入ってから、ジマの治安担当官が内務省に逮捕された。彼の容疑は、収賄だった。担当区域内で売春がおこなわれていたにもかかわらず、それを見逃していたというものだ、賄《わい》賂《ろ》をうけとって。ハンの妹が死亡し、そのときの状況が記録に残っていないのも、その担当官が操作した疑いがある。かりに担当官がハンの妹の死の原因に関する記録を抹消したのだとすれば、その理由は何であったと思うかね、博士」

　コワルスキーは興味を惹《ひ》かれた表情でソコロフを見返した。

「ハンの妹が、売春婦であったと……？」

　ソコロフは頷いた。

「死亡時、彼女は十八歳だった。十八歳の売春婦が存在し、それを見逃していたことが発覚すれば、当然、治安担当官の立場は危うくなる。そこで治安担当官は彼女の死を犯罪とは無関係であったかのごとく処理したのだ」

「ハンの妹は、じゃあ誰に殺されたのだ」

「三人を襲ったのがハンだと仮定しよう。すると襲った理由は何か。もし彼らがハンの

妹を殺害した犯人ならば、あなたのいうように、彼らはハンによって殺されていたろう。とするとなぜだ？」

「——客だった」

コワルスキーは硬い表情になっていった。ようやくソコロフのいわんとすることがわかってきたのだ。

「私も同意見だ、博士。これら三人の男は、縫製工場跡でつづけられていた売春窟の常連客で、ハンの妹もまた彼らの相手をしていたのだ。ハンはそれを許すことができず、彼らの目を潰した」

コワルスキーはソコロフの目を見つめた。

「『この目が見たんだな』と、ハンはセミョーノフに攻撃行動をしかける直前、いっている」

「そう。とすると、ハンの妹を殺したのは誰で、その動機が何であったか、博士にも理解できるだろう」

「何ということだ……」

コワルスキーはつぶやいた。

「手術の対象となった者両方が、妹に関するトラウマを抱えていたのか」

「しかもそのうち一名は、自らの手で妹を殺している」

ソコロフは告げた。

「アレクサンドル・ハンは、妹が、同じ町の男たちに体を開くのが我慢ならなかった。そこで軍隊から一時帰宅したとき、妹を殺害した。動機は妹に対する過剰な愛だ。それを証明しているのが、妹の客たちに対する傷害事件であり、少女性交の話題を引き金としてひき起こされた、セミョーノフへの攻撃行動だ。これでも博士は、アレクサンドル・ハンの心が、もうこの世には存在していないといい張るのかね」

コワルスキーは弱々しく首をふった。

「記憶は存在していない、理論的には。あるとすればそれは肉体の記憶だけだ」

「では肉体が記憶していたというのか。少女性交を好む男たちへの憎悪を」

コワルスキーは小さな声でいった。

「憎悪の記憶がハンの肉体を動かした。そう考えることしかできない」

ソコロフは椅子にもたれかかった。コワルスキーは呆然《ぼうぜん》とした表情を浮かべている。まるで自信満々で提出した試験を、目前で落第させられた生徒のようだ。

ソコロフはデスクにおかれたケースから葉巻をとりだした。ハンたちに与えた品よりもひと回り細い。

時間をかけ、火をつけた。

コワルスキーが目をあげた。

「ハンは危険だ」

「私もその意見には賛成だ」

「彼を日本に送りだすことは、予測不能の事態をひき起こす危険がある。なぜならあの国には、ハンが妹と同化させている、カンザキ・アスカがいる」

　ソコロフは頷いた。

「あなたにとってはもうひとりの患者だ」

「計画を中止しよう」

　ソコロフは首をふった。

「それはできない。脳移植は、今後我々の活動に対して、はかり知れない可能性をもたらす技術だ。ハンの行動から得られる情報をＳＶＲは非常に重要視している。脳移植の実践はこれからもつづけられるだろう。そのためには、ハンのフィールド・データが必要なのだ」

「だがハンは、アスカに危害を加えるかもしれない」

　ソコロフは答えなかった。コワルスキーはいった。

「私を日本にいかせてくれ」

「博士、あなたもカンザキ・アスカに対しては並々ならぬ執着をおもちのようだな」

　思い通りの形になりつつある。ソコロフは笑みをかみ殺しながら告げた。

「私は彼女のその後を見届けていない。それは医学者としては、あまりに無責任な行動だ」

　嘘をつくな、と罵《ののし》ってやりたいのをソコロフはこらえた。お前は、自分が作りだした

オモチャが別のオモチャを壊すのが恐ろしいだけなのだ。つまりそれだけ、できの悪いオモチャを作る腕しかもっていなかったことが証明された。

　脳移植手術の一部始終は、ＳＶＲの手で撮影、記録されている。やがては、コワルスキーより腕のいいロシア人脳外科医にうけつがれることになるだろう。

「あなたを日本に向かわせる問題については、私も前向きな協力を惜しまないつもりだ」

　ソコロフはいった。

「ただしそれには絶対守ってもらわなければならない条件が二つある」

「何だ」

「カンザキ・アスカに関して知り得たデータをすべて提供すること」

「わかった。もうひとつは？」

「ハンの手術に関する情報は、誰にも洩《も》らさないことだ」

「もちろんだ。そんなことしたら、私は、世界中の司法機関に追いかけ回されてしまう」

「カンザキ・アスカに対しても秘密を守ると誓えるかね」

　コワルスキーは頷いた。

「誓う。誰にも秘密は洩らさない」

「よかろう」

　ソコロフはいった。

「ハンと前後する形で、あなたには日本へ渡ってもらう。日本での行動の一切は、ＳＶ

Rの管理下におかれる」

　計画通りだった。セミョーノフが果たせなかった情報収集を、この医師がひきつぐことになる。脳移植の技術は、旧ソビエト連邦諸国に対して失いつつある、ロシア政府の影響力を復活させる可能性を秘めていた。そのためには、あらゆる情報の必要性をソコロフは感じていたのだ。

「――頼みがある」

　コワルスキーが小さな声でいった。

「何だ、博士」

「日本では、ハンとは別行動をとらせてくれないか」

「むろんだとも。あなたとハンが、日本国内で行動を共にすることはありえない。それぞれの任務の性格がまるでちがうのだからな」

　ソコロフは笑顔を作った。

「だが私たちの間には接点がある」

　コワルスキーは不安げにいった。

「カンザキ・アスカかね」

　コワルスキーは頷《うなず》いた。ソコロフは身をのりだした。秘密めかした小声になった。

「そのときは、有効な解決策をこうじるとしよう」

「どんな？」

「今はいえない」

ソコロフは首をふった。日本とロシア極東部の間には、人間や物資を秘密裡《り》に輸送するルートが、マフィアによって確立されている。それを使うことで解決策になる筈《はず》だ。

カンザキ・アスカの四年間の生存に対し、並々ならぬ興味を抱いているのは、何もハンやコワルスキーだけではない。だがそのことはまだ、ソコロフの胸のうちに深くしまっておくべき秘密だった。

29

アスカと古芳が「パラダイス・ビーチ」を訪ねた翌日、その事件は発生した。

午後三時過ぎ、開店前の「パラダイス・ビーチ」を何者かが襲った。出勤していたのは、ダンサーを除くスタッフの一部だけだった。犯人は店内にガソリンをまき、しかし火はつけずにひきあげた。抵抗した従業員が一名、射殺された。マイクという名でアスカたちが知っていた白人だった。

午後五時二十分、現場検証に立ちあって、アスカと古芳は、神葉連合の六本木事務所に向かった。事務所の前にはすでに麻布警察の竹田が張りこんでいた。

「よう仁王、姐《ねえ》さん」

二人に気づくと、竹田は乗っていた覆面パトカーを降りてきた。上着の下に防弾ベス

トを着こみ、拳銃《けんじゅう》を腰に差している。

「どうやらあんたたちの勘が当たったようだな。地取りじゃ、『パラダイス・ビーチ』にカチこんだのは、白人の四人組だったそうだ。マスクをしてサングラスをかけていたが、東洋人じゃないことはまちがいなかったと」

「エミールね」

アスカは古芳をふりかえった。

「新森は？」

古芳が訊《たず》ねると竹田は首をふった。

「行方不明だ。組はつかんでるのだろうが、俺たちには教えやがらない。あんたらがかなり追いこみをかけていたのだろう」

「追いこみだなんて。新森はずっとシラを切っていました」

「こんなことがあったんじゃ切り通せない。だから潜ったのさ。だが営業中でなくてよかった。営業中で、しかも火をつけたひには、被害がどれだけでたかわからない」

険しい表情になって竹田はいった。

「サーシャという踊り子がこの店にはいました。チェチェン人で、たぶんジョーンズといっしょに、神葉連合におさえられているのだと思います。サーシャの兄が、ジョーンズに揺頭丸の取引をもちかけたんです」

アスカはいった。

「すると人質か？」

「たぶん。ガソリンだけをまいて火をつけなかったのは警告だと思います。ジョーンズとサーシャを渡せという」

竹田は舌打ちした。

「だとすりゃ、新森のでかたしだいじゃ本物の戦争になるな」

「新森の行先に心当たりはありませんか」

竹田は顎《あご》の先をかいた。

「あいつの女が西麻布で喫茶店をやっている……」

「そこはいきました。しかし修羅場になるかもしれないのに寄りつきはしないでしょう」

「そうだな」

「ジョーンズとサーシャを監禁できる場所です」

竹田はあたりに目を向けた。

「木を隠すなら森の中、だ。六本木なら、いくらでも人間を閉じこめておける場所がある。バブルの後遺症で塩漬けのビル、借り手のつかねえ飲食店、隣は何する人ぞのマンション」

「あるていど襲撃に備えられるような構造の建物で――」

竹田は考えていたが、顔をあげた。

「ひとつあった」

「どこです？」

「神葉連合がフロントにやらせていたカジノバーだ。何年か前に中国人とトラブって店を閉めた。俺たちが踏みこもうとしていた矢先だった。けっこうでかい銭が動いていて、手入れに備えて、監視カメラだ何だを、すえつけていたらしい。トラブったときに怪我人がでて、現検にいった奴の話じゃ、あれじゃ踏みこむのに三十分は最低かかったろうってことだった。負けがこんだ中国人が暴れて、用心棒に片耳、切り落とされたのさ」

「場所は？」

「俺が案内する」

アスカは古芳と顔を見合わせた。竹田の性分では、くるなといってもくるだろう。

「じゃ、こっちの車に乗って下さい」

古芳がいった。

「すぐに踏みこむわけじゃないだろう」

竹田の問いに頷く。

「まずようすを見て、そこにサーシャなりジョーンズがいるようなら、その身柄を先に確保します」

アスカはいった。

「よし、じゃいこう」

竹田は二人の覆面パトカーに乗りこんだ。行先は六本木三丁目、ちょうど六本木交差

点と飯倉片町《いいぐらかたまち》、首都高速谷町《たにまち》ジャンクションで作られる三角形の中心に近い一角だった。表通りからはひっこんでいるため、寺やマンションが多く、ぽつぽつとしか飲食店は存在しない。

「こんなところにお墓があるのね」

アスカがつぶやいた場所で、竹田は車を止めさせた。

「墓の先の有料駐車場、その向かいにビルがあるだろう。入口がこっちからと、反対の坂の上からの二ヵ所に分かれている。このあたりは傾斜地だから、向こうの正面出入口が、こっちからは二階にあたる。店はその上、三階にあった。手入れが正面からきたら裏へ逃せる。あのビル全体が神葉連合のものだ。もう築二十年はたとうかって代物さ」

「意外に人通りが少ないな」

古芳がいった。

「ああ。このあたりは六本木でも古い店が多い。つまり、客は十二時過ぎの深夜が中心になる。もともと六本木なんてのは、そういう盛り場だったんだ。銀座、赤坂がはねてからの遊び場さ。夕方から客が集まるようになったのは、バブルからこっちだ」

問題のビルも含め、小さな三、四階建てのビルが何軒か並ぶ一帯は、ネオンの灯も点《とも》っておらず、人気《ひとけ》がない。細い道をはさんだ反対側が広い駐車場と墓地になっている。

「さて、どうするか」

竹田は運転席から二人をふりかえっていった。

「当然、新森はチェチェン人のカチこみに神経を尖《とが》らせている。もし中にいるとすりゃ、警察に見つかっちゃマズい得物も用意しているだろう。まさか俺らに対してそれを使うとは思えないが、この人数で正面からいったんじゃ面倒なことになるかもしれん」

　アスカは古芳と顔を見合わせた。

「俺たちの目的は新森をパクることじゃない。ジョーンズがもっているチェチェン人の情報だ」

「それと新森が知らないかもしれないことがひとつある」

　アスカはいった。

「チェチェン人がもっている一千万ドルが偽札だという情報。それを切り札にすれば、新森がジョーンズをほうりだす可能性はあるわ」

「だが俺たちがのこのこでかけていっても、新森はでてきはしないだろう。奴と話をするのすら難しいぞ」

　竹田は首をふった。

「あたしがひとりでいく」

　アスカはいった。竹田は目をむいた。

「何だと。相手はやくざ者だぞ。しかも縄張りにカチこみをうけて殺気だってる」

「だからこそ女ひとりの方が、話しやすいかもしれない、そう思いませんか」

　竹田はあきれたように古芳を見た。

「このお姐さんはよほど度胸があるのか、それとも現場を知らんのか」

「どちらでもありません。ただ時間をかけて新森を説得する余裕はないんです」

アスカは答えた。

「なぜだ。あんたたちの捜査案件は、目黒署に帳場が立っているのだろ。そっちから応援を呼べば、新森だって折れるかもしれん」

「そっちとこっちは別なんです」

古芳がいった。

「俺たちは、本庁が組織した捜査本部とは別で動いています」

竹田は瞬《まばた》きした。

「ずいぶんややこしいな、おい」

「その通りです。だから正規の手つづきを踏めば、あなたにも迷惑がかかります。本当は場所だけを聞いて、二人だけでくるつもりだったんです」

竹田は息を吐いた。

「そういわれて、はいそうですかと俺もひきあげるわけにはいかない。わかった、そのお姐《ねえ》さんのやり方でやってみよう。銃はもっているのか」

「ええ」

古芳は竹田に告げた。

「万一に備え、俺と竹田さんは、二つある出入口を分かれて固める。アスカが危ないこ

とになったら助けに入る」

「アスカだと――」

竹田は目を丸くした。

「このお姐さんの名はアスカというのか」

「神崎アスカです」

「驚いたな。似ているのはクソ度胸や喋《しゃべ》り方だけじゃなく、名前もか」

アスカは竹田を見つめた。今この瞬間にも竹田に真実を告げたい衝動にかられていた。もし話せば、竹田は驚愕《きょうがく》するだろうが、アスカに全面的な協力を約束してくれるにちがいない。しかし一方で、警視庁の最高機密を知るという重荷を背負わせてしまう。そしてそのことが竹田にとってプラスに働くとは断言できないのだ。むしろ竹田の望む、静かな退官を遠ざけてしまうかもしれない。

「偶然です。俺も知ったときには驚きました」

言葉少なに古芳がいった。まじまじとその顔を、竹田は見つめた。

「河野の一件についちゃ、あんたにもいろいろあったと聞いた。具体的なことまでは知らないが、ずいぶんしんどかったのじゃないか？」

「終わったことです。今の俺の相棒は彼女だ。河野と同じくらいやれると思っています」

竹田は目を細めた。古芳は急いでいった。

「誤解しないでください。確かに彼女と河野はまるで見てくれはちがう。だが俺は見て

くれでどうこう判断はしない。中身の話なんです」

せいいっぱいの真実。そう思ったとき、アスカは不意に涙がこぼれそうになった。あわてて顔をそむけた。

「よし」

竹田がいった。

「姐さん、携帯を、俺か仁王の電話のどちらかにつないでおいてくれ。そしてそのでかいおっぱいの間にはさんでおくんだ。即席の盗聴マイクだ。ヤバくなったらあんたが叫ぶ。俺と仁王がとびこむ。それでいこう」

「わかりました」

アスカは短く答えて頷《うなず》いた。竹田は頷き返した。

「実際、あんたがどこまでやれるかは知らんが、胆っ玉の太さだけは信じるよ」

古芳が裏側に、竹田が正面入口に張りこむことになった。アスカは竹田といっしょに表に回った。携帯電話を古芳の電話と通話中にし、ブラジャーの、胸の谷間に上下逆でさしこんだ。

「聞こえる？」

「聞こえる」

イヤフォンマイクを耳にさしこんだ古芳は頷いた。

「何か合言葉を決めよう」

竹田がいった。

「助けてってわけにもいかないだろう」

「ガリャチイ」

アスカはいった。

「ロシア語で〝熱い〟って意味だって、高橋さんが教えてくれました」

古芳は頷いた。

「了解。『ガリャチイ』が聞こえたらとびこむ。その前に三回クラクションを鳴らす」

「オーケイ」

竹田もいった。古芳はビルの向かいの駐車場に止めた覆面パトカーの中で待機し、竹田はビルの反対側、二階の正面入口近くのカフェテリアで待つことになった。ビルをはさんでいるが、直線では百メートルと離れていない。クラクションの音は聞こえる筈《はず》だ。

古芳と別れ、アスカは竹田とともにビルの正面へと回った。ドーム型の細長いエントランスがあって、監視カメラがすえつけられているのが、外からでも見てとれる。

「あれと同じカメラが裏口にもある。正面は扉が二重になっていて、入口の自動扉の奥にスティールの扉がある。インターフォンが自動扉のこちら側にあって、カジノバーのときは、そのインターフォンで客の身許《みもと》をチェックしていたらしい」

竹田が小声で説明した。ビルの表側の並びには、小さなバーやカフェテラス、焼鳥屋

などが数軒ある。ビルには何の看板もでておらず、一見すると貸し事務所かワンルームマンションのようだ。

「じゃ、あとで」

アスカはいって、ビルの入口へ歩みだした。エントランスのガラス壁は、いかにもそのビルが使われていないように、ほこりで曇っていた。空き缶や吸いガラなども、あたりには散乱している。

エントランスに入ると同時に、小型の監視カメラの視界に入る仕組だ。アスカはまっすぐにエントランスを進み、正面の自動扉の前に立った。自動扉はぴくりとも動かない。かたわらに旧式のインターフォンがある。そのボタンを押した。

ピンポーンという音が聞こえた。返事はない。もう一度押し、待った。

返事はない。だが立ち去らず、監視カメラを見上げて待ちつづけた。

そのまま三分近くが経過した。

「――はい」

男の声がインターフォンから聞こえた。アスカは身分証をとりだし、カメラに向かって掲げて見せた。

「厚生労働省麻薬取締部の者です。こちらにいらっしゃる新森さんに会いにきました」

「誰だって？」

「とぼけないで下さい。新森さんと話があるんです。ここを開けてもらえなければ、警

視庁麻布署と連絡をとり、捜索令状を用意してきます」

「何いってんだ、あんた」

　アスカは首をふった。

「じゃ、新森さんに伝えて。一千万ドルは偽札だって知っているのかって」

　インターフォンは沈黙した。そのまま、また数分が経過した。

　不意に自動扉が作動した。左右に開き、アスカは中に入った。自動扉の奥は、窓がなく左右に観葉植物の大きな鉢が並べられた通路だった。大半が枯れている。観葉植物の鉢は、一度に多くの人間が侵入するのを防ぐためにおかれているのだろう。

　正面にノブも何もないスティールの扉があった。そこにも監視カメラがすえつけられている。アスカは扉めがけて進んだ。

　扉は、アスカが前に立って十秒ほどすると、中から開かれた。坊主頭にスポーツウエアを着けた大男が立っていた。眉毛《まゆげ》がなく、かわりに刺青《いれずみ》が入っている。プロレスラーのような体つきだ。

「もう一回、身分証見せてくれや」

　男はいった。ひどい濁《だ》み声で、インターフォンにでた男とはちがっている。

　アスカはさしだした。うけとった男はじろじろと見比べた。

「べっぴんさんだな、おい。こんなべっぴんさんが麻薬Gメンにおったのかい」

「仲よくなりたい？」

アスカは訊《たず》ねた。男はにやりと分厚い唇をほころばせた。

「いいねえ」

「だったらしゃぶでももってらっしゃい。つきっきりでいじめてあげるわよ」

「しゃぶは姐さんに射ってやるよ。よがり泣きするぜ」

男はのしかかるように立ちはだかった。

「試してみる？　十年はぶちこむけど」

「ここでか？　俺をパクるってか？　姐さんが？」

男はげたげたと笑った。

「いいねえ、パクってくれよ」

アスカは拳銃《けんじゅう》をひき抜き、男の眉間《みけん》に押しあてた。男の笑みが凍りついた。

「両手を頭のうしろに回して、ひざまずきなさい。望み通りにしてあげる」

「――いい加減にしろ」

男の背後から声がした。新森だった。アスカは拳銃をさげた。

「どきなさい。邪魔なの」

男は目をむいた。今にもつかみかかろうとする。

「上野《うえの》！」

背後から新森が声を浴びせ、不承ぶしょうといった恰好《かっこう》で退いた。新森が姿を現わした。男と同じようなスポーツウエアを着けている。

「誰からここのことを聞いた」

「会員制のスポーツジムがあるって？」

「ふざけるな。あんた、自分の立場がわかってねえようだな」

新森は声を荒らげた。アスカは首をふった。

「威《おど》しても無駄よ。それよりあたしの予言通り、カチこみがあったわね。日頃の運動不足が解消できて満足？」

「チャカ一挺《ちょう》でずいぶん強気だな、おい。いくら麻取だって、俺たちが黙ってると思ったら大まちがいだぜ」

「凄《すご》む相手をまちがえているのじゃないの。ここのことは、とっくに知れ渡っているわよ。いつチェチェン人が押しかけてきても不思議じゃないわ」

新森の表情がかわった。

「何だと。本当か」

「嘘よ。知ってるのは、あたしとあたしの相棒くらいのものよ」

「あのでかぶつか。どこにいる？」

「その辺にいるのじゃない。口下手だから、あたしひとりがきたの」

新森は首をふった。

「あきれた女だな……」

アスカがいるのはスティール扉の外だった。

「中に入っていい？　さっさと話をすませて帰りたいのよ」

新森は頷いた。

内部は、待合室のようながらんとした部屋だった。使われていないバーカウンターがあり、応接セットが何組かおかれている。奥にカーテンで仕切られた通路があり、上下階へとつながる階段の踊り場へとつづいていた。

「すわれや」

新森は顎《あご》をしゃくった。新森と刺青眉の大男しかそこにはいない。アスカがソファのひとつに腰をおろすと、大男が背後に立った。

「そこにいるなら、あたしもこれをしまえない。どうする？」

アスカは拳銃を示していった。新森は再び顎をしゃくった。大男が横に移動した。アスカは拳銃を腰に戻した。カビくさい臭いが鼻をつき、ソファには湿りけがあった。

「偽札がどうとかいってたが、どういうことだ」

新森はアスカの向かいにすわり、煙草をとりだしていった。大男がさっとライターの火をさしだす。

「その通りのことよ。チェチェン人がもっている一千万ドルは、精巧にできているけど、すべて偽札だわ。使えば、あなたたちも手がうしろに回る」

「証拠はあるのか？」

「科学警察研究所が鑑定を下した。つかまった林漢桃が一枚だけ、百ドル札を所持して

いたの。ジョーンズからうけとったものよ。聞いていなかった?」

　新森は床に灰を落とした。

「何が望みなんだ」

「ジョーンズとサーシャの身柄《ガラ》よ。今渡せば、そっちに大きな傷はつかない。ぐずぐずしていたら、チェチェン人と警察の両方が、あなたたちに襲いかかってくる」

「警察は偽ドルのことを知っているのだろう」

「ええ。でもあなたがここにジョーンズとサーシャを閉じこめていることは知らない」

　新森は首を傾げた。

「じゃなんであんたとあのでかぶつがここにきたんだ?」

「いろいろと深い理由があるの。あたしたちの狙いはチェチェン人よ。神葉連合を相手にことを荒だてる気はないわ」

　新森は目を上げてアスカを見た。

「つまり、あんたと相棒がここにいることは、警察は知らないってわけだな」

「だから?」

「あんたら二人を始末しちまえば、ジョーンズとサーシャが俺たちの手もとにいることは、誰にもわからんという寸法だ」

「するの——」

　いいかけたとき、大男の太い腕がアスカにのびた。アスカは気配を感じ、とっさに前

に跳んだ。テーブルの上をこえ、新森にのしかかる。腰から拳銃をつかみだした。一瞬遅れて大男の手がアスカの襟首のうしろにかかった。のけぞった新森の胸に右膝《ひざ》をのせ、銃口を新森の左目に押しあてた。

「やってみる？」

大男の動きが止まった。新森は右目だけをみひらき、アスカを見上げた。

「――俺を殺《や》ったら、あんた絶対、生きてここをでられないぞ」

呻《うめ》くように新森はいった。

「そうね。でもあなたたちも皆殺しよ。あたしの相棒は、並みの刑事《デカ》じゃない。〝仁王〟って呼ばれているの」

「おおい！」

大男が声をあげた。階段を駆けのぼってくる複数の足音が聞こえた。ざっと六、七人はいる。

アスカと新森は、銃を手にした神葉連合の組員たちに囲まれた。

新森は右目を動かした。

「どうする？」

「それはこっちの質問よ。あたしが死ぬ前にあんたは死ぬ。そしてあたしが死んだら、ここにいる全員が死ぬ。クズ同様の偽札のために」

新森の右目を見つめ、アスカは告げた。背中に汗が吹きでているのを感じた。だが不

思議に恐怖はなかった。むしろ気持が澄み渡り、ひどく朗らかな気分にすらなっている。

新森がごくり、と喉《のど》仏を動かした。

「そんなに奴は強えのかい」

「強いわよ。『クライン』をひとりで全滅させたくらいだから」

新森は右目をしばたいた。

「その話は聞いたことがあるな。クビになったのじゃねえのか、その刑事は」

「ならなかった。だからあたしといるの。組んでくれる人がいないのよ、警視庁には」

新森は確かめるようにアスカの目を見返した。

「離れろ！　このガキ」

大男が吠《ほ》えた。アスカは聞こえなかったかのように、新森と見つめあった。

新森の口もとがゆるんだ。ふっと笑みを浮かべた。

「べっぴんてのは得だな。恐い顔してても、憎たらしくは見えねえ」

アスカは答えなかった。

「上野――」

「はっ」

「上から二人、連れてこいや」

「はっ」

大男がその場を離れた。

「ジョーンズは偽札の件を知っているのか」

「もちろん」

「てことは、俺たちをペテンにかけたわけだな」

「チェチェン人が恐かったのね。ひとりじゃだし抜けない。彼らは〝ガリャチイ〟って呼ばれているの。わかる？　熱いって意味よ」

「ふーん。ところで俺も胸が苦しくなってきた。こんなべっぴんにのっかられるのは悪い気分じゃないけどよ、そろそろ降りてくれねえか」

「じゃこの連中をひっこめてくれる？」

「そいつは俺にはできねえな。俺がチャカつきつけられてんのに、のこのこひっこんだら、全員エンコ飛ばさなきゃなんない」

「だったらもう少し我慢して」

　足音がした。

「連れてきました――。それと、正面のモニターに竹田が映ってます。麻布署の竹田です――」

「なに？」

　アスカはその瞬間、新森の頭をまたぎこえた。新森のすわったソファのうしろに回り、しゃがんで銃口をこめかみにつきつけた。

「忘れてた。相棒の他にもうひとりいる。竹田さんよ」

「わかった。竹田とは長いつきあいだ。奴とことはかまえたくない。お前ら、とりあえずチャカしまっとけ――」

新森は命じた。

「竹田入れますか」

大男が訊《たず》ねた。背後に白人の男女の姿があった。

「待たせとけ」

「すごい権幕ですぜ。開けねえとぶち破るって」

「令状がねえんだ。そんなことできるかい。それより裏口どうなってる」

「おい、誰かモニター見てこい」

上野が命じ、ひとりが走った。数分後、建物全体が揺れるような震動が伝わった。

「何だ――」

全員が下り階段をふりかえった。走ったチンピラの体を盾に古芳がゆっくりと上ってきた。ドアを蹴《け》破ったせいだろう。木クズやほこりを全身にかぶっている。

「何だ、手前!?」

大男が叫んだ。古芳は半ば失神しているチンピラの襟を左手でつかみ、右手に拳銃《けんじゅう》を握っていた。

「――信じられん。あの裏口をぶち破ってきやがったのか……」

新森がつぶやいた。

古芳は踊り場に立つと、チンピラの体をほうりだした。チンピラはくたくたとその場に崩れた。全員が再び拳銃をとりだした。

「やめろ！」

新森がいった。

「あんたの勝ちだ、姐《ねえ》さん。上野、竹田を入れてやれ」

「はっ」

やがて竹田が入ってきた。その場を見ると、あっけにとられたように口を開いた。

「――なんてこったい」

「ざまあねえよ。おい、竹田さんよ、麻薬Gメンてのも、すげえ女がいるな」

新森はいった。アスカは銃をおろし、ソファの陰から立ちあがった。

「俺もびっくりしっぱなしよ。ところでこの二人かい、問題のロシア人は」

竹田は組員たちの背後で立ちすくんでいる白人の男女を見た。新森が頷《うなず》いた。

「連れていかせてもいいんだがな、一箇だけ確認したいことがある。おい、ジョーンズ」

「はい」

甲高い声で白人の男が応じた。プリント地のシャツにジーンズの上下を着けている。自分の運命が不安らしく、目だけを激しく動かしていた。

「手前、例の金が偽札だって話、なんで黙ってた？」

「嘘、何、それ。わたし知らないよ！」

「林が吐いたわ」

アスカはジョーンズを見つめ、告げた。

「あなた、誰？」

「麻薬取締官」

ジョーンズはくるりと身をひるがえした。階段に向け走りかけ、改めてそこにいる古芳に気づいた。ふりむいて叫んだ。

「話ちがうよ、新森さん。助けてくれるっていった――」

「そりゃあロシア人、じゃなかった、チェチェン人からだろうが。お前が麻取に追っかけられてるなんて話、こっちは聞いてなかったんだよ」

アスカは立ちすくみ、なりゆきを見守っている白人の女を見た。

「あなたがサーシャね」

女はアスカを見返した。警戒しているのか、返事はしない。

「どうなんだ!?　ジョーンズ！」

新森が背中を起こし、怒鳴った。

「わからないよ。そんな話聞いたような気もするけど、見てないのだから」

新森ががっくりとソファにもたれかかった。

「――竹田さんよ」

「何だ」

「こいつら預けたら、チャラにしてくれるかい」

竹田は考えていた。

「これで若い者もっていかれたんじゃ、うちは踏んだり蹴ったりだ」

「どうするね」

竹田はアスカを見た。

「あたしはかまいません。二人の身柄《ガラ》さえおさえられれば」

竹田は小さく頷き、新森を見た。

「チャカは何挺《ちょう》かだしてもらおうか。じゃなきゃ、俺はただ働きってことになっちまう」

新森は大きなため息を吐いた。

「しゃあねえな。これで俺もエンコとおさらばだ」

「チェチェン人と戦争するよりはましだったのじゃない。『パラダイス・ビーチ』が焼けたら、指どころじゃすまなかったろうし」

アスカはいった。

「ふざけた真似してくれたぜ」

アスカは新森の前に回った。

「エミールたちの居場所を知っているの？」

「知ってりゃ、こんなところに閉じこもっちゃいない。とっくに埋めてる」

「何か連絡はあったのか」

竹田が訊ねた。新森は顎《あご》をしゃくった。

「妹を返せ、といってきた。話し合おうじゃねえかといったら、また電話するといって切りやがった。そのあと、あの騒ぎだ」

「つまり交渉に応じる気はないということね」

「奴らはころころと居場所をかえてる。ふだんはばらばらで行動していて、あらかじめ決めた時間に決めておいた場所に集まっているんだ。ひとりでもつかまえりゃ、それを吐かすことができるんだがな――」

「その仕事は警察に任せるんだな」

「奴から電話がかかってきたらそういうぜ」

「それがいい。そうすりゃ、お前らにもこれ以上被害がでない」

古芳が初めて口を開いた。

「ジョーンズとサーシャを預かるわよ」

「わたしいかないよ」

サーシャが片言の日本語でいった。アスカはゆっくり首をふった。

「そうはいかないの。あたしたちは、あなたのお兄さんに用がある」

「知らない。エミール、どこにいるか、知らないね」

サーシャは首をふった。

「それはゆっくり聞くわ」

アスカは答えた。

30

ジョーンズとサーシャを連れだした三人は、麻布警察署に向かった。サーシャの事情聴取を竹田に任せ、アスカと古芳は、ジョーンズを取調べることにした。とりあえずの容疑は、「揺頭丸」の売買にかかわった、麻薬及び向精神薬取締法違反だ。

ジョーンズは最初、シラを切った。林漢桃とは会ったこともない、といい、自分はサーシャと同じく神葉連合に誘拐されあそこにいたのだといい張った。

「つまり、あなたは日本の法律にはいっさい触れていない、そういいたいのね」

アスカは取調室の向かいにすわるジョーンズにそう訊ねた。

「もちろんよ。わたし何も知らない、何もしていない。ただのマネージャー。サーシャのマネージャー。新森さん、サーシャのお兄さんに用あった。わたし、サーシャといたから、さらわれただけ」

答え、煙草をほしい、と古芳にねだった。

「なるほど。それじゃあんたもずいぶん迷惑をしたな」

古芳は煙草をジョーンズに渡しながらいった。

「それならあんたの話をもとに、警察は神葉連合をつかまえることができる。そうだ

ろ？」

ジョーンズはとまどったような顔になった。アスカは古芳に合わせた。

「そうね、誘拐、監禁、銃刀法違反、凶器準備集合、ざっと十五年は、新森を刑務所においておける」

「待ってよ、それ、わたしのせいか」

ジョーンズはあわてたようにいった。アスカは当然といった表情で頷いた。

「もちろんよ。だってあなたは何ひとつ悪いことをしていない。それなら裁判で証言できるでしょう。警察はとてもあなたに感謝すると思うわ。無関係だってことは、林の裁判でも証言してもらわなけりゃ」

「わたし、どうなる？」

「どうにもならない。自由の身よ。そうね今夜ひと晩はつきあってもらうけれど、明日はここをでていける。ただし裁判が終わるまでは、居場所を警察に教えておかなければいけない」

「わたし殺されるよ」

ジョーンズはいった。

「誰に？」

ジョーンズは一瞬口ごもり、

「新森さん」

と答えた。

「大丈夫だ。警察がしっかり神葉連合を見張るから」

古芳がいった。

「ねえ」

アスカも頷いてみせた。ジョーンズは顔色を失っていた。

「じゃあ、これで終わりね。久しぶりに家に帰れそう」

アスカは立ちあがった。

「待って、待って！」

ジョーンズがいった。

「何？　面倒くさい話ならけっこうよ」

「ちがうよ。エミール、悪い奴。あなたたちつかまえるの、助ける」

ジョーンズは必死の表情でいった。

「どうやって？　居場所がわからないのでしょう。大変よ」

ジョーンズは考えていた。釈放は、ジョーンズにとって死を意味する。チェチェン人からの報復はまちがいない。

「何かエミールを恐がる理由でもあるのか」

古芳は訊《たず》ねた。

「ないよ、でもエミールはわたしを誤解している。チェチェン人、怒ると恐いね」

「それは聞いたことがある。でも誤解なのでしょう。それなら会ってちゃんと話せば、わかりあえるのじゃない？」

「会ったら私、本当に殺される！」

ジョーンズは叫んだ。アスカと古芳は顔を見合わせた。二人とも無言になってジョーンズを見つめた。ジョーンズは怯《おび》えた目を動かし、アスカと古芳を交互に見返した。しばらく誰も口を開かなかった。古芳が新しい煙草を一本、ジョーンズに勧めた。

「――じゃあそろそろ本当の話をしようか」

古芳はいった。

「まず本名から教えてもらおう」

ジョーンズはせわしなく煙草を吹かした。瞬《まばた》きが激しくなった。

「ドミトリ。ドミトリ・ダビドキン」

「ロシア人か」

頷《うなず》いた。アスカは訊ねた。

「年齢と職業を。ロシアにいたときは何をしていたの」

「四十一。パートタイムで、政府の仕事をしていたよ」

「政府の仕事？」

ジョーンズことドミトリ・ダビドキンは唇をなめた。

「ハバロフスク、ウラジオストック、ナホトカで軍隊の情報を集め、モスクワに知らせ

る」

「モスクワのどこに」

「ルビヤンカ？　わかる？　刑務所のあったところ。ＫＧＢの本部」

「ＫＧＢのスパイだったというの？」

「パートタイム。本物じゃないよ」

　そういって、ダビドキンは話し始めた。

　ナホトカやウラジオストックといった極東沿岸地域には、ロシア海軍の基地がおかれている。だが中央であるモスクワからは遠く、司令部の監視の目がいき届かない。結果、汚職や軍事物資の横流しが横行していた。ＫＧＢはそれらの実情を把握するため、地元出身のロシア人を、パートタイムのインフォーマー《情報提供者》としてリクルートすることがあった。ダビドキンもそうしたひとりで、ハバロフスク近郊で生まれ、ウラジオストックの海軍ドックで働いていたところを、ＫＧＢに買収されたのだ。もともと遊び好きのダビドキンは、地元の不良グループとつきあいがあり、小遣い稼ぎに塗装で使う有機溶剤の横流しなどをしていた。それを地元マフィアに送りこまれたＫＧＢに握られ、情報提供者に仕立てあげられたのだった。

「逆らえなかったよ。軍の刑務所から十年はでられなくしてやる。そう威《おど》されたから」

「なるほど。でもＫＧＢはなくなったのでしょう」

「そう。九一年のクーデターに失敗して、解体された。私、自由の身になった。ＫＧＢ

の仕事して、マフィアにいっぱい友だちできた。だけど誰も、私のこと知らなかったね。日本にいくの、そのとき決めた。ウラジオストック、日本のヤクザいっぱいきた。北領会の山崎《やまざき》さんに誘われた。ウラジオストックと北海道、もっともっとビジネス大きくなるから、儲《もう》かるぞって」

北領会の名は、神葉連合の系列に属する北海道の暴力団として、道警の高橋から聞いていた。

「日本語はその頃から勉強したのね」

ダビドキンは頷いた。

「稚内、ウラジオストック、すごく近いね。私、ひと月に二十往復したことあるよ。船員手帳あれば、パスポートいらない。ウラジオストックで船員手帳買うの、五千円だった」

「それがなぜ東京まで流れてきた」

「北海道のビジネス、山崎さんのいうほど儲からない。お金みんな、ヤクザがもっていくよ。カニとピストルもってきて、車もって帰る。車はみんな盗んだもの。儲かるのは、盗んだ人たちばかりです。やっぱりビッグビジネスは東京」

「エミールたちと知りあったのは稚内？　それともウラジオストック？」

「ウラジオストック。ウラジオストック、組がいっぱいありました。カレイスキーとチェチェンが強いね。エミール、カレイスキーのボスと仲悪くなって、日本にきました」

「仲が悪くなったということは、抗争したということか」

古芳が訊ねた。ダビドキンは首をふった。

「ちがいます。カレイスキーの彼女とった。元兵隊で、すごくきれいで強かった。でもクレイジーなところがあったね。エミールと恋人になって、元の彼氏にいじめられて、その彼氏、殺した」

「その女が？」

ダビドキンは頷いた。

「彼女、ウラジオストックにいられなくなった。エミール、だから彼女連れて日本にきた」

「その彼女の名前は？」

「エレナ。でも本当かどうか知らない」

アスカはもち歩いている資料の中からハナコの遺体写真をとりだした。

「この人？」

「そう。新森さんから話を聞いたとき、エレナだと思った。エレナ、死ぬの恐くないといつもいっていた。どきどきするのが大好き。スリル、大好き」

アスカは古芳を見た。ようやくハナコの正体にいきあたった。

「一千万ドルの話を聞かせて」

「エミール、初め、エレナを連れてチェチェンにいった。でもチェチェンは今とても貧

しいよ。ビジネスチャンス難しい。スパイいっぱい、いる。誰とビジネスの話していいかもわからない。それでグルジアにいった。グルジアのトビリシで、エレナが昔の友だちに会った。軍隊のときの友だちだった。その友だちが一千万ドル運んできた。軍隊やめて、SVRの仕事していた。SVR、知ってますか？」

二人は無言で頷いた。アスカのアパートに監視カメラをしかけたロシアの情報機関の存在が、ついにつながった。

「今のKGBでしょ」

「そう。二人は、エレナの昔の友だちを殺してお金をとったね。それからチェチェンに逃げたけど、お金の話が広まって危なくなり、モスクワいった。でもモスクワでもお金使えない。SVRが追っかけているから。それで今度はハバロフスクにいって、日本にきた。日本にきて、エミールが私に連絡してきた。お金洗いたい、どうするか」

「なぜアメリカにいこうとしなかったの？　ドルならアメリカの方が使いやすいでしょう？」

「アメリカにもチェチェンたくさんいる。でも今、アメリカの政府、チェチェンに厳しい。警戒しているよ。アメリカいったら、FBIが恐い。日本が一番大丈夫。日本人まだ、ロシア人とチェチェン人の区別つかないから」

古芳が息を吐いた。

「つまり日本の警察がなめられていた、ということだな」

「今、日本の警察、中国人には厳しいね。中国人のことガイジンと思ってないから。でも白人はガイジン、ガイジンは、お巡りさん苦手。ちがいますか？」

「英語を喋るガイジンに化ければ安全だ、そう思っているのね」

ダビドキンは肩をすくめた。

「アメリカ人のこと、日本人、大切にしている。白人なら、アメリカ人になれるでしょう？」

「エミールに林との取引をもちかけたのは、お前だな」

古芳がいうと、ダビドキンは急に無口になった。

「黙っても無駄よ。林は吐いたわ。十万ドルで『揺頭丸』、つまりＭＤＭＡを買いつける話をとりもったのは、あんただと」

ダビドキンは首をふった。

「私はいった。エミールをだますのはよくない。チェチェン人はガリャチイよ。怒ると大変ね。でも、林は甘く見ていたね。日本でのビジネス、中国人の方が慣れてる、そういって」

「林は一千万ドルを横どりするつもりだったんだな」

「それどころか、十万ドルのときも、偽のＭＤＭＡ、流したよ。だからエミールが怒ったね。林を必ず、殺すといったよ、私も恐かった」

「それで神葉連合に泣きついた。ただし偽札だということは内緒にして」

アスカはいった。ダビドキンはため息をついた。

「もう、いくところないよ、私。新森さん怒らせてしまった。エミールも怒ってる。新森さん、サーシャをさらったから」

「サーシャはずっとエミールと行動を共にしていたの？」

「ハバロフスクでいっしょになった。日本でお金洗ったら、大金持になる、ずっとエミールはそういっていた」

「今、エミールのいる場所に心当たりはない？」

「前は、荒川区のアパートにいた。でも今はわからない」

「エミールの本名は何というの？」

「エミール・スレイマーク」

「仲間は何人？」

ダビドキンは宙を見つめた。

「ニコライ、カリーナ、ユーリ、アンドレ、ワシリ、ビクトル……六人」

「全部で七人ということか」

「そう。ウラジオストックでグループだったチェチェン人。エミールがお金をもっている限り、ずっといっしょ。離れないよ。ニコライとカリーナは兄弟で、エミールの従弟《いとこ》だし」

古芳が頷《うなず》き、アスカに目配せをした。二人は取調室をでた。

「カードがそろったって感じがしない？」

アスカはいった。

「確かにそうなんだが、もうひとつしっくりこない」

古芳は煙草をくわえ、答えた。

「何が気に入らないの？」

「SVRの動きだ。一千万ドルをかっぱらわれて頭にくるのはわかる。だがそれでお前を見張るのは、いくらなんでも早すぎないか？」

「確かにね。あたしを見張るくらいなら、神葉連合やダビドキンの動きに目を光らせてた方が早く、エミールにたどりつけた筈《はず》だわ」

「だろう。といって、ダビドキンが嘘をつく理由はない。奴は一千万ドルの強奪には関与していないのだからな」

「大使館を通して照会してみる？　そちらで一千万ドルの偽札を盗まれた事件がなかったかって」

古芳は口をへの字に曲げた。

「ついこの前、国外退去がでていて、しかも盗まれたのが偽ドルだなんて、ロシア政府が認めるわけがない。第一、相手は情報機関だ。ナシのつぶてどころか、下手をすると政治家を使って妙な工作をしかけてくる可能性すらある」

政府与党には、ロシアと縁の深い国会議員が何人もいる。天然ガスや貿易の利権から

みで、場合によっては警察庁や厚生労働省に圧力をかけてくるかもしれなかった。政治家にしてみれば、偽ドルや向精神薬の取引など、とるに足らない問題だ。

「そうなったらブルにいって、ワシントンから圧力をかけ返させる？　でも駄目ね。そんなことになったら、政治駆け引きの材料にされて、捜査現場はめちゃくちゃだわ」

「目黒の署長の思うツボだ。奴は、議員センセイに覚えめでたくなりたくて、大喜びで尻尾《しっぽ》をふるぜ。とにかくこいつは、簡単には報告をあげられない」

「奴はどうするの？」

アスカは取調室のドアを目でさした。

「新森を起訴しないとなると、ダビドキンの容疑は微罪よ。林がエミールに売ったMDMAが偽ものなら、ほとんど起訴にはもちこめない」

「といって釈放すれば、まっ先にエミールに消されるだろう」

「泳がせて囮《おとり》にする？」

「奴が納得するかな」

「でもこのままでも釈放は時間の問題だわ」

二人が話しあっていた廊下に面した、別の取調室のドアが開いた。通訳官とともに竹田が姿を現わした。

「どうでした？　エミールの居どころについて何か情報はありましたか」

アスカが訊《たず》ねると、むっつりとした表情で竹田は首をふった。

「駄目だ。兄貴をかばっている。ウラジオストックにいたのが、ハバロフスクに呼びだされ、そこから日本にきた、といっているだけだ。芸能ビザもとっているし、あの子自体は、何の容疑もかけられん。釈放《だ》すしかない」

「こっちはだいぶ吐きましたがね、エミールに関しちゃ何も……」

「たぶん、兄貴との連絡手段はもっていて、自由にすれば、迎えにこさせるとは思うがな。ただし見張りをつけたらこんだろう」

当然、エミールは自分が警察に追われていることを感知している。日本国外に脱出しないでいるのは、サーシャの身を案じているからに他ならない。サーシャが自由になれば、国外での合流を約束した上で、ひと足先に脱出される危険すらあった。偽ドルとはいえ、一千万ドルの現金をもっているのだ。どのような手でも使える。林以外の中国人グループや別の暴力団に脱出ルートを確保させることだって可能だ。

そう考え、アスカは、はっとした。確かに白人であるという外見はこの国では有利だが、別の側面では不利に働く部分もある。ダビドキンとちがい、日本にきて日が浅く、それほど事情にも強くないとなれば、当然、誰かの支援をうけない限り、身を潜めつづけるのは難しい。その上、武器の調達もおこなっているのだから、報酬とひきかえにエミールたちの世話をしている人間が存在する筈だ。

「どうした」

アスカの表情の変化に古芳が気づいた。アスカはくるりと踵《きびす》を返し、ダビドキンのい

る取調室に戻った。

「エミールたちの世話をしているのは誰？」

「世話？」

ダビドキンはぽかんと口を開けた。

「エミールは、あなたとちがい、日本にきて日が浅い。日本のやくざとのコネもなかった。でも、神葉連合のやっている店にガソリンをまいたりしているのだから、誰か手助けしている人間がいる筈よ。日本人か、あなたのように日本語の話せる外人で」

ダビドキンは首を傾げた。

「そんな人知らない……」

「一千万ドルをもっているのよ。その金めあての人間がいくらでも寄ってくるわ」

「お前が林との取引を仲立ちしたとき、他に関わった人間はいなかったのか」

古芳が訊ねた。

「いたよ。林は、私の知りあいの知りあい」

「知りあいというのは？」

「イラン人。モハムドという。富山県で、自動車を売っている。ときどき東京にくるね」

「今どこにいるの」

「わからない。でも電話番号ならわかるよ」

ダビドキンはすらすらと番号を暗誦《あんしょう》してみせた。二人はメモをとった。

「モハムドが、東京にきたとき泊まる場所は？」

「友だちの家。モハムド、イスラムだけどお酒が大好き。いつも六本木のバーにくる」

「バーの名前は？」

「『ガリント』、飯倉片町のそばにあるね」

　アスカは取調室をでると、廊下で煙草を吸っている竹田に声をかけた。

「『ガリント』というバーを知ってます？」

　竹田は頷き、顔をしかめた。

「知ってる。ろくでもねえ外人ばかりがたまり場にしている店だ。ロシア大使館の角を降りていった途中にある」

「六本木というより麻布ね」

「『ガリント』がどうかしたのか」

　アスカは自分の思いつきを話した。竹田が真顔になった。

「するとエミールたちの世話を、そのイラン人がしているかもしれんというのだな」

「拳銃《けんじゅう》の調達、運転手の手配、日本にきて日の浅いチェチェン人だけでは難しいでしょう？」

「林にもそのイラン人のことを訊《き》く必要があるな」

　古芳がつぶやいたのでアスカは頷いた。

「でもその前にサーシャにも訊かないと」

三人は、サーシャと通訳のいる取調室に入った。

サーシャは骨格のしっかりとした白人女性で、髪を金髪に染めていた。ジャケットを脱いでおり、右肩に小さな刺青《いれずみ》を入れているのが見えた。

「きれいな刺青ね」

アスカがいうと、通訳がロシア語に訳した。アスカはすわっているサーシャに近づき、のぞきこんだ。緊張しているのか、サーシャは無表情だった。

刺青は蝶《ちょう》のようだった。アスカはサーシャの向かいに腰をおろした。

「お兄さんの居場所についてあなたが何も知らないことは、この刑事さんから聞いた。別の人間の話を今度は聞かせてほしいの」

通訳が喋《しゃべ》ると、サーシャは目をみひらいてアスカを見つめた。

「まずひとり目は、お兄さんの恋人だったエレナという女性についてよ。あなたは、エレナともいっしょに日本にきたのでしょう」

サーシャは通訳とアスカを見比べ、口を開いた。

「わたしは、エレナのことはあまり好きじゃなかった。少し変だったから。それにずっとウラジオストックで、別の男の愛人だったと聞いたし」

「別の男というのは？」

「日本から電化製品を輸入していたカレイスキーで、名前は忘れた。お金持だけど、いばった感じの嫌な奴。エレナがエミールとつきあいだしたので、すごく怒って、わたし

を犯してやると威《おど》した」

「エミールは平気だったの？」

「エミールは最初、そのカレイスキーの会社で働いていた。だからエレナとも知りあった。エレナは、ボスの秘書兼ボディガードだった。元軍隊にいて、すごく強かった。素手で人を殺したことがあるといってた」

「つまりボスの彼女をとっちゃったから、エミールは威されても我慢したのね」

「ボスはいっぱい部下がいた。エミールの仲間は、同じチェチェンスカヤの六人だけ。喧嘩《けんか》したらその友だちが困る。だからエミールはエレナとウラジオストックをでていった」

「そのあとどうしたか知ってる？」

サーシャは首をふった。トビリシで一千万ドルをＳＶＲのエージェントから強奪した話は知らないのか、知っていても黙っているつもりのようだ。

「わたしはハバロフスクにいた。エミールがエレナと迎えにきて、日本にいこうと誘った。お金はあるから、日本でビジネスをやろうって。ウラジオストックでチェチェンスカヤの仲間といっしょになって、日本にきた」

「正式なビザはそのときとったようだ」

竹田がいい添えた。

「エレナもダンサーだったの？」

「日本にくるとき、エレナもわたしと同じ、ダンサーのビザとった。でも踊りはうまくない。だからすぐやめた。あとはずっとエミールといっしょにいた」

「日本にきてから、エミールたちの世話をしたのは誰？　アパートを借りたり、日本語を教えたりした人間がいたでしょう」

「エレナは少し日本語が話せた。ボスの仕事を手伝っていたから。あと、ジョーンズと、ジョーンズの友だちのイラン人。嫌な奴。わたし大嫌い。イラン人なのに、イラン人の友だちがいない。友だちは中国人や日本人ばかり」

「名前は？」

「モハムド。でも、ジョーンズといっしょで、自分のことをアランと呼んでといってた。わたしにセックスしよう、セックスしようってうるさかった。イラン人のセックスはすごいって自慢していた」

　顔をしかめ、サーシャはいった。

「モハムド、またの名はアランね。彼のことを話して」

　サーシャは首をふった。

「よく知らない。知りたくもなかった。自慢話ばかりする嫌な奴。トウキョウとは別の場所で、ロシア人に自動車を売る会社をやっているといってた。月に一回か二回、トウキョウにきて、別のビジネスもしてるって。きっとクスリを売っていたのだと思う。日本人のヤクザいっぱい知ってるっていばっていたから」

「それは新森さんのこと？」

「ミスター・シンモリ以外もいっぱい知ってるって。前にアランとジョーンズが、エミールといるときにいい争っていたのを見たことがある。アランは、ミスター・シンモリ以外の、ヤクザの偉い人知ってる、だからそっちとビジネスしろといってた」

「最後にアランと会ったのはいつ？」

「ずっと会ってない。わたし嫌いだったから」

「だけどエミールとアランは仲がよかったのね」

「ジョーンズがわたしを連れていったから、エミールの世話をやってあげられるのはアランしかいない。たぶんアランはエミールといっしょにいる。でもどこだかは知らない」

「エレナは？　エミールといっしょ？」

サーシャはおびえた表情になった。

「ちがう。エレナは少し前にエミールのところをでていった。エミールがアランの紹介した中国人と喧嘩になって、エレナが話をつけるといって、でていったと聞いた。エレナ、人殺しが好き。ボスと別れてエミールの恋人になったのも、エミールといたほうがスリルがあるからだといってた」

「エミールとアランは喧嘩にならなかったの？」

「アランは口がうまいから。ジョーンズがいっていた。都合の悪いことは、アランは全部、ジョーンズのせいにしたって。でもジョーンズがわたしをミスター・シンモリのと

ころに連れていったんで、エミールはジョーンズが悪いと思ってる」

「アランはうまくエミールにとりいったというわけね」

アスカは古芳と竹田をふりかえり、いった。古芳は頷《うなず》いた。

「ロシア人相手の車屋をやっているくらいだから、ロシア語もできるのだろう」

「新森以外のやくざとつながっているというのが気になるな」

竹田がいった。

「竹田さん、新森に、そのアランのことを訊いてもらえますか」

「ああ、いいよ。明日は奴のところに、チャカと若い者をひきあげにいかなけりゃならない。そのときに訊こう」

竹田は頷いた。

「わたしたちはそのアランを捜してみます」

「『ガリント』にいくなら、それなりの腹でな。あんたの度胸は充分わかったが、あそこに集まってるのは、相当タチのよくない外国人ばかりだ。まさかチャカは呑《の》んじゃいないだろうが、ナイフならいつでも持ち歩いているだろう。イラン、パキスタン、コロンビア、ロシア、アメリカ、どいつも、日本でまっとうに働く気はなくて、ヤクの売人やら運び屋まがいの仕事をしているような連中さ。いずれも叩《たた》きゃホコリがでようって奴らだ」

サーシャが口を開いた。

「アランは、警察なんて恐くないっていつもいってた。もしつかまっても、自分は外国人だから、退去強制処分になるだけだ。そうしたら、別のパスポートでまた帰ってくればいい」

「俺たちの話がわかったのかな」

竹田が目を丸くした。

31

麻布署から目黒署に向かった二人は、林漢桃と取調室で向かいあった。

「ハナコの正体が、チェチェン人の恋人だってことをなぜ黙っていたの」

アスカは問いつめた。

「ハナコの本名はエレナ、朝鮮系のロシア人で、軍隊にいた経験があった」

林は肩をすくめた。

「チェチェン人がどんな女とつきあってるかなんて、興味がなかっただけだ」

「仲間を殺されて頭にきていたのは、あなたでしょう。もっともそれは当然かもしれないけれど。ジョーンズの仲立ちであなたがチェチェン人に売った『揺頭丸』は偽ものだった。それが仲間を殺された、本当の理由よ」

古芳が首をふった。

「まったくお前には疲れさせられるな。次から次に隠していたことがでてくる。いっそあのときハナコに任せておけば、俺たちの手間も省けた」

林は古芳をにらんだ。

「お前ら日本人の、それもお巡りじゃ、想像もつかないくらい、複雑な関係があるんだ。お前らは、日本人のヤクザの相手をしていればいいのさ」

「なめたこといわないで、アランの話をしなさい。富山で中古車屋をやっているイラン人よ」

林の目が光った。

「ジョーンズをつかまえたのか。じゃあチェチェン人の居どころも吐いたんだな」

「おあいにくね。ジョーンズはチェチェン人がどこにいるか知らない。それにあなたに比べれば、ジョーンズは微罪よ。明日にでも釈放されるかもしれない」

「ふざけるな！　奴がこの話をもってきたんだ」

「それはちがう」

古芳は林の顔に指をつきつけた。

「まずお前とお前の仲間で、日本で『揺頭丸』をさばいていた。そこへ、ロシアで一千万ドルの偽札を手に入れたチェチェン人が現われた。チェチェン人は知りあいのロシア人を通して、イラン人のアランに話をし、アランからお前に『揺頭丸』の取引の話がもちこまれた。アランのことを俺たちに黙っていたのは、チェチェン人が神葉連合に皆殺

しにされるのを期待していたからだろうが。警察につかまったのじゃ、神葉連合も手だしができないからな」

林は口を閉じた。

「チェチェン人が生きている限り、偽ものをつかませたあなたは狙われる。それもあったのじゃない」

「チェチェン人が何だってんだ。俺たちは奴らよりずっと前から、日本で商売をやってきたんだ」

「わかるわよ。中国人やイラン人はこの国でさんざんいい思いをしてきた。あとからきた連中に甘い汁を吸われてたまるかと思っているのでしょ」

林はアスカに目を向けた。

「でもあなたたちが天国だと思っていたこの国にもルールはある。稼ぐのは勝手だけど、ルールをおかしていたことがわかれば、それなりの罰も覚悟してもらわないと。何もかも日本人抜きでカタがつけられるとは思わないでね」

林は嘲《あざけ》るような笑みを浮かべた。

「あんたら日本人のお巡りにできるのは、よほど運が悪いか、ドジな奴をパクることだけだ。本当に悪い奴はつかまえられっこない」

「お前はどっちだ、運が悪いのか、ドジなのか」

古芳が林の肩に大きな掌《てのひら》をのせ、訊《たず》ねた。

林の笑みが消えた。古芳はつづけた。

「確かに日本人の警官には、まだ目に見える犯罪を取締ることしかできないかもしれん。だがときと場合によっちゃ、それでも死刑になるし、よぼよぼの爺《じい》さんになるまで刑務所暮らしをさせられるんだ。もしお前が、退去強制処分ですむと勘ちがいしているなら、おあいにくだな。お前は中国に帰る前に、たっぷり臭い飯を食うことになるだろうよ」

林は憎々しげに古芳を見つめた。

「なまぬるい国だと思っていたのなら、そうでもないってことを味わうべきね」

アスカは冷ややかに告げた。

その夜、午前零時まで麻薬取締部で仮眠をとった二人は、六本木に向かった。目的地はむろんバー「ガリント」だった。外国人が集まるバーは、週末をのぞけば、深夜になるほど剣呑《けんのん》な手合いが多くなる。早い時間は、外資系の企業などで働く、比較的まっとうな客が占め、遅くなるにつれて怪しげな商売をする人間と入れ替わるのだ。

「ガリント」は、カウンターに十五席ほどのストゥールがあるだけの小さな店だった。二人が到着した午前一時少し前は、カウンターがすべて埋まり、立って飲む客が四、五名いた。奥に細長い造りで、カウンターの最奥部の壁にテレビが吊《つ》るされ、ＣＮＮを流している。

客の半数が白人、残る半数がアフリカ系やイラン、パキスタンなどのイスラム系で、

日本人はひとりもいない。

扉を開け、二人が入口に立った瞬間、もうもうとした煙草の煙が流れでた。加えて、さまざまな言葉の声高なやりとりが低くなった。話し声はだんだんと小さくなり、やがてぴたりと止まった。そしてある者は素知らぬ顔でグラスを見つめ、ある者は鋭い視線を二人に向けてくる。

カウンターの中には二人の白人がいた。タオルを肩にかけたひとりが、すべるように二人に近い、カウンターの端に近づいた。

「ごめんなさい、お店、満員」

アスカは奥に立つ客を示した。

「立って飲んでいる人もいるわ」

「喉《のど》が渇いているんだ、ビールくらい飲ませてくれよ」

古芳も合わせた。明らかに歓迎されていない。客だけではなく、店からも、だ。

バーテンダーは肩をすくめた。

「生ビール、二つ」

アスカがいうと、奥にいたバーテンダーがジョッキを手に、サーバーの前に立った。アスカと古芳は少し距離をおき、入口の扉に近い位置に陣どった。細長い店の出入口は、ここ一ヵ所のようだ。もしこの中にアランことモハムドがいれば、逃さない。

カウンターに生ビールがおかれた。

「千円」

古芳は千円札をカウンターにおいた。

「人を捜しているんだ」

千円札をつかんだバーテンダーに告げた。

「イラン人で通称アラン」

「知らない」

バーテンダーは早口で答え、首をふった。

「本名はモハムドというわ」

「イラン人、モハムド、いっぱいいる。ジョンといっしょ」

何人かの客が笑い声をたてた。

「そう。ここによくきていると聞いたのだけど――」

手前から二番目のストゥールにすわっていた巨漢の黒人がゆらりと立ちあがった。かたわらにすわる、ネズミのような顔をした白人が、よせというようにシャツの裾《すそ》をひいたが、それを分厚い手でふり払った。

身長が百八十五センチある古芳よりさらにひと回り大きい。オレンジ色のTシャツがはちきれそうにふくらんでいて、ストゥールの背にボンバージャケットがかけられている。アスカの太股《もも》ほどありそうな腕には、びっしりと刺青《いれずみ》が入っていた。

「お前ら、警官か」

訛《なま》りのある英語で男は訊ねた。アメリカ人ではないようだ。

「それがどうしたの？」

アスカは英語で訊ね返した。男はにやりと笑って、太い指をつきだし、アスカの胸につきつけた。

「ここじゃ日本の法律は通用しねえ。さっさと帰んな」

「あら、そう？　知らなかった」

アスカは微笑んだ。

「じゃ、どこの国の法律が通用するの？」

男は嬉《うれ》しそうに黄色い歯をむきだした。

「ここには法律なんてねえんだよ、お姐《ねえ》さん」

ドアを指さし、いった。

「このドアの向こうは日本だ。だから誰かをパクリたいなら、外で待っていろ」

「いいわ」

アスカはジョッキを手に頷《うなず》いた。

「これを飲んだら、でていく。それでいいでしょ」

男は首をふった。

「飲むのも外だ」

店の空気が凍りついた。

「ヘイ――」

バーテンダーが呼びかけたが、男はとりあわなかった。

「早く外にいけ」

アスカはビールをひと口飲み、ジョッキをカウンターに戻した。

「あなたたちが楽しく飲んでいるのを邪魔したのならあやまる。でもわたしたちも仕事なの。アランに会わなけりゃならないのよ」

奥にいるイスラム系外国人に目を向けた。アスカたちと目を合わそうとしない。

「でていけ」

男はくり返した。

アスカはため息を吐いた。

「嫌だといったら？」

「あんたは女だから何もしない。だがボーイフレンドが痛い目にあう」

男はゲップをして、いった。

「どんな風に？」

男は首をふり、不意に古芳めがけ、腕をつきだした。だが古芳はすばやくそれをかわし、関節を決めた。うしろ手にねじあげられた男は悲鳴をあげた。古芳は容赦なく、男を壁に押しつけた。

何人かの客が立ちあがった。アスカはさっと手帳を掲げた。

「確かに私たちは警官よ。何かをするのなら、ブタ箱に入るか、この国を叩《たた》きだされる覚悟はしてね」

「関係ねえな」

吐きだしたのは、訛りのある白人だった。革コートにタートルネックのセーターを着ている。

「俺たちは中国人とはちがうんだ。ちゃんとビザをとって上陸しているんだぜ」

「あなたが実は日本人でも、邪魔をしたらブタ箱に入るのはいっしょよ」

「そいつは俺の友だちだ」

白人は顎《あご》をしゃくった。

「腕を離してやれ」

「だったらおとなしく酒を飲むようにいってくれる？」

白人は肩をそびやかした。

「嫌なこった。こいつらぶちのめしてやる」

壁に押しつけられた男が吠《ほ》えた。

「少し飲みすぎているんじゃないか」

日本語で古芳がいった。

「外でやって下さい！」

バーテンダーが日本語で叫んだ。

「お店、迷惑です！」

「すぐでていくわ」

アスカはいって、携帯電話をとりだした。全員が不審げにアスカを見つめた。ジョーンズから聞き、記憶させていたアランの番号を呼びだす。

アスカの耳に呼びだし音が届くと同時に、奥の席にいたイスラム系の男がジャケットの胸をおさえた。着信音が鳴っている。男があわただしく内ポケットを探るのを確認して、アスカは通話終了ボタンを押した。着信音が止んだ。

「ハイ、ミスター・アラン」

アスカは告げた。

「会えて光栄よ。ジョーンズがあなたの番号を教えてくれたの」

アランが立ちあがった。

「私、何も悪いことしてないよ。ただのビジネスマン」

アスカの前に立つ白人は、アスカとアランを交互に見た。

「それを証明してもらうために捜していたのよ」

いってアスカは白人の目を見た。

「どうする？　ここで友好的な話し合いをつづける？　それともアランと私たちだけにしてくれる？」

白人は肩をすくめた。ゆっくりとストゥールに腰をおろした。それを見て、古芳は腕

をゆるめた。男は向きをかえ、肘《ひじ》をさすりながら古芳からあとじさった。

客の視線がアランに集中した。アランは何ごとかをつぶやきながら、歩みよってくる。

「お騒がせしてごめんなさい」

古芳から自由になった男がストゥールに尻《しり》をのせた。体をねじりボンバージャケットに右手をさし入れている。アスカは男の手もとを見つめた。

その手もとがアランの体で隠れた。

不意に男が叫び声をあげ、古芳に殴りかかった。右手に金属製のブラスナックルをはめている。

古芳がとっさに避け、男のパンチが壁に命中した。まるで小爆発を起こしたかのように漆喰《しっくい》がとび散った。

アランが走りだした。店のドアを突き開き、表へと逃げる。

「追えっ」

古芳が叫んだ。アスカは一瞬迷った。いくら古芳でも、この店の客全員を敵に回すことになったら、ただではすまない。

だがここでアランを逃せば、チェチェン人の手がかりは失われる。

アスカは戸口へと走った。

表にでると、坂道を駆けのぼっていくアランのうしろ姿が見えた。

「待ちなさい！」

アスカは全力であとを追った。アランは外苑東通《がいえんひがしどお》りへとでようとしている。タクシーに乗られたらそれきりだ。

外苑東通りにでたアランはアスカの予想通りの行動をとろうとしたのか、一瞬足を止めた。だが目の前の道路、六本木へと向かう車線は、飯倉片町の信号でせきとめられた渋滞の列だ。

アランはそのまま走りだした。アスカも走った。小太りの体型なのに、アランは足が速かった。どんどんひき離される。アスカは歯をくいしばり、腕をふった。

——昔の体なら

一瞬思いがよぎり、それをふりはらった。今は今だ。

アランの足が、再びスピードを落とした。ロシア大使館を警備するために配された、飯倉片町交差点に常駐する制服警官の姿を認めたからだった。

「その男をつかまえて！」

アスカは叫んだ。アランは怯《ひる》んだ動きを見せ、目前にあった階段を駆け降りた。交差点の下に作られた地下道の入口だ。アスカも走り、階段を駆け降りた。反響する足音が、車の走行音に混じって聞こえた。

正面の登り階段へと向かう、うしろ姿が見えた。アスカは腕を大きくふり、追いすがった。心臓が大きな音をたて、耳もとで風が唸《うな》った。階段をあがれば六本木だ。

犯罪者というのは、共通する逃走パターンがある。自分の知っている場所へと逃げこ

みたがるのだ。

この場合、タクシーをあきらめたアランが向かおうとしているのは、六本木の雑踏か、「ガリント」のようにいき慣れた飲食店のどちらかだ。

アランが背後をふりかえった。アスカの姿に気づくと表情がかわった。歩道の前方に目を向け、もう一度ふりかえり、外苑東通りへととびだした。

外苑東通りの、六本木交差点方向へと向かう車線は、路上駐車と流れこむタクシーの空車で激しく渋滞しており、難なくアランは道を渡りきった。

アスカは同じように半分渡ったところで足止めをくった。信号がかわり、反対車線の車がいっせいに動きだしたからだ。

アランはふりかえらずに走っていくと、最初の路地を右に曲がった。アスカは足を踏みだした。クラクションが鳴り、タクシーがブレーキ音を響かせた。

怒号が背中に浴びせられる。かまわずアスカは路地に走りこんだ。

アランの姿が消えていた。

右手には照明を落としたオフィスビルがあり、左手に、ぽつぽつと看板の点《とも》った建物がある。飲食店の入った小さな雑居ビルが手前にあり、その先は二階建てのビリヤードバーだった。

アスカは足を止めた。呼吸を静めようと努力しながら、全神経を尖《とが》らせる。時間と距離から推しはかって、アランがこの場を遠ざかるほどの余裕はなかった筈《はず》だ。とすれば、

一角にある建物のどれかに入ったとしか考えられない。

どれだろうか。

雑居ビルの入口の前にきた。エレベータが一階で止まり、扉を開いた。三人組のサラリーマンが吐きだされる。

このビルのエレベータには乗っていない。三人組が上の階で乗りこみ降りてくる前に、どこかの階でエレベータが停止してアランを降ろすほどの時間はなかった。

一階は――。

ビルの一階はアンティークショップだった。「CLOSED」の看板が木でできた扉にかけられている。

アスカは大きく息を吐きだした。

ビリヤードバーだ。六本木には他にもビリヤードバーがある。アスカは、以前いったその店で、外国人の客を多く見かけたのを思いだした。

ビリヤードバーの入口へと足を運んだ。店の前面はガラス張りだが、夜間はロールスクリーンが細長い窓の交互に、まるで縞模様を描くように降ろされている。そこから店内でゲームに興じる客がかいま見える形だ。

横長の店は、テーブルが等間隔をおいて並べられている。横に六台、奥へ三列、全部で十八台のビリヤードテーブルがあり、一番奥にバーカウンターがのびていた。

入口のガラス扉には、三角形に並べられた十五箇のボールの絵がデザインされている。

扉を押して中に入った。

ゆっくりと店内を見渡す。十八台のテーブルのうち、半数に客がとりついていた。外国人の姿もある。手前の二台では、Tシャツに革ジャンを着けた若い白人のグループが遊んでいた。

奥に目を向けた。キューを握り、こちらに背を向けている男のうしろ姿があった。脱いだ上着が近くのテーブルにおかれ、シャツの背が汗で濡《ぬ》れている。

カン！　という高い音にはっとした。すぐそばのテーブルでブレイクショットが放たれたのだ。ポケットに落ちたボールが転がる低い唸りが、わずかに間をおいてつづいた。

正面のカウンターに、背中を向けてすわる男が二人、少し離れてカップル。カウンターの左側にトイレの扉があり、その先にキッチンへとつながるスイングドアがあった。裏口があるとすれば、スイングドアの奥だろう。

アスカはまずスイングドアに近づいた。汗で濡れたシャツの男は、こちらをふり返ることなく、一心にキューを動かしている。あの男がアランなら、裏口への退路を塞《ふさ》ぐ形で近づくのだ。

アスカがカウンターのかたわらにきたとき、ちらりとこちらをふりかえる男の顔が見えた。アランだった。

アスカはまっすぐに近づこうとした。

不意にカウンターのストゥールにすわっていた男二人が立ち塞がった。濃い口ヒゲを

たくわえた外国人だ。

「ハーイ、彼女」

ひとりがいった。

「私たちといっしょにドリンク、しませんか？」

もうひとりがつづいた。なめし革のブレザーにチェックのシャツを着けている。

アスカは無視した。アランは体を起こし、キューを手にしたままこちらを見ている。

アスカの左腕がつかまれた。

「聞こえない!?　耳悪い？　あなた」

アスカはふりはらった。

「ポリス。どきなさい！」

「ポリース？　見せて、手帳」

今度は肩をつかまれた。アランがじりじりと脱いだ上着に近づいていく。

アスカは肩をつかんだ男をつきとばした。とたんにもうひとりがアスカを背後から羽交い締めにした。上着を手にしたアランが走りだす。

アスカは自分をつかまえている男の右足の甲に思いきり踵《かかと》を落とした。悲鳴をあげ、男の腕の力がゆるむ。両手の指を前で組み、遠心力をつけて右肘を大きくふった。男のわき腹にめりこませた。

「モハムド！」

肘打ちをくらった男が声もたてずにうずくまると、残ったひとりが叫び声をあげた。入口の扉まで走っていたアランが立ち止まった。残った方の男が、ジーンズのベルトに留めていた革ケースからナイフをひき抜いた。折り畳み式の刃がとびだす。目がぎらぎらと光っていた。

男は再び叫び声をあげた。ロシア語のようだった。

アスカの視界の隅でアランがこちらに向きをかえるのが見えた。壁にかけられていた貸しキューの一本を手にとると、まっすぐ歩みよってくる。

アスカはナイフを向けた男の目を見つめた。

「そんなもの、しまった方がいいわよ」

男は無表情だった。床にへたりこんでいる仲間の方をちらりと見やった。アスカはその瞬間、ショルダーバッグを大きくふった。

重みのあるバッグが男の右顔面に命中した。ぐらりと男が体勢を崩した。一歩踏みこみ、左手で男の右腕を外に払うと同時に、右の掌底を顎《あご》の下に叩《たた》きこんだ。

まだまだだ、頭の中で思った。以前の自分ならこの一撃で相手を昏倒《こんとう》させられた。だが今の体は、スピードも技をくりだすキレも足りない。

衝撃が肘から肩に抜け、男はよろめいた。

空を切る音がして、アスカは背中に痛みを感じた。戻ってきたアランがキューを叩き

つけたのだ。

悲鳴が店内であがった。

「やめて下さい、お客さん！　一一〇番しますよ！」

ボーイが叫んでいる。アランがキューをふりおろし、間一髪で転がり、アスカはそれをよけた。キューの先が床にあたって嫌な音をたてる。

アランはキューをもち直した。先端をアスカに向け、ゆらゆらと揺らしている。

床に落ちたアスカのバッグの中で携帯電話が着信音をたてた。古芳からにちがいなかった。

アスカは立ちあがり、掌底を叩きこんだ男をすばやく見た。ビリヤードテーブルに片腕をかけ、へたりこんでいる。肘打ちの方がようやく立ちあがったところだった。

アランがキューをつきだした。体を流してよけ、それを右わきにつかんだ。そのまま体重をのせ、アランの胸にとび蹴《げ》りを浴びせる。キューをひき抜こうというアランの力が加わり、胸板に命中した。

アランの体が仰向けにふきとんだ。手応《てごた》えがあった。アスカは倒れたアランをふりかえらず、床から起きあがった。手にはアランから奪ったキューを握っている。

肘打ちの男がつかみかかってきた。アスカは手の中でキューを半回転させた。細いキュー先を上、太い持つ側を下に向けてつきだす。キューは男の股間《こかん》にめりこんだ。言葉にならない呻《うめ》き声をたて、男はひざまずいた。さらにそのこめかみにキューを横殴りに

叩きつける。男は無言で倒れこんだ。

アランをふり返った。大の字になって床に横たわっていた。

掌底を浴びせた男がふらつきながらも出口めがけて逃げている。アスカは黙殺して、バッグを拾いあげた。

携帯電話をとり、耳にあてた。

「俺だ、どこにいる？」

「六本木のビリヤードバーよ」

息を整え、答えた。腰の革ケースから手錠をとりだすと、遠巻きにしていた客がいっせいに目を丸くした。

「アランはどうした」

「今、手錠《ワッパ》はめるとこ」

アスカはいって、倒れているアランの右手首に手錠をかませた。

32

モスクワに比べ、東京は暖かだった。成田空港に降りたったコワルスキーは、出迎えに現われたロシア大使館の人間に押しこまれるようにして、黒塗りのセダンに乗りこんだ。セダンには、スーツを着た男と女がひとりずつ乗っている。女は金髪でほっそりと

した美人だった。

「トウキョウにようこそ、ドクター」

女は流暢《りゅうちょう》な英語で、後部席のコワルスキーをふりかえり、いった。

「ドクターが日本にいらっしゃる間、お世話をさせていただくニーナ・モイセーエフ、彼は同僚のボリス・ニキフォロフです。ニーナとボリス、と覚えて下さい。これからドクターをホテルにお連れします。トウキョウは初めてですか」

「いや、二度目だ。何年も前だが、学会に出席するため、訪れたことがある」

コワルスキーは答えた。ニーナの笑顔は完璧《かんぺき》で、それがかえって警戒心を抱かせた。ソコロフはいったい何人のSVRのエージェントを日本に送りこんでいるのだろう。

「あの、訊《き》きたいことがあるのだが」

「はい、ドクター」

白い宝石のような歯を見せて、ニーナはいった。

「私とは別に、本部から二人、日本にきた人間がいる筈《はず》なのだが、彼らはいっ――」

ニーナは首を傾げた。まるで少女のように愛らしく見える仕草だった。

「さあ、わたしは何も……」

「だったらかまわない――」

ニーナはシステム手帳をバッグからとりだした。

「滞在中、お会いになりたい方がいらっしゃれば、アポイントの用意をしますが……」

「オダという脳外科医を捜してほしい。オダ・ヒサノリだ。以前はトウコウ大学の医学部にいた。メールアドレスは……」

コワルスキーはバッグを捜し、舌打ちした。車のトランクの中だ。

「大丈夫です。フルネームと職業がわかれば、こちらで捜せますから」

ニーナは微笑んだ。

「オダを見つけたら、彼と内密に話がしたい」

「それはおふたり共通の患者について、ですね」

「そうだ。彼女について何かその後わかったことはあるかね」

ニーナは悲しげに首をふった。

「セミョーノフがあのような形でこの国を去らなければならなくなり、わたしたちとしてはその後、いっさい彼女に関する情報の収集を中止せざるをえませんでした」

「だがどこに住んでいるかや勤め先はわかっているのだな」

「もちろんです」

コワルスキーはアスカを訪ねていくことを考えた。それは早い段階である必要はない。彼女の現状に関する最新のデータを集めてからでかまわない。自分は彼女にとって〝恩人〟なのだ。会うのを拒まれる理由など存在しない。

ただひとつ不安があるとすれば、コワルスキーがこの世に生みだした、彼女の兄弟についてだけだ。

ハン、もうひとつの名はセルゲイ・レドフスキー。そして本当の正体は〝狼〟。だがそれを警告するのは、自分にはできない。

ハンもまた、アスカに接触しようと試みることは想像に難くない。

このニーナとボリスは、ガイド役であると同時に監視役も兼ねているにちがいなかった。ソコロフの意に染まない行動を自分がとれば、二人の態度は豹変《ひょうへん》する。

ソコロフの最終目的が何であるか、コワルスキーにはわからなかったが、脳移植者に関する臨床データにとどまる筈がない。

ロシアは確かにかわった。かつてのように自由を奪い、強大な国家意思に沿った行動しかとらせないような高圧的な態度は、少なくとも、ニーナやボリスからは感じられない。だが今はもうアメリカに戻ることがかなわない身となったコワルスキーに対して、ソコロフが今後どのような要求を、この日本でつきつけてくるのか、それを考えると、とうてい心を許す気持にはなれそうもなかった。

33

アランは、エミールたちの居場所をあっさりと吐いた。それによれば七人のチェチェン人は、現在二ヵ所に分かれて身を潜めているという。潜伏場所を世話したのはアランだった。

「言葉も喋《しゃべ》れない連中をほったらかして、自分は酒を飲んでいたというわけね」

翌日、麻布警察署での取調でアスカはいった。古芳の他に竹田も立ちあっている。

「大丈夫、ちゃんとロシア語の喋れる日本人もいっしょだ」

「日本人？」

「富山の友だち。富山と新潟で、ロシア人相手の商売している。私が紹介した」

「それはガイドということか」

「はい、そうです。ガイド」

「名前は？」

「山田《やまだ》と鈴木《すずき》」

「なんだ、そりゃ」

竹田が吠《ほ》えた。

「なめてるのか」

「だって、そういうことになってます。山田さんと鈴木さん。山田さんが、ニコライ、カリーナ、ユーリ、鈴木さんが、エミール、アンドレ、ワシリ、ビクトル」

アランは口を尖《とが》らせた。アスカを殴り倒そうとしたことなど忘れたかのように、一転して協力的な態度をとっている。ただしそれはあくまで上べだけだと、アスカは見ていた。

「あんまりとぼけたことといわないでね。富山や新潟の人間が、東京でガイド役をつとめ

られるわけないでしょう」

アスカはアランの目をにらみつけ、いった。

「大丈夫、山田さん、鈴木さん、東京に友だちいる。ビジネスフレンド。その人たちが助ける」

「またビジネスか」

竹田は吐きだした。

「お前ら、日本で悪さするのを何でもビジネスといいやがって」

「私、本当のビジネスマン、会社の社長さんだよ」

アランは目を丸くしていった。アランの写真と指紋は昨夜のうちに警視庁と東海北陸厚生局麻薬取締部に送ってあった。該当データがあれば、一両日中に返事がある。

「その社長さんがなぜ、俺たちから逃げた？　しかもビリヤードのキューで彼女を殴ったろう」

古芳が訊《たず》ねた。

アランは息を吐いた。

「警察だと思わなかった」

「ふざけないで、手帳を見せたわ」

「暗くてよく見えなかった。私のこと、ビジネスで恨んでる人もいる。だから恐かった」

「あたしが殺し屋にでも見えたというわけ？」

「そう、その通り！」

「もういいわ。その鈴木さんやら山田さんはどこにいるの」

「新宿よ」

「新宿？」

「二人のお友だち新宿に多い。だからガイド任せても安心」

「お友だちというのは当然、小指がなかったり背中に絵が描いてある連中なのだろう」

古芳がいった。アランは首を傾げた。

「さあ……私、よく知らない」

「あまり調子くれんなよ。何だったら、富山だかにあるという、お前の会社、ガサかけようか。まっとうな中古車屋が、なんでクスリを扱っている中国人や六本木のストリップバーにガソリンまくようなチェチェン人とつきあいがある？」

「中国人？　ガソリン？　私、知りません。何のことです」

竹田が威《おど》すと、アランはわざとらしく、目をぱちぱちと瞬《まばた》かせた。

竹田はアスカと古芳をふりかえった。

「どうする？　とりあえず傷害と公務執行妨害で送っとくか。会社だ何だ、叩《たた》けば何かしらでてくるだろう」

「そうね」

アスカは頷《うなず》いた。

「こっちに協力してくれないというなら、そうするしかないわね」

「弁護士、お願いします。私、知り合い、いますから」

アランはいって、財布をとりだした。中からくたびれた名刺をひきぬく。送検されるという話を目の前でされても動揺する気配がない。かなり危ない橋を渡ってきた証拠だ。うけとった竹田がにやりと笑った。

「なるほど」

アスカと古芳にさしだした。四谷二丁目に事務所をかまえる、雲井《くもい》という弁護士のものだ。

竹田は目顔で取調室のドアをさした。アランをそこに残し、三人は廊下にでた。

「どうしたんですか」

「雲井ってのは古馴染《なじみ》だ。いろんな事件《ヤマ》に首をつっこんでくる野郎だが、マルＢのからんだ裁判じゃ、決まった組の人間の弁護にしか立たない。新宿の寺尾《てらお》神谷《かみや》会だ」

「知っています」

アスカはいった。

「以前、うちの事務所がＬＳＤがらみでガサをかけたとき、ロシア製の拳銃《けんじゅう》が保管場所からでてきて、新宿署に渡したことがあります」

「それだ。なりは小せえんだが、羽振りは悪くない。クスリとチャカを主に扱ってて、同業に卸してるって噂がある。取引相手が同業だから、万一パクられてもうたわれる心

配がない」

「すると鈴木と山田というのも、寺尾神谷会の関係者だな」

古芳がいった。

「寺尾神谷会は、LSDの他にも、少量だけどヘロインやハシシを扱っているって情報があった。アランを通して日本海ルートで入れたのかもしれない」

「それはいいとして、あの野郎、かなり太いぞ。簡単にはゲロしそうもない。どうする？　弁護士を呼んだらそこまでだ」

鈴木と山田は、明らかな偽名である。二人との連絡方法を訊ねても、シラを切るのは見えていた。それを考えたのか、竹田はいった。

「試したいことがあるの」

アスカはいった。アランにまだぶつけていない名前があった。ハナコだ。ハナコの麻薬取締部襲撃には、日本の国内事情に詳しい人間の手引きがあったことは確実だ。だが林やジョーンズにはそれはできなかった。やれたとすれば、アランか、アランの周辺の人間しかいない。

三人は取調室に戻った。

「弁護士さん、呼んでくれましたか」

にこにこしながらアランがいった。

「最後の質問よ、これに答えてくれたら弁護士を呼ぶまでもないかもしれない。あなた

の公務執行妨害も大目に見るわ」

アスカがいうと、アランは目を丸くした。

「本当ですか」

「今月の初め、あなたはどこにいた？」

「初め？」

アランは首を傾げた。

「富山にいました、多分。今月、東京にきたの、きのうから」

「エミールたちと知り合ったのはいつ？」

「先月です。先月は私、東京に長かった。ジョーンズ、知ってますか？　本当はロシア人でダビドキンといいます。悪い奴。ヤクザの友だち、いっぱいいる。ダビドキンに私、エミールを紹介された。私がロシア語話せるから世話をしろ、と」

「そのときは、さっきいった七人だけ？」

アランは眉《まゆ》をひそめ、思いだすふりをした。

「他に誰かいたかな。覚えてない」

「スタイル抜群の美女がいたでしょ」

アランの顔がパッと明るくなった。

「ああ、そう！　いた、いた、覚えている。エレナ。ロシア人だけど東洋人」

「エレナは今、どこにいるの？」

「そういえば別々ね。どこいったのだろう」

「鈴木さんや山田さんをエミールたちに引き合わせたのはあなたなんでしょう」

「はい、そうです」

「それはいつ？」

アランは口ごもった。

「忘れたよ」

「エレナがいっしょにいたとき？　いないとき？」

「エレナ、もういなかった」

「エレナをどこかに連れていってあげたことある？　ひとりきりで」

「ないよ」

「ねえ、エレナが拳銃と手榴弾《しゅりゅうだん》をもっていたこと知ってる？」

「知らないよ」

「じゃあそれをもって、麻薬取締官の事務所に乗りこみ、ひとりを殺し、ひとりに大怪我を負わせたことは？」

アランの顔が青ざめた。

「知らない」

「でも彼女はひとりじゃ麻薬取締官の事務所にはこられなかった筈《はず》。拳銃や手榴弾を用意してやって、道案内した人間がいたのよね。ジョーンズにはそれはできなかった。鈴

木さんと山田さんにもできない」

「あなた、何いってる!?」

「殺人と殺人未遂、ならびに監禁の共犯に問われているということ、あなたが」

「私、知らない。弁護士さん、呼んで」

「いいわ。呼んであげる。ところでエレナがどうなったか知ってる?」

アランは首をふった。

「当然ね。新聞やテレビで報道されたときは、中国人だと皆思っていたのだから」

「待って、待って。エレナ、私のこといったのか。私が連れていったと――」

「彼女は死んだわ」

「そ、そう。私、テレビで見た」

「つまりエレナがやったことを知っていたわけだ」

「私、本当に知らなかったよ。ジョーンズと林が悪い。エレナ怒ってた。恋人のエミールをだました二人に仕返ししたいって。ジョーンズどこにいる? わからない。ヤクザのところ。林はどこ? 麻薬Gメンのところ。エレナただ会いにいく、といっただけ。私、車に乗せて連れていったけど、降ろしてすぐに帰った。あとは知らない」

アランは早口になり、いった。

「認めるのね。中目黒の麻薬取締部までエレナを連れていったことは」

アランは唇をなめた。

「悪いことしてない。ただ車に乗せただけ」

「じゃあ拳銃と手榴弾は？」

「知らないよ！　なぜ、私!?」

「新宿の寺尾神谷会という暴力団は知ってる？　拳銃を他のやくざに卸しているらしいわ。その拳銃は、日本海方面から流れてくるのだけれど」

　アランはアスカの顔を見つめた。何かをいいかけ、やめると首をふった。

「これ、何かの罠《わな》……」

「罠じゃないわ。あなたのいた場所が悪いの。エミールたちチェチェン人と日本のやくざをつないで、武器が渡るようにした。それが使われて人が死んでいる。知らない、関係ないじゃすまない」

「弁護士を呼ぶか」

　古芳がいった。

「待って。何したらいいの？　何を喋《しゃべ》れば許してくれるの」

「エミールたちの居場所」

「なんだ！」

　アランは急に笑顔を作った。

「最初にそれをいって下さい。鈴木さんと山田さんの連絡先、私知ってるよ。二人に連絡しましょうか。すぐ、わかる」

「警察が捜してるというのか」

「とんでもない。ただ訊《き》くだけよ。『お客さん元気ですか、今どこにいますか？』、それで電話切ります。今日、駄目よ。明日、明日」

「で明日、俺たちがでかけていったら、お前が喋ったとすぐにばれるぞ」

「そうね」

アランは指を立て、考えこんだ。

「じゃあこうしましょう。私、エミールに会う。あなたたち、別でそこにくる。偶然そこにいた。私のことつかまえにきて、偶然、エミールもそこにいる。つまりお芝居。できますか」

アスカと古芳は顔を見合わせた。

「全員を呼びだすのか」

「それは無理。全員でこい、といったら変に思われる。エミールだけ、まず呼ぶ。鈴木さん、エミール、私、三人でいるところにあなた方がくる。私つかまえるふりして、エミールもつかまえる。皆きたら大変。エミールと仲間、ピストルもってます。エミールひとりならもっていても、平気でしょう」

「いつできる？」

「明日なら大丈夫」

三人は再び廊下にでた。

「調子のいい野郎だ。自分が助かるためにエミールを売ろうとしていやがる」

竹田が吐きだした。

「アメリカではよくやる方法よ。取引をして、仲間を裏切らせ罠をかける。小物をエサに大物をつかまえるの」

アスカはいった。

「エミールが銃で武装しているとなれば、俺たちだけじゃ無理だ。目黒署の本部に通そう」

古芳がいった。

「駄目よ。そんな取引をあの署長が許す筈がない」

古芳は息を吐いた。竹田がいった。

「うちから人をやろうか」

「やめた方がいい。ここから先は俺とアスカの仕事です。下手をすると、あなたひとりのクビじゃすまなくなります」

エミールとの間で銃撃戦が生じ、一般市民に被害がでるようなことにでもなれば、責任の追及は厳しい。

古芳の言葉にアスカも頷《うなず》いた。

「だが二人だけで大丈夫なのか。あのイラン人だってどたん場になれば、どっちにつくかわからんぜ」

「奴は逃げようとするでしょうね、当然。それはかまわない。あくまでもこっちの狙いはエミールなの。エミールさえおさえられれば、あとは寺尾神谷会の線から残りのチェチェン人をたぐればいい。一千万ドルのありかは、エミールが知ってる」

アスカは答えた。

「それに人が必要なら、麻薬取締部がいる。通常業務としてアランの確保が目的だったということにして、エミールはそのおまけにするの」

「永野部長がうんというかな」

「いわせるわ」

アスカは決意のこもった声でいった。

「こういう捜査のやり方は、麻薬取締部の方が慣れている。それに前崎さんの敵討ちなのよ。ここで警察に事件を渡したら、麻薬取締官は腰抜けだと認めるようなものだもの」

「俺はどうなんだ？　俺の本籍は警視庁だぜ」

古芳があきれたようにいうと、アスカは古芳の目をのぞきこみ、いった。

「本籍がどこだろうと、あなたはあたしのパートナーよ。大切なのはそれだけだわ」

竹田が首をふった。

「驚いたな。こんな麻取は前代未聞だ」

アスカはとりあわずにいった。

「罠をかけるのは、今日の明日じゃ無理。部長と相談して、人員の確保をすませてから

よ。早くとも明後日」

「わかった」

低い声で古芳はいった。アスカは古芳の腕に手をかけた。

「もし嫌なら、そうといって。これを進めれば、うまくいっても失敗しても、あんたは警察の裏切り者になる。わかっていてあたしは、あんたを巻きこんでいる」

古芳は苦笑した。

「お前と組んで楽だったことなんか、一度でもあったか？」

34

オダとアポイントがとれたと、ニーナが知らせてきたのは、コワルスキーが来日した翌日のことだった。たったひと晩のうちに、ロシア大使館はオダの居どころを見つけだしたのだ。

「ドクター・オダは今、大阪の病院に勤務しています。今夜、新幹線で東京に向かうそうです」

ニーナはいった。

「ドクターに会えるのをとても喜んでいるようでした。このホテルに、もうひと部屋、おとりして、お迎えします」

コワルスキーが泊まっているのは、超高層ビルのホテルだった。

あたりには同じような超高層ビルが建ち並び、中でもひときわ目を惹《ひ》くのが、東京のシティオフィスだという。ここはほぼ、この大都会の中心部にあたるようだ。東京は、以前にコワルスキーが訪れたときに比べ、はるかにニューヨークに近くなった。東洋人ではチャイニーズや東南アジア系が大幅に増え、アメリカ人はいうに及ばず、ロシア人やブラジル人の数も急増していると、英語のニュースチャンネルが伝えていた。とくにこのホテルに近いブロックは、チャイニーズやコリアン、コロンビアなどからきた人間が多い、とホテルガイドにも記されている。

当然、犯罪も増えている筈《はず》だ。ニューヨークは確かに以前に比べれば治安がよくなっているが、現場で怪我を負ったり命を落とす警察官の数はあいかわらず多い。

アスカの現在の仕事が麻薬の捜査官であるとソコロフから最初に知らされたときは驚いた。コワルスキーは、移植手術以前も以後も、一度もアスカと言葉を交わしたことがない。手術後、アスカが意識をとり戻す前に日本を離れたからだ。

その後の詳しい経過報告は、しばらくの間オダからうけていたが、やがてアメリカ国内の裁判に彼がかけられることになり、さらに警察やＦＢＩまでもが彼の身辺を捜査し始めたので、連絡をすべて断たねばならなくなった。ＦＢＩは、潜伏中の容疑者を、メールを使って誘いだし逮捕するという罠をかけることがある。

セミョーノフがもち帰ったアスカに関する資料を、コワルスキーはハンより多くは見

せられていた。だがすべてではない。そのことが、彼にソコロフに対する警戒心を抱かせた。ソコロフは、アスカに何かを企んでいる。アスカの奇跡の回復、生存を、自分の権力拡大のために利用する気でいるにちがいないのだ。

　アスカのことを思うと、コワルスキーの心は相半ばするふたつの感情に揺れた。ひとつは、なるべく危険な現場には立たず、心と体を大切に扱ってほしいという、医師としての患者への思い。もうひとつは、アスカがいったいどこまで過酷な生活や仕事に耐えられるのか、限界を見届けたいという、科学者としての好奇心だ。

　いずれにしてもデータは必要だ。今夜オダに会えれば、手術後、連絡をとれなくなってからのアスカに関する知識の空白がかなり埋められることだろう。

　アスカは自分に感謝している、とコワルスキーは信じていた。

　手術直後、アイデンティティの崩壊に直面し、アスカは苦しんだろう。ふたつの自我に心と体はねじれ、憎しみや怒りを自分自身にもったにちがいない。だが生存をつづけている今は、折り合いをつけている筈だ。

　日本を離れる際、コワルスキーは、オダに自殺の危険を示唆していた。自らの心と自らの肉体の間にすら、折り合いをつけられず自殺を選ぶ、神経症の患者もいるのだ。ましてや、他人の肉体となれば、自殺の危険はさらに高くなる。

　コワルスキーとオダに、脳の移植手術を依頼した人物、アシダという男は、アスカとは職業上の関係しかもっていなかった。したがって、手術の必要性を、どのように意識

をとり戻したアスカに説明したのか、コワルスキーは知らない。

だがその後アスカが自殺もせず、かつての職業である警察官に近い仕事をしているという事実は、アシダの説得が功を奏したことを表わしている。

いったいそれがどのような説得であったのか、コワルスキーは知りたいと思った。説得法によっては、他の脳移植者にも適用ができるかもしれない。

他の移植者。

ハンにおこなった〝カウンセリング〟の状況と、ハンがセミョーノフに対して見せた凶暴性を考えるとき、コワルスキーは恐怖がふくらむのを感じる。

ハンは明らかに、自我の回復を彼に隠していた。予測できない未来への不安を彼にぶつける一方で、ソコロフにすら真実の考えを悟らせまいと演技していたのだ。

ある意味で彼は、ハンとソコロフのだまし合いに巻きこまれていた。

ソコロフは、ハンをコントロールするために、その心に潜む〝狼〟の真実を、ハンにすら隠していた。ハンはハンで、じょじょに覚醒《かくせい》していながら、あくまでもソコロフの与える任務に従うふりをしている。

ロシアを離れ、〝狼〟の首につながれた鎖がのびきったとき、ハンの本当の正体が明らかになるだろう。

アスカとハンに対して用いた手術法はまったくちがっていた。ハンに用いた方法の方が新しく、尚《なお》かつ実験的だった。その実験が、〝狼〟をさらに巨大で凶暴な生きものに

かえてしまったのではないか。

それは根拠があるようでない、漠然とした不安だ。だが怪物と化した〝狼〟を目覚めさせる引き金が、このトウキョウには存在する。

それがアスカだ。アスカが自分とハンをひき寄せ、予想もしなかった不幸をもたらすかもしれない。

ハンがアスカに抱く感情は、ハン自身にも説明のできないものであることに、コワルスキーは気づいていた。

ふたつの人格、〝狼〟とアレクサンドル・ハンの双方が、妹という存在に複雑で危険な執着をもち、それがアスカに集約される。

ハンとアスカが出会ったとき、ハンはハン自身もが知らない自分と向きあうことになるのだ。
N　T　F《ニューロトロフイック・ファクター》の投与をハンが忘れずつづけてくれていることを、コワルスキーは願った。ふたつの人格と肉体が、障害なく融合する手助けをNTFは果たす。一方でそれは、〝狼〟でもアレクサンドル・ハンでもない、まったく別の人格を生みだす役割を担っていた。
ハンの人格が、その肉体のどこにも存在しない、という自分の確信が、あのVTRを見せられたときから揺らぎ始めているのを、コワルスキーは感じていた。

アスカにおこなった手術法は確かに徹底していたが、運動機能の回復、後遺症などの

問題を考慮すれば、決して安全とはいえなかった。それに比べれば、ハンにおこなった手術法の方がはるかに進化している。

だがそれこそがあやまっていたとしたら。

天才と信じた自分が、脳のすべてをまだ知り尽くしていたわけでないことを、ソコロフは彼に見せつけた。

いや、ちがう。

脳については自分は完璧《かんぺき》だ。世界中の誰よりも、自分をおいて脳に的確にメスを入れられる人間はいない。

彼は超高層ホテルの窓に映った自分を見つめ、思った。

問題は脳ではなく、心にある。脳と心がちがうものであることを、ハンのケースが証明しようとしている。

もしそうであれば、科学者としての自分の根拠に、ひびが入る。

もしかしたら、何よりも自分が恐れているのはそのことかもしれない。

オダが到着したのは、夜の十時過ぎだった。出迎えに駅まで現われたのが白人の美女で、しかも流暢《りゅうちょう》な日本語を操ったことに、オダはとまどっていた。それでも彼のために、ノート型パソコンに膨大なアスカに関する資料を持参していた。

コワルスキーとオダの再会を、ニーナは微笑を浮かべ見守った。そして早速二人が、

情報の交換にあたれるよう、ルームサービスで軽食とコーヒーを注文し、部屋をあとにした。

だが二人の話の内容にニーナが無関心でいる筈はない。部屋には盗聴器がしかけられているにちがいない。

そんなことは今はどうでもよかった。ニーナやソコロフには、必要なエサを与えてやらなければ、コワルスキー自身の目的も達せないのだ。

コワルスキーは、ＳＶＲをパトロンと考えていた。偉大な芸術家や科学者には、必要な財力や権力を提供するパトロンが必ずつく。

もちろんそれが無償の提供であれば理想だが、二十一世紀にそんな非現実的な話はありえない。

二時間近く、コワルスキーは、オダが持参した資料に目を通し、それに基づく質問をおこなった。それに対しオダは、正確で淀《よど》みのない回答を返した。

四年前に比べ、オダは少し太り、医師としての貫禄《かんろく》を身につけていた。

それは必要なものだ。たとえ白衣を着ていても、痩《や》せた落ちつきのない男に、これからあなたの頭蓋骨《とうがいこつ》に穴を開け、脳に手をつっこみますといわれて、手術台を降りたくならない患者はいない。

経済的な成功を匂わせる風貌《ふうぼう》は、患者の、医師に対する信頼を生みだすもととなる。

たとえどれほど誠実で金銭欲のない人物であろうと、腕の悪い外科医に体を切られたい

と思う人間はいない。

腕の良い外科医は金持の筈《はず》だという信仰が患者の側にはある。

外科医の腕は、技術だけでなく、患者の信頼を得られるかどうかによっても決まるのだ。

「――すばらしい」

とりあえず知りたかった臨床的なデータをオダからひきだすと、コワルスキーはつぶやいた。

アスカの回復は、まさに奇跡といってよかった。オダは、現在アスカが、定期的な検査をうけているアンノという医師から提供された資料も持参していた。MRIによる、最新のアスカの脳の映像も、それによって彼は見ることができた。

アスカの肉体と脳は、完全な融和を保っている。脳も肉体も、反乱を起こす気配は、今のところ存在しない。

「本当にそう思います。コワルスキー先生の手術はみごとでした。芸術としかいいようがありません」

オダはいって、コーヒーカップを手にした。新幹線の中で食事はすませてきたからと、ルームサービスのサンドイッチにはほとんど手をつけていない。

「あのような手術がもう二度とおこなわれないというのは、残念です。ある意味ではしかたがないこととはいえ……」

「やむをえない。彼女のケースは、ひどく特殊だった。宗教や倫理的な問題について考察する時間もなく、またそれを超える目的を、あの、ミスター・アシダはもっていた」

オダには、今自分は、ロシアの新興財閥が出資した研究所につとめている、という嘘をついていた。ニーナも当然、口裏をあわせた筈だ。ニーナは単なるガイド兼通訳と、オダに自己紹介している。

「そうです。そしてアシダ警視は、その目的を、彼女によって遂げました」

いって、オダはパソコンの別のファイルを開いた。そこには英字新聞の切り抜きが記録されていた。

「あの直後には、アシダ警視に口止めされていて、この資料をお送りすることができなかったのです」

麻薬組織と警察官が銃撃戦をくり広げた、という内容だった。それによってボスが死亡し、組織は解体した。

「このボスのキミクニという男の愛人が、肉体提供者でした」

「覚えている」

コワルスキーは頷《うなず》いた。

「確かハツミという名だった」

「彼女はさほどのリハビリを経ず、ハツミとして活動を開始しました。それによって記事にはありませんが、警察は麻薬組織に内通していた汚職警官の追放に成功したのです」

「彼女は囮《おとり》になったのか」

「そうです」

「なぜそんな危険を冒したのかね」

「おそらくは復讐《ふくしゅう》が目的だったのではないでしょうか。自分の人生を破壊した、麻薬組織に対する」

「フルヨシという刑事を知っているか」

　オダは頷いた。

「名前だけは、その後彼女からもらった手紙にありました。かつての婚約者で、麻薬組織を壊滅させた任務ではパートナーだったと」

「結婚は、しなかったのか」

「難しいでしょうね。精神は同一とはいえ、肉体がまったくかわってしまったのですから。恋愛は、心と容姿の双方をあわせたものによってひきおこされる感情ですから」

　オダはいった。

「現在の彼女の仕事だが……」

「彼女は結局、警察を辞めました。当然といえば当然です。しかし犯罪捜査の仕事をつづけたいという希望にアシダ警視が応《こた》え、麻薬取締官の職についたようです。アシダ警視には、確かに彼女に対する義務がありますから」

「その後、ミスター・アシダとは会っているのかね」

「いえ。この事件の成果で、彼はより高い地位につきましたし、私も自分の仕事が忙しくなりました。ドクター・アンノを推薦したのは、私です」

「ドクター・アンノに会うことは可能だろうか」

オダは頷いた。

「彼は私の大学の後輩ですから。それに彼女の現状に関する、より現実的な知識ももっています。それより何より、彼女自身に先生は会いたいとはお考えにならないのですか」

「もちろん会いたいとも。ただ彼女の職業を考えると、たぶんひどく忙しいだろうと思ってね」

オダは首を傾げた。

「私が最後に聞いた話では、アメリカに留学した後、アメリカ大使館の関係者などと連絡調整を仕事にする、比較的安全で多忙ではない職務についている、ということでしたが」

セミョーノフの話と矛盾する。セミョーノフは、アスカとフルヨシが、生活でも仕事でも、いまだにパートナーを組んでいる、といっていた。

「そうか。それなら会うのはそれほど難しくないかもしれない」

だがオダには疑問を告げず、コワルスキーはいった。

「彼女には、先生の記憶はありません。しかし感謝はしている筈です。何といっても先生は、彼女の第二の人生の創造主ですから」

オダは微笑んだ。

「ですから先生と連絡がとれなくなっていることを先日メールで伝えたら、とても気にしていました」

「アメリカでは、何もかもが裁判になる。アメリカ人は自分の判断に自信がもてないのだ。だから物ごとがうまくいかなくなると、すぐに裁判所にもちこむ。裁判所の判断こそが絶対だと信じてね。ある意味で彼らは、思考を放棄している」

コワルスキーは肩をすくめた。オダがその言葉をどううけとめるかはわからない。だがアメリカで彼が経験したひどく不快なできごとについて詳しく説明したいという気にはなれなかった。

科学者は過去に拘泥すべきではない、と彼は信じていた。実験のデータを別にすれば。

「本来の私の専門ではないが、彼女のリハビリテーションに非常に私は興味がある。肉体的にも精神的にも、アスカは過酷な状態にあった。そこをどう脱し、現在のような安定した心身を得たのか、とても知りたいと思っている」

コワルスキーが告げると、オダは興味を惹《ひ》かれたように、視線を向けてきた。

「それはつまり先生の今後の活動に役立つデータということですね」

「もちろんだ」

オダは首をふった。

「日本では、あまり現在のロシアの状況が報道されません。私が聞いている限りでは、

政治も経済も混乱していて、医療に関しても先進的な技術の導入が立ち遅れている、という印象がありますが……。先生はアメリカからロシアに移られても研究をつづけていたのですか」

　コワルスキーは指を立てた。

「確かに現在、ロシアは混迷している。だがそれは生みの苦しみ、というものだ。社会主義から資本主義に移行する過程で、さまざまに極端なできごとが国内では起きている。一方で、いち早く資本主義の波にのった者たちは新興財閥を成し、莫大《ばくだい》な富を手に入れつつある。ロシアがいくら混迷しているとはいえ、そこにはたいへんな数の人々が暮らし、国土もある。需要も当然あるし、産業を支える労働力も存在する。新興財閥のリーダーたちは、頭脳も優秀で急速な資本主義化への対応にも成功した人物ばかりだ。彼らはロシアの現在ではなく、自らの金儲《もう》けの未来をも展望できる。私はそうした人物のひとりに招かれたのだ。アメリカでは理解されなかった私の知識と技術が、ロシアでは必要とされるかもしれない、とな」

　オダの目が広がった。

「すると先生はロシアでも手術を——」

　コワルスキーは首をふった。

「いやいや、まだだ。だがそれをおこなえる土台は形づくられつつある。そのためにこそ、アスカのデータが必要なのだ」

「そうですか……。確かにロシアでなら、そんなことは起こりうるかもしれませんね」

オダはつぶやいた。

「ドクター・アンノに会い、アスカの心身の回復に関する知識を得る必要性がわかってもらえただろうか。今のところ専門外であっても、リハビリテーションについてのデータを集められるのは、私しかいないのだ」

「明日にでも早速、アンノと連絡をとります」

オダは頷いた。

「アスカはアンノ以外の専門家、たとえば精神分析医やカウンセラーといった種類の人々の治療はうけていないのかね」

「私の知る限りでは。彼女は、自らの力で安定を得たのだと思います」

彼は首をふった。

「とすれば、それは奇跡的な回復だ」

オダの目に不審の色が浮かぶのを見て彼はあわてた。彼がアスカの回復と誰かの回復を比べていることを、オダに気づかれてしまったかもしれない。

「実は次の手術では、ある物質を回復促進剤として使おうと思っているのだ」

彼は急いでいった。

「それは『ニューロトロフィック・ファクター』といって……」

ロシアでの手術のことは決して知られてはならない。特にハンが、この国にいる今は

——。

35

アランを使ってエミールをおびきだす罠《わな》の準備に、アスカたちは三日間をかけた。まず必要なのは、場所だった。万一エミールが抵抗するようすを見せても一般市民に巻き添えのでない場所でなければならない。喫茶店、あるいはレストランといった店舗で、他の客をすべて排し、場合によっては従業員もこちら側の人間で固められるようなところだ。

　永野と大林の許可を得て、アスカは特急で計画を練りあげた。

　まず場所についてだが、これまでアランとエミールがおち合ったのは、新宿や六本木などのファストフードショップが多く、これを貸し切りにするのは不可能だった。そこで大林の親戚《しんせき》が経営する喫茶店を使うことにした。

　場所は新宿一丁目で、靖国《やすくに》通りと新宿通りにはさまれた一角にあり、新宿とはいってもさほど人通りは多くない。やや位置がわかりにくいものの、アランの話では寺尾神谷会の組員がガイドについているのでたどりつけないことはないだろう。

　喫茶店は、四人がけのテーブルが五つ、カウンターが五席といった、こぢんまりした大きさで、長年夫婦で経営してきたのだが、客が減って閉店を考え始めていたという。

麻薬取締部は、ここを一日借り切って、罠をかけることにした。

従業員としてアスカと大林が入る。大林はまだ足の怪我が治りきっていないので、カウンターの中でコーヒーをたてる役だ。当日、手の空いている麻薬取締官六名と古芳が、偽装の客になり店内に散らばってすわる。

アランをテーブルにひとりでつかせ、エミールと案内役の寺尾神谷会の組員が到着するのを待つ。エミールたちがやってきて着席をしたら間髪を入れず逮捕する、という段どりだった。万一逃走しようとした場合に備え、店の外にも四名の麻薬取締官と車を配置した。全員が衣服の下に防弾ベストを着用し、例外はウェイトレス役のアスカだけだ。

わずか三日間という準備期間ではこれがせいいっぱいだった。だがこれ以上時間をかければ、アランを確保した際にビリヤードバーから逃げたロシア人から情報が流れて、エミールに警戒される恐れがあった。

アランはエミールさえひき渡せば自分は安泰だと踏んだのか、アスカたちに協力的だった。ロシア語の通訳のいる前でエミールに電話をかけ、待ち合わせの場所と時間を告げる。呼びだす理由は、ジョーンズの居どころと現在の状況がわかった、ということにした。

アランが連絡をとったのは、エミールの携帯電話だった。電話会社の協力を得て、携帯電話の発信電波を追えば、現在のエミールがどこにいるかを知ることもできる。だがその場でエミールが何人の仲間といるかがわからない以上、よほど大がかりな態勢を組

まない限り、踏みこむのは危険だった。万一複数の仲間といて銃撃戦にでもなれば、大きな被害がでかねない。

待ち合わせの時刻は、午後一時三十分。大林の親戚の店主の話では、昼休みと三時の休憩のあいだのその時刻が、最もふりの客が入ってこない時間帯だというのだ。逮捕劇のまっ最中に、無関係な客がひょっこり現われるのを避けるためだ。

喫茶店の常連客には急ぎ、臨時休業を伝えた。麻薬取締部は前日の深夜からリハーサルをくり返し、本番に備えることにした。

アランがすわってエミールを待つのは、一番奥から二番めのテーブル。その手前に二名の麻薬取締官がすわり、かたわらのカウンターに古芳とあと二名、そして出入口に最も近いテーブルに二名、あとの席はすべて空けておくことで計画を決めた。

武装している可能性があるのはエミールだけだが、もしエミールが単独で現われなかった場合、連れのチェチェン人も武装していると判断する。そのときは、古芳を含むカウンターの三名がエミールを、あとの二名とアスカが連れのチェチェン人を確保するという手筈《てはず》だ。

麻薬取締官はもともと人数が少ないため、場合によっては相手の方が数で上回る現場に踏みこまざるをえないときがある。特にベテランの大林は、そうした経験をいく度も積んでいた。情報では「相手が四人」と聞き、八人で踏み込んだら、十人もそこにいた、というケースだ。

「そのときは、まっ先に一番暴れそうな奴をふん縛るんだ。しのごのいわさず、手錠《ワッパ》を叩《たた》きこめ。気合で勝負しろ。いざとなったら鉛玉をぶちこんでやるぐらいの覚悟を見せれば、向こうもおとなしくなる――」

スキを見せれば、まずまちがいなく修羅場になる、と大林はいった。

「万にひとつも、うまくかわしたら逃げられそうだなんて思わせないことだ。あきらめさせる、それしかない」

問題は、寺尾神谷会の組員はともかく、エミールにそれが伝わるかどうかだった。エミール自身が、これまで数多くの修羅場をくぐってきており、銃撃戦で血路を開いてきた男なのだ。

だが警視庁に応援を要請し、大量の警官隊でとり囲んだとしても、エミールが簡単に投降するとは思えなかった。銃撃戦が起きれば、ハナコによる麻薬取締部占拠の二の舞になりかねない。自分たちのオフィスを、警察の力を借りなければ奪還できなかった屈辱を、アスカの同僚は忘れていなかった。電撃的な方法さえ用いれば、流血を避けた被疑者の確保は可能な筈だ、と計画は進められた。

当日、午前九時に、舞台となる喫茶店「タンゴ」に麻薬取締部は集結した。各自の配置と役割を確認し、エミールの到着を待つ。

不測の事態に備え、永野も、店の外に止めた車で待機した。

午後一時まで、店の外には「ＣＬＯＳＥ」の札を吊《つ》るした。実際、何人かの客が入口

の前まできて立ち去ったことにアスカは気づいた。

午後一時、アスカは手動の扉に吊るしていた札を「OPEN」に返した。店内のカウンターの下には無線機がおかれ、車内で待機する永野と外部班の耳に、中でのようすが伝わる仕組になっている。

アスカはフレアのある丈の長いスカートにブラウスという姿だった。スカートの内側、右のふくらはぎにストラップでベレッタのホルスターを留めてある。スパイ映画なら太股《もも》だが、よほど短いスカートをはかない限り、太股から拳銃《けんじゅう》をとりだすのは難しい。

カウンターにすわる古芳と二人の麻薬取締官は、揃いの上っぱりを着けていた。架空の建築会社の名が入ったもので、張りこみ用の衣裳《いしょう》だった。

テーブル席のひと組は、土木作業員風の恰好《かっこう》をしている。もうひと組は作業着とネクタイ姿で、テーブルの上に図面を広げ、あたかも打ち合わせ中であるかのような偽装をした。それぞれが防弾ベストを隠すために、上着に苦労した。

緊張が高まり、店の中が無言になる。カウンターの内側で松葉杖《づえ》をつく大林だけが、サイフォンでコーヒーをたてている。大林は片方の耳にイヤフォンをさしていた。外部班からの連絡をうけるためだ。

一時十五分にアランが竹田に連れられて到着した。

「新森は寺尾神谷会のことを知っていたぜ。こいつがつながっているのも見通しだったようだ」

アスカに告げて、もの珍しげに店内を見渡した。

「なるほど、麻取も芸達者だな。俺たちじゃこうはいかねえよ」

「ゆっくりしていってといいたいけど、竹田さんはひきあげてください。エミールを確保したら、『パラダイス・ビーチ』襲撃の件で取調できるようにしますから」

アスカはいった。

「頼むぜ」

頷《うなず》き、竹田は、指定されたテーブルにすわったアランをにらんだ。アランはさすがに不安げなようすで目を動かしている。

「落ちつけよ。中にいるのは全部、お前の味方だ」

そう告げ、アスカと古芳に頷いてみせると店をでていった。

一時二十五分、イヤフォンを押さえていた大林がいった。

「白人一名が接近中」

「ひとりできたのか」

古芳がつぶやいた。

「人着は、大柄、ヒゲをのばしている。革ジャケットにスポーツバッグを所持」

アスカはアランを見た。

「エミールなの？」

アランは首をふった。

「知らない」

「店の前を通りすぎた。ただの通行人だったようだ」

大林がいい、ほっとした空気が流れた。直後、大林が緊張した声になった。

「金髪、長身の白人とマルB風人着の二人組、接近中。車を降り、こちらに向かっている」

「エミールよ」

アランがいった。

「きたぞ。入ってきても視線を合わせるな――」

大林がいった。

「じっとして。笑って迎えるのよ」

アスカはアランに告げた。直後、店の扉の前に、ふたつの人影が立った。大林がイヤフォンを耳からひき抜いた。

扉が押し開かれた。

「いらっしゃいませ」

アスカはいった。

先頭に立って入ってきたのは、安もののスーツにポロシャツを着た、見るからにチンピラだった。細いサングラスを額の上にあげて、長い髪をおさえている。まだ二十代の半ばだろう。

うしろには革のブルゾンを着けた白人の男がいた。細い目をして、がっしりとした体つきだ。ひと目でエミールとアスカにはわかった。口元がサーシャに似ているのだ。男は両手をブルゾンのポケットにつっこんでいた。

先頭の男がエミールをふりかえった。目顔で合図して、空いている別のテーブルへと向かう。エミールだけがまっすぐアランのすわるテーブルへと進んだ。

「俺、コーヒー」

ひとりですわったチンピラがいい、上着から携帯電話をとりだした。

エミールは無言でアランを見おろした。アランはぎこちない笑顔を浮かべている。

「おい、コーヒーつってんだろ、聞こえなかったのかよ」

チンピラがとがった声をだし、アスカは我にかえった。

「あ、はい。すみません。マスター、コーヒーひとつお願いします。こちらのお客さまは？」

アランの向かいに腰をおろしたエミールに訊《たず》ねた。エミールはアスカをふり仰いだ。

アランがロシア語で喋《しゃべ》った。

「コーヒー」

エミールは訛《なま》りのある口調でいった。

「承知しました。マスター、コーヒーもうひとつです。よろしくです」

エミールが両手をブルゾンのポケットからだすのを確認し、アスカは最後の言葉を告

げた。その手にマルボロとジッポのライターがあった。

　エミールとアラン、チンピラをのぞく全員がいっせいに立ちあがった。

「アランこと、モハムド・メヘディさんだね。我々は厚生労働省麻薬取締部の者です。麻薬及び向精神薬取締法違反の容疑で取調をおこないたいのでご同行をお願いしたい。お連れの方も申しわけないが――」

　アランとエミールの手前のテーブルにすわっていた取締官が告げた。エミールは怪訝《けげん》な顔をして見上げている。

　ガタッという音をたて、入口に近い席にすわっていたチンピラが立ちあがった。無言で扉に突進する。出入口に近い席にすわっていた二人が立ちふさがった。

「どけよ！　俺は何も関係ねえ！」

　アスカはエミールを注視していた。エミールはようやく何が起こっているのかに気づいたようだ。

「警察《パリーツィア》？」

　アランに訊ねた。アランは無言で頷いた。

　エミールの右手がなにげなく煙草とライターをつかんだ。ブルゾンのポケットにさしこまれる。その手がでてこないうちに、アスカは背後からおさえた。

「エミール・スレイマークさん。あなたにもお訊《き》きしたいことがあるわ」

　自分の名を耳もとで呼ばれ、エミールの体がこわばった。ゆっくりと首を巡らせ、ア

スカの顔を見た。

冷たく青い瞳《ひとみ》をアスカはまぢかからのぞきこんだ。エミールがロシア語を喋った。

「あなたも警官かといっています」

ロシア語のわかる取締官で土木作業員に化けていた中森《なかもり》がいった。

「そうよ」

アスカは頷いた。そしてすばやくブルゾンの上からエミールの腰のあたりを探った。拳銃の固いふくらみがあった。

「手をだして、ゆっくり。立ちあがりなさい」

中森が通訳した。アランが怯《おび》えた表情で瞬《まばた》きした。

エミールは言葉にしたがった。アスカは両手を掲げさせた。ブルゾンのファスナーをおろし、内側にさしこまれていたマカロフをひき抜いた。

エミールが何かを喋った。

「エレナと会ったことがあるか、と訊いています」

ハナコのことだ。エミールは、ハナコが交渉人に指名したのがアスカであったことに気づいたようだ。

アスカは無言で頷いた。エミールは小さく頷き返した。

「とりあえず手錠をはめさせてもらうわよ」

アスカはいって、エミールの両手に手錠をはめた。それを見て、店内にほっとした空

気が流れた。

「確保した」

カウンターの内側に立つ大林が、外の車に無線機で連絡を送った。

そのとき「タンゴ」の扉が押し開かれた。全員がふりかえった。

長いコートを着て、両手に紙袋をさげた、中肉中背の男が立っていた。浅黒い肌の色をしていて、髪は短い。東洋系の顔立ちだが、どこか日本人離れした雰囲気がある。

「申しわけありません。今日は閉店です」

大林が告げた。

男はまるで聞こえなかったかのようにその言葉を無視した。ゆっくりと店内を見渡す。

その目がアスカで止まった。一瞬大きくみひらかれた。

「あの――」

アスカはいいかけた。何かふつうではない雰囲気が突然の侵入者にはあった。だがアランとエミールは明らかにこの男のことを知らないようだ。

「お客さん――」

大林が絶句した。男が両わきにおろした紙袋から、二挺《ちょう》のサブマシンガンをとりだしたからだった。

店内が凍りついた。

東洋人の口からロシア語が流れでた。エミール、という言葉だけが理解できた。

「――全員動くな、と。エミールにはこっちへこい、といっています」

「何だ、お前はよ！」

怒鳴ったのは、入口のところで取締官に足止めされていた寺尾神谷会のチンピラだった。

サブマシンガンの一挺が火を噴いた。上半身に無数の銃弾を叩《たた》きこまれ、チンピラは踊るように手足をバタつかせて倒れこんだ。残った全員が床に体を投げだした。

「エミール！」

男は悠然と呼んだ。アスカはテーブルの下で拳銃《けんじゅう》のグリップを握りしめていた。この狭い店内での銃撃戦など考えられなかった。相手はひとりだが、火力の点では圧倒的に不利だ。こちらが一発でも撃ち返して、相手が乱射を始めれば、瞬時に複数の負傷者がでる。

「何者なの⁉」

アスカは伏せたまま叫んだ。男は答えず、サブマシンガンを天井に向け、連射した。ペンダントライトが砕け、漆喰《しっくい》がはげ落ちる。皆が頭をおさえ、身をすくませるだけだった。

連射が終わると、男は再びロシア語を喋った。アランが震え声でいった。

「わたしたち皆殺しにするか、でてくるかだ、とエミールにいってます……」

「知ってる男？」

テーブルの下でアスカに訊ねられたアランは激しく首をふった。

「知らない！　初めて見た」

エミールが立ちあがった。床に散らばった破片を踏みしめ、ゆっくり出入口に歩みよっていく。

外からの足音が聞こえた。

「おい、あんた！　何やってる!?」

外部班が異常に気づき、応援に駆けつけたのだ。直後、店の外からサブマシンガンの連射音が轟《とどろ》いた。

うわっ、危ないっ、という叫びが聞こえた。

白人でヒゲ面の大男がのっそりと男の背後に立った。外に向け、サブマシンガンを手にしている。

「――――」

大男が男に話しかけた。男は頷《うなず》くと、つっ立っているエミールの腕をつかんだ。外へと押しやる。大男がエミールを連れて、店の外へとでた。

「駄目、逃げられる」

アスカは低い声で叫んだ。

「動くな」

カウンターの下にうずくまった古芳が囁《ささや》いた。右手に拳銃を握っている。

男はまだ「タンゴ」の入口に残っていた。大男とエミールが充分に遠ざかるまで時間を稼ぐ気のようだ。

本当に皆殺しにするつもりなのか。

そのとき、男が自分の名を呼んだ。

「ア・ス・カ……」

信じられない思いで、アスカは顔をあげた。

36

店の中にいた女はひとりだけ。それはまぎれもなくアスカだった。アスカの顔を認めた瞬間、彼は任務のすべてを忘れそうになった。写真以上に美しく、そして厳しい表情を浮かべている。

日本の麻薬取締部がエミール・スレイマークを逮捕するという情報がロシア大使館に入ったのは二日前だった。麻薬取締部はイラン人を使って、チェチェン人を罠《わな》にかける気なのだ。

絶対にチェチェン人を日本の警察に渡してはならない――ソコロフは本国から指令をよこした。万一逮捕された場合は、途中で襲撃を加えてでも、チェチェン人を確保せよ。

必要な装備はすべて手配する、の言葉通り、大使館は彼と〝熊〟のためにチェコ製の

サブマシンガン、スコーピオンを用意した。

彼はチェチェン人を確保したあとは、その場にいる全員を皆殺しにする計画だった。今後、東洋人としての外見を生かして〝仕事〟をつづけるためには、この顔を知る者はひとりでも少ない方がいい。

だが、アスカが〝現場〟にいたことで、彼の計画は狂った。

店の中にいる者すべてが麻薬取締官であることは明白だった。テーブルの下で震えているイラン人とアスカをのぞけば、残る八人の男全員が薄っぺらい防弾ベストを着こんでいる。カウンターの内側で杖《つえ》をついている男も例外ではない。何人かはすでに拳銃に手をかけている。

彼は自分が射殺した男を見おろした。ここにいる男たちの中では例外的に若い。

最初にひとりを射殺するのは、戦術の初歩だった。混乱の中にあっては、百の言葉よりも一発の銃弾がものをいう。もっとも七・六五ミリ弾を一分間に八百三十五発撃ちだすスコーピオンは、一発では黙らなかったが。

彼も着ているロングコートの下に防弾ベストをつけていた。そのベストにはスコーピオンの予備マガジンが四本さしこまれている。

全員を射殺するには途中でマガジンを交換する必要があった。スコーピオンは接近戦では申しぶんのない威力を発揮するが、無駄弾も吐きだす。ホースで水をまくように銃弾をバラまくのだ。

店内にはL字型のカウンターと五つのテーブルがおかれていた。アスカはちょうどカウンターの角のあたりに伏せている。カウンターの向こう側に三人が隠れていて、遮蔽《しゃへい》物をもつ以上、この三人とカウンターの内側にいる杖の男から殺す方が賢明だ。

だが今のままでは、アスカも撃ってしまう危険があった。銃弾は目標を選ばない。

アスカを連れだし、残る男を全員始末する。彼はすばやく決心した。

アスカを呼んだ。

テーブルの陰のアスカが反応するのがわかった。アスカは、カウンターの下に隠れている、ここからは見えない男たちのひとりと、小声で何かを話している。

「アスカ……」

彼はもう一度呼んだ。

視界の右隅で何かが動いた。最初に射殺した男といっしょにいた、ネクタイの上にそろいの作業着を着た二人組の片われだった。

「邪魔だ」

彼はロシア語でつぶやき、右手のスコーピオンの引き金をひいた。死体がふたつ増えた。左手のスコーピオンをかまえたまま、右手のスコーピオンのマガジンを交換する。

「――――」

アスカが日本語で叫んだ。

「撃つな」

ロシア語が聞こえた。アスカの近くにいる男たちのひとりがロシア語を喋《しゃべ》れるようだ。

「アスカ、こっちへこい。そうすれば仲間の命は助けてやる」

彼は告げた。こそこそと日本語の会話が交わされた。

「あんたは何者なんだ。なぜ彼女の名前を知ってる？」

男がロシア語で叫んだ。彼は答えるかわりにいった。

「五つ数える。終わるまでにこちらにこなければ、全員が死ぬ」

日本語を無視して、彼は叫んだ。

「一《アディン》、二《ドゥバ》、三《トゥリ》……」

「待ってくれ、俺はこいつらと関係ないイラン人だ。あんたの役に立つ！」

日本人とはちがう訛《なま》りのロシア語が聞こえた。彼は数えるのを止めた。

「立て」

テーブルの陰から、両手をあげたイラン人が立ちあがった。作り笑いを浮かべている。

「俺は、警官じゃない。あんたの味方だ」

「じゃあその女を連れてこい」

イラン人は目を丸くした。

「やめた方がいい。この女はひどく乱暴なんだ。こんな女を人質にしたら、きっとひどい目にあう」

彼はイラン人の顔に左手のスコーピオンの照準を合わせた。

「今すぐ連れてこい」

「わかった、わかったよ！」

イラン人は頷いて、アスカを見おろした。日本語で何ごとかをいっている。

ようやくアスカが身を起こした。怒りと恐怖で蒼白《そうはく》の顔をしている。その目が、彼に近い三つの死体を見た。

日本語で何ごとかを吐きだした。

イラン人が通訳した。

「あんたが何者で、何のためにこんなことをしたのか知りたがっている」

「知りたければ、俺とここをでていくんだ」

彼はスコーピオンを振った。これ以上ここにとどまる気はなかった。〝熊〟はチェチェン人を連れて充分遠ざかった筈《はず》だ。アスカがこちら側にくれば、流れ弾を恐れず、撃ちまくることができる。

アスカは険しい表情で彼をにらんでいた。彼は銃口をアスカに向けた。

「こい」

短く告げた。アスカが一歩を踏みだした。

そのときイラン人が邪魔をした。アスカよりも先に〝安全地帯〟へ逃れようと、彼の火線をよこぎったのだ。イラン人の体でアスカの体が陰になった。

アスカがさっと床にしゃがんだ。流れるような動作で小型のベレッタをかまえた。

「アスカ！」

彼は叫んだ。だが銃口が自分に向かおうとしているときすら、彼女を撃つのにためらいがあった。

アスカの手もとで炎がたてつづけに二発。胸に衝撃をうけ、彼はうしろ向きに倒れこんだ。扉にはめこまれたガラスが背中で割れるのを感じた。店の外へと転げでた。息が詰まり、身動きがとれない。

仰向けに倒れた彼を、最初に見おろしたのはイラン人だった。恐怖と驚愕《きょうがく》にこわばった顔が彼の視界をふさいだ。

何かが起こっている。そのとき彼は感じた。意思とは関係なく、手足が動かない。はね起きて銃を撃ち、この場を遠ざからなければならないというのに、何ひとつできない。

撃たれたからといって、パニックにおちいったわけではないことはわかっていた。こんな場面は、いく度となく経験した。もっと危険で人数の多い敵のいる場所にたったひとりで乗りこみ、かすり傷ひとつ負わず相手を皆殺しにして脱出したことだってある。防弾ベストを着ていようといまいと、銃弾を受けたのも初めてではない。なのに今に限って、体を動かすことができないのだ。まるで体をまっぷたつに切られてしまったかのようだ。首から上と下で。

銃弾がそれほど激しい損傷を体にもたらしたとは思えなかった。衝撃は確かに彼を転倒させるほどのものだったが、ベストをつき破るような貫通力もなく、たとえばアメリ

カ製の四十五口径などに比べても、肋骨《ろっこつ》が折れるほど激しい衝撃を感じてもいない。

だからこそ、彼は混乱した。

瞬《まばた》きもできずみひらいた目にうつったイラン人の顔が大きくなった。彼の上にかがみこもうとしている。おそらく今の彼を見て、死んだものと決めているのだ。手にしたスコーピオンがひっぱられるのを感じた。彼の手から銃をとりあげようとしている。

不意にそのイラン人の体がはねとんだ。新たに彼の視界をさえぎったのはミドヴィエーチの大きな背中だった。

戻ってきたのだ。ミドヴィエーチは怒りで顔をまっ赤にしている。倒れている彼をまたぎこえ、手にしたスコーピオンをイラン人と喫茶店の内部に向け撃ちまくった。

――よせ

彼は止めようとした。アスカにあたる。アスカを傷つけるな。

だが舌すら動かすことができなかった。

初めて恐怖がつきあげた。それは、自分がこのまま二度と、歩くことは疎《おろ》か瞬きすらできない体になってしまったのではないかという恐怖だった。

ミドヴィエーチの背中がひるがえった。空になったスコーピオンをその場に投げすて、彼に向かってかがみこんだ。

「聞こえるか、ヴォールク?」

頷《うなず》こうとした。うまくできたかどうかすらわからなかった。

「今ここを連れだしてやる」

ミドヴィエーチは彼の両腕をつかむと抱き起こし、まるで雑嚢《ざつのう》でもかつぐように軽々と右肩にのせた。

ミドヴィエーチはそのまま走りだした。二十メートルも走って角を曲がると、彼とミドヴィエーチを回収するために用意されたワゴンが止まっていた。中からスライドドアが開けられる。ワゴンの床にチェチェン人が転がっているのが見えた。

彼はシートに投げだされた。体が弾み、うっという声が洩《も》れた。スライドドアが閉まり、ワゴンが発車する。

とたんに体が動かせるようになっていることに、彼は気づいた。

37

手応《てごた》えがあった。銃弾は二発とも男の胸の中央に命中した。男は「タンゴ」の扉をぶち破りながら仰向けに倒れこんだ。

アランが動いた。

「やめなさい！」

アスカは叫んだが、男の一番近くにいたアランを止められる者はいなかった。倒れて

いる男の手からサブマシンガンを奪おうとする。アランの背中が邪魔で、男が完全に死亡しているかどうかが確認できなかった。

男の手はきつく銃を握っているらしい。アランがもたついた。

アランがはっと顔を上げた。恐ろしいほどの勢いで巨大な影が、アランと倒れている男におおいかぶさった。

エミールを連れだした、大男の白人だった。大男の膝《ひざ》がアランの顔に叩《たた》きこまれた。アランが店の中に転げこんだ。さらに大男が手にしたサブマシンガンをもちあげるのを見て、アスカは体を後方に投げだした。

激しい銃弾の嵐が注いだ。アランが悲鳴をあげた。ありとあらゆるものが砕け、破片となってふり注いだ。

アスカの記憶が白い閃光《せんこう》を放った。これと同じ光景を見たことがあった。

高層ホテルの部屋、近づいてくる爆音に閉まっていたカーテンを開いたとたん、ひとつ目の怪物が痛みを伴う光を射込んできた。そして次の瞬間、あらゆるものが砕け散った。

アスカは「自分の死」を見た。今のこの姿をしている女が額に銃弾を浴び、崩れ落ちる姿を見た。複数の衝撃が、体をつき抜けるのを感じた。

次に気づいたときは、自分は別の人間になっていたのだった。

無意識に体が丸まった。頭をかばい、倒れているテーブルの陰にうずくまった。

だが銃弾の嵐は、あのときほど長くはつづかなかった。ほんの数秒で止み、ロシア語の叫び声が聞こえた。聞きとれたのは、「ヴォールク」という単語だけだ。

　そして静かになった。

　しばらくのあいだ、人の動く気配はなかった。いったい何人が生きのびているのか、見当もつかない。

　ガタッという音がして、アスカが盾にしていたテーブルが動かされた。

「アスカ！」

　古芳の声が聞こえた。

「仁王！」

　血まみれの顔がアスカを見おろしていた。砕けたグラスやコーヒーカップの破片が、きらきらと古芳の髪や服の上で光っている。顔にも無数の切り傷があった。

「大丈夫か、撃たれていないか」

「大丈夫。仁王は？」

「俺も大丈夫だ」

　古芳に助け起こされ、アスカはあたりを見回した。

　声を失った。

「タンゴ」の店内は血の海だった。四人の麻薬取締官にアラン、そして寺尾神谷会のチンピラが絶命している。

穴だらけになったカウンターの向こうから呻《うめ》き声が聞こえた。

「大林さん！」

カウンターの上に手が現われた。やはりカップやグラスの破片を、まるで雪のようにかぶった大林が顔をのぞかせた。

「くそ……」

古芳が倒れている男たちを抱き起こした。

「アスカ、救急車だ」

大林が苦しげにいった。

「無線機は役に立たん」

「はい！」

アスカは答え、「タンゴ」の外へと飛びだした。

38

ワゴンは彼とミドヴィエーチを、用意されていた部屋へと運んだ。そこは、窓のない細長いビルで、どういうわけか完成してからだいぶたつというのに、まるで使用された形跡のない建物だ。

一階に駐車場があり、シャッターを開け閉めして出入りする仕組になっている。そこ

からエレベータで上層階に昇れる。

二階のワンフロアが、彼とミドヴィエーチのために用意された〝宿舎〟だった。打ち放しのコンクリートの上に、マットレスがおかれ、食料品や新品の下着などの入った段ボールが並んでいる。天井のむきだしの穴から垂れたコードに電球がつながれ、黄色い光を放っていた。

ミドヴィエーチの肩を借り、彼はマットレスの上に腰をおろした。そのあと、手錠のまま、口と目の上にガムテープを貼ったチェチェン人を、ミドヴィエーチは床の隅に立たせた。

「ずっとそうして立っていろ。すわったり、よりかかったりしたら殺す」

ミドヴィエーチはロシア語で命じた。

彼はマットレスのかたわらにおいてあった、ヘッドホンステレオに顎《あご》をしゃくった。チェチェン人にこちらの会話を聞かせてやることはない。ヘッドホンステレオは、モスクワの空港で、彼が買ったものだった。ソコロフがもたせた、日本語練習用のテープを機内で聞くためだ。一時間ほどで飽きて、あとは空港で買ったミュージックテープを聞いていた。

ミドヴィエーチは頷いて立ちあがり、ヘッドホンをチェチェン人の頭にかぶせた。ヴォリュームを最大にして、再生ボタンを押す。

チェチェン人の肩が震えた。シャカシャカと、ヘッドホンのすきまから音楽が流れだ

した。

それを見届け、彼はコートの前を開いた。防弾ベストの中心部に二発、十センチと離れていない場所に、二発の弾頭がくいこんでいた。ベストを脱ぎ、ナイフで弾頭をほじくりだした。

体は意のままに動く。撃たれてから、ワゴンにかつぎこまれるまでの数分間が、まるで嘘のようだった。

ミドヴィエーチが大きな息を吐いた。食料品の入った段ボール箱からとりだしたミネラルウォーターを、ラッパ飲みしたところだった。

「『運転手《シャフョール》』はどうした？」

彼は弾丸をつまみ、訊《たず》ねた。

ＳＶＲが大使館を通して用意した男たちを、彼とミドヴィエーチは単に「運転手」と呼んでいた。ロシア人もいれば、日本人らしい東洋人もいた。着替えや食料を運び、ロシア語は話せるようだが、余分な会話はいっさいしない。

日本にきてから彼らに情報を与え、必要な武器を手配したのは、ボリスというきどったロシア人だった。ボリスと初めて会ったとき、ミドヴィエーチは、

「ＫＧＢの匂いがする」

といった。おそらく正しい。モスクワのＫＧＢは解体され姿を消したが、海外に派遣されたすべてのエージェントまでもが呼び戻され、クビをいい渡されたとは思えなかっ

た。確かにＫＧＢは、多くのフリーランサーとの取引を打ち切ったろうが、それは情報公開によって、共産党政権時代におこなった数々の汚い工作が表沙汰《ざた》になるのを防ぐためだ。

　特定の外国を舞台に経験を積み、その国の人間とさまざまなコネをもつエージェントまでもをクビにするとは考えられない。ボリスはかつてはＫＧＢに属し、今はＳＶＲに雇われているのだ。

「奴らなら帰った。俺たちがチェチェン人から情報をひきだしたら、ボリスに連絡をとってほしいそうだ」

　ミドヴィエーチはもうひと口水を飲み、答えた。そして眉《まゆ》をひそめ、彼が手にした弾丸を見つめた。

「大丈夫か」

「ああ。今はな」

　彼は答えた。

「さっきは驚いたぜ。目を開いたままぴくりとも動かないので、てっきりくたばっているのかと思った。それにしちゃ血が流れていないし……」

「自分でも驚いた。いきなり何ひとつできなくなった。指一本動かせず、息をしていられるのが不思議なくらいだった。何が起こったのかまるでわからない」

「配線がショートして電源が切れちまったロボットのように見えたぞ」

彼は小さく頷《うなず》いた。

「あのポーランド人のヤブ医者のせいだ。きっとどこかでつなぎまちがったのさ」

ミドヴィエーチは首をふった。

「ヤバいぞ、兄弟。こんなことがまたあったら、いくら間抜けな日本人でもあんたをつかまえられる」

「大丈夫だ。たぶんもう治っている」

ミドヴィエーチは疑わしげに彼を見た。アスカのことを、この大男に話すつもりはなかった。とうてい理解できるとは思えない。第一、アスカと自分のあいだに何があるのか、彼自身にすらつかめないのだ。

もしかしたら、あの〝凍結〟は、ポーランド人の手術のせいではなかったのかもしれない。アスカと突然会ったことが原因になった可能性もある。

彼はつまんだ銃弾を掲げた。

「わかるか」

ひとつを投げた。キャッチしたミドヴィエーチは掌《てのひら》で転がし、鼻を鳴らした。

「九ミリのショートだ。パラじゃなくてよかったな、同じ九ミリでもパラをくらってたら、肋《あばら》がいかれていたかもしれないぞ」

「いい腕だ。近くとはいえ、十センチも離れていないところに撃ちこまれた」

「感心している場合じゃないぞ。兄弟がいつまでたってもこないんで、心配になって俺

は戻ったんだ。あの、女警官め、今度会ったら生まれてきたのを後悔するような目にあわせてやる」

「よせ！」

思わず彼はいっていた。怒りにかられたミドヴィエーチがアスカにどんな復讐《ふくしゅう》を考えているか、想像するまでもない。ボロ人形のようになるまで強姦《ごうかん》し、最後は顔に弾丸を撃ちこむつもりだ。

ミドヴィエーチは驚いたように彼を見直した。

「どうしてだ。鉛玉を食らわされて放っておくのか」

「いや」

彼は首をふった。

「あの女は俺の獲物だ。俺を撃った報いは、俺がうけさせてやる」

ミドヴィエーチは目を細め、彼をじっと見つめた。

「どうしちまったんだ。やはりどこかおかしいのじゃないのか」

「そうじゃない。とにかく、あの女のことは俺に任せてくれ」

目の奥にはアスカの姿が焼きついていた。美しく険しく、そして傷つきやすい雌の狼。

アスカは最初は抗《あらが》うだろう。彼と自分が〝家族〟であることを決して認めようとはしないに決まっている。

だがいつかは受け入れるときがくる。

家族の絆《きずな》は、何よりも強い。

そのためには、アスカと向かいあって話す必要があった。銃弾を介さずに。

だがその前にすべきこともある。たとえば、アスカのパートナーの排除。フルヨシという刑事があの場にいたかどうかを、彼は気づいていなかった。アスカが目に入ったとたん、他に対する関心をすべて失ってしまったからだ。

それは反省しなければならない。もしフルヨシがあの場にいたなら、何をおいてもまず、フルヨシを殺すべきだったのだ。アスカはそのことで自分を憎むだろうが、それさえも絆が解決をしてくれる筈《はず》だと彼は信じていた。

彼は立ちあがり、自分の荷物の中から、NTF《ニューロトロフイック・ファクター》のアンプルと注射器をとりだした。無言で見つめているミドヴィエーチの前で、注射針を髪の生え際に近いシリコンキャップにつきたてた。もう今では一連の動作を鏡なしでやってのけることができる。

ミドヴィエーチの不安げな目が彼を見つめている。今日は確かに、彼に助けられた。もしミドヴィエーチが戻ってこなければ、彼はイラン人の手で撃ち殺されたか、日本の警察につかまっていたろう。

彼が警察につかまれば、ソコロフとSVRにとっても、ひどくまずい事態になる。

NTFが脳に浸透し、彼はその快感に目を閉じた。これを〝心地よい〟と感じることで、自分は何かを克服できた、と彼は思っている。

「――仕事だが、本当につづけられるのか」

注射器を彼がしまっていると、ミドヴィエーチが訊ねた。

「俺は心配だぜ。本当は、あんたの体はまだ治っていないのじゃないか。俺たちはこのままどこかに逃げた方がいいかもしれん」

彼は首をふった。

「弱気になるな、兄弟。今日のことは、小さなミスにすぎない。俺はただびっくりしただけだ。あの女刑事が、妹にあまりに似ていたからだ」

「妹？　ワーニャのことをいっているのか。あんたが子供の頃はぐれちまったとかいう」

信じられないような表情を浮かべ、ミドヴィエーチはいった。

「ちがう。もうひとりの妹だ。名前は――」

いいかけ、彼はとまどった。名前が思いだせない。あの妹の名は何といったのか。

「もうひとりの妹？　あんたにもうひとり妹がいたなんて聞いたことがない」

ミドヴィエーチは眉をひそめた。

「いたんだ」

確か、ませた妹だった。田舎を嫌い、派手な服が好きで、都会に憧《あこが》れていた。叱った記憶がこの手にある。遅くまで男と遊んでいた妹を、いく度かひっぱたいた。

はっとした。

そんな妹はいない。

ワーニャ以外に彼には妹などいなかった。殴った記憶などある筈がない。

だがこの手は確かに覚えていた。やわらかな頬を平手で打った記憶だ。怒りといらだちと、気持の伝わらないもどかしさが、そこにはこめられていた。

ハンか。

ハンにも妹がいた、とポーランド人はいっていた。すると、この手の記憶は、ハンが妹を打ったときのものなのだ。

ポーランド人は、ハンの妹は確か死んだといっていた。だが死亡に関する詳しい状況はわかっていない。

彼が殺したのだろうか。

わからなかった。もしこの手で殴り殺したり、絞め殺したりしたのなら、同じことを女に対してすれば、記憶がよみがえるかもしれない。

「わからないことばかりだぜ。突然、壊れたロボットのようになっちまったと思ったら、今度は別人みたいなことをいいだす。確かに今のあんたは別人だが……。おい、そこにいるのは確かにヴォールクだよな」

「その通りさ。妹のことは忘れていい。ただあの女警官は、俺にとっては特別なんだ。それだけは覚えておいてくれ。それから、仕事については何の心配もいらない。俺とお前は、ソコロフにいわれた任務をきっちり果たす。ＳＶＲの金をとり戻して、奴を喜ばせてやろう」

彼はいった。そして壁に向かって立つチェチェン人に歩みよった。

ヘッドホンをむしりとった。突然のことで、チェチェン人はびくりと体を動かした。だがいわれた通り、壁を向いている。

彼はチェチェン人の口に貼られていたガムテープもひきはがした。

「やあ、エミール」

耳もとでいった。

「今日は危ないところだったな。お前は罠《わな》にかけられたんだ。あの日本人たちの目的は、お前だったのだぜ。俺たちが助けにいかなけりゃ、お前は今ごろ牢屋《ろうや》の中にいた」

エミールは無言だった。

彼は煙草を吸い始めたミドヴィエーチをふり返った。手で煙草とライターをよこせ、と合図した。

一本くわえ、火をつけた。煙をエミールに吹きかけた。目隠しの下の、エミールの鼻の穴がわずかに広がった。

「なつかしいだろう、ロシアの煙草だ」

「――あんた、誰だ」

エミールが初めて口を開いた。

「心配するな。俺はお前たちチェチェンスカヤの嫌いなロシア人じゃない。証拠にその目隠しをとってやってもいいが、そいつはあとの楽しみにとっておこう」

「何人《なにじん》だっていっしょだ。どうせ連邦政府の人間に決まっている」

彼は答えず、くわえていた煙草をエミールの唇にさしこんだ。

「吸えよ」

エミールが吸いこんだ。煙を吐きだす。彼はさしこんだ煙草をそのままにしておいた。

「俺が政府の人間かどうかは、この際あまり関係ない。重要なのは、今日、お前が俺に助けられた、ということだ」

ぷっと音をたて、エミールが煙草を吐き捨てた。

「犬に感謝する気はないね」

「俺は犬じゃない、エミール。ずっと〝狼〟と呼ばれていたんだ」

エミールが沈黙した。彼が〝射殺〟されたニュースを、エミールが知っているとは思えなかった。エミールはその頃、日本にいた筈だ。

「だったらあんたはロシア人だ。ヴォールクはロシア人だった」

「知っているのか、ヴォールクのことを」

「殺し屋だ。女だろうが子供だろうが、平気で殺す、殺人鬼だ」

「ヴォールクは生まれかわったんだ、エミール」

彼はいって、チェチェン人の目隠しを外した。肩をつかみ、向き直らせた。

「見てみろ。俺がロシア人に見えるか」

チェチェン人は瞬《まばた》きし、彼を見直した。

「カレイスキーか。喫茶店にきた男だな。あんたがヴォールクの筈はない。嘘つきめ」

彼は首をふった。

「俺はヴォールクさ。これからお前はその証拠をたっぷり知ることになる」

「あんたがヴォールクなら、どのみち俺は殺される。何も協力する気はない」

彼はチェチェン人の目をのぞきこんだ。恐怖はまだ少ない。あるのはとまどいと怒りだ。チェチェン人は吐きだした。

「この国は最低だ。嘘つきばかりが集まってやがる。俺たちは、中国人にだまされ、イラン人に裏切られ、日本人に追いかけ回されている。この上何が起こったって、驚くものか」

「お前を逃してやる」

彼は告げた。

「嘘だ」

「本当だ。もちろんただで、とはいわない。お前たちがトビリシで奪った金と、俺への協力が条件だ」

「あの金は偽札だ」

彼は頷《うなず》いた。

「わかっているとも。それを承知で俺たちは回収にきたんだ」

チェチェン人の目に嘲《あざけ》りの色が浮かんだ。

「やはり政府の犬か」

「取引をしたんだ。お前も一枚加わらないか。俺たちに協力すれば、政府の手配をとり消してやれる」

チェチェン人は唾《つば》を吐いた。

「くたばれよ」

彼は首をふった。ミドヴィエーチをふり返った。

「資料を」

ミドヴィエーチは無言で、ボリスから渡された資料をさしだした。

「お前には仲間がいる。それと妹、さらに恋人。ハバロフスクからこちらにいっしょに渡ってきた」

「エレナなら死んだ」

「らしいな。だがあとの仲間は生きている。妹のサーシャも」

チェチェン人の表情が硬くなった。彼はその頬を軽く叩《たた》いた。

「耳をもってきてやろう。俺たちに協力する気になるまで、だ」

資料を読んだ。

「ニコライ、カリーナ、ユーリ、アンドレ、ワシリ、ビクトル、最後がサーシャだ」

「できるわけがない」

チェチェン人は吐きだした。彼は大きく頷いた。

「わかった。待っているがいい。俺たちは耳と証拠の写真を運んでくる。お前が協力す

る気になるまで、な。だが急いだ方がいいぞ。せっかくその気になっても、ひとりぼっちじゃ寂しいだろう」

チェチェン人は再び唾を吐いた。憎しみに目が輝いていた。彼はその目と口に、再びガムテープを貼りつけた。そしてヘッドホンをかぶせ、

「ボリスに連絡しろ」

とミドヴィエーチに告げた。狩りを始めるのだ。

39

最悪の結果だった。警察による現場検証は真夜中近くまでつづいた。当然、事件については、目黒署の捜査本部にも報告がいく。

関東信越厚生局麻薬取締部は、四名の殉職者をだした。それ以外に負傷者が三名。関東に所属する麻薬取締官は、全部で四十五名。事務所襲撃の際に死亡した前崎とあわせ、一割の人員をわずかひと月足らずのあいだに失った。

「麻取はぼろぼろよ」

アスカは吐きだした。

「厚生労働省は、永野部長のクビを飛ばす。警察は大喜びであたしたちの仕事を横取りするに決まっている」

捜査本部のおかれた四谷署をでて、アスカと古芳は覆面パトカーに乗りこんだところだった。古芳は無言でハンドルを握っている。

古芳の携帯電話が鳴った。着信番号を見て、古芳はいった。

「芦田さんだ」

「貸して」

アスカは手をのばし、耳にあてた。

「はい、神崎です」

一瞬驚いたような沈黙があり、芦田がいった。

「アスカか」

「はい。仁王は今、運転中です」

「本庁はえらい騒ぎだ。内閣官房からも、いったい何が起きたのか報告しろと、矢のような催促がきている」

「わかりません。いきなりサブマシンガンをもった殺し屋が現われ、エミールを連れだし、あたしの仲間を――」

涙がこみあげた。

「撃ったんです……」

こらえていった。

「二人に怪我はなかったのか」

「ありません。あたしはそいつを二発撃ちました。弾は二発とも命中したのに、逃げられました」

芦田は黙っていた。

「なんでこんなことになったのか、あたしもすごく知りたい。それに……」

アスカは黙った。まだ混乱から自分が抜けだせていないことはわかっている。そして混乱の中心にあるのは、ひどく無気味な恐怖だ。あの男の姿をした恐怖。

「何だ」

芦田がうながした。

「殺し屋はあたしのことを知っていました。アスカ、とあたしを呼んだんです」

芦田は無言だった。

「会ったこともない男です。ロシア語を喋《しゃべ》りましたが、外見は東洋人でした。おそらく、カレイスキー系のロシア人だと思います。チェチェン人の被疑者も、こちらに協力したイラン人も、その男のことを知らないようでした。なぜこんな事態になったのか、想像もできません」

「君の名を知っていた、といったな」

「はい。明らかにあたしの名と顔を知っていました」

芦田はしばらく考えていたがいった。

「今どこだ」

「信濃町《しなのまち》です。慶応病院に大林さんが入院していて、とりあえずいこうかと」

「やめておけ」

「なぜです？」

「いいか。君らがしかけた罠《わな》については、私は事前に永野から話を聞いていた。考えてみろ。もし、今日君らを襲った東洋系のロシア人が、チェチェンマフィアやイラン人とは無関係だったとしたら、どうやってそこのことを知ったのだ？」

「寺尾神谷会か、エミールの仲間から、と考えていますが」

「だが君の名を、その男は知っていた。君に呼びかけたのだろう？」

「はい。あたしを人質にしようとしました」

「それは君の考え方だ。事件の捜査にあたる者は、別のとりかたをする」

「別のとりかた？」

「罠の情報が事前に洩《も》れていた。そして現場を襲った犯人は君の名を知っていた。そこから君ならどんな結論を導きだす？」

　アスカは息を呑《の》んだ。

「そんな……」

「君と古芳を隔離した方がいいようだ」

「待って下さい――」

「セーフハウスを用意して連絡する。話すのはそこで会ってからだ」

芦田はいって電話を切った。

「どうした」

呆然《ぼうぜん》と電話機を返したアスカに古芳が訊《たず》ねた。

「あたしはスパイだと疑われるかもしれない……。あの男があたしの名を知っていたから——」

古芳は無言で息を吐いた。その表情に驚きがないことにアスカは気づいた。

「仁王！　あんたもそう思っていたの？」

「事情聴取をうけているとき、気づいた。襲撃してきた男は、あの場にエミールと複数の麻取がいることを知っていた。しかも男には仲間がいた。大男の白人だ。俺たちがしかけた罠の情報が洩れていたのはまちがいない」

「だってエミールがあの場にいることは、寺尾神谷会やチェチェン人の仲間も知っていた筈《はず》よ」

「確かにそうだ。しかし罠とは知らなかった。知っていたら、エミールがのこのことやってくるわけがない。だがあの男の目的がエミールを我々から取り返すことだったとしたら、最初からあそこが罠であったと知っていたことになる」

「待ってよ。武装した麻取があれだけいる現場に、あいつは知っていて乗りこんできたというの？」

「奴は最初に、サブマシンガンを二挺《にちょう》見せた。しかもいきなり、寺尾神谷会のチンピラ

を射殺した。あの場を一気に制圧するのが目的だったんだ。ただの喫茶店で、他の客は居あわせていただけだと思っていたら、あんな真似をする必要はない」

「そんな馬鹿げたこと……」

「ハナコを思いだしてみろ。たったひとりで麻取にのりこんできた――」

いわれてアスカは言葉を失った。確かに馬鹿げているとしか思えないような行動をとった犯人に、麻取は一度襲撃をうけていた。

たったひとりで、全裸の上にコートを羽織っただけで現われた女。その女が宿直の麻薬取締官ひとりを射殺して、ひとりを人質にとって、逮捕された被疑者に会わせろと要求するなどと、誰が予測できたろう。

「でもハナコは死んだわ」

「それはひとりできたからだ。今日の男はちがった。仲間がいて、あの大男も、最初の男に劣らず容赦がなかった」

アスカはうなだれた。ハナコといい、今日の襲撃者といい、これまで自分が対してきた犯罪者とはまるでちがっている。警官や麻薬取締官と正面から衝突し、自らを含め、死者がでるのを恐れていない。これでは、戦争だ。

「あいつらがエミールの仲間なのかどうかはわからない。仲間であればアランも知っていた筈だが、奴は知らんといったし、今となっては、それが嘘か本当かは確かめようがない。ただいえることは、エミールを含めたチェチェン人といい、今日の奴らといい、

警察や麻取を殺すことを何とも思っていない。俺たちが相手にしてきた、マルBとはまるでちがう」

「しかもあたしの名前を知っていた……」

「それがなぜかは俺にもわからん」

「仁王」

「なんだ」

慶応病院の前に車はさしかかっていた。

「このまままっすぐいって。大林さんの見舞にはいかない。あたしはスパイと疑われて、拘束されるかもしれない」

古芳はちらりとアスカを見た。切りかけたハンドルを戻し、外苑東通りをまっすぐに走らせる。

古芳は無言だった。アスカは古芳の横顔を見つめた。アスカどうよう疲れきっている筈だが、無言で前方に目を向けている。

「疑ってる？　あたしのこと」

「馬鹿」

返ってきた言葉はそっけなかった。

「だって、だって――」

不意に涙が溢《あふ》れた。目の前で同僚を殺されてもこらえていた涙だった。アスカは子供

のように泣きじゃくった。

古芳がため息をついた。青山一丁目を抜け、青山墓地に面した広い道で車を止めた。ハザードランプを点《とも》して、サイドブレーキをひく。すぐ先に警察の検問が見えた。

古芳は無言のまま、待っていた。

「俺はお前とずっといっしょだ。なんで俺がお前を疑うと思う」

やがてアスカが少し落ちつくと、いった。アスカは息を吐いた。子供のように喉《のど》の奥がひくついた。

「あたしは……あんたを疑ったことがある。『クライン』のスパイじゃないかって」

「大昔のことだ。それにあのときは、疑われてもしかたのない状況だった」

麻薬組織「クライン」のボス、君国の愛人だった神崎はつみが、秘《ひそ》かに警察に保護を求めてきた。警視庁保安二課にいたアスカは、上司だった芦田の密命をうけて、はつみの保護に単身向かった。だが「クライン」に〝汚染〟されていた警視庁からその情報が洩れ、アスカとはつみは襲撃をうけた。

二人の合流を知る人間は、警視庁内部にもごくわずかしかいなかった。古芳もそのひとりで、はつみの体への脳移植でよみがえったアスカは、そうと知らず自分を保護しに現われた古芳への疑いを、捨てきれずにいた。

「でも、芦田さんのいうことはわかるよ。あいつは、エミールとあたしだけを『タンゴ』の外へ連れだそうとした。アランが邪魔しなければ、そうできた筈なんだ。そうな

ったら、残った人間を皆殺しにしていたかもしれない」

アスカはいった。古芳は煙草に火をつけた。路上駐車した覆面パトカーのかたわらを、西麻布へ抜ける車が次々と走り過ぎる。

「お前の想像はたぶんまちがっちゃいない。奴は、エミールとお前を連れだし、あとの人間をすべて始末する気だった。だが最初に店に入ってきたとき、お前を見て奴が目を丸くしたのを、俺は見ている。お前がいるとは、奴は知らなかったんだ。たとえお前を知ってたとしても、だ」

「どういう意味？」

「このことが、お前のスパイ容疑をはらす材料にはならないだろう。だが奴は、あそこが麻取のしかけた罠の場だとは知っていても、お前がいることまでは知らなかった。もしお前がスパイなら、こいつは奇妙なことだ」

「じゃあ奴は偶然、あの場にあたしがいることを知って、エミールともども連れだそうとしたというわけ？」

「そうだ」

古芳の携帯電話が鳴った。古芳は耳にあてた。

「はい、古芳です」

相手の言葉に耳を傾け、

「了解しました」

とだけいって、通話を切った。ヘッドライトを点し、サイドブレーキをおろす。

「芦田さん？」

「そうだ。俺たちはこれから、芦田さんが用意したセーフハウスに向かう。青山のマンションだそうだ」

「まるで犯人みたい」

アスカは息を吐いた。

「芦田さんはお前を信じている」

アスカは小さく頷《うなず》いた。

「あんたと芦田さんに疑われたら、あたしを信じてくれる人は、もうどこにもいない」

古芳が車を止めたのは、青山学院の裏手にある古いマンションの前だった。二人は車を降り、階段を使って二階の部屋にあがった。

そこは応接セットやベッドがおかれているものの、生活の匂いがまるでしない二ＬＤＫだった。リビングの応接セットに、芦田と疲れきった表情の永野が並んで腰かけていた。

「永野部長！」

永野は険しい表情で頷いた。

「ついさっき私も解放されたところだ。芦田から連絡をもらってここにきた。警視庁は

四谷署、目黒署とも組んで、合同特別捜査本部を設けることになった。麻薬取締部は、残念だが、厚生労働省からの指示で、本件から手を引く。今後の捜査はすべて警察だけが進める」

アスカは唇をかんだ。

「すわれ」

芦田がうながし、二人は腰をおろした。カーテンを閉めきった室内には、煙草の煙が濃く漂っていた。

「本庁では、捜一以外に外事が動き始めている。本件に、外国人、特にロシア人が深くかかわっている可能性が高い、という理由だ。目黒署の署長である戸根警視は、外事課の出身だ。かつての古巣に協力を仰いだと見てもいい」

外事課の属する警視庁公安部は、戸根のようなキャリア警察官の牙城《がじょう》だ。戸根はキャリアとして当然の判断をしたともいえる。

「戸根警視の狙いは彼女ですか」

古芳が不意に口を開いた。芦田は無言で頷いた。

「俺はどうなるんです」

「島流しのままだ。神崎のそばにいろ。不服か？」

「ありがとうございます」

古芳の言葉に芦田は首をふった。

「ありがたいとは思えなくなるかもしれんぞ。もし外事が神崎をクロと決めつけたら、君もただではすまない」

「何を心配するんです？　クビですか。刑務所入り？　俺が心配なのは、こいつだけです」

古芳はアスカを目で示した。

「こいつは、俺がついてなけりゃ、もっと無茶をしますよ。今日だって、防弾ベストもつけていないくせに、襲撃してきた男を撃ちました。もし奴が撃ち返してきたら、ひとたまりもなかった」

芦田は頷いた。

「事件については聞いているが、もう一度、その場にいた君らからの話をくわしく聞きたい。疲れているところを悪いが、頼む」

アスカと古芳は目を合わせた。アスカはいった。

「あたしがまず話す。途中で、あたしの見落としたことや、ちがうと思ったところがあったら、あとからあんたが話して」

古芳は頷いた。

アスカは、ジョーンズ、さらにアランを逮捕したいきさつ、そしてアランを使ってエミールに罠《わな》をしかけた話をした。ジョーンズとアランについては、永野からも聞いているだろうがかまわなかった。「タンゴ」でエミールを待ち伏せ、その身柄を確保した直

後、襲撃者が現われ、銃撃戦となった。第一の襲撃者を救いにきた第二の襲撃者は、白人の大男で、二人ともロシア語を喋《しゃべ》った。第一の襲撃者がエミールとともに自分を連れだそうとし、第二の襲撃者は、倒れた第一の襲撃者に、「ヴォールク」と呼びかけた、などだった。

古芳が補足した。第一の襲撃者は、アスカの名を知っていたが、その場にアスカがいるのを見て、驚いたようすだった。そしてもう一点、アランを盾にして、アスカが拳《けん》銃《じゅう》をかまえたとき、明らかにそれより早く発砲する余裕があったのに、それをしなかった。

「それはつまり、神崎を傷つけるのを恐れた、ということか」

芦田が訊《たず》ねた。古芳は頷いた。

「少なくとも最初の男に関しては、撃ち返すのをためらいました。一瞬ですが、木偶《でく》のようにつっ立って、アスカに撃たれるのを待っているようにすら見えました。あとからきた白人はちがいました。店中に弾丸をばらまきましたから。アスカや俺が助かったのは、偶然です」

「その男は防弾ベストを着けていたのか」

「それはまちがいありません。あたしの弾丸は二発とも胸部に命中しました。本来なら即死する部位です。しかし血は流れませんでした」

「だが歩いて脱出したわけではない。あとからきた大男に担がれて逃げた、ということ

だな」

アスカと古芳は頷いた。

「おそらく被弾のショックで、半失神状態だったのだと思います。貫通しなくとも、かなりの衝撃ですから」

「傷を負っていると思うか」

「何ともいえません。ただ白人の大男の呼びかけに対して、返事はできないようでした」

「その呼びかけだが、何と？」

「『ヴォールク』――」

いいかけ、アスカは言葉を途切らせた。古芳を見る。

「ねえ、聞いたことない？」

「何がだ」

「『ヴォールク』。最近、聞いたわ。考えてみたら、『ヴォールク』って言葉」

古芳は首を傾げた。

「ロシア人か？　あの逮捕した」

「ちがう。どこだろう……、思いだせない」

アスカは頭をふった。疲れと興奮、そして悲しみで、頭は、まるで火にかけられた鍋《なべ》のように煮たっている。

「その白人の大男だが、エミールが現われる直前に『タンゴ』の周辺をうろついていた

人物と見ていいだろう。おそらく襲撃に備え、現場周辺を下見していたにちがいない」

永野がいった。

「大男の役割は、エミールを連れだすことだったと思います。第一の男、『ヴォールク』と呼ばれた男の役割は、それより重要で、その場の制圧と逃走の時間稼ぎだった。そう考えれば、主犯格は最初の男ということになります」

アスカは答えた。

「たった二人で、そこが麻取の罠であると知っていて乗りこんできたというのか」

芦田がつぶやいた。

「ハナコを思いだして下さい。ハナコはひとりで、しかも女だった。この連中は、日本の司法組織の戦闘能力を見くびっているんです。実際、サブマシンガンを撃ちまくる奴と渡りあったことのある人間など、ほとんどいません」

古芳がいった。

「そのサブマシンガンは、旧チェコスロバキア製のVz61、通称『スコーピオン』と呼ばれるものだとわかった。イスラエル製のウジー、ドイツ製のH&K《ヘッケラーアンドコッホ》と並んで、小型のサブマシンガンとしては大量に生産されている機種だそうだ。とはいえ、日本国内での入手は、決して簡単ではない」

芦田が告げた。

「奴らはそれを三挺《ちょう》も用意してきて、しかも惜しげもなく捨てていきました。武器に関

しては豊富な入手手段をもっている、ということです」

アスカは芦田を見つめた。芦田は小さく頷いた。

「外事課が動く理由もこれでわかるだろう。特に、神崎の自宅がロシア情報機関によって監視されていたことを考えると、襲撃者の背景にロシア政府が関係している可能性もある」

「ロシア政府がエミールを拉致《らち》しようと考えるのは充分にありうることだ。神崎たちが得た情報によれば、エミールらチェチェン人グループは、一千万ドルの偽ドル紙幣を所持している。そのでどころとロシア政府につながりがあり、事前に回収しようとしているのかもしれん」

永野は芦田に告げた。

「となると、問題はお前だ」

古芳がアスカを見つめた。

「何よ」

「あの男はお前の名を知っていて、『タンゴ』から連れだそうとした。いったい何のためだ。いや、それ以前に、ロシアのスパイがお前の部屋に監視カメラをしかけたことも、何のためだったのか。捜査情報だけが目的なら、手回しがよすぎるという話をしただろう」

アスカは頷いた。

「ロシア政府は明らかに神崎に関する情報を事前入手している」

芦田がいって、上着から紙束をとりだした。

「これは、警視庁から外務省に出向し、領事としてアメリカにいっている人間に調べてもらった、コワルスキー博士に関する資料だ」

「コワルスキー博士？」

永野が怪訝《けげん》そうにいった。

「神崎の手術を執刀した脳外科医だ。父親はポーランドの外交官だったが、ロシア人の妻と、間にできた息子とともにアメリカに亡命した。息子は非常に優秀だがエキセントリックな医者に育った。アスカの手術は、学会に出席するためにたまたま日本を訪れていた、そのコワルスキー博士によっておこなわれた。人体における脳移植手術は、それが世界で初めての試みだった」

「初めてで唯一です」

アスカはいった。

「博士は帰国後、アメリカで猿を使って同じ手術をおこなって訴えられました」

芦田は頷《うなず》いた。

「資料によると、いくつかの裁判沙汰《ざた》のあと、ＦＢＩは、博士を、あまりに先端的な思想をもっている科学者として、要注意人物に指定したようだ。これは危険人物と見なすということではなく、テロや誘拐の対象とされやすい、といった意味だった。ところが

昨年の初めから、博士の所在がわからなくなった。インターネット上のホームページも閉鎖、メールも届かなくなり、音信不通の状態となっていた」

芦田は資料をめくった。

「その後、こちらの要請をうけたＦＢＩが、出国者のデータを調べたところ、アレクサンドル・チャコフという人物が、ニューヨークからロンドン経由でモスクワに飛んでいたことが判明した。アレクサンドル・チャコフという名の人物はアメリカ国内に居住していない。チャコフは、コワルスキー博士の母方の旧姓と一致する」

「つまり、博士はロシアにいる？」

アスカは訊ねた。

「ロシアならば、アメリカに比べれば、種々の医学的実験がおこないやすい。ただし、設備の整った医療施設や実験の費用を負担できるような組織の存在は限られている」

「ロシア政府……」

「博士のもつ脳移植の技術に、ロシア政府が興味を示した可能性はある。また、先行手術の成功例として神崎の名が、博士によってロシア政府関係者に伝わったとすればロシア情報機関が神崎を監視し、その生活状況を資料として本国に送ったとも考えられる」

「むかつく」

アスカは吐きだした。

「あたしはモルモット扱いされたわけね」

芦田はアスカに訊ねた。

「コワルスキー博士に、お前のデータを送っていた医者がいたな」

「小田先生です。小田先生の紹介で、安野先生の定期診断をあたしはうけることになり、そのデータは、安野先生から小田先生、小田先生からコワルスキー博士へと送られることになっていました。あたし自身は、コワルスキー博士のことはほとんど覚えていないので……。芦田さんはお会いになっているのじゃありませんか」

芦田は頷いた。

「ある人の仲介で会った。執刀を要請したのは私だ。博士は初め、驚いていた。だが私がすべての責任をとり、手術の事実は完全な秘密にすると誓うと告げると、それならば、と手術に踏み切ってくれた。少なくとも私にとっては恩人だ」

「あたしにとっても、です。今は……、そう、思えるようになりました」

アスカはいった。古芳が口を開いた。

「つまりそのコワルスキー博士は、偶然、日本にいたために、アスカの手術をすることになった。手術は成功し、アメリカに戻ったのだけれど、今度は同じことをアメリカでしようとしてうまくいかなくなり、ロシアに渡った、ということか。確か、医師免許もとりあげられた、といっていたな」

アスカは頷いた。

「だが、そのことと、エミールをさらいにきた男がお前の顔と名を知っていたことと、

どうつながるんだ？　かりに、あの男がロシアのスパイで、お前の情報を集めていた人間だとしても、お前をあの場から連れだす理由にはならない筈《はず》だ」

「ふつうスパイは、情報収集を担当するのと破壊工作を担当するのとでは人間が異なるものだ。君らの話を聞く限り、襲撃者は破壊工作の専門家ではあっても、情報収集をおこなっていたとは思えん。もしそうならば、当然、日本語が理解できる筈だ」

芦田がいった。

「日本語は喋《しゃべ》りませんでした、ひと言も」

「あたしが貴重な手術の成功例だから、殺しちゃまずいとでも思ったのかしら。馬鹿ばかしい……」

古芳は首をふった。

「もしそうなら、あの大男だってそうしたろう。あいつは平気で撃ちまくりやがった」

アスカは頷いた。思いだすと胸がむかむかした。フラッシュバックのように、撃たれた記憶がよみがえる。

アスカは深呼吸した。自分はまだ幸運なのだ、といいきかせる。命を落とした麻薬取締官の敵は必ずとる。

「大丈夫か」

そのようすに気づいた古芳が訊ねた。

「ええ。でもあいつは絶対に許さない――」

いいかけ、はっとした。麻薬取締部は捜査から手を引くことになった、と永野はいわなかったか。

「部長！」

永野はつらそうな顔をしていた。

「警視庁の外事課から、神崎に事情聴取をおこないたい、という申し入れがきている。うければ、襲撃者との関係について、しつこく調べられることになるだろうな」

「裏切り者扱いされるわけですね」

アスカは芦田を見つめた。

「あたしは拘束されるのですか」

「微妙だな。だが外事課は、脳移植の話を知らん。それなしで、なぜロシア人がお前の顔と名を知っていたかを納得させるのは難しい。警視庁の高度機密に属することだ。私は明日、総監に会って、この件についての判断を仰ぐつもりだ。許可が得られれば、外事課長だけに事実を話し、お前に向かう調査を、最小限に抑えられるよう努力する」

「でも捜査には戻れない――」

永野は息を吐いた。

「関東信越厚生局麻薬取締部は、重大な状況にある。死者四名を含む、七名の取締官を現場から欠いた状態では、通常の業務活動すらおぼつかない」

麻薬取締官の仕事は、麻薬犯罪の捜査、摘発ばかりではない。医療機関等における、

指定薬物の管理、あるいは製造業者への指導といった、監督業務もあるのだ。

「神崎も途中で捜査を離れるのはつらいだろうが、しばらくは通常業務の補助にあたってほしい」

アスカは唇をかんだ。

「それはそれとして、問題はエミールだ。襲撃者の目的が一千万ドルの回収なら、当然、エミールの口を割らせ、日本にもちこんだ一千万ドルのありかに向かうだろう。エミールの仲間であるチェチェン人や寺尾神谷会とも、衝突が起きる」

芦田がいった。アスカは芦田を見た。そんな話をしてどうなるというのだ。もう自分は捜査にはかかわれない。ここにいる全員が、捜査とは無関係の立場なのに。

古芳も怪訝そうな表情を浮かべている。

「一方で、ロシアの情報機関が、神崎に対する興味を失っていないとするならば、当然、今後も神崎を監視、場合によっては拉致《らち》しようとするかもしれん。その役を、今日の襲撃者が担う可能性もある」

アスカははっとした。

「囮《おとり》ですか」

芦田は頷いた。

「神崎が通常業務をおこなっていても、それらを目的とする工作員が接触してくるとなれば、当然、保護、監視する人間が必要になる」

「俺の役目だ」

古芳がいった。

「そうだ。古芳は今後もひきつづき、神崎の保護にあたれ。ただし、外事課による捜査の方向いかんでは、しばらくひき離されることもあるかもしれん」

「心配だね」

アスカはいった。

「あたしじゃなく、仁王のことが」

古芳は相手にせず、永野を見つめた。

「お願いですから、こいつをクビにしないで下さい。俺がついてさえいれば、無茶はさせませんから」

永野はうっすらと笑みを浮かべた。

「したくてもできるような状況じゃない。麻薬取締部は深刻な人手不足だ。東北と横浜分室に、何とか人手をさいてもらえないか、明日中に連絡を入れなけりゃならん」

芦田が結論を下すように告げた。

「とりあえず、神崎は自宅に戻らないように。外事課による捜査方針が決定するまで、ここに禁足とする。古芳は、神崎がロシア工作員と無断で接触しないよう、監視にあたれ」

「了解しました」

「この部屋のことは、警視庁の外事もまだ知らん。襲撃者の正体と、なぜ神崎の名を知っていたかが明らかになるまでは、ここにいろ」

芦田はいい、永野を見た。

「いいですね、部長」

「私の部下に対する心づかいに感謝します。着替えなどは、事務所にあるものを明日、とりにくればいい。今日はもう、ゆっくり休め。連絡は携帯電話に入れる」

永野は頷《うなず》き、芦田と二人で立ちあがった。玄関に向かいかけ、芦田がふりかえった。

「二人とも、銃はもっているのか」

「俺はあります」

古芳が腰を示した。

「あたしは、発砲したので、証拠品として捜査本部に提出しました。事務所にいけば、もう一挺《ちょう》、コルトがあります」

三十八口径のリボルバーだ。アスカがいうと、芦田は頷いた。

「そうだった。麻取は二挺、支給されるのだったな」

「明日、事務所にきたら、忘れず装着しておけ」

永野がいい、二人はでていった。

残されたソファで、アスカと古芳は向かいあった。

「何か、変な感じ」

アスカはつぶやき、立ちあがった。キッチンにいき、冷蔵庫や食器棚を調べた。紅茶のティバッグとインスタントコーヒーしか見あたらなかった。インスタントコーヒーは賞味期限が切れ、変色して固まっている。

「紅茶しかないけど、いれるよ」

アスカはいって、ヤカンに水を入れガスコンロにかけた。

古芳が立ち、カーテンをわずかに開けて外をみた。じき夜が明けようとしている。外を見ながら、古芳がいった。

「お前はベッドで寝ろ。俺はここで寝る」

「嫌だ」

古芳はふり返った。驚いたような顔をしている。アスカは古芳の目を見つめた。

「こんな日に、ひとりでなんか寝たくないよ」

古芳は小さく息を吐き、頷いた。

アスカはティカップを洗い、わいた湯で紅茶をいれた。砂糖はスティックシュガーがあった。多めに砂糖を入れた紅茶をひと口飲み、古芳は顔をしかめた。

「甘いな、おい」

「疲れてるから、甘いものが欲しくなると思って……」

二人は見つめあった。

「そういや、飯も食ってなかった」

「食べる気になんかなれない」

「そうだな……」

古芳は頷き、紅茶をすすった。

不意にティカップをテーブルにおいた。

「思いだしたぞ」

「何？」

「『ヴォールク』だよ。確か、道警の高橋さんだ。ロシアマフィアのニューウェーブの話をしていて、その言葉がでてきたんだ」

「そうだ！」

アスカも叫んだ。

「でも確か、射殺されたっていってなかった？」

「いっていた。内務省に追いつめられ、射殺されたというニュースが流れた、とか」

「じゃ、別人だ。狼とかいう意味なんでしょう。通り名みたいなもので、いろんな奴が使っているのかもしれない」

アスカはがっかりしていった。

「だが手がかりにはなる。お前の友だちのＣＩＡを使え」

「ブルね。わかった。明日、連絡とってみる。さ、もう寝よう」

ベッドルームに入った。セミダブルのベッドがふたつおかれている。

「担当者は誰ですか」

「外事一課の課長補佐と目黒署の戸根警視、それに一課の井本《いもと》課長だ」

アスカは唇を噛《か》んだ。戸根には合同捜査本部の責任者のひとりとして、もちろん権限がある。だが、決して愉快な時間にはならないだろう。井本とは、かつて幾度か仕事をしたことがあった。物静かだが職人肌の刑事だ。事情聴取は、井本が仕切ることになるにちがいない。

「現段階では、捜査の主導権は一課にある。だが一千万ドルの件が伝われば、外事がしゃしゃりでてくるだろう」

「外事の一課長補佐というのは、どんな人ですか」

「西沢《にしざわ》というキャリアだ。戸根警視の二期先輩にあたる」

戸根はおそらく、その西沢に頼んで、事情聴取への立ち会い許可をとりつけたのだ。戸根が自分に対し、個人的な関心を強く抱いていることを、アスカは意識せざるをえなかった。

「目黒の署長がくる」

電話を切ったアスカがいうと、古芳は肩をすくめた。

「しかたがない。奴さんにはその権利がある」

「あんたが絞られるかもしれない」

戸根は古芳に対し、克明な捜査報告を課していた。アスカの〝秘密〟を知らせなかっ

たことを、いくら守秘義務を負っていたとはいえ、ねちねちと突いてくるにちがいなかった。

「別に恐かない。目黒署にもっていかれない限り、戸根警視に、俺への人事権はない。クビにまではされないだろう」

古芳は平然といった。

車が警視庁についた。アスカは懐しい建物の内部に降りたった。たった一年間だったが、この建物の九階にある保安二課、現在の薬物対策課に、アスカは勤務した。そこでの任務が、今の自分を〝作った〟のだ。

本庁所属の古芳とはちがい、アスカは入館受付をおこなわなければならなかった。そのことを悲しいとは思わない。退職すれば、四十年つとめあげた警官だって、同じことをしなければならないのだ。

「モンタいく前に、古巣をのぞくか」

桜田門の建物に入ったとたん、心なしか古芳の表情に安堵《あんど》が混じったような気がした。

アスカは首をふった。

「いいよ。いっても寂しくなるだけだから」

古芳は無言で頷《うなず》いた。

鑑識課でモンタージュ写真を、二人別々に作製した。

十八階建ての警視庁本庁舎は、十一階の総監室をはさみ、それより下に刑事セクショ

ンが、上に公安セクションが入っている。事情聴取がおこなわれる外事一課は十三階におかれていた。

十三階では、芦田と外事一課長である海老原《えびはら》が待っていた。海老原との会話で、アスカは自分の〝秘密〟が、事情聴取をおこなう三人に伝わったことを知った。

「コワルスキー博士に関する情報収集は、海老原さんに頼んだ。外務省に出向しているキャリアは、海老原さんの後輩だからな」

芦田はいった。海老原は瞬《まばた》きをしない目でアスカを見つめた。

「私は中西《なかにし》さんの後輩でした」

アスカははっとした。中西はかつて薬物対策本部の部長だったキャリアだ。自殺し、だがその死は公にはテロリストによる〝暗殺〟と発表された。「クライン」との戦いの結果だ。

「中西さんの件については、残念でした。なぜあのようなことになってしまったのか、ずっと疑問に思っていましたが、今日その謎が解けました」

アスカは無言だった。海老原は厳しい表情でアスカの顔を見つめた。

「どうやら、どこにいっても『台風の目』となってしまう人物というのがいるらしい。私には、あなたがそう思えます、神崎さん」

「責任があたしにあるとおっしゃるのですか」

アスカは問い返した。海老原は首をふった。

「いえ。『クライン』の件で、あなたの身の上に起こったことは、百パーセントあなたの責任ではない。むしろ責任を問われるべきは、ここにおられる芦田さんであり、亡くなられた中西さんでしょう。ですが、警察という組織には、立ち止まって反省することが許されない。あなたが今現在、警察ではなく、麻薬取締官であることに、正直、私はほっとしています。同時に、かつてあったこのできごとが、今までどうよう、なるべく少ない人々の知識としてとどめられることを願っています」

「あたしも同じ気持です」

海老原は頷いた。その目には、同情も批判もない。すでに警察とは無関係の、第三者とアスカを見なしている証《あかし》だった。

「事情聴取をおこなう三名には、今回の機密とコワルスキー博士の関係については説明ずみです。しかし襲撃犯がなぜ、あなたの顔と名を知っていたかについては、臆測《おくそく》する他はない」

「あたしもその点は、奇妙だと感じています」

海老原は小さく頷き、古芳に目を移した。

「事情聴取は、まず神崎さんを先に、それから古芳くんという順番でおこないます。終了はおそらく夜になるでしょう」

「俺は自分の課にいます」

古芳は無表情にいった。アスカは古芳の目を見て頷いた。

三人は小会議室でアスカを待っていた。取調室でなくてまだよかった、とアスカは思った。

西沢、井本、戸根と型通りの挨拶《あいさつ》を交わし、アスカはテーブルをはさんで向かいあう形で着席した。

井本がいった。

「本日の事情聴取は、警視庁の機密事項に鑑《かんが》み、極力、記録をとらない形でおこないたいと思います。ただし重要事項に関しては、メモをとらせていただきます」

「どうぞ」

手始めは型通りの質問だった。きのう一日の行動、そこに至るまでの捜査手順。警視庁はアスカに対し、捜査手順に関する問責はできない。所属がちがうからだ。おそらくは捜査方法に関して違法性がなかったかの確認にちがいない。

脳移植手術に関する質問はでない。戸根も沈黙を守って、井本に任せている。アスカは淀《よど》みなく答えていった。三人の手もとにはすでにきのうのできごとに関する現時点での報告書が届いているにちがいなく、アスカの答にそれとくいちがうところがでてきはしないかと、待ちかまえているのだろう。

ひとわたりアスカの答と説明が終了すると、会議室の中は沈黙に包まれた。やがて戸根が咳《せき》ばらいし、口を開いた。

「我々が閲覧を許された資料によれば、神崎さんは以前、警視庁におつとめになってい

たそうですな」

アスカは戸根を見つめ、とりつくしまもない口調で答えた。

「ご覧になった通りです」

「その折にも、古芳巡査部長とはペアを組んでいた――」

「あたしたちはチームでした。ただし古芳さんは、あたしの手術のことをすぐに知ったわけではありません」

「お二人に個人的な交友関係はなかったのですか」

アスカは息を吸いこんだ。

「あたしたちは婚約を交わす直前でした。彼からプロポーズをされたら、うけるつもりでした。しかしそうなる前に、あの事件が起きたのです」

「すると交友関係は解消された?」

戸根の目がいやらしく光った。

「そのことと本件とがどのような関係があるかはわかりませんが、お答えします。婚約を前提とした関係はなくなりました。しかしあたしは古芳さんに対し、敬意と信頼を感じています」

「男女の関係は?」

「今はありません」

「今は、というのは、これからはわからないという意味ですか」

「仕事中にそれを意識することはありません」

「けっこうです」

井本が口を開いた。

「私はこの中では、在任中の河野巡査を知っています。ですが、あなたの人格が河野さんだとは、正直、信じられない」

「外見がまるでちがいますから。以前のあたしはもっと大きくて、言葉づかいもちがいました。でも、覚えています。井本さんと協力してガサ入れしたことがありましたね」

アスカは微笑んだ。井本は頷いた。

「河野巡査はあのとき確か――」

「畑野《はたの》組のチンピラの腕をへし折りました」

井本は西沢と戸根をふりかえった。

「どうやらまちがいないようです」

西沢と戸根は判断のつかないような顔をしている。以前の自分を知らないのだから当然だろう、とアスカは思った。

「あなたの人格が河野巡査であるのなら、古芳巡査部長とのコンビネーションがすぐれているのは納得できる。あなた方は、スーパーコンビだった」

井本がいうと、戸根が嫌な顔をした。

「お二人はご存じないかもしれませんが、古芳、河野のコンビは、東京中のクスリを扱

っている連中を震えあがらせていました。わずか一年で、膨大な検挙実績をあげていた」

「百八十二件です」

アスカはいった。戸根と西沢が目を丸くした。

「百、八十……二件？」

戸根がつぶやいた。アスカは頷いた。

「ケチな小物の売人まで含めれば、ですが」

再び会議室は沈黙に包まれた。西沢が気をとりなおしたようにいった。

「その後、神崎さんは麻薬取締部に移られ、今回の事件の発端となる襲撃事件が起こった。襲撃犯であったロシア人女性との交渉役も、神崎さんがつとめられたのですね」

西沢は体格のいい、黒縁の眼鏡をかけた男だった。

「はい。ですがハナコは、ハナコというのが、そのとき容疑者が名乗った名前ですが、あたしの氏名を述べて指名したわけではありませんでした。女性の麻薬取締官を呼べといい、たまたまあたしがそのとき近くにいただけです」

「他の女性取締官は？」

「もう一名いるのですが、あの日は出張中でした」

「どちらに？」

「仙台です」

「するとハナコがあの時点で女性取締官を交渉役に指名すれば、それは必然的に神崎さ

んにならざるをえなかったということですね」

　戸根が身を乗りだし、いった。

「確かにそうなります。ただしそれは、ハナコが前もって、関東の取締部に所属する女性取締官が二名しかおらず、あたしでない一名が出張中だということを知っていれば、ですが」

　アスカはいった。戸根が何とかアスカと事件とのあいだに特殊な関係をもたせようとしているのは明らかだ。

「ハナコの要求は、林漢桃との面談でした。この勾留《こうりゅう》されていた林漢桃ですが、神崎さんは逮捕にかかわったのですか」

　西沢が訊《たず》ねた。アスカは首をふった。

「いいえ。あの襲撃事件が起こるまで、あたしは、麻薬取締部では捜査の現場に一切タッチしていませんでした」

「報告書によれば、当日、緊急呼びだしをうけたあなたは、古芳巡査部長とともに、中目黒の麻薬取締部に出頭したとあります。偶然ですか？」

　戸根が訊ねた。

「偶然も何も、戸根警視はあのとき現場指揮車にいらした筈《はず》です。あたしは古芳巡査部長と食事をしていました。二人はほぼ同時に、緊急呼びだしをうけたんです。わざわざ別々になって出頭する必要があるでしょうか。食事をいっしょにしたことが、何か問題

であるというなら、別ですが」

戸根は鼻白んだように黙った。井本の目が笑っていた。西沢がいった。

「このハナコの目的ですが、林の解放ではなく、殺害にあったと、報告書にはあります。確かですね」

「実際に殺害を試みたかという質問なら、それにはわからない、としか答えられません。ハナコは林から、林がチェチェン人から奪った十万ドルのありかを聞きだし、たぶんその後で殺害する意図だったのだと思います。ですがあの時点では、あたしたちはハナコを中国人だと思いこんでいました。したがって林を殺害しにきたとは、思わなかったのです」

「ハナコは古芳巡査部長によって射殺されました。もし生きていれば、より多くの情報が得られたかもしれません」

戸根が西沢に告げた。アスカは怒りを覚えた。

「ハナコは拳銃《けんじゅう》以外に手榴弾《しゅりゅうだん》を所持していました。あたしと古芳巡査部長はそのことを知りませんでしたが、もし射殺しなければハナコはそれを使用していたと思います」

「ハナコは自爆するつもりだったというのですか」

「少なくとも、林から必要な情報をひきだしたあと、ハナコには無事にその場から逃走するという意志はありませんでした。ジョーンズこと、ドミトリ・ダビドキンの話でも、ハナコは好戦的でかなり激しい気性の持主であったことがわかっています。その後、エ

ミール・スレイマークとその仲間と覚しいチェチェン人によって、林漢桃のグループ四名が射殺されました。林はエミールからうけとった十万ドルとひきかえに、偽のMDMAを売りつけ、その報復であったと考えられます」

「エミールは、自分の恋人が自殺するのを承知で、麻薬取締部襲撃に向かわせた、そういうのですか」

「ダビドキンの話がそれを裏付けています」

「襲撃事件については、警視庁でも捜査を進めていました。しかし、チェチェン人グループがMDMAを買いつけたという情報はあっても、それ以外のあなた方の話を裏付ける話はでていない」

　戸根がいった。

「それは捜査のやり方がちがうからではないでしょうか。警視庁は物的な証拠をもとに捜査を順序だてて進めています。あたしたち――あたしと古芳巡査部長は、人的な情報をもとに動きましたから」

「問題の十万ドルの一部を、科警研に鑑定にだしていますね。その理由は」

　黙っていた井本が口を開いた。

「林漢桃から、ドル紙幣が偽札であるという情報を得たからです。結論は、どちらともいえない、というほど精巧なできだということでした。また林によればそれは、エミールらが所持する一千万ドルぶんの偽札の一部だということです」

「一千万ドル！」

西沢が驚いたようにいった。

「おそらくその一千万ドルは、従来のような、チェチェンやロシアの犯罪組織が偽造した紙幣ではないと思います。ロシア政府によって作られ、それをエミールが何らかの手段で入手したものだとあたしたちは考えました。かりに奪われたものだとしても、ロシア政府は公に、偽ドルを作製したことを認められない。そこで秘密裡《り》に一千万ドルをエミールたちから回収するため、破壊工作員を派遣した。それが昨日の襲撃につながったのです」

アスカはいった。

「工作員。なるほど」

西沢がつぶやいた。戸根が深々と息を吸いこんだ。

「神崎さん、ではうかがいますが、あなたと古芳巡査部長が、住居侵入で現行犯逮捕した、ミハイル・セミョーノフというロシア大使館員、この人物と事件のかかわりをどう見ます？」

アスカは首をふった。

「不明です。セミョーノフがあたしのアパートを監視対象にしていたのは事実です。しかし、なぜあたしの住居に限ってそれをおこなおうとしたかはわかりません」

戸根は険しい表情を作った。

「たとえばこう考えたらどうです？　セミョーノフは、本国から一千万ドル回収の指示をうけていた。そこで捜査を担当するあなたの個人情報を入手し、何らかの取引の材料に使おうとした」

「取引とはどういうことですか。あたしを買収か脅迫しようとしたと？」

戸根は頷《うなず》いた。

「未遂に終わってしまったが。あるいは、古芳巡査部長があなたに同行していなければ、それは成功していたかもしれない」

「待って下さい」

アスカは戸根をにらみつけた。

「それはこういうことですか。あたしはアパートでセミョーノフと接触する予定だった。ところが古芳巡査部長がいっしょにいて、たまたまセミョーノフの存在に気づいてしまった。だからその場をとりつくろうためにセミョーノフを逮捕した、と？」

「セミョーノフは外交官です。たとえ逮捕されても外交官特権を行使し、取調も拒否して出国が可能だ。あとに残るのは、貝野容疑者ですが、事情を何も知らされていない使い走りにすぎない。もちろん、あくまでそうであった可能性もある、というだけで」

「もしそんなことを考えるなら、あなたは最低のクソ野郎である可能性がありますね」

戸根の顔が青白くなった。

「失敬な……」

「あたしがお誘いにのって食事をいっしょにしなくてよかったですね、警視。さもないと、あなたもロシアのスパイに買収されたと思われたかも」

　アスカはいい放った。

「何をいっているんだ……」

「お忘れですか。麻薬取締部襲撃事件のあとでは、あたしの個人的な情報にひどく興味をおもちだったようですが」

「私を罠《わな》にかける気ですか!?」

「それはあんただろう！」

　アスカは声音をかえた。

「まあまあ……」

　井本があいだに入った。西沢はひどく塩辛いものを口に入れてしまったような表情を浮かべ、訊ねた。

「セミョーノフの活動に関しては確かに、はっきりとしない部分が多い。一方、昨日、喫茶店『タンゴ』を襲撃した東洋系の男は、あなたの名を知っていたという情報がある。これについてはどう思われますか」

　戸根が勝ち誇ったような表情をうかべた。

「わかりません」

「容疑者は、エミールとあなたを連れだしたあと、銃を乱射し、その場にいる者を皆殺

しにする意志があったと考えられる。つまり、あなただけは助けるつもりだった。そう我々としてはうけとめざるをえない」

　西沢がいった。

「ではあたしがその男の胸に二発、弾丸を撃ちこんだことについては？」

「確かに男はその場に転倒し、意識を失っていたようだという報告はあります。しかし血痕《けっこん》は残っていない」

「防弾ベストをつけていたのだと思います」

「それを知っていて撃ったのでは？」

　戸根が口をはさんだ。悪意のこもった目が輝いていた。

「あたしの手元が狂って、頭や手足に命中するとは考えずに？　もしあたしがスパイであることを隠蔽《いんぺい》する意志があるのなら、そんな真似をせず『タンゴ』をでて、証言者をすべて射殺させた方が簡単ではありませんか」

「ではなぜ、容疑者は、あなただけを連れだそうとしたと思うのです？」

「わかりません」

「二名の襲撃者は、明らかに『タンゴ』が麻薬取締部によるエミール逮捕の舞台であると承知していた。これについてはどう思いますか？」

「情報が洩《も》れています。その理由はわかりませんが」

「警視庁はこの逮捕計画について、事前には何も知らされていなかった。すると情報の

漏洩《ろうえい》は、麻薬取締部から、ということになる」

　戸根がさらにいった。

「当日、エミールがそこに現われることは、寺尾神谷会にも伝わっていました。襲撃グループが、寺尾神谷会とつながりがあれば、予測できたと思います」

「それはかなり苦しいのじゃないですか、神崎取締官。報告書によれば、寺尾神谷会は、『タンゴ』が罠の場であることを知らなかった。知っていれば当然、エミールは現われない筈《はず》だ」

　戸根がいった。

「それにかりにその情報をもとに襲撃をおこなったとしても、容疑者が、あなたの顔と名を知っている理由にはならない」

　アスカは唇をかんだ。

「どうですか？」

　西沢が訊《たず》ねた。

「わかりません」

　これで何度目か、アスカは吐息とともにその言葉を口にした。

「わからないじゃすまないでしょう。これはあなたにしか答えられない質問だ」

「ひとつだけ可能性の考えられることがあります」

「何でしょう」

「あたしの脳外科手術を執刀したコワルスキー博士が、現在、ロシアにいるという情報があります」

　西沢が頷いた。

「それは知っています」

「コワルスキー博士をロシアに招聘《しょうへい》したのが、ロシア政府の関係者であるとすれば、その目的は、脳移植の技術であったとしか考えられません」

「つまり、コワルスキー博士によってあなたの情報を得たロシア政府関係者から、昨日の容疑者にあなたのことが伝わった、と？」

　アスカは頷いた。

「セミョーノフによる監視活動も、もしかしたらそれが理由ではないかと……」

「馬鹿げています」

　話にならんというように、戸根がいった。

「セミョーノフについては、偶然とはいえ、その可能性がないとはいえない。だが昨日の襲撃者、一千万ドルを回収するのが目的で現われた工作員までもが、あなたのことを知っていたと？　ロシアには工作員がたったひとりしかいなくて、その人間がすべての情報を握っている、そういいたいのですか」

　アスカは黙っていた。確かにこれに関してだけは、戸根の発言の方が論理的だ。会議室は沈黙に包まれた。やがて西沢がいった。

「神崎さん、あなたのうけた手術が非常に特殊なもので、それに対し、ロシアの情報機関が興味を示す、ということは、充分に考えられることではあります。ただ、戸根警視もいわれるように、今回の事件にかかわった工作員がその事実まで知っている、というのは、やや説得力に欠けるでしょう」

「事実はあの男に訊《き》くしかありません」

「襲撃犯がプロの工作員ならば、とうに日本国外へ脱出している。日本の司法職員を四名も射殺しているんだ。いつまでも残っている筈がない。エミールは、別の工作員に預けられていますよ」

戸根の口調には嘲《あざけ》りがこもっていた。

「確かにそう行動するのが論理的だ。殺人の実行犯を、いつまでも日本国内におく筈がない。仕事は別の工作員に引きつがれているでしょうね」

西沢がいった。アスカは顔をうつむけた。その通りだ。「ヴォールク」と呼ばれたあの東洋系のロシア人が日本の国外へ脱出してしまったら、アスカのスパイ容疑を晴らす機会は失われる。

そしてそれは充分に起こりうることだった。

「もう一度、麻薬取締部襲撃事件から洗い直すべきかもしれません」

戸根がいった。

「私は捜査責任者のひとりとして、神崎さんの身柄を要求します」

「その問題については、古芳巡査部長の事情聴取を終えてから検討しましょう」

西沢が告げた。

「彼の証言は信用できません。私は細かな捜査報告を彼に命じていましたが、今日に至って、知らされていなかった事実が大量に発覚している」

「古芳巡査部長を口止めしたのはあたしです」

アスカは急いでいった。

「なぜですか」

井本が訊ねた。

「戸根警視による捜査妨害が予測されたからです」

「君、失礼だろう！」

アスカはひるまなかった。

「大変申しあげにくいことですが、現場経験のない戸根警視に情報を上げたとしても、誤解される可能性が高く、また個人的に古芳巡査部長に対する悪意を感じていました」

「――それはいいすぎだ、神崎取締官」

西沢がいった。

「個人的な感情は、職務怠慢の理由にならない」

「一事が万事、こういう調子では、事情聴取にならないですな」

冷静さを装って、戸根がつぶやいた。アスカは唇をかんだ。感情的になった自分の負

けだった。

「他に、神崎取締官への質問はありませんか？」

西沢が戸根と井本をふりかえった。井本が咳《せき》ばらいして、口を開いた。

「神崎取締官、これは今後そちらの捜査を継続させていただく立場の者としてうかがいたいのだが――」

「何でしょう」

「今後、この事件はどう推移すると思いますか。エミールの拉致《らち》によって終息すると？」

アスカは少し冷静さをとり戻した。あるいは井本のこの質問は、アスカをそうさせるための助け船だったのかもしれない。

「ロシア情報機関の目的は一千万ドルの回収にあります。昨日、エミールが一千万ドルを持参していなかったのは明白です。となれば工作員はエミールから一千万ドルの所在地を当然訊きだすでしょうし、おそらくその一千万ドルは、エミールの仲間であるチェチェン人グループによって保管されていることから、次にチェチェン人グループが襲撃の対象になると考えられます」

「そのチェチェン人グループの潜伏場所について何か情報は？」

「死亡したイラン人、アランことモハムド・メヘディによれば、七名のチェチェン人は、寺尾神谷会とつながる、山田と鈴木という二名の日本人の手引きで潜伏していると思われます。両名を紹介したのがメヘディで、メヘディは富山でロシア人相手の中古車販売

業を営んでいました。指紋と写真は、東海北陸の麻薬取締部に送って、該当資料がないか問い合わせ中です」

西沢が反応した。

「富山には多数のロシアマフィアが上陸し、日本の暴力団とも、薬物や拳銃《けんじゅう》の取引があると聞いています。エミールたちはそのツテで寺尾神谷会に保護されたと考えているのですね」

「おそらくそうだと思います」

「問題は一千万ドルです」

戸根がいった。

「ロシア情報機関より先にその偽ドル紙幣を回収すれば、対ロ、対米、どちらにも大きな外交カードになります」

元公安警察官らしい言葉だとアスカは思った。偽ドル紙幣の存在をすでにＣＩＡに知らせてあると告げたら、戸根は怒り狂うだろう。

だが黙っていた。

「寺尾神谷会に圧力を加え、ロシア工作員より先にチェチェン人の身柄をおさえるのが急務でしょう」

戸根はいった。アスカは戸根をにらんだ。

「麻薬取締官を射殺した工作員の逮捕より一千万ドルの方が重要だといわれるのですか」

戸根は目をそらした。

「むろん殺人犯の逮捕は重要です。しかし元々これは、麻薬取締部のオペレーションでしょう。それに失敗したのも、そちらからの情報漏洩《ろうえい》が原因だ。この件にあたっては、井本さんのところが工作員の追跡、確保を担当し、偽ドル方面は外事が担当する。そうですね、西沢さん」

「そう簡単にいけばいいがな」

西沢は慎重な表情でいった。

「目黒署の本部も、当然、全面的な協力態勢をとります」

井本が不快さを露《あら》わにして、そっぽを向いた。戸根、西沢といったキャリア出身の警察官僚と、井本のような叩《たた》き上げの刑事とでは、同じ事件に対してもスタンスがまるでちがう。

キャリアは「国益」という言葉をふりかざし、出世の道具として捜査をおこない、叩き上げの刑事は、ただただほしを挙げることに腐心する。

アスカは久しぶりに警察キャリア制度の歪《ゆが》みを目のあたりにした思いだった。戸根は目黒署の次のステップを考え、この事件をその踏み台にしようとしているのだ。だが露骨なその作業を誰も妨げることはできない。キャリアにもさまざまな人間がいるが、これほど嫌らしい男を見るのは初めてだった。

「今後のことはまた相談しましょう。神崎取締官、ご苦労さまでした」

西沢が乾いた声で告げ、アスカは立ちあがった。口惜《くや》し涙が不意にこぼれそうになった。だがけんめいにそれをこらえ、小会議室をでていった。

41

三階の薬物対策課にいた古芳に、内線電話で十三階の小会議室までくるようにという指示があったのは、アスカと別れて約二時間後だった。

アスカの事情聴取が終わったのだ。アスカが何をどのように訊かれ、どう答えたかということよりも、アスカが傷ついたのではないか、あるいは感情的になって危険な立場へとアスカ自身を追いこんだのではないか、ということの方が、古芳は心配だった。

だがアスカに会ってそれを確かめる時間はなかった。古芳は十三階にあがっていった。

小会議室には、かつての古芳の上司であった井本課長と、外事一課の西沢課長補佐、そして戸根がいた。

戸根による激しい叱責《しっせき》を覚悟していた古芳は、その笑顔に驚かされた。

「どうもご苦労さまです。まあ、すわって下さい」

着席した古芳に対し、まず事件の概要と、古芳のとった処置についての報告が求められた。おそらくアスカにも同じ質問がなされただろう、と古芳は考えながら、指示にしたがった。

それが一段落すると、戸根が質問を発した。

「それで、古芳くんは、今回の事件における問題点をどう考えていますか」

妙だった。自分のような〝兵隊〟に、そんな質問をキャリア幹部が向けてくることじたいが、通常なら考えられない。

「問題点、とは？」

「つまり、何がこのような異常な事態をひき起こしてしまったか、ということですよ」

愚か者に徹した方がいい、古芳は判断した。これは何かの罠《わな》の入口だ。

「やはりそれはロシア情報機関による破壊工作だと思いますが――」

戸根は首をふった。あくまでもにこやかだったが、その笑顔が古芳にではなく、西沢や井本に向けられていることは明白だ。

「それは事象面での問題です。私は背景にある問題点のことを訊《き》いているんです。情報管理に落ち度はなかったか。非常時の連絡態勢に不備はなかったか。ことに麻薬取締部の」

「それについて自分はとやかくいえる立場ではありません。部外者ですので」

「わかっています」

西沢がおだやかにいった。

「ですがここにいるのは、全員が警視庁警察官だ。警視庁警察官としての、あなたの意見を聞きたい」

古芳は悟った。警視庁は、事件を、麻薬取締部単独の責任とするつもりなのだ。

古芳は現場にはいたが、それはあくまでも「連絡調整員」としての立場だった。情報漏洩も、ロシア工作員による麻薬取締官及び暴力団員、イラン人大量殺害も、すべては麻薬取締部、ひいては神崎アスカ一名の責任とするための、言葉の罠をかけているのだ。

「まったく想像がつきません。麻薬取締部は、私の知る限り、完全な確保態勢をとっていました」

「それが完全でなかったから、ロシアの工作員が現われた。私はあなたに細かな調査報告を義務づけていましたが、なされていなかった。神崎取締官によれば、あなたの個人的な感情がその理由だといいますが、今はそれについてあれこれいうのはやめましょう」

戸根は余裕のある表情だった。

「なぜなら結果的に、あなたの職務怠慢が本庁を救ったことになるからだ」

「なるほど、そういうとらえ方もあるのですね」

古芳はつぶやいた。戸根のいう通りだった。もし「タンゴ」における罠の計画が、事前に古芳によって戸根に報告されていたら、情報漏洩の疑いは、警視庁にも及ぶ。

「むろん、情報が君から流れていたとすれば、別ですが」

古芳は無言で首をふった。西沢が口を開いた。

「先ほど神崎取締官にも申しあげたことだが、今後の捜査は、警視庁が二方面に分かれて担当する。井本さんのところが、『タンゴ』襲撃犯の確保を、我々外事一課がチェチ

エン人グループとそれが所持するところの偽ドルの回収だ」

「チェチェン人グループには、新宿における中国人四名殺害容疑もあります」

西沢の目が動いた。井本を見た。

「むろん、彼らのいどころが判明した場合、一課にも応援を頼む」

「同様の作業を、昨日のロシア工作員もおこなっていると思われます」

「もちろん了解していますよ。我々は彼らに先んじなければならない」

戸根が身をのりだした。

「そのためにはあなたの協力が必要だ」

「私の協力、ですか？」

「あなたは本庁の人間としては、最も事件の概略に詳しい。目黒署特捜本部詰めの連絡員として、捜査に助言を与えてほしい」

自分の手もとにおき、飼い殺しにしようというのか。

「むろん、芦田部長にはこちらから許可を仰ぎます」

「担当上司の命令であれば、私に拒否はできません。ただし――」

古芳は息を吸いこんだ。

「その場合、麻薬取締部との連絡調整は誰がおこなうことになるのですか」

戸根は首をふった。

「麻薬取締部は、今後、捜査には一切かかわりません。警視庁としては、麻取が自浄作

用、を働かせてくれることを期待しています。それが期待できないならば、当然我々も動かなければならなくなるでしょうが――

「自浄作用とはどういうことです」

「情報漏洩がどのように起こったかの調査、処分、それ以外にないでしょう。あちらは厚生労働省、こちらは警察庁です。所属省庁がちがう以上、おいそれと手をだしていい問題ではありません」

古芳はアスカとひき離される。その代償として、警察はアスカの身辺捜査に手をださない。そういうわけだ。

「これは酷なことかもしれませんが、古芳くんがその任務にあたるからには、麻薬取締部の人間との接触は一切、断っていただきます。個人的な交友関係も含めて」

戸根は胸を張った。古芳は無言で見つめた。この男は、人事権を行使して、古芳とアスカの仲をひき裂こうとしている。どうしてここまで鉄面皮になれるのだろう。

だが不思議に腹は立たなかった。むしろこの男に〝恥〟という感情を忘れさせるほどアスカに魅力があることが誇らしかった。

嫉妬《しっと》のあまり、権力をふりかざすことしかできない憐《あわ》れな男なのだ。

その瞬間、古芳はかって自分が射殺した、「クライン」のボス、君国を思いだしていた。

君国は冷酷な暴君ではあったが、これほど卑小な男ではなかった。君国はアスカの体、

を愛し、古芳はアスカの心を愛した。

無言でいる古芳に、不安になったのか井本がいった。

「君のつらいのもわかるが、事件の全容が解明されれば、神崎取締官の嫌疑も晴れるだろう。そのためにも協力してほしい」

古芳は頷《うなず》いた。

「ただしひとつだけ、お願いがあります」

「何ですか」

西沢が訊《たず》ねた。

「私の印象では、ロシア情報部は、神崎アスカにおこなわれた手術の内容に関し、強い興味をもっています。そしてそれは、警視庁カク秘事項に相当します。その秘密保持に対し、全力を尽くしていただきたい、ということです。私には、彼女を守ることができなくなりますので……」

「それには留意しておく」

西沢は答えた。

42

警視庁をでたアスカの足は、自然、中目黒の麻薬取締部に向かっていた。かつての古

巣である警視庁が、もはやアスカには〝味方〟でないことは明白だ。今の自分には、麻薬取締部しか帰る場所がない。

　麻薬取締部は閑散としていた。それも当然だった。七名一チームで三班を構成する、関東信越厚生局麻薬取締部捜査課は、このひと月ほどのあいだに三分の一、一チーム分にあたる八名を現場から失ったのだ。そのうちの五名は二度と復帰することがない。

　アスカは部長室に永野を訪ねた。

「神崎取締官、戻りました」

「ご苦労さん」

　答えた永野の目もまっ赤で、黒い隈《くま》が浮いていた。厚生労働省や警視庁からの報告命令があいついでいるにちがいない。

「ついさっき、目黒署の戸根さんから連絡があった。君の身柄については、処分保留という状況らしい。当面、刑事訴追の対象となることはないようだ」

　アスカは驚いた。戸根の権幕では、一両日中にも、自分は再度取調をうけることになるだろうと想像していたからだ。

「捜査については、刑事部の捜査一課と公安部の外事一課がそれぞれ分担してひきつぐことになり、特別捜査本部が目黒署にひきつづき設けられる。薬物対策課の古芳くんは、そこに出向という形で、捜査情報の解析にあたることになったそうだ」

「解析？　つまり内勤ということですか」

信じられなかった。

「そうだ」

「それって、懲罰人事じゃないですか」

永野は無言だった。アスカにしても、永野にかみついたところで意味のないことはわかっていた。

「警視庁は、情報漏洩《ろうえい》に関する麻薬取締部の内部調査が終了するまで、連絡会を延期したいと申し入れてきた。つまり、うちを信用できない、ということだ」

「すると仁王は、連絡担当官も外されたわけですか」

「そうなる。発生した事件の重要性とその立場を鑑《かんが》み、古芳くんと麻薬取締部は、今後一切の接触をとらん方がいいだろう、と戸根さんはいった。それには個人的な接触も含まれているそうだ。もし反するようなことになれば、古芳くん自身に情報漏洩の疑いがかかる、と」

お咎めなしとはつまり、そういう意味だったのだ。アスカはさらに心が冷えきっていくような絶望感を味わった。

戸根は、アスカと古芳をひき離そうとしている。

「警視庁は、情報漏洩の責任をすべてうちに押しつける気だ」

「それをいうなら、なぜあたし個人を追及しないのですか。こんな大きな犠牲を払っているというのに――」

「それが彼らのやり方なのだろう。身内のことは身内で解決しろといい、そのかわり、解決がつくまでは、一切の接触を断つ。確かに不愉快だが、我々としてはこういう事態になった以上、向こうのいう通りにする他ない。くやしいのはわかるが、現実問題として、今の麻薬取締部に、事件の解明能力があるとは、いい難い」

アスカは唇をかんだ。永野の言葉通りだった。だが古芳との個人的関係まで制限してくるのは、とうてい捜査のためとは思えない。

もちろん戸根も今さらアスカに個人的な接触をしかけてくる筈《はず》がなかった。これは完全な〝腹いせ〟だ。

「――いろいろと複雑な気持もあるだろうし、混乱もしているだろうから、今日は帰宅していい」

永野はいった。

「ただひとつだけ忠告させてほしい。君と古芳くんと芦田のあいだに、強い信頼関係があることは承知している。だが今回はそれでもどうにもならない事態だ。古芳くんをうちとの連絡担当においたのは、芦田だ。庁内で今後もし、この事件の責任論がでるようなことになれば、苦しくなるだろう。したがってつらいのもわかるが、今は、芦田に何かを求めないことだ。芦田は、君らにとっての大切なうしろ盾だ。それを急《せ》いて失くすようなことになってはまずいと思う」

確かに、芦田に連絡をとりたい、という強い気持があった。だが一方で、芦田でも今

のこの状況からアスカと古芳を救いだすことは難しいだろう。

アスカは無言で頷いた。永野はわずかだが、ほっとした表情を浮かべた。

「よろしい、退室したまえ」

「ひとつうかがわせて下さい」

「何だ」

「内部調査についてですが、実施されるのですか」

「しないわけにはいかないだろう。だが今すぐというのは無理だ。幸いに明日から大林課長が復帰するので、彼に任せようと思っている」

本来なら事件現場にいた大林に、情報漏洩の調査をおこなわせるのは無理がある。だが麻薬取締部には、それをふり分けられるだけの余裕が人材にないのだった。

「あたしがそれにあたることは難しいですか」

永野は頷いた。

「当然ですね。最有力容疑者ですから」

アスカは自嘲《じちょう》するようにつぶやいた。永野はアスカを見つめた。

「私は、全部員を信頼している。したがって警視庁が、我々のおこなう内部調査のやり方に不満があるというのなら、いつでも私が責任をとるつもりだよ」

穏やかだが、きっぱりとした口調だった。

自宅に帰る他なかった。自宅が決して安全でないことはわかっていたが、今のアスカに、他にいくところはない。

自宅に帰ることを古芳に告げておこうか、アスカは携帯電話を見つめた。だが自分との接触が、古芳の刑事生命を危うくするかもしれないと思うと、メールさえ打つのがはばかられた。

自分の身に何があろうと、古芳が簡単には動じない男であることはわかっている。だがアスカが、古芳の足をひっぱるような真似をしてどうするのだ。

アスカは着装していた拳銃《けんじゅう》を保管庫に戻した。事務所をでて、中目黒から電車に乗りこんだ。

乗りかえのために渋谷で降りたとき、携帯電話が振動した。古芳からだった。

雑踏の中で思わず立ち止まった。電話を強く握りしめ、耳にあてた。

「もしもし！」

「俺だ。状況を聞いたか」

「あたしたちをひき離そうとしている奴がいる。でも今は、お互いが所属する会社のために、そうせざるをえない」

「そうだ。俺たちが命令にしたがわなかったら、芦田さんや永野さんが面倒なことになる」

「でも、内勤だって？　あんたが」

古芳が苦笑する気配があり、アスカもつられて笑った。

「何考えているんだろうね」

「手前のことだけさ。俺を縛りつけ、じっくりいたぶるつもりなのだろう。それから、お前には保護をつけるよう粘っておいたから、たぶん自宅に帰っても大丈夫だ。もっとも、監視もされるだろうから、痛しかゆしって奴だろうが」

「誰がやるの？」

「おそらく公安の人間だろう」

「そう。あたし、今アパートに向かうところよ」

きてほしい、会いたい、という言葉を抑えこんだ。

「当分は会えん。監視つきだからな」

「平気だよ。でも青山で抱いてもらえばよかった」

思わず言葉が口をついていた。

「遅えよ」

ぶっきら棒に古芳が答えた。だがそれが古芳なりの嬉《うれ》しさの表現であることを、アスカは知っていた。

「芦田さんにも迷惑かけるから、当分は、連絡をとらないでおく」

「それがいい。出世したノンキャリの足をすくいたがる奴は多い」

「仁王」

「何だ」

「がんばるよ」

「わかってる。だが最後は、自分の身は自分で守るしかない。そいつを肝に銘じておけ」

「了解」

「本当にヤバくなったらいつでもいい。連絡をくれ」

電話は切れた。

少し元気がでた。渋谷のデパートで食料品を買って帰ることにした。少なくとも今夜は、ゆっくり眠れそうだった。

殺された麻薬取締官たちのことを思うと、じっとしていられない気持になる。だが今はじたばたするときではない。

必ず向こうからやってくる。

アスカには確信めいたものがあった。

林漢桃の逮捕に端を発した今回の事件は、自分と自分のうけた手術に、どこかで深くかかわりあっている。だからこそ、「ヴォールク」と呼ばれた襲撃者は、アスカの名を知っていたのだ。

ハナコの襲撃をきっかけに、〝任務〟として事件にかかわったアスカだが、もう〝任務〟を超えていることは明らかだった。

脳移植手術とそれにつづく「クライン」との対決がそうであったように、これは運命

なのだ。

逃げることも無視することも許されない。何が起こったか、そしてこれから何が起こるのか。それをじっくりと考え、備えるべきときだった。

アパートの近くに、目立たないクリーム色のバンが止まっているのを、アスカは見た。介護福祉サービスの社名が、窓のない後部に入っている。住宅地で長時間止めておいても怪しまれない社名だ。

あるいはすでに公安の監視作業が開始されたのかもしれない。

何日かぶりで帰ったアパートは空気が淀《よど》んでいた。窓を開け、空気を入れかえると同時に、たまっていた洗濯にとりかかる。

留守番電話にはメッセージが二件、録音されていた。

洗濯機を動かし、アスカはそれを再生した。一件目は、「タンゴ」襲撃事件の前日だった。

「安野です。実は先日、小田先生から連絡があって、上京されているとうかがいました。それでできれば神崎さんにもお会いしたいということで、こうして電話をしてみました。ご迷惑でなければ、こちらにご連絡をいただきたいと思います」

二件目は今朝の録音だ。

「ごぶさたしています。北海道の高橋です。新聞で記事を読み、ご連絡しました。お怪

我はありませんでしたか。もしまた、私でお役に立てることがあれば、いつでもご連絡を下さい」

穏やかな声音だった。同じ警官でも、縄張り意識になどこだわらず、手をさしのべてくれようという人間もいる。

だが高橋に今、連絡をとるのは、高橋本人の立場を考えると、控えるべきだった。少なくとも、この家の電話からではまずい。公安部は、裁判所の許可なく、盗聴作業を平気でおこなう。

アスカはまず安野に連絡をとることにした。自分の手術を執刀したコワルスキーについて、小田なら何か情報をもっているかもしれない。

安野はちょうど巡回から帰ってきたところで、病院の自室にいた。

「神崎です。ご連絡が遅くなってすみません。ずっと勤務だったので」

「新聞で読みましたよ。怪我はないのでしょうね」

「頭も体も、大丈夫です。小田先生が上京されているそうですね」

「残念だな。手術の予定があって、今朝、大阪の方に戻られちゃいました。でも、実はもうひとり、神崎さんがびっくりされる方がいるんです」

「びっくりする人？」

「コワルスキー博士です」

「えっ」

さすがに言葉を失った。

「驚いたでしょう。どうやら突然、来日されたらしくて、小田先生にも何日か前、いきなり連絡があったそうなんです。コワルスキー博士はずいぶん羽振りがいいらしく、小田先生の上京費用ももつから、ぜひきてほしいと。ロシア系の企業が、どうやら博士のスポンサーについたらしくて。僕も小田先生の紹介で初めて会いましたが、何ていうか、ユニークな人ですね。天才肌というのは、ああいう人のことをいうのかな……」

安野の口調はのんびりしていた。

「ユニークというと？」

「自信があるのでしょうね。何といっても、脳移植を成功させているのは、あの人だけですから。アメリカではいろいろ迫害されるようなこともあったらしいのですが、ロシアじゃそれもないようだし……。博士は、あなたの回復ぶりにひどく感動しています。それについていろいろと話を訊《き》きたいようなのですが、とりあえず神崎さんの都合をうかがってみないと、と思って……」

「博士はひとりで日本に見えたのですか」

「ひとりじゃないようですね。きれいなロシア人の、通訳兼ガイドのような女性がいっしょです」

「ロシア人女性」

「ええ。ニーナさんといったかな。でも英語で話しているぶんには、ほとんどホテルの

隣の部屋にこもってでてきませんがね」

「ホテルはどこです？」

安野は答えた。西新宿の超高層ホテルだ。

「今夜九時に僕はもう一度うかがうことになっているんですが、いかがなさいますか。正直いって、かなりつっこんだ話を訊きたがると思うので、もし嫌なら――」

「いつまで日本にいらっしゃるのですか」

「それははっきりしないんです。けっこう長くいるようなこともいっているんですけど、もしかすると、あなたに会うのが目的かもしれない」

「あたしに会う……」

アスカはつぶやいた。

「ええ。冷静に考えてみると、たぶん今博士をスポンサードしている企業に対し、手術の成果のようなものを証明してみせる必要があるのじゃないかと思えるんです。だから神崎さんをひっぱりだしたがっているのかもしれない。もちろん執刀ドクターとして、あなたの回復ぶりをこの目で見たいという気持もあるのでしょうが……」

「ルームナンバーはわかりますか」

「『二八三〇』です」

アスカはそれをメモした。

「わかりました。今晩九時にうかがえそうなら、うかがいます」

答えて電話を切った。

思いつき、パソコンを起動させた。ＣＩＡのブルックからのメールが届いているかもしれない。ブルならば、警視庁や麻薬取締部のつかんでいない情報を得ている可能性がある。

案の定、メールは届いていた。

「お姫さまのご機嫌はいかがでしょう。忠実な家臣として、連絡をお待ちしています。
ブルドッグ騎士」

アスカはキィボードをひきよせた。

「ご機嫌は斜めよ。観客が多いのは嫌い」

ブルに送った。ブルはアスカからのメールを待っていたようだ。間をおかず、返事が戻ってきた。

「ともあれ、ご無事で何より。観客はこちらに任せ、イブニング・ティはいかが？」

「けっこうね。新宿で会いましょう」

アスカはコワルスキーが泊まっているというホテルの名を打ちこんだ。

数分の間があり、返事があった。

「六時にフロントへお越し下さい」

アスカは画面を閉じた。ブルックとの接触が「ギブアンドテイク」になることはわかっていた。だが今は、どんな方法をとっても、情報を入手したい。味方のいない自分は、

味方を作りだす他ないのだ。

43

警視庁公安部が自分にどれだけの監視網をはりめぐらせているのか、アスカには想像もつかなかった。警視庁の保安二課につとめていた時代ですら、公安部の活動について耳にすることはほとんどなかった。公安部と刑事部の関係がうまくいっていると思ったことは一度もなく、むしろ公安部には〝見下されている〟と感じていた。警視庁では、「忠誠心が厚い」と上に判断された人間だけが、公安部門へとひっぱられる。彼らは〝再教育〟をうけ、さらに選別されて、公安警察官となるのだ。公安警察官は、警察機構全体を動かす中枢部と直接つながっている。エリート意識が強いのは当然だった。

だが一方で、アスカは、自分にかけられた〝スパイ容疑〟が、戸根の私怨《しえん》によるものであるともわかっていた。目黒署や麻薬取締部に対してはそれを〝盾〟に圧力を加えられても、公安部の刑事たちを動かすには根拠が弱い。

もし公安部が本当にアスカにスパイ容疑を感じていたら、とうに身柄を拘束されている筈《はず》だ。またブルックもそれを感知し、接触を求めてはこなかったろう。どれほどの交友関係があろうと、ブルックは情報機関員なのだ。ロシアのスパイの疑いがある人間との安易な接触は、ブルック本人のキャリアにかかわってくる。役人である以上、キャリ

アを傷つけないことが何ものにも優先されるという点では、日本もアメリカもちがいがない。アスカはFBIでの留学でそれを学んでいた。上司にへつらい、ライバルの失敗を〝密告〟して優位な立場を得ようとする下司《げす》は、どこの国にも存在する。

シャワーを浴び、衣服を着替えたアスカはアパートをでた。徒歩で最寄りの駅に向かう。尾行は感じなかった。

電車と地下鉄を乗り継ぎ、新宿にでた。デパートの地下を使って、再度尾行の有無を確認した。

アスカの気づく限りでは、尾行の存在はない。待ちあわせたホテルへと向かった。

ロビーに到着したのは、午後六時十分過ぎだった。まっすぐフロントへと歩いた。

「神崎といいますが、伝言は何かありませんか」

係に告げると、封筒が現われた。封を破った。プラスチックのカードキィが一枚と、「一九三八」と記されたメモが入っている。

アスカはエレベータに乗りこんだ。

「やあ、お姫さま」

ドアを開けツインルームに足を踏み入れたアスカを、窓ぎわのソファにかけていたブルックが立ちあがって迎えた。ブルックはスーツ姿で、ルームサービスで届けられたと覚しいコーヒーとサンドイッチがテーブルにはおかれている。

「無事な姿を見られて嬉《うれ》しいよ」

「肉体的にはね」

アスカは答え、ブルックの向かいに腰をおろした。

「でも麻薬取締官としては、半死半生ってところかしら。何か聞いてる？」

ブルックは肩をすくめ、ポットからコーヒーをカップに注いだ。

「警視庁公安部も、正直、困惑しているようだね。なぜロシアの工作員があんな乱暴な真似をしたのか。彼らの想像力では答がでないらしい」

そして思いついたようにいった。

「この部屋のことなら心配しなくていい。上下左右、完全にクリーンだ。盗聴される可能性はゼロだ」

「あなたはどうなの？　ブル」

「僕ですか。そうですね。ラングレー（ＣＩＡ本部）は、この事件に関していえば、いただいた偽ドル情報以上には関心を抱いていません。ただ僕自身がとても興味がある。例のシェヴェルキンの活動といい、ＳＶＲがなぜアスカさんにこれほど関心を寄せるのか。恋仇《がたき》がロシアにもいるのかな」

アスカはため息を吐いた。

「新宿で襲撃してきた男のひとりは、見かけは東洋人だけど、ロシア語を喋《しゃべ》り、『ヴォールク』と呼ばれていた。『ヴォールク』はあたしを知っていた。アスカと呼びかけて、

その場から連れだそうとしたの」

　ブルックは眉《まゆ》をひそめた。

「狼が恋仇とは恐ろしい。知っていました？　『ヴォールク』は、ロシア語で狼という意味ですよ。前門の狼、後門の仁王さん、てね」

「冗談じゃないの。あたしは前に、『ヴォールク』という渾名《あだな》の殺し屋がロシアにいた、という話を聞いた。ただしそいつは、内務省に射殺されたそうだけど」

「わかりました。調べさせましょう。ところでアスカさん、そろそろ僕に、あなたの秘密を話してみませんか」

「秘密？」

「また、とぼけて。アスカさんも仁王さんも、わかっている筈です。なぜＳＶＲがアスカさんに興味を示すかを。シェヴェルキンは、モスクワに帰ったあと、ＳＶＲの幹部のひとりと頻繁に接触しています。その動向から見ても、シェヴェルキンが任務の失敗を強く責められているとは思えない。つまりＳＶＲは、アスカさんを監視する、明確な理由があったということです」

　アスカは黙った。脳移植手術のことをブルックに話すかどうかを決断するときだった。

「いいわ。じゃあもうひとつ、お願いをしたいの」

　ブルックがため息を吐く番だった。

「お姫さまには勝てないな。何ですか」

「ここの『二八三〇』にあたしの知り合いが泊まっている。彼にはスポンサーがいるようなのだけど、その正体が知りたい」

ブルックは片方の眉をあげた。

「このホテルを指定したのは、それが理由ですか」

アスカは頷《うなず》いた。

「九時にはその人に会うことになっている」

「その人の名は？」

「コワルスキー。ドクター・コワルスキー、MD（医学博士）よ」

ブルックは携帯電話をとりだした。短縮ダイヤルを押し、相手にコードナンバーを交えた指示を英語で下す。

「答がでるまで、アスカさんの身の上話をしましょう」

アスカは頷いた。

「いいわ。気絶しないで聞いてね」

ブルックは微笑んだ。

「クワンティコで初めてアスカさんに会ったとき、あまりの美しさに気絶しそうになりました。だからもう大丈夫」

「あたしは世界でおそらく唯ひとりの、脳移植手術をうけた人間なの。あたし、つまり今あなたと喋っている人格と、あなたが見ているこの体の持主は、もともと別人だった」

ブルックの口が開いた。閉じなくなっている。

「あたしの人格は、警察官だった河野明日香、体は、壊滅した麻薬組織『クライン』のボスの愛人だった神崎はつみ。二人は同時に銃撃をうけ、その結果、脳死状態だったはつみの体に、護衛をしていたあたしの脳が移植されたの。これが傷跡」

アスカは前髪をかきあげてみせた。額の生え際に、今もうっすらと開頭手術の跡が残っている。髪をあげるときは、ファンデーションを塗って隠している。

「手術を執刀したのは、ポーランド系アメリカ人のコワルスキー博士。『二八三〇』に泊まっている人物よ。秘密を守るため、手術は、佐世保《させぼ》に停泊したアメリカ海軍の空母でおこなわれた」

ブルックは小さく首をふった。

「神様……」

「驚いた？　あたしがフランケンシュタインの怪物で」

ブルックは黙った。無言でアスカを見つめている。その携帯電話が鳴り、ブルックは耳にあてた。

「ブルック」

向こうの言葉に耳をすませた。

「了解」

電話を切った。

「つづけて下さい」

　おどけた調子の消え失せた声でいった。

「コワルスキー博士は、その後アメリカでも同じような手術をしようとして、トラブルにまきこまれた。アメリカにいづらくなり、偽名を使ってロシアに渡った。FBIは彼を監視対象にしていたそうよ」

　ブルックは頷いた。

「報告がありました。『二八三〇』を予約し、代金を払っているのは、東亜カンパニーという旅行代理店です。東亜カンパニーは、SVRの、日本における最新の偽装《カバー》会社のひとつで、シェヴェルキンもかかわっていました。つまり、あなたを手術したドクターを接待しているのは、ロシア政府だ」

　驚きはなかった。

「これでいくつか、謎が解けたでしょう。シェヴェルキンが、あたしの部屋を監視していた理由。あたしの名前を、襲撃した工作員が知っていた理由も」

「SVRはあなたを拉致《らち》しようとした？　もしそうなら、今夜ドクターと会うことは、とても危険です」

「あたしを拉致する理由がわからない。医学的なデータが必要なら、コワルスキー博士はそれをもう手に入れている。博士は日本でのあたしの主治医を通して、会いたいといってきたの」

ブルックは首をふった。

「データと実物はちがう。あなたをロシアに連れて帰れば、今後、同様の手術をおこなう上で、さまざまな貴重な——」

「やめてよ。ロシアの情報部は、あたしを切り刻もうとしてるというの」

「可能性はないとはいえません」

「博士がそんな真似を許すわけがない。命を助けた意味がないでしょう」

ブルックは沈黙した。

「——それは、確かに……。でも当時と今とではドクターの立場がかわっているかもしれない」

「冷静に考えて、ブル。どんな移植手術だろうと、二回目の手術を成功させるために、一回目の患者を切り刻む必要がどこにある」

「二回目の手術？　ドクターがそれを考えていると？」

「情報機関が医療技術の発展のために博士のスポンサーになったと思う？　脳移植手術は、スパイ工作にはうってつけの技術よ。姿形は元のままで、中身だけを別人にすり変えることができるのだから」

「ではアスカさんにドクターが会いたがる理由は何だと思います？　単なる友好関係のためにＳＶＲがお金をだしたと？」

アスカは首をふった。

「そうはあたしも思わない。連絡を仲介してきた日本人の先生の話では、博士は、あたしの回復ぶり、つまりリハビリテーションに関する話を訊《き》きたがっているみたいなの」

「リハビリテーション」

ブルックはくり返し、まじまじとアスカを見つめた。

「それはやはり大変なことなのですか」

「肉体的にも、精神的にも、ね。あたしは今は、自分の身に起こったことは一種の奇跡だと思っている。ふつうの臓器ですら、拒否反応や何かで患者は苦しむのに、まして脳だから」

「その通りでしょうね」

ブルックはつぶやいた。

「人は誰でも、心と体のギャップに苦しむときがあるものだが、アスカさんに関していえば、それがずっとつづく……」

「もうひとつある。あたしは、あたしがいつまで生きられるかがわからない。いつ、この脳と肉体の関係がおかしくなって死んでしまっても、不思議はないの。だからこそ、博士はあたしに会いたがっているのだと思う」

ブルックは黙りこみ、ぬるくなったコーヒーに手をのばした。目は足もとに向けられている。アスカから聞かされた話を、自分の情報員としてのキャリアにどういかすか、けんめいに考えているにちがいない。

「――いま、思いついたのですが」

やがてブルックがいった。そのとき、部屋の電話が鳴った。

「待って下さい」

ブルックはいって、立ちあがった。

「もしもし」

ブルックは日本語で電話に応《こた》えた。

「そうですか。ありがとう」

受話器をおろし、アスカをふりかえった。

「このホテルは、各国のスパイにとても人気があるようです。一階のロビーに、警視庁公安部の刑事さんがたくさんきている、という報告。それから、イサドラ・ペトロフという、SVRのエージェントが先ほど二十八階にあがっていく姿が目撃されました。イサドラは日本語がぺらぺらで、シェヴェルキンのアシスタントをつとめていた女性です。たぶん、ドクター・コワルスキーのガイドをしているのでしょう」

「公安の刑事が……」

アスカは唇をかんだ。尾行には気づかなかった。するとやはり電話が盗聴されていたのだ。

「アスカさん」

ブルックは真剣な顔になった。

「ドクターと会うのは、やはりやめた方がいい。会えば、警視庁の公安部は、本気であなたを疑うでしょう。逮捕されるかもしれない」

　アスカは考えこんだ。

「それにもうひとつ、僕が心配なことがあります」

「何？」

「ドクターは、あなたのリハビリテーションに興味がある、といいましたね」

「ええ」

「リハビリテーションとはつまり、手術のあとのことです。もしドクターがすでに、他の手術をしていて、その患者のリハビリテーションがうまくいっていないとしたら？　アスカさんから、リハビリテーションを成功させるヒントを得ようと考えるかもしれません」

　アスカは目をみひらいた。

「他の手術？」

「ええ。ドクターがロシアに渡ったのはいつのことですか」

「昨年の初め頃らしいわ」

「だったら時間は充分にある。手術に適当な人間を選び、手術をおこない、現在は回復過程にあるのかもしれない」

　再び脳移植手術がおこなわれたという可能性を、これまでアスカは考えていなかった。

「でもそんな簡単にいくかしら。ふつうの臓器移植でも、ドナーとレシピエントの相性がすごく大変なのに」

ドナーは臓器提供者、レシピエントは提供された臓器を移植する患者だ。アスカの場合、レシピエントが神崎はつみで、ドナーが河野明日香ということになる。だが手術後の人格は、ドナーのものになる。

「さっきもいったように、私のこの回復は、奇跡みたいなものなの。拒否反応を起こさず生きのびられる可能性はとても低いと思うわ」

「つまり、あなたとレシピエントである神崎はつみさんの相性が、偶然にも一致したということですね」

アスカは頷《うなず》いた。

「あたしたちは互いに、代わりがなかった。もちろん最初の段階で、血液型やそれ以外の細かな相性がちがっていれば、手術はおこなわれなかったと思う。たまたま二人同時に死にかけ、それを移植手術で救える確率なんて、何万、もしかしたら、何百万分の一かもしれない」

「確かにそうでしょう。奇跡というアスカさんの言葉を僕は信じます。アスカさんたちに対しておこなわれた手術は、緊急で予測不能な要素を多分に含んでいた。ですが、ドクター・コワルスキーが、ロシアでおこなったそういう手術には、それほど偶然性を頼る必要はなかった筈《はず》です。なぜなら、ドクターは、情報機関のバックアップをうけてい

る。つまり、軍隊、囚人、志願者、ありとあらゆる人間の中から、相性のいい組み合わせを選びだすことができるのです。しかもアメリカとちがい、すべてを秘密裡《り》におこなえるため、倫理的な問題が生じる不安もない。少なくとも手術直後の段階までであるなら、アスカさんのときよりも何倍も成功する確率は高いでしょう」

　アスカは頷かざるをえなかった。社会主義経済から転換したとはいえ、ロシアとアメリカでは、やはり大きなちがいがある。ロシア政府が共産党支配の時代と比べ、どれだけ力をもっているかはわからないが、〝国策〟で推し進めることに対しては、アメリカほど、マスコミや裁判で訴えられる危険を恐れる必要はないだろう。

　だがもし、博士が第二の手術を成功させているとしたら、それはいったいどんな患者に対しておこなわれたのか。

　どんな人物に、どんな人格が移植されたというのか。

　たとえばオリンピック選手のような、運動神経抜群の肉体に、ノーベル賞科学者の脳を移植すれば、肉体も頭脳も格段にすぐれた〝スーパーマン〟を作りだすことができる。

　アスカは首をふった。確かに〝スーパーマン〟を生みだすことはできるかもしれない。だがそれが、本人以外にとって何の〝価値〟があるというのか。

　少なくとも〝国策〟によって脳移植がおこなわれるのなら、それを進めた情報機関にとって利益をもたらすものでなくてはならない筈だ。

「――手術をしたとして、いったい誰にしたの？」

　アスカはブルックの顔を見つめた。ブルックの顔は真剣だった。

「わかりません。ですがアスカさんという成功例があるにせよ、それはまだ実験段階といわざるをえない。政治家や大金持のような重要人物にはおこなわれていないと思います」

「でも、レシピエントはどうなるの？　脳を奪われた人は生きていけない」

「脳死者で、相性のよいレシピエントをそうそう集められるとは限りません。囚人ならば……」

　ブルックはいって、言葉を濁した。

「脳死者でない人間をレシピエントにすれば、それは殺人と同じだわ」

「ドナーがレシピエントを演じたら？　脳が別人のものであるなどと立証する方法はありますか。その人の生存を証明するのは、肉体の存在だ。容姿、指紋、ＤＮＡ、すべては肉体に付随するものです。レシピエントの人格は消されるが、肉体を失うのは、むしろドナーの方だ。ドナーとレシピエントのたとえは、この場合、逆になるかもしれませんね。肉体を提供するのがドナー、移植する脳の持主がレシピエント、と。なぜなら手術の恩恵をこうむるのは、脳の持主の方だからです」

　ブルックはいい、アスカの表情の変化に気づいた。

「ごめんなさい、無神経な発言でした」

「あなたのいう通りよ、ブル。あたしにこの肉体を与えてくれた神崎はつみはもういな

い。生き残ったのはあたしひとり、生きていると実感できるのは、ね」

　ブルックは首をふった。

「いずれにせよ、手術をうけた人間がいるのならば、それはＳＶＲに何らかの貢献をみこめる人物であることはまちがいないでしょう。実験のための実験という可能性もありますが、もしそうであるなら、ＳＶＲはよほどの資金力があることになる」

　アスカは考えていた。自分につづく、第二の生存者について知ろうと思うのなら、博士に会うのが一番の方法だ。しかしブルックのいう通り、博士の背後にＳＶＲの存在があると明らかになった今、それは麻薬取締官としての自殺行為だ。

「公安やＳＶＲの目の届かないところで博士と話す方法はないかしら」

　アスカはブルックを見た。ブルックは両手を広げた。

「それは我々にドクターを誘拐しろといっているのですか。もちろん答はノー、無理です。ＣＩＡはドクターには手をだせない。だせば、脳移植手術に我々が興味を抱いているととられかねない。そんなことになれば、ＳＶＲはドクターをあっという間にロシアに連れて帰り、ヤセネヴォに閉じこめるでしょうね」

「興味はないの？」

　ブルックは複雑な表情になった。

「ラングレーに報告すれば、私は、ただちに帰国してカウンセラーのもとにいけといわれるか、大きなオペレーションに巻きこまれるかのどちらかでしょう。現実に脳移植手

術が成功しているとわかったら、機密保持もへったくれもない。心臓発作を起こすお偉いさんが山ほどでる。ラングレーでは、帽子も禁止、男も女も、髪を新兵なみに短く刈ることが義務づけられるでしょうね」

「あなたが必要だというなら、ＣＩＡに協力してもいいわ。あなたの頭を疑いかねない人たちも、実際にあたしを検査すれば、報告が嘘じゃないとわかる筈よ」

ブルックは目を丸くした。

「なぜＣＩＡに協力を？」

「ギブアンドテイクの関係をつづけたいから。わかる？　あたしは警察にとっても厄介者なの。もう警官ではないから、彼らに命令権はない。といって、あたしが好き勝手に動き回れば、仁王や、麻薬取締部に迷惑がかかる。公安部は、あたしがステップをまちがえるのを待ってる。あたしは今、八方塞《ふさ》がりなの。あたしの〝秘密〟は、警察の秘密でもあるけど、彼らは秘密を守ることには熱心でも、あたしを守ることに興味はない。おそらくあたしが死ねばほっとする人間がたくさんいるでしょうね」

いいながらアスカはくやし涙がこぼれそうになった。かつての〝古巣〟が、今のアスカにとっては最大の障害になっている。仕事でも、恋愛でも。

「そんな、アスカさん……」

ブルックは困惑したような表情になった。

「あたしがＣＩＡのためにモルモットになるのは、もちろん今じゃない。あたしの仲間

を、麻薬取締官を殺した連中を捕え、ＳＶＲがあたしに興味を抱いた理由をつきとめてから。もしブルがそれを手伝ってくれるのなら、あなたはあたしの体を自由にしていい」

ブルックはどきりとしたような顔になった。わずかに顔が赤らむ。

「ずいぶん直接的なたとえですね」

「コワルスキー博士が生きている限り、脳移植手術がこれからもおこなわれる可能性は高いわ。そうなれば当然、いろいろな人間があたしの体のことを知りたがる。そうでしょう？」

ブルックは頷いた。

「その通りです。おそらく世界中の情報機関が手術のノウハウを知りたがるでしょう。実際に手術に踏み切るかどうかは別として、脳移植手術をうけた人物の見分け方は、治安上絶対に知りたがる筈です」

「ＣＩＡがそれを最初に手に入れられる」

ブルックは考えこんだ。

「もし博士が第二の手術をおこなっていたら、ＳＶＲは、すでに手術に関するノウハウを入手しているかもしれない」

アスカはいった。

「そうですね。手術のもようをすべて記録し、それを分析すれば、別の脳外科医に同じ手術をさせることは可能だ」

ブルックはつぶやいた。そしてさめた表情でつづけた。

「博士は、ロシアになど渡らず、秘《ひそ》かにＣＩＡに接触して、自分の技術を売りこむべきだったんだ。脳外科医としては優秀でも、政治的には愚かしい選択をしてしまった」

アスカを見た。

「具体的には、僕にどうしてほしいのですか。何をすればよいのです？」

「まず、『タンゴ』を襲撃したＳＶＲのエージェントについて調べてほしい。彼らが破壊工作専門のエージェントだとしても、どこかでロシア大使館の関係者と接触がある筈よ。連中の次の狙いはわかっている。一千万ドルの回収だわ。エミールを威《おど》して、回収にとりかかるのはまちがいない」

「日本の警察とぶつかりますね」

「難しい？」

「いえ、我々がもっていて、公安部がもっていないＳＶＲ関連の情報はたくさんあります。それを使えば、彼らを牽制《けんせい》することは可能でしょう。同時に偽ドルに関する情報をよこせと圧力をかけることもできる。もちろん、アスカさんからそれを知らされた点は秘密にして」

アスカは頷《うなず》いた。

「あたしが秘密でコワルスキー博士と会うのは無理？」

「それについてはＣＩＡが動かない方がよいと思います。我々が動けば、必ずＳＶＲに

も勘づかれる。そうなったら、ドクターは日本にはいられない」

アスカはため息を吐いた。コワルスキー博士から第二の手術に関する情報を得るのは、何としても重要だ。だがそのためには、自分ひとりで、ＳＶＲと警視庁公安部をだしぬかなければならない。

ブルックがアスカの考えに気づいたようにいった。

「ＳＶＲはともかく、公安部についてはご協力できるかもしれません」

「どうやって？」

「要はアスカさんについた監視を外せばよいのです。公安部は、ドクター・コワルスキーに対しては、まだそれほど強い興味を抱いていない。抱くとすれば、アスカさんが接触したとわかってからです。彼らの目の届かぬ場所で、博士と会えばよいのです。ただしそのとき、ＳＶＲの目をかわすのは、アスカさん、あなたの仕事だ」

いってブルックは、足もとにおいていたアタッシェケースをもちあげた。蓋《ふた》を開け、中から携帯電話をとりだした。

「これをアスカさんに預けます。番号は僕しか知らない。役に立つ筈《はず》です」

「あなたに連絡するときもこれを？」

ブルックは頷いた。

「僕の直通番号を記憶させてあります。たとえ警察が調べても、ＣＩＡとの関連はわからない」

「ありがとう」

ブルックは首をふった。

「いったでしょう。ギブアンドテイクです。アスカさんの全面協力を得られれば、ラングレーにおける僕の評価もぐっと高くなる」

「じゃあお願いついでに、もうひとつ頼めるかしら」

「何です？」

「あたしを公安の刑事に見つからないように、このホテルから逃して」

「お安い御用です」

ブルックは微笑んだ。

44

「エミールの仲間は、騒ぎのあとばらばらになった。日本海に近いトヤマとホッカイドウ、それからトウキョウに残った者と、三組に分かれている」

隠れ家に近いカフェで、彼とミドヴィエーチに会ったボリスはいった。

「トウキョウに残っているのは誰だ？」

「ニコライとカリーナ。二人はエミールの従弟《いとこ》だ。テラオカミヤカイというヤクザの保護をうけている。例の喫茶店でお前はテラオカミヤカイの組員をひとり殺した。テラオ

カミヤカイに我々は協力者がいる。テラオカミヤカイは、トヤマにある我々の子会社と取引をしているのだ。その子会社の社員が、ニコライやカリーナたちをトウキョウに案内した」

「社員というのはロシア人か」

彼が訊《たず》ねるとボリスは首をふった。

「日本人だ。ヤクザではないが、ヤクザと仕事をしている。我々が資金をだし、会社をもたせてやった」

「何の仕事だ」

「海産物の輸入や日本製の中古車の輸出をしている。お前が殺したイラン人とも取引があった」

「その日本人から、エミールの仲間の居場所がわかるのだな」

ボリスは頷いた。

「だが一千万ドルの隠し場所については、エミールしか知らないらしい。つまりエミールが死ねば、チェチェン人も一千万ドルを失うというわけだ。エミールを取り返すために、ニコライとカリーナは、テラオカミヤカイと手を組んだ。お前たちを捜しだして一千万ドルをとり戻したら、テラオカミヤカイにいくらかを渡す話がついている」

ミドヴィエーチが彼を見た。

「エミールを拷問しよう。その方が早いぜ」

彼は首をふった。

「奴はチェチェンスカヤだ。痛めつけても簡単には口を割らんさ。チェチェンスカヤにとって最もつらいのは、仲間を失うことだ」

「ニコライとカリーナはテラオカミヤカイのヤクザといっしょにいる」

ボリスがいった。

「どこだ」

「オギクボのマンションだ。片づけるのか」

彼は頷いた。

「耳をもってきてやる、という約束をしている」

ボリスは平然と頷き返した。

「それならば今夜、運転手《シャフョール》と道具を用意させよう」

45

アスカに会えるかもしれないとアンノから聞き、コワルスキーの胸は期待にふくらんだ。大阪に戻ったオダとアンノからアスカの回復に関する臨床的なデータは入手した。

それは驚くべき内容だった。アスカはその全人格をハツミの肉体と融合させることに成功していた。確かにハンの手術とはちがい、コワルスキーは、ハツミの肉体から脳を

全摘出している。したがって、ハンのようにＮＴＦ《ニューロトロフィック・ファクター》を用いて切断された神経細胞を修復する必要はなかった。が、それ以上に心と肉体の間には葛藤《かっとう》があった筈なのだ。

たとえるなら、心を脳という船に乗った乗客、肉体を陸地としよう。ハンの手術では、コワルスキーは小脳という港を残した。ＮＴＦは、船着場に到着した船から、乗客である心がうまく上陸するための桟橋のようなものだ。

一方、アスカの手術では、彼は港を用意できなかった。心は、船に乗ったまま、まるで座礁するように陸地に乗りあげたのだ。

にもかかわらず、アスカの心は、肉体という大地に両足を踏みしめている。

いくら自分の外科技術に自信を抱くコワルスキーであっても、それがすべて技術的な成功によるものだとまで、うぬぼれることはなかった。

何かまったく別の、特殊な理由が、アスカの心とハツミの肉体のあいだに作用したのだ。

ＮＴＦに代わる桟橋が、そこには存在したにちがいなかった。それが何なのか、科学的な現象なのか、それともアスカとハツミの体質が、まるで互いのクローンであるかのように、天文学的な確率で一致したのか、コワルスキーには見当もつかなかった。

ひとつには、アスカはともかく、レシピエントとなったハツミの個人的なデータがほとんど存在していないことがある。判明しているのは血液型と年齢、性別くらいのものだ。

特殊な既往症は存在せず、脳死時点で、心肺機能を含む、内臓の損傷はなかった。

ただし、あの手術はあまりにもあわただしくおこなわれた。

二人の体はヘリコプターによって、同時に空母に運びこまれた。脳死状態におちいっていたハツミに関しては、生命維持装置さえ機能すれば、数日間から数ヵ月、その肉体を生存させることは可能だったろう。

問題は、アスカの脳だった。アスカの肉体は銃弾による激しい損傷をうけ、心肺機能は停止寸前だった。心肺機能が停止すれば、無傷であっても、脳は酸素欠乏によって速やかに死に向かう。低体温状態で著しく活動の衰えた肉体が、その後体温の上昇によって活動を回復することはあっても、いったん酸素欠乏によって活動を停止した脳が、酸素供給再開後、機能を回復する可能性はまずない。

時間との戦いはそこにあった。

内臓損傷、大量出血によって、まちがいなく肉体の死に向かっていたアスカの頭蓋《とうがい》から脳をとりだすことは急務だった。しかも脳は、他の内臓とちがって低温保存が不可能だ。

摘出された脳が、酸素供給をうけずに〝生存〟できる期間は、わずか数分にすぎない。

つまり、受け皿となる肉体の準備なしに脳を摘出するのは不可能なのだ。

移植は間髪を容れず、おこなわれなければならなかった。であるからこそ、レシピエントとなるハツミの肉体に対する診断は、最低限しか実行されなかったのだ。

手をこまねいていれば、二人の女性は確実に死亡した。移植後であっても、その生存率は、ゼロから数パーセント上がったというにすぎない。感染症、拒否反応、さまざまな機能障害が予測された。

生存可能日数は、二十日間から長くて一年、コワルスキーですら当初はそう予想していた。意識の回復を待つことなく死亡する可能性は五十パーセントと踏んでいたのだ。それはハンの手術における、生存確率六十パーセントとは、著しいちがいだった。

何かがあったのだ。

コワルスキーは無神論者だ。神は信じない。奇跡とは、天文学的な確率の低さで起きる、類《たぐ》いまれな偶然の積み重ねでしかない。

アスカに関していえば、今のところ、それが起こったとしか考えようがなかった。

しかしアスカ自身に会い、そのリハビリテーションの過程について話を聞けば、偶然をあと押しした要素の存在を知ることができるかもしれない。

少なくとも、レシピエントであるハツミの個人情報を、アスカは、オダやアンノ以上にはもっている。

もちろん、アスカより多くの情報をもっている人間はもうひとりいた。アスカのかつての上司であったアシダだ。だがアシダとの接触は、ニーナによって制限されていた。

コワルスキーもそれは理解できた。アシダは、日本の警察の幹部職員だ。アシダに会えば、現在のコワルスキーを、誰がバックアップしているか、すぐに見抜かれる危険が

あった。

接触は、アスカのみ。それも自然な形でおこなわれなければならない。

アンノとともに、コワルスキーは約束の午後九時が近づくのを、部屋で待ちうけていた。ニーナは、夕方一度、彼の部屋に顔をだしたきりだった。このホテルの内部にいるのか、それとも別の場所に移動してしまったのかすらわからない。

九時を過ぎた。十分たち、三十分が過ぎ、やがてじき十時になろうとした。

「どうやら彼女はこられないようです」

ため息とともにアンノがいった。

「電話では、うかがえそうなら、という言葉を使っていましたから、仕事の都合か何かでこられなくなったのかもしれません」

無言でコワルスキーは頷《うなず》いた。

「彼女の自宅に電話をしてみてもよいのですが、自宅にいなかった場合、携帯電話の番号を私は知らないのです」

「無理をする必要はないよ、アンノ。彼女にも生活がある。確かに我々は、彼女にとってある種の〝恩人〟かもしれないが、だからといって現在の生活を妨害する権利まではもっていない。それにまだ私はあと何日かは日本にいるつもりだ。アスカと会う機会はまた作れるだろう」

アンノは頷き、立ちあがった。

「では私も今日はこれで失礼します」

「すまなかったね。だが私たちの意見交換は、必ず互いの役には立つ筈《はず》だ」

アンノを彼はドアのところまで見送った。

アンノがいなくなると、だが、コワルスキーの胸に失望がのしかかった。それはいくらかの不安を含んでもいた。アスカにとっては未知の、しかし彼女に強い執着心を抱く男が同じこの国に滞在しているという事実からくる不安だ。

アスカとはまだ話していないからわからないが、ハンの抱く執着心が、脳移植によってひきおこされたある種の〝後遺症〟であることはまちがいないように思われた。それは、精神障害とはいえないが、特定の言葉、あるいは過去あったできごとと酷似した状況を引き金として起こされる、抑制不能の感情爆発を伴っている。

ハンがこの日本でどのような任務をソコロフからあてがわれているのか、コワルスキーは知らなかった。が、ソコロフがハンを日本に送りこんだわけはわかるような気がした。

第一の理由は、アレクサンドル・ハンの知人と出会う可能性が低いことだ。

ソコロフは、ハンの任務遂行能力、いいかえれば殺戮《さつりく》能力がどのていどのものかを知りたがっていた。だがその実験をロシア国内でおこなうわけにはいかない。その活動は、そのままハンの犯罪として、ロシア治安機関の追及をうけてしまう。そこでソコロフは、アレクサンドル・ハンの犯罪データがまるで存在しない日本へと送りこんだのだ。

ソコロフにしてみれば、これは実験に過ぎない、コワルスキーはそんな気がしていた。ハンがこの国でどんな仕事をするのか、あるいはしたのか、は、わからないが、実験である以上、さほど大がかりなものではないだろう。周囲に異常を感じさせることなく活動がおこなえるかどうかを確かめるていどにちがいない。

問題はアスカだ。ハンはアスカの存在によって、暴走する危険がある。ソコロフの制御を離れ、勝手な行動をとるかもしれない。そうなったとき、再び制御をとり戻す作業が、コワルスキーの任務となる可能性があった。

それを彼は恐れていた。

暴走したハンが、彼に対して、主治医に向けるべき敬意を払わないであろうことは目に見えている。ましてそこにアスカが居あわせたらどんなことになるか。

ハンの存在とその危険性をアスカに告げるべきかどうか。コワルスキーは迷っていた。窓ぎわにおかれたソファにすわり、異郷の夜景を見おろしながら考えこんだ。

ふと気配に気づき、コワルスキーはふりかえった。いつのまにか、ニーナとボリスが、彼の部屋の中に入りこんでいた。

ノックもなく、鍵《かぎ》を開く音すら聞こえなかった。

コワルスキーは体を硬くした。

「いったい、いつ……」

「たった今ですわ、博士」

ニーナは美しい笑顔を見せた。ボリスが両手を広げ、芝居けたっぷりに腰をかがめた。

「驚かせて申しわけありません。ただこうするより他に手がなかったのです」

「手がなかった？」

コワルスキーの問いにボリスは頷いた。

「突然で恐縮ですが、ホテルを変更していただかなくてはならなくなりました」

「なぜかね」

「日本の警察官が多数、このホテルに入りこんでいるのです。警察官といっても犯罪を取締る連中ではありません。我々を監視する、ある種のスパイのような仕事をしているのです」

「つまりＦＢＩのような？」

ボリスは頷いた。

「彼らの関心の対象が博士であるのか、あるいはこのホテルに泊まる別の人物なのかはわかりませんが、我々としては博士にこれ以上ここにとどまっていただきたくないのです」

「だが私はここで人と会う約束をした。その人物と今日会うことはできなかったが、もしかすると明日以降、連絡をしてくるかもしれない」

「それについては手を打ちます。連絡や伝言があれば必ず伝わるよう、手配します」

「お会いになりたかったのは、ドクター・アンノだけではないのですか」

ニーナが笑顔のまま訊《たず》ねた。

「かつての私の患者だ」

「その女性のことならもちろん聞いています。ですが今のこの状況のホテルで会われるのは好ましくない」

ボリスはいってつづけた。

「彼女が我が国に亡命でもするというのなら別ですが」

コワルスキーは首をふった。

「それはありえない。ただ私自身も、できれば彼女を長時間診察したいと思っていることは事実だが」

「それを説得できるとお思いですか」

ニーナが訊ねた。

「わからない。彼女と会ってみない限り。まだ電話ですら話していないのだ」

「ここをお出になったら試してみますか」

ボリスがいった。

「彼女の番号を私は知らない」

「我々は知っています。自宅も、携帯電話も。ただ、ひとつだけ問題はありますが」

「問題？」

「このホテルに警官が現われた理由です」

コワルスキーははっとした。

「アンノは、彼女にこのホテルと部屋番号を教えたといっていた。電話で」

ボリスとニーナは顔を見合わせた。

「とにかくここを出ましょう」

ボリスがいった。

「新しい宿舎は用意しました。ホテルではなく民家なので、ここほど快適ではありませんが、できる限りのお世話はさせていただきます」

ニーナが笑みを浮かべ、いった。コワルスキーはだがその笑みに偽りを感じた。アスカは、日本の警察と何かトラブルを抱えているのではないか。司法機関に身をおくアスカが警察とトラブルを起こすというのは奇妙なようだが、ありえないことではない。アメリカでは、捜査官が別の捜査官によって摘発される事件が、日常的に報道されている。

アスカが汚職？　もしそうだとすれば、アスカの精神状態にも、手術後時間を経て、変化があらわれている可能性がある。ＭＲＩ検査でも発見できないような、目に見えない後遺症。それがアスカを犯罪に向かわせたのかもしれない。

そう疑い、コワルスキーは自分の考えを打ち消した。推測で判断を下すのは、科学者のすべきことではない。

「よろしいですね」

コワルスキーのようすを見守っていたニーナがいった。

「承知した。だがアスカとの連絡方法については、考慮してもらいたい」

コワルスキーは答えた。

46

運転手《シャフョール》が車を止めた。鉄道の駅から近い、高層マンションの前だった。

「この五階にいる。『五〇二』号室だ」

東洋系の顔立ちをした運転手がロシア語でいった。隠れ家のビルからここまで、夜間だというのに、三十分もの時間を要していた。しかも三十分走りつづけ、公園らしい緑地も森林もまるで見ていない。ただコンクリートをしきつめた地面と大小のビルばかりだ。車の数は多く、道を歩く人間はどこにでもいる。

日本人はよく平気で暮らせるものだ。むきだしの土や緑、大地の存在をまるで感じさせない街に、まるで蟻のように群らがっている。コンクリートでおおわれつくしたトウキョウは、巨大な蟻塚だ。こんなちっぽけな空間に人間が缶詰のように押しこめられ暮らしているのだ。日本人が何もかもを小さくする技術に優れているのは当然、という気がした。

彼とミドヴィエーチは、運転手が用意した衣服を身に着けた。防弾ベストの上に化学繊維でできたセーターをかぶる。安物のショルダーバッグにはスコーピオンが二挺《ちょう》と予

備の弾倉が入っている。セーターの下にマカロフをさしこんだ。

チェチェン人とヤクザは、襲撃を予期している可能性はある、とボリスはいった。バッグの中にはチェーンロックを断ち切るカッターも入っている。

「十分だ」

運転手はいった。

「十分後にこの下に車を止める」

「七分でいい」

彼は腕時計をチェックし、告げた。ミドヴィエーチが頷《うなず》く。

「わかった。七分だな」

二人は車を降りた。マンションの入口につづく階段を登った。ガラスの自動扉がまず二人の行く手を阻む。鍵をもたない者を、ロビーから奥へと進めさせないようなロックシステムだ。このシステムはモスクワでも導入されている。

ロビーに入った瞬間から、二人は手袋とアクリル製の目出し帽を着けていた。目配せを交わし、ミドヴィエーチがバッグからスタンガンをとりだす。市販のスタンガンに改造を加えたもので、電極の先に細いアンテナがとりつけられている。ロックシステムの鍵穴にアンテナをさしこみ、高圧電流を流す。

火花が二度、三度と飛び、ロックシステムがダウンした。自動扉が開く。二人は扉をすり抜け、エレベータホールへと進んだ。

午前三時を数分回っている。エレベータの中でミドヴィエーチがカッターをとりだした。彼は暗視スコープを準備した。

「五〇二」号室の扉の前に立った。ありふれたシリンダー錠だ。ミドヴィエーチがコンクリートの廊下にひざまずいた。開錠はミドヴィエーチの特技だった。大男だが驚くほど手先が器用なのだ。

十五秒ほどでシリンダー錠は開いた。ノブを回し、ゆっくりと引く。室内から明りは洩《も》れてこない。それを確認して彼はマグライトを点《とも》した。ドアのすきまに光を送りこんだ。

チェーンが光の中に浮かんだ。ミドヴィエーチが足もとにおいたカッターをとりあげた。ドアのすきまにさし入れ、チェーンをはさむ。数秒後、チェーンは切断された。

次の瞬間、彼はドアを押し開き、室内に突入した。額の上に押しあげていた暗視スコープをひきおろし、スコーピオンを胸の前でかまえている。

入ってすぐの廊下に面した小部屋の扉が開いていた。明りがついたままだ。暗視スコープを外し、のぞきこむと、ナイロン製のスポーツウエアを着た日本人が二人、ソファと、ソファにもたれかかる恰好《かっこう》で寝そべっている。二人ともまだ若く、彼には十代の子供のように見えた。

彼は背後のミドヴィエーチをふりかえった。ミドヴィエーチが小さく頷き、背中からナイフを抜いた。

彼は暗視スコープを再びかぶり、廊下を進んだ。一瞬後、小部屋でかすかな呻《うめ》きがあがり、明りが消えた。

敏感になっている鼻孔に血の匂いがさしこんだ。背後にミドヴィエーチの気配が戻ってきた。

　正面にガラスをはめこんだ扉があった。内側の明りは消えている。暗視スコープが床におかれた簡易ベッドをとらえた。二台あり、毛布が盛りあがっている。彼は腰にさしたマカロフを抜いた。スコーピオンを使うまでもなかった。二十センチはある消音管を銃口にねじこんだ。

　扉をゆっくりと押し開く。見えている頭のひとつは金髪だ。

　二発をまず金髪に撃ちこんだ。隣で寝ていた男がはね起きた。手がベッドの下の床を探る。トカレフが見えた。その胸の中心に引き金を絞りこんだ。仰向けにベッドから転げ落ちた。さらに頭に一発を撃ちこむと、マカロフの弾倉をとりかえる。

　室内に他の人間がいないことを確認して、部屋の明りをつけた。

　部屋の隅にスーツケースがおかれている。ベッドで殺した二人の荷物だった。パスポート類や財布、枕元におかれた携帯電話を回収した。

　フラッシュが光った。ミドヴィエーチが二人の死体を小型のインスタントカメラで撮影したのだった。

　彼はくるぶしに留めた鞘《さや》から細身のナイフを抜いた。二人の右耳を切りとった。研ぎ

すましてあり、軟骨などバターのように切り裂く。ナイフを戻し、耳をバッグの中のビニール袋にしまった。耳を切りとったあとの死体を再び、ミドヴィエーチが撮影する。

腕時計を見た。四分四十秒が経過している。ミドヴィエーチに頷いてみせた。

部屋をでてエレベータに乗りこんだ。エレベータは五階で止まったままだった。一階に降りると、男がひとり玄関を入ってきたところだった。眼鏡をかけ、ネクタイをゆるめている。目出し帽姿の二人にぎょっとしたように立ちすくんだ。

彼はマカロフをバッグからとりだした。消音管はつけたままだった。酔っているようだ。不思議そうにマカロフを見つめた。

引き金をひいた。眼鏡のレンズの片方が男の目にめりこんだ。消音管のせいで貫通力が落ち、弾丸は後頭部へと抜けない。

男が仰向けに倒れた。もう一発。胸に撃ちこんだ。

マカロフをしまい、目出し帽を脱いだ。運転手の車が、マンションの下に停止したところだった。

（下巻に続く）

本書は、二〇〇三年七月小学館より単行本として、二〇〇五年六月にカッパ・ノベルスとして、二〇〇七年七月に角川文庫として刊行した作品を改版したものです。

天《てん》使《し》の爪《つめ》（上）

新装版《しんそうばん》

大沢在昌《おおさわありまさ》

平成19年 7月25日　初版発行
令和２年 10月25日　改版初版発行
令和６年 11月25日　改版８版発行

発行者●山下直久

発行●株式会社KADOKAWA
〒102-8177　東京都千代田区富士見2-13-3
電話　0570-002-301（ナビダイヤル）

角川文庫 22371

印刷所●株式会社KADOKAWA
製本所●株式会社KADOKAWA

表紙画●和田三造

●お問い合わせ
https://www.kadokawa.co.jp/（「お問い合わせ」へお進みください）
※内容によっては、お答えできない場合があります。
※サポートは日本国内のみとさせていただきます。
※Japanese text only

ISBN 978-4-04-109784-7　C0193

◆◇◇

角川文庫発刊に際して

角川源義

第二次世界大戦の敗北は、軍事力の敗北であった以上に、私たちの若い文化力の敗退であった。私たちの文化が戦争に対して如何に無力であり、単なるあだ花に過ぎなかったかを、私たちは身を以て体験し痛感した。西洋近代文化の摂取にとって、明治以後八十年の歳月は決して短かすぎたとは言えない。にもかかわらず、近代文化の伝統を確立し、自由な批判と柔軟な良識に富む文化層として自らを形成することに私たちは失敗して来た。そしてこれは、各層への文化の普及滲透を任務とする出版人の責任でもあった。

一九四五年以来、私たちは再び振出しに戻り、第一歩から踏み出すことを余儀なくされた。これは大きな不幸ではあるが、反面、これまでの混沌・未熟・歪曲の中にあった我が国の文化に秩序と確たる基礎を齎らすためには絶好の機会でもある。角川書店は、このような祖国の文化的危機にあたり、微力をも顧みず再建の礎石たるべき抱負と決意とをもって出発したが、ここに創立以来の念願を果すべく角川文庫を発刊する。これまで刊行されたあらゆる全集叢書文庫類の長所と短所とを検討し、古今東西の不朽の典籍を、良心的編集のもとに、廉価に、そして書架にふさわしい美本として、多くのひとびとに提供しようとする。しかし私たちは徒らに百科全書的な知識のジレッタントを作ることを目的とせず、あくまで祖国の文化に秩序と再建への道を示し、この文庫を角川書店の栄ある事業として、今後永久に継続発展せしめ、学芸と教養との殿堂として大成せんことを期したい。多くの読書子の愛情ある忠言と支持とによって、この希望と抱負とを完遂せしめられんことを願う。

一九四九年五月三日